Michel Bussi

MOURIR SUR SEINE

16, avenue des Quatre Cantons
76000 Rouen
Tél. 02 35 89 78 00
www.editionsdesfalaises.fr

Michel Bussi

MOURIR SUR SEINE

ÉDITIONS DES FALAISES

Avertissement

Ne cherchez pas les clefs pour savoir qui est caché, dans la réalité, sous tel ou tel personnage de ce roman. Il n'y en a pas. Ce texte n'est que pure imagination de l'auteur. Toute ressemblance avec une personne existante ne serait que fortuite.

Aux amours nées sous les voiles

« Ah ! Ah ! Je me rappelle, je me rappelle le beau trois-mâts brésilien qui passa sous mes fenêtres en remontant la Seine, le 8 mai dernier !

Je le trouvai si joli, si blanc, si gai ! L'Être était dessus, venant de là-bas, où sa race est née ! Et il m'a vu ! Il a vu ma demeure blanche aussi ; et il a sauté du navire sur la rive. Oh ! mon Dieu !

À présent, je sais, je devine. Le règne de l'homme est fini. »

Guy de Maupassant, *Le Horla*

1
Dérive

7h45, octobre 1983, Marais Vernier

Le timide soleil du matin commençait à rougir l'horizon de la baie de Seine. Le jour se levait sur le Marais Vernier. Un mince brouillard s'échappait du fleuve vers les falaises de La Roque. La route ondulait comme un serpent d'argent dans ce paysage lunaire.

Le 4 x 4, seul sur la route sinueuse, filait presque sans bruit sur la départementale. Quelques kilomètres avant le pont de Tancarville, il ralentit, puis tourna perpendiculairement, pour s'engager dans un étroit sentier de randonnée.

Le chemin défoncé était bordé de chaque côté d'un large talus inondé, que ne parvenaient pas à drainer les rangées d'aulnes et de saules têtards. De part et d'autre du chemin s'étendaient d'étranges parcelles cultivées en lanières, planes et longues, de la route à la Seine.

Muriel clignait des yeux. Le reflet du soleil naissant, qui semblait jouer à cache-cache entre les arbres, l'agaçait. Elle apercevait dans le rétroviseur le pâle rayon lumineux du phare de La Roque, perché sur son étrange falaise, tel le donjon d'un château fort, commandant l'entrée de l'estuaire.

Malgré les amortisseurs du 4 x 4, les secousses devenaient pénibles dans le véhicule. Muriel jeta un œil vers son mari, à côté d'elle. Il conduisait avec prudence.

Concentré.

Pourtant, Muriel ne se sentait pas rassurée.

Cette virée en baie de Seine n'était pas une bonne idée.

Elle avait un mauvais pressentiment. Peut-être n'était-ce dû qu'à cette ambiance lunaire de la baie, dans le matin. Ce silence. Ces cris d'oiseaux au-dessus d'elle. Ces milliers d'oiseaux dont ils venaient déranger le réveil.

Oui, cette histoire de plongée dans la Seine l'inquiétait ! Cette passion étrange l'avait amusée au début. Ces légendes. Ces plongées sous-marines. Mais désormais, toutes ces histoires commençaient à tourner à l'obsession. Elle jeta un nouveau coup d'œil vers son mari. Il ne remarqua même pas le regard posé sur lui. Il restait toujours concentré sur sa conduite, les mains fermement accrochées au volant, le regard fixe…

Ailleurs. Dans son univers.

L'autoradio diffusait une chanson que Muriel aimait bien. Morgane de toi, ce tube de Renaud.

Muriel tourna la tête vers leur fille, Marine, qui dormait encore, à l'arrière de la voiture.

La tête posée contre la portière. Un sourire d'ange. Un petit souffle régulier. Un peu de buée sur la vitre. Une jolie frimousse de fillette de dix ans. L'image même de l'innocence. Marine s'était levée très tôt ce matin. Mais avec quel enthousiasme ! La perspective d'une plongée l'excitait vraiment. Elle ne s'était pas endormie avant d'être sur l'autoroute. Pourtant, Muriel ne parvenait pas à chasser ce mauvais pressentiment.

Pourquoi prendre de tels risques ?

De tels risques ?

Bien entendu, son mari n'avait pas du tout la même analyse.

Des risques ? Quels risques ? Il était un plongeur expérimenté. Il avait exploré toutes les eaux de la planète. Il possédait son diplôme de moniteur fédéral et même un Open Water Diver, cette espèce de passeport international de plongée. Plonger était presque une routine pour lui désormais. Il n'y avait rien à craindre ! Marine possédait elle aussi une petite expérience. Elle plongeait depuis ses huit ans. Oh, pas bien profond, c'est clair. Entre trois et cinq mètres. Cet été, en Corse, elle avait plongé presque tous les jours.

Marine adorait cela.

Oui… Mais la Méditerranée, les eaux turquoise, les vacances… Ce n'était pas la même chose de plonger dans cette eau froide et trouble de la Seine, dans cette eau polluée, dans les remous des hélices.

Seuls !

À la radio, la chanson de Renaud étirait ses derniers accords. Le 4 x 4 ralentit et se gara sur une sorte de petit parking, face à un signal lumineux de la Seine. Muriel lut « Feu de l'épi » sur le petit édifice de béton blanc et vert. Ils se trouvaient dans une clairière, au carrefour de sentiers de randonnées. Muriel se sentit un peu plus rassurée. Son mari connaissait bien l'endroit, apparemment. Personne ne connaissait mieux que lui ces coins perdus le long du fleuve. Toujours cette obsession de la Seine et de ses mystères. Ils descendirent du véhicule.

Marine s'éveilla, frissonna, s'étira et lança un sourire de contentement à ses parents. Muriel la prit dans ses bras et lui frotta énergiquement le dos.

C'était bon.

Ils s'avancèrent encore vers la Seine, gravissant les quelques marches en béton du signal dont la faible lueur se perdait dans la clarté naissante.

Ils restèrent de longs instants tous les trois, sans un mot, émerveillés par le paysage. Sur leur droite, à quelques centaines de mètres, la silhouette élégante du pont de Tancarville, seule trace humaine dans la blancheur matinale de l'estuaire, entre ciel et mer. Devant eux, la surface sans ride du grand fleuve. Telle une immense bassine de mercure, froide, mystérieuse, insondable.

Immédiatement, le sinistre pressentiment submergea à nouveau Muriel.

Plonger là-dessous ?

— Regarde ! lança Marine dans le silence.

Quelques dizaines d'oiseaux, des balbuzards pêcheurs, se posèrent à quelques mètres d'eux.

Le regard de Muriel embrassa l'immensité. Aussi loin que ses yeux portaient, elle apercevait des oiseaux, des centaines d'oiseaux : des sarcelles, des spatules, des mouettes, elle ne les reconnaissait pas tous.

Un spectacle unique, Muriel devait bien le reconnaître.

Mais cela n'enlevait rien à son angoisse.

Elle se retourna, fouilla le coffre du véhicule et proposa une tasse d'un café brûlant dans le Thermos à son mari. Il but doucement.

Il était parfaitement calme, sûr de lui. Heureux, sans aucun doute. Marine avalait un croissant. Elle lança un grand sourire à sa mère. Cela la rassura. Un peu.

Après avoir bu son café, son mari se frotta les mains et rompit à son tour le silence de l'estuaire :

— Au travail !

C'était presque la première phrase qu'il prononçait. Une peur sans doute presque religieuse de troubler cette ambiance ouatée. Ils fouillèrent à nouveau l'arrière du 4 x 4. Tout le monde participa au portage du lourd et complexe matériel de plongée : les bouteilles, les combinaisons, les palmes.

Muriel regardait son mari agir avec précision. Il était un époux, un père très raisonnable. Accroupi, il vérifiait avec méticulosité les détendeurs et les compresseurs. Elle l'admirait. Elle l'aimait sans aucun doute. Même si parfois cette passion dévorante se glissait entre eux. Comme une maîtresse de plus en plus possessive. Une maîtresse qui lui volait son homme. Muriel se força, comme toujours, à penser autrement, à chasser la jalousie de ses pensées. Elle n'allait pas être comme toutes ces femmes désespérées des passions inutiles de leur homme ; cherchant à réduire leur originalité, leur essence ; occupées à les formater à leur image. Non, elle n'était pas comme cela ! Elle acceptait son mari tel qu'il était.

Mais…

Mais elle ne parvenait pas à éliminer en elle cette impression lancinante : la passion de son mari, cette obsession, ces recherches insensées prenaient petit à petit possession de son esprit, le dévoraient, faisaient de lui un autre homme.

Non ! Muriel se fit violence. Elle raisonnait comme une gamine jalouse. Son homme aimait la plongée sous-marine et les mystères. Voilà tout ! Sa fille aussi d'ailleurs, et Muriel avait simplement du mal à accepter d'être mise hors-jeu de leur complicité. Après tout, c'était elle qui refusait de s'initier à la plongée.

Oui, Marine était ravie, elle, de la passion de son père. Radieuse. Elle finissait d'enfiler sa combinaison de Néoprène noire et mauve. Ils se chargèrent du matériel de plongée ; Muriel suivit Marine et son père à quelques pas du 4 x 4, vers une petite crique, une sorte de petite plage en pente douce formée artificiellement par de gros blocs de pierres.

Au départ, devant cette idée de plongée dans la Seine, Muriel avait surtout eu peur des bateaux : la Seine était un fleuve navigable. Y plonger sans autorisation était sans doute interdit, à cause des paquebots. Mais dans cette crique, il n'y avait objectivement aucun danger.

Pourtant, loin de la rassurer, ce pressentiment morbide se faisait de plus en plus fort, cette impression oppressante qu'un drame allait se jouer, ici dans les minutes à venir.

Cela n'avait aucun sens.

— On ne sera sous l'eau que quinze minutes, vingt au plus, précisa son mari calmement. Ça ne sera pas long.

Muriel avait l'habitude d'attendre sur la rive, d'observer la surface de l'eau et de guetter avec angoisse qu'un visage la perce. Elle ne plongeait pas. Elle nageait peu, ce n'était pas son truc. Elle préférait marcher, randonner.

— Soyez prudents, murmura-t-elle.

Son mari ne releva pas. Marine non plus, déjà concentrée sur les infimes détails ressassés tant de fois par son père. Le souffle, les gestes calmes, le langage des mains sous l'eau.

L'espace d'un instant, Muriel se sentit à nouveau jalouse de cette complicité qui se nouait entre sa fille et son père, de sa capacité à l'enchanter à travers ses histoires, ses aventures, ses risques maîtrisés.

Muriel sourit doucement aux deux plongeurs.

Non, elle n'était pas jalouse. Elle était à sa place, elle aussi. À sa place quand elle tendrait la serviette chaude à sa fille qui sortirait grelottante de la Seine, qu'elle la serrerait dans ses bras, qu'elle écouterait ses récits enthousiastes. À sa place de mère. Ici, exactement, sur la rive.

— Qu'est-ce que tu vas faire ? demanda son mari.

Muriel se rapprocha de lui :

— Vous attendre... Me promener un peu peut-être.

Elle l'embrassa furtivement sur les lèvres et ajouta :

— Tu as toujours le don de découvrir des petits paradis pour la promenade.

Elle les regarda s'enfoncer dans l'eau morte avec une angoisse qu'elle ne put réfréner.

Lorsque la Seine se referma sur eux, elle leva les yeux, malgré elle. Deux hérons cendrés se poursuivaient, dans un vol gracieux, rappelant les courbes élégantes du pont de Tancarville.

Les instants qui suivirent lui parurent une éternité. Muriel n'eut pas le courage de rester sur la berge. Elle décida de marcher un peu, de s'enfoncer quelques instants dans le marais, observer de plus près les oiseaux, tomber peut-être nez à nez avec une vache des Highlands ou un cheval de Camargue, réintroduits dans le marais depuis quelques années.

Perdue dans ses pensées, concentrée sur son instinct de protection de mère et d'épouse, elle n'entendit pas les détonations, au loin, vers les tourbières.

La chasse était ouverte depuis moins d'une semaine. Mais Muriel n'en savait rien.

***

En ressortant de l'eau, la première chose que fit Marine, comme toujours, fut de chercher sa mère des yeux. Elle scruta la berge pour apercevoir sa silhouette rassurante.

Personne…

Marine se tourna vers son père : lui aussi cherchait Muriel des yeux.

Ils avancèrent doucement. La vase spongieuse qui faisait office de plage rendait malaisée leur progression. Ils ôtèrent leurs palmes et parvinrent sur la berge.

— Maman n'est pas là ? demanda Marine.

— Elle est partie se promener, la rassura son père. Elle va revenir tout de suite. En priorité, il faut nous sécher et nous rhabiller.

Marine fut déçue. Dans son souvenir, toutes les fois qu'elle avait plongé avec son papa, sa maman était là, sur le bord, à l'attendre avec un grand sourire, une serviette épaisse, une bouteille d'eau fraîche quand il faisait trop chaud.

Pas ce matin.

Elle n'eut plus trop l'occasion de réfléchir dans les instants suivants. Son père tira avec énergie la fermeture Eclair de sa combinaison. Marine détestait ce moment. Enlever la combinaison, c'était comme vous arracher une seconde peau, surtout celle des bras et des jambes. Son papa tira sur le Néoprène, plus fort, plus brutalement que ne le faisait maman d'habitude. Marine se fit la réflexion que cela lui avait fait moins mal, finalement. Elle ne se plaignait jamais quand elle était avec son papa.

Elle se retrouva enfouie dans une immense serviette.

— Rhabille-toi vite ! ordonna son père.

Marine ne se le fit pas dire deux fois. Il faisait vraiment

très froid ! Rien à voir avec la Corse. Elle attrapa ses habits pendant que son père se changeait. Elle commençait à se réchauffer. Elle enfila son pull et n'oublia pas de poser sur sa tête un bonnet de laine écru à fleurs mauves. Marine se souvenait des conseils de sa maman : toujours se couvrir la tête en sortant de l'eau, toujours quand il fait froid.

Et il faisait froid ! De plus, Marine aimait bien ce bonnet dont elle avait elle-même choisi la laine et la couleur, avant que sa maman ne le lui tricote. La même laine que celle du pull que portait maman.

Maman ?

Où était-elle passée ? Que faisait-elle ?

Son père était en train de ranger les bouteilles et les combinaisons dans le coffre. Marine s'avança pour regarder la Seine. On voyait bien les deux ponts maintenant.

Soudain, quelque chose d'étrange dans le paysage troubla Marine, quelque chose d'anormal, de différent. Elle réfléchit mais n'arriva pas à trouver ce qui clochait.

Le coffre du 4 x 4 claqua. Son père avait terminé. Une lueur traversa l'esprit de Marine.

Les oiseaux !

Il n'y avait plus aucun cri d'oiseau ! Il n'y avait plus aucun oiseau, ni sur l'eau de la Seine, ni sur les arbres. Seuls quelques-uns, très loin, dans le ciel.

Pourquoi ?

Marine jeta un regard un peu inquiet vers son père. Il lui renvoya un sourire rassurant. Il était habillé. Il lui tendit sa large main :

— On va à la rencontre de maman ?

Ils entendirent à peine la détonation. Ce fut surtout l'envol de corbeaux freux, juste au-dessus de leur tête, qui les surprit.

— C'était quoi ? demanda Marine.

— Des chasseurs, répondit son père avec douceur. La chasse doit sûrement être ouverte. Mais ne t'inquiète pas, ils sont loin. Ils ont des zones exprès pour eux dans le marais…

— Ils tirent sur les oiseaux ?
— Ils essaient…

Marine tenait son explication pour la disparition des oiseaux, mais cela ne la rassurait pas. Elle avait envie d'en savoir plus sur cette histoire de zone réservée pour les chasseurs, mais elle sentit que ce n'était pas le moment. La main de son papa était humide. C'était rare. Généralement, il ne suait presque pas. Sans savoir l'expliquer, Marine avait l'impression que son père n'était pas tout à fait comme d'habitude, qu'il avait peur et voulait lui cacher. D'ailleurs, il marchait de plus en plus vite.

Marine avait du mal à suivre.

Sa main glissait.

— Papa ! Marche moins vite !

Son père ne ralentit pas. Ils continuèrent d'avancer sur le chemin. Il était mal entretenu. Des herbes hautes, encore humides de rosée, mouillaient le jean de Marine jusqu'aux genoux. Elle ne protesta pas. Ce n'était pas le moment.

— On pourrait l'appeler, proposa Marine.

Il y eut deux autres détonations, pas très loin. C'était difficile à évaluer. Marine était de moins en moins rassurée. À sa droite, elle aperçut un chemin qui partait vers une grande vasière bordée de roseaux. Le sol était de plus en plus marécageux. Un instant, elle eut peur que son père tourne à droite. Elle avait les pieds trempés. Elle avait froid. Elle en avait assez.

Son père ne tourna pas.

Il s'arrêta.

Marine sentit soudain la main de son papa mollir dans la sienne, comme si elle s'était vidée brusquement de tous ses os. Elle ne voyait rien, elle était trop petite, les herbes étaient trop hautes.

Elle se hissa sur la pointe des pieds.

Dans les roseaux, elle reconnut d'abord les fleurs mauves du pull en laine.

Elle échappa à la main sans vie de son père et s'avança.

Sa mère gisait dans l'herbe.

Les yeux grands ouverts. Son corps trempait dans une mare informe de boue et de sang mêlés. Un affreux trou noir à la place du ventre.

La main de son père rattrapa celle de Marine, brutalement, jusqu'à lui briser les phalanges. Marine ne ressentit aucune sorte de douleur. De son autre main, son père couvrit les yeux de sa fille.

Trop tard.

Elle avait eu le temps fixer l'horreur, d'imprimer à jamais dans sa mémoire l'image de l'effroyable drame.

Une nouvelle détonation retentit dans le ciel cotonneux de la baie de Seine et une dizaine de grives s'échappèrent d'un sureau, à une vingtaine de mètres d'eux.

L'étau des deux mains ne se desserra pas sur la paume et les yeux de Marine.

Elle était plongée dans le noir, le noir le plus absolu.

Seules les pulsions cardiaques au bout des doigts de son père la retenaient à la vie, au temps, au reste du monde.

Les pulsions cardiaques de son père.

Marine ne put jamais percevoir autre chose ce matin-là.

Elle ne vit pas le regard de son père se troubler, ses yeux se vider de leur humanité, une part de lui-même disparaître à jamais. Elle ne perçut pas, du haut de ses dix ans, plongée dans l'obscurité, dans la chaleur protectrice de son père, cette ligne franchie.

Cette infime frontière.

Entre la raison et la folie.

Cette infime bascule.

Marine ne pouvait rien savoir, rien percevoir.

Pourtant, ce matin-là, lentement, inexorablement, son père glissa sur la pente de la déraison.

De cette vision cauchemardesque repassée les mois et les années suivantes dans sa mémoire dérangée, allaient naître une obsession, des certitudes irrationnelles, l'implacable spirale de la folie…

Une folie qui allait devenir meurtrière lorsque les événements eux-mêmes s'affoleraient.

Marine ne pouvait pas savoir.

Cette main qui la reliait encore au monde, qui broyait ses doigts d'enfant, cette poigne paternelle ne la lâcherait jamais ; l'entraînerait, elle aussi, vers le précipice.

Vingt-cinq ans
plus tard…

2
Le vertige de l'uniforme

Vendredi 4 juillet 2008, Quillebeuf-sur-Seine

Il était presque midi lorsque la silhouette du Cuauhtémoc surgit du méandre de Quillebeuf.

Une clameur parcourut les deux rives de la Seine. Le Cuauhtémoc n'était pas le premier des bateaux de l'Armada 2008 à remonter la Seine vers Rouen, mais il était sans aucun doute l'un des plus majestueux. Lentement, le trois-mâts, blanc de la coque aux voiles trapézoïdales, se rapprocha du bon millier de spectateurs massé sur les bords de Seine. Rive gauche, la petite ville de Quillebeuf semblait avoir retrouvé son lustre d'antan, du temps où elle fut le principal port de l'estuaire. Les terrasses ensoleillées étaient prises d'assaut. Une foule compacte se tassait sur les quais.

Juste en face, rive droite, la raffinerie de Port-Jérôme s'était brusquement vidée de son personnel. Secrétaires, ouvriers, cadres avaient profité de la pause déjeuner pour savourer un pique-nique improvisé et la parade des voiliers. Les navires utilisaient la marée pour remonter la Seine et le défilé des vieux gréements était assez dense.

Cuauhtémoc, le dernier empereur aztèque sculpté sur l'impressionnante figure de proue du voilier mexicain, le regard fier tourné vers l'horizon, semblait indifférent à l'enthousiasme du public. Tel n'était pas le cas des marins mexicains. Quillebeuf et Port-Jérôme étaient les premiers villages de la Seine depuis Le Havre. Leur premier bain de foule… Pour rendre hommage à leurs admirateurs, un bon nombre de matelots s'était hissé sur les vergues des trois-mâts, dans un impressionnant numéro d'équilibriste. Funambules à plusieurs dizaines de mètres au-dessus de la Seine, défiant le vertige, les marins saluaient le public avec l'air le plus naturel du monde.

Les visages bronzés des jeunes Mexicains, leurs impeccables chemises rayées blanches et noires, ajoutaient encore un peu d'exotisme à la scène. Les jeunes marins souriaient, certains étaient surpris par l'accueil si enthousiaste ; d'autres, déjà présents dans les Armadas précédentes, connaissaient la chaleur du public et l'appréciaient d'autant plus…

Ils savaient que des centaines de photographes amateurs immortalisaient l'instant. Ils devinaient également sur eux le regard admiratif de la gent féminine parmi la foule.

— Regardez ! cria soudain une voix sur le quai de Port-Jérôme.

Un doigt se tendit.

Des regards se tournèrent vers un point précis du mât de misaine, le premier des trois-mâts.

— Ce n'est pas vrai, il ne va pas le faire, gloussa une jolie petite blonde en s'agrippant à deux autres de ses collègues.

— Si ! répondit l'une d'elles en braquant l'objectif de son téléphone portable.

Sur la première vergue du mât de misaine, un des marins mexicains commençait lentement à remonter sa chemise.

La surprise des spectateurs des quais semblait partagée par les autres marins du Cuauhtémoc. Le strip-tease n'était sans doute pas prévu au programme officiel... Sans perdre l'équilibre, le jeune marin fit passer par-dessus sa tête sa chemise, la retint quelques instants par la manche, la fit tournoyer, pour la laisser tomber sur le pont du navire.

Le Mexicain exhiba avec désinvolture son torse parfait, musclé, bronzé, imberbe… Un frisson parcourut l'assistance. Quelques femmes applaudirent ou sifflèrent. Des spectatrices bien inspirées braquèrent leurs jumelles vers le jeune homme. Un petit parfum de folie gagna les quais, tandis qu'apparemment, sur le bateau, on ne goûtait guère à la plaisanterie, et qu'un certain nombre d'officiers semblait s'affairer.

— Il va sauter ! hurla soudain une voix dans la foule.

Un frisson saisit les spectateurs.

Les rires laissèrent petit à petit place à une forme d'inquiétude.

Il se passait quelque chose d'anormal ! Le regard incrédule des autres marins le confirmait.

Chacun écarquilla les yeux. Il n'y avait aucun doute, le jeune Mexicain avait détaché le crochet de sécurité qui le reliait à la vergue. Le marin regarda le ciel, sembla prononcer quelques mots, peut-être une prière, puis scruta à nouveau les quais, comme s'il cherchait à repérer la plus séduisante de ses admiratrices.

Soudain, il salua la foule d'un geste de toréador et s'élança.

Pendant quelques instants irréels, il défia le ciel et la Seine, les bras en croix, comme les ailes déployées des immenses oiseaux.

Des cris d'épouvante traversèrent la foule. Des appareils photos crépitèrent.

Il ne s'était pas passé une seconde lorsque le marin mexicain rassembla ses bras, droit devant lui, dans le prolongement exact de ses épaules. Le corps du plongeur s'inclina, suivant une courbe parfaitement maîtrisée.

Telle une torpille, il transperça l'eau grise de la Seine.

Sans presque une éclaboussure.

Un plongeon de plus de quinze mètres. Esthétiquement, d'une absolue perfection.

Les spectateurs sur les quais, décontenancés, hésitaient sur la conduite à tenir. Il y eut à peine quelques applaudissements. Chacun observait la surface de l'eau déjà redevenue calme. Les zooms des appareils photos et les jumelles se braquèrent, guettant le moindre mouvement de l'onde. Sur le Cuauhtémoc, des dizaines de cadets mexicains se précipitèrent sur le franc bord, tous aussi inquiets. Le trois-mâts mexicain ralentit sa course, jusqu'à s'arrêter, avec une rapidité surprenante pour un tel navire.

De longues secondes s'écoulèrent. L'inquiétude monta à son paroxysme.

Déjà plus d'une minute que le marin mexicain avait disparu dans la Seine.

Sur le pont du Cuauhtémoc, on décrochait en hâte un canot.

Le silence sur les quais était désormais insupportable.

Une autre minute.

— Il faut faire quelque chose ! cria une voix.

Quelques spectateurs, sans attendre, avaient déjà appelé le SAMU ou la police. Quelques autres étaient sur le point de se jeter à l'eau.

Deux minutes et dix-sept secondes.

La surface du fleuve se troubla soudainement et le fin visage du marin mexicain surgit de l'eau. Tout sourire.

Dans l'instant qui suivit, une immense clameur emplit les deux rives du fleuve, unies dans la même émotion. Sur le Cuauhtémoc, on renonça à jeter le canot à l'eau. Le jeune héros mexicain salua une nouvelle fois la foule et rejoignit le voilier dans un crawl impeccable. En montant l'échelle de corde du navire, il fit un dernier signe à ses admirateurs, d'ailleurs surtout des admiratrices.

Quelques centaines de photographies immortalisèrent une ultime fois son torse luisant, son pantalon en toile blanc trempé, presque transparent, collant ses cuisses.

Le plongeur disparut sur le pont. Le Cuauhtémoc continua sa course et la foule se dispersa, non sans se questionner sur la signification du spectacle auquel elle venait d'assister.

Pari stupide ? Acte insensé ? Provocation ? Opération puérile de séduction ?

Aucun des spectateurs pourtant n'approchait la vérité. Aucun ne pouvait se douter que ce qu'il avait vu n'avait aucune importance. La véritable explication tenait à ce que personne n'avait vu !

Personne sauf ce marin mexicain.

Carlos Jésus Aquileras Mungaray, dit Aquilero.

Il savait ce qu'il risquait : une mise à pied, un blâme, des corvées interminables. Plusieurs jours de consigne sur le bateau, sans aucun doute. Avec interdiction stricte de sortie.

Tout ceci, il le savait, il l'acceptait. Le jeu en valait la chandelle.

Tout ceci, toute cette mise en scène n'avait qu'un but. Passer deux minutes dix-sept sous la Seine, au large de Quillebeuf.

***

Le mercredi 9 juillet, à 18 heures exactement, soit cinq jours après son « exploit » de Quillebeuf, Carlos Jésus Aquileras Mungaray fut autorisé pour la première fois à prendre une permission hors du Cuauhtémoc. Son plongeon de Quillebeuf avait fait beaucoup de bruit pendant quelques jours. Des plus hauts gradés jusqu'à ses camarades de chambrée, chacun avait cherché à comprendre son geste. Peine perdue.

Pour faire pression, les autorités du Cuauhtémoc avaient prévenu la famille du jeune marin mexicain. Mais chacun savait sur le voilier que les Mungaray appartenaient à une riche et puissante famille de propriétaires forestiers mexicains, qui avait fait fortune dans le commerce de bois exotique depuis plusieurs générations. Le jeune Carlos Jésus, qui exigeait de ne se faire appeler que par le surnom d'Aquilero, était jeune, beau, riche… et arrogant.

Il se fichait bien des menaces de ses supérieurs.

Aquilero quitta le Cuauhtémoc peu après 18 heures, en

compagnie de trois autres marins mexicains, bien décidé à rattraper le temps perdu. Casquettes blanches vissées sur le crâne, chemises blanches immaculées, galons aux épaules, pantalons impeccables, les quatre marins, dont trois d'entre eux étaient déjà présents lors d'Armadas précédentes, savaient que la nuit allait être longue. Ils connaissaient le prestige de leur uniforme. Pendant les heures qui suivirent, ils arpentèrent les rues médiévales de Rouen. Ils répondirent aux sourires charmés des belles estivantes, plaisantèrent en espagnol, acceptèrent sans rechigner de se laisser prendre en photo, échangèrent leurs casquettes, s'arrêtèrent aux terrasses, commandèrent des Corona en admirant les jambes qui passaient.

Le temps s'écoula rapidement. Lorsque la nuit commença à tomber, presque une dizaine de bières plus tard, les quatre marins mexicains se décidèrent à passer aux choses sérieuses.

La Cantina !

Pas seulement parce que le tarif des consommations y était réduit pour les marins, mais avant tout parce que tous les soirs, près de deux mille danseurs s'entassaient sous l'immense tente. Une incroyable fête ininterrompue, toutes les nuits. Une fête dont, bien entendu, les marins étaient les rois…

Dans le petit jeu de la concurrence entre équipages, les quatre marins du Cuauhtémoc savaient qu'ils n'avaient pas grand-chose à craindre. Leur cote était au plus haut. Une réputation qu'ils avaient patiemment bâtie et confirmée au fil des Armadas, depuis 1989.

Les latins lovers de l'Armada !

Aquilero avait tourné comme un aigle dans une volière depuis quatre nuits, écoutant avec une envie toujours plus pressante les récits incroyables des conquêtes amoureuses de ses camarades de chambrée.

Si facile !

Si facile lorsque l'on sait danser sur des rythmes latins, que l'on sait porter l'uniforme et que l'on connaît quelques compliments galants français à prononcer avec l'accent sud-américain.

La Cantina était déjà pleine à craquer lorsqu'ils arrivèrent. La chaleur était étouffante, la file d'attente pour accéder aux bières, impressionnante. Les quatre marins mexicains se séparèrent en se souhaitant bonne chance.

Aquilero se fraya un chemin à travers les corps en sueur. La salsa succédait à la timba. La plupart des danseurs ne percevaient aucune différence.

Il observa un instant la scène avant de se jeter dans l'arène. Dans un manège incessant de jupes, les filles passaient de main en main, dansant, riant, totalement désinhibées.

Les corps se collaient, se décollaient. Les boutons des chemises des marins sautaient les uns après les autres. Aquilero observa, amusé, quelques jeunes Rouennais tenter de concurrencer les marins sud-américains, se déhanchant, empoignant avec le plus de naturel possible hanches, fesses et chutes de reins… Sans doute des heures d'entraînement. Aquilero sourit : il ne leur manquait pas que l'uniforme, il leur manquait surtout une cambrure, une ondulation, quelque chose qui ne s'apprend pas.

À la salsa succéda le tango. Aquilero décida d'entrer dans la danse. Il avait repéré une sculpturale petite brune dont les cheveux descendaient presque plus bas que la jupe. Il fendit la foule et la jeune fille se retrouva comme par magie dans ses bras puissants. Rapidement, un cercle se forma autour des deux danseurs. Le mélange des corps tournoya durant de longues minutes avant qu'Aquilero n'abandonne sa partenaire, épuisée, pour en choisir une autre dans le cercle des jeunes Rouennaises qui le couvaient des yeux.

Des filles de tout âge, plus au moins excitées, sachant plus ou moins danser, se succédèrent entre ses bras pendant de longues heures.

La sueur était descendue dans son dos, trempant sa fine

chemise blanche. Après une salsa torride avec une fille qui devait faire presque deux fois son poids, et qui pourtant bougeait remarquablement bien, Aquilero retourna vers le bar boire une bière et laisser à d'autres marins du Cuauhtémoc le soin d'animer la soirée.

Il resta de longues minutes à reprendre son souffle.

Un instant, il repensa à ce qu'il cherchait, vraiment. Le véritable motif pour lequel il était revenu à Rouen, alors qu'il aurait pu depuis longtemps abandonner cette vie de marin. Vivre de la fortune familiale avec la jeunesse dorée de Cancun. Cette mission qu'il ressassait dans sa tête depuis des mois. Ces quelques jours qu'il préparait depuis cinq ans. Il allait devoir être méfiant. Il n'avait qu'une confiance limitée dans les autres. Il ne connaissait de ce coin du monde, la vallée de la Seine, que ce qu'il en avait lu, étudié, même s'il l'avait fait avec une incroyable minutie.

Son regard accrocha le ventre plat d'une danseuse qui ondulait à moins d'un mètre de son entrejambe.

Cette mission attendrait demain ! Ce soir, il allait vivre, pleinement, jusqu'au bout de la nuit. Ensuite, il lui faudrait reprendre contact avec les autres. Penser au butin. Rechercher des preuves. Plonger. Il savait ce qu'il avait à faire.

Il vida son verre de bière d'une traite et s'immergea dans la foule.

Sa chemise était désormais ouverte jusqu'au nombril. La plupart des filles qu'il approchait détournaient les yeux. D'autres plus rares, soutenaient son regard d'aigle. Parfois, au détour d'un mouvement, des seins le frôlèrent, des mains osèrent s'aventurer sur son torse nu.

Aquilero continua de danser, de multiplier les partenaires, avec un peu moins d'entrain toutefois. Les rangs de la Cantina commençaient à se clairsemer. Les uniformes se faisaient moins nombreux. Ils repartaient, souvent accompagnés.

Aquilero campa bientôt au bar, discutant avec les filles les plus proches, les yeux dans les yeux, en anglais ou en espagnol.

Vers un peu plus de deux heures du matin, Aquilero quitta la Cantina, dans les bras d'une jolie blonde.

Personne ne le remarqua.

Les rares témoins ne s'en souvinrent que le lendemain, lorsque la police les interrogea. Ils furent beaucoup à avoir remarqué Aquilero. Par contre, aucun d'entre eux ne fut capable de décrire le visage de la jeune fille avec qui il quitta la Cantina.

Seuls quelques témoins évoquèrent la perfection des courbes, observées de dos, de la jeune fille pendue au coup du marin mexicain.

Jeudi 10 juillet 2008 :

Les anges noirs de l'utopie

3
Nature morte

5h45, quai Boisguilbert, Rouen

Maxime Cacheux s'engagea sur les quais de Seine, son chevalet sous le bras, un peu avant six heures du matin. Le soleil venait à peine de se lever. Il faisait partie de cette poignée de peintres en herbe qui se levait tous les matins aux aurores pour profiter de la vue des voiliers dans le jour naissant, sans la foule.

Il s'installa face au Cuauhtémoc pour terminer l'aquarelle qu'il avait esquissée la veille. Il voulait parvenir à peindre une dizaine de toiles pendant l'Armada. Il avait organisé son travail en conséquence. Son chef, à la Chambre régionale des comptes, avait accepté qu'il ne travaille qu'à mi-temps cette semaine.

Il ouvrit son chevalet, positionna sa palette, recherchant l'endroit exact où il se trouvait la veille. Il pesta.

La lumière n'était pas la même ! Il rumina contre sa stupidité : il devait esquisser un tableau par matin, un point c'est tout. Ne pas chercher à en commencer un autre. Il pensa avec envie à cette galerie d'Honfleur qui lui avait fait la vague promesse d'exposer ses œuvres, en août. Il savait bien que ses toiles n'étaient pas très originales. Il savait également que le thème de l'Armada faisait vendre… Il soupira en regardant le ciel. Le temps était déjà trop lumineux. Il était arrivé cinq minutes trop tard. La veille, il y avait un ciel extraordinaire.

Tant pis. Il attrapa un pinceau et commença par une observation minutieuse du paysage.

Les quais étaient déserts.

Les gens sont stupides, pensa Maxime. C'est pourtant la meilleure heure.

Il reprit son examen. Un détail attira son regard. Plus qu'un détail d'ailleurs.

Sur le côté droit de l'angle de son tableau, un homme était allongé par terre, à une dizaine de mètres du Cuauhtémoc.

Maxime sourit. Un pauvre type qui avait sans doute trop bu la veille.

Dans l'instant suivant, son œil aiguisé repéra un détail anormal.

Une flaque rouge sous le corps du marin.

— Merde, pesta Maxime Cacheux.

Il pensa qu'il allait perdre un temps précieux, ce court moment avant que la foule n'envahisse les quais. Il hésita. À contrecœur, il se décida et s'approcha du corps étendu.

Jamais, par la suite, Maxime Cacheux n'oublia ce qu'il vit ce matin-là. Il paraît que depuis, ses aquarelles sont bien meilleures. Plus sombres, plus profondes.

Maxime se pencha sur le corps inerte. Ce n'était pas un clochard.

C'était un marin, un marin mexicain. Il reconnut sa chemise blanche, ses insignes.

Un marin mexicain ayant trop abusé de tequila pour pouvoir atteindre son bateau ?

Non, hélas, ce n'était pas cela.

Le jeune Mexicain avait les yeux grands ouverts, révulsés.

Une large entaille, béante, rougie de sang, tachait sa chemise, à la place exacte de son cœur.

Carlos Jésus Aquileras Mungaray, dit Aquilero, gisait mort, poignardé sur les quais de la Seine, juste devant le Cuauhtémoc.

4
Quai du crime

7h15, quai Boisguilbert, Rouen

Le commissaire Gustave Paturel fendit la foule avec autorité. Le poids de ses quatre-vingt-dix kilos l'aida à bousculer la masse compacte de badauds. Sa voix de stentor fit le reste :

— Police ! Laissez passer !

Comme il s'en doutait, la densité de visiteurs était déjà impressionnante.

Qu'est-ce que cela allait être dans la matinée ?

Il fallait régler cette affaire rapidement. Rapidement, mais sans prendre aucun risque.

Sur la route, il avait essayé de faire le point. Un cadavre sur les quais, pendant l'Armada, c'était une première ! Mais à bien y réfléchir, c'était quelque chose qui devait bien arriver un jour. Alcool, mélange des genres, excitation. Malgré le déploiement de la police, les caméras partout, un jour ou l'autre, une altercation pouvait dégénérer. L'enquête n'inquiétait pas trop le commissaire. Étant donné l'affluence, de jour comme de nuit, trouver des témoins ne serait pas difficile. L'assassin de ce marin allait peut-être même venir se dénoncer tout seul, une fois dessaoulé. Non, ce qui préoccupait le plus le commissaire Paturel, c'était la gestion médiatique de cette affaire. L'Armada de Rouen, avec ses millions de touristes sur les quais, était désormais la deuxième plus importante manifestation populaire française, derrière le Tour de France.

La plus importante, même, si l'on considérait que le Tour de France se déroulait sur trois semaines et sur tout le territoire national.

Alors, en tant que responsable de la sécurité sur l'Armada, il lui fallait marcher sur des œufs. Il allait devoir tout gérer en direct avec le préfet, tout le gratin des élus de Rouen. Un tel fait divers devait faire le moins d'éclaboussures possible… Il allait être en première ligne… Il aperçut les voiles blanches du Cuauhtémoc.

Il y était !

Il écarta d'un geste ferme le dernier rang de badauds :

— Police. Circulez.

Il franchit le ruban orange installé en hâte sur les quais autour du cadavre. Il commençait à avoir l'explication de l'encombrement sur les quais. En plus des touristes qui venaient assouvir une sorte de curiosité morbide, le cordon sanitaire autour du corps étendu occupait les trois quarts du quai, créant un goulot d'étranglement devant le Cuauhtémoc.

Le commissaire Paturel s'épongea le front. Il jeta un coup d'œil à la scène du crime et fut rassuré. Ses deux principaux adjoints, les inspecteurs Colette Cadinot et Ovide Stepanu, étaient déjà en place.

Colette Cadinot vint la première à la rencontre du commissaire, visiblement rassurée par l'arrivée de son patron :

— Bonjour Gustave. Enfin... On t'attendait.

L'inspectrice jeta un coup d'œil appuyé à sa montre. Le commissaire ne releva pas l'allusion à son retard. Il n'allait tout de même pas avouer à son inspectrice que lorsqu'on l'avait appelé à son domicile, vers six heures du matin, il était seul chez lui avec ses deux enfants en garde, et qu'il avait mis du temps pour trouver une solution, en l'occurrence l'appel à un réseau de baby-sitters sur internet. Avec ses enfants sur les bras en juillet, ce crime tombait particulièrement mal !

Le commissaire Paturel observa quelques instants l'inspectrice Cadinot. Plus elle vieillissait, plus elle ressemblait à Miss Ratched, l'infirmière de Vol au-dessus d'un nid de coucous. Une petite femme stricte au regard clair. Le commissaire la connaissait depuis près de trente ans. Difficile de croire, à la vue de cette quinquagénaire raidie, qu'elle avait été jeune, séduisante et presque drôle à son début de carrière. Depuis, la longue lutte de ce petit bout de femme pour faire sa place dans la police l'avait rendue sérieuse et aigrie. Pourtant, le commissaire Paturel l'aimait bien. Une longue complicité les unissait. Il reconnaissait de plus qu'elle était une collaboratrice intègre, efficace, précise. Un peu fatigante sur les bords, certes, mais une sacrée professionnelle, sur laquelle il savait pouvoir compter. C'était bien là le principal.

— Faites-moi reculer toute cette foule, commanda le commissaire.

Une dizaine d'agents de police en uniforme tenta de faire reculer, sans grand succès, les badauds.

— Colette, tu me fais le point ? continua Paturel d'une voix suffisamment basse pour que les détails ne sortent pas du cordon sanitaire.

— O.K. On est là depuis une heure environ. C'est un peintre amateur qui a trouvé le corps, à 5h45. Un certain Maxime Cacheux. Il travaille à la Chambre des comptes. On est en train de l'interroger, mais il n'y aura rien à tirer de ce côté-là.

— Et la victime ?

— On l'a identifiée. Ce n'était pas difficile. Il avait ses papiers sur lui. C'était une petite vedette locale.

Elle consulta ses notes et lut :

— Carlos Jésus Aquileras Mungaray. Matelot depuis cinq ans sur le Cuauhtémoc. Un des cadres du voilier, après y avoir été cadet il y a quatre ans. D'après ce qu'on sait, il appartient à une famille mexicaine influente. On a lancé des recherches de ce côté-là. Le capitaine du Cuauhtémoc se charge de prévenir la famille. Apparemment, Mungaray était une sorte de tête brûlée. Il se faisait surnommer Aquilero. C'était un pilier des soirées rouennaises, le genre play-boy, casse-cou… Il y a une semaine, il s'était amusé à plonger dans la Seine au large de Quillebeuf, du haut du mât du Cuauhtémoc, pour fêter son arrivée sur l'Armada…

Toutes ces informations rassuraient le commissaire. La victime était un séducteur invétéré, un provocateur. Il avait sans doute dû tirer un peu trop sur la corde face à un rival éméché. Il jeta un coup d'œil sur le drapeau mexicain qui flottait sur le Cuauhtémoc. Venir de si loin pour se faire assassiner bêtement au petit matin…

— Et le meurtre, continua le commissaire. Quels détails ?

— Mungaray a passé la soirée en ville hier, avec d'autres marins du Cuauhtémoc. Ensuite, ils sont allés danser à la Cantina, jusqu'à environ deux heures du matin. D'après les premiers témoignages, on l'aurait vu partir au bras d'une blonde que personne n'a encore pu identifier.

— Et après ?

— Rien. Rien avant que le peintre ne trouve le corps… Un objet tranchant en plein cœur. Sans doute un poignard, mais il n'y aucune trace de l'arme du crime près du corps…

Le commissaire observa les rangs serrés de badauds agglutinés à dix mètres, dont le cordon de policiers parvenait simplement à limiter la progression.

Il réfléchit un instant.

Peut-être que couper complètement les quais, pour quelques heures, le temps de l'enquête, serait la meilleure solution. Il pensa immédiatement aux implications d'une telle initiative. Les protestations, les plaintes. Peut-être pourrait-on trouver une sorte de déviation pour les touristes.

Il soupira.

Il n'avait pas le temps. Il fallait agir au plus vite. Dans une heure, peut-être moins, la police aurait vidé les lieux et embarqué le cadavre. Faire maintenir la foule à bonne distance par un cordon de policiers était sans doute la meilleure solution. C'était le plus souvent comme cela que l'on gérait un accident sur une voirie, il suffisait de travailler rapidement. Les journalistes n'allaient pas non plus tarder à rappliquer. Ils étaient peut-être même déjà là. Mais le commissaire Paturel savait également qu'il ne devait prendre aucun risque, qu'il devait laisser la police scientifique faire son travail. Il devait respecter scrupuleusement toutes les étapes, même si les circonstances étaient exceptionnelles. Si jamais l'affaire se compliquait, il serait le premier à sauter en cas d'oubli dans la procédure.

— Et toi Colette, tu penses quoi de tout ça ? demanda Paturel.

L'inspectrice répondit avec une précision clinique :

— Si on fait abstraction de l'Armada, des touristes, de la pression que tout cela va générer, je dirais qu'on a affaire à un vulgaire fait divers. Une bagarre qui tourne mal.

— On a mesuré le taux d'alcoolémie de la victime ?

— C'est en cours. Mais selon les témoignages, il avait bu plus d'une dizaine de bières au cours de la soirée.

Le commissaire afficha un sourire de soulagement. Tout ceci allait se résoudre rapidement. Il tourna la tête et remarqua qu'un cadet se hissait sur la martingale du Cuauhtémoc pour mettre en berne le drapeau vert, blanc et rouge du voilier mexicain.

Déjà !

Il se retourna vers l'inspectrice.

— Tout ça va dans ton sens, Colette. Mungaray avait-il de l'argent ? On lui a volé quelque chose ?

— Visiblement, non. Il avait juste quelques euros sur lui…

— Mouais… Il faut retrouver cette fille. Cette fille blonde. C'est elle la clé. Sans faire de psychologie de bazar, je verrais bien une affaire de cœur qui a mal tourné. Le beau Sud-Américain tourne la tête d'une jeune fille et l'entraîne dans un coin sombre. La belle avait un amoureux local qui n'apprécie pas trop cette concurrence déloyale. Il suit Mungaray et sa conquête. L'explication tourne mal… Ça te semble plausible, Colette ?

— C'est possible…

— Le commissaire Paturel sentit, au peu d'enthousiasme de l'inspectrice, qu'il lui manquait encore un certain nombre d'éléments dans cette affaire. Colette Cadinot ne lui avait pas encore tout dit. Il posa une question qui lui semblait anodine.

Elle ne l'était pas.

— On a une idée de l'heure de la mort ?

Colette Cadinot respira plus lentement. Paturel perçut immédiatement qu'il y avait un problème.

— Le légiste est en train de travailler dessus, répondit lentement l'inspectrice. D'après lui, la mort a été instantanée. Elle remonte à un peu plus de deux heures du matin. Mais il va affiner…

Le commissaire tiqua :

— Deux heures du matin ? Et on a retrouvé le corps à six heures ?

Il jeta un coup d'œil aux quais bondés. Une tension montait en lui. Cette affaire prenait une mauvaise tournure. Il hurla à l'encontre des policiers qui faisaient ce qu'ils pouvaient :

— Mais faites-moi reculer cette foule, nom de Dieu ! Ils vont finir par nous piétiner !

Il se retourna vers Colette et continua, un peu calmé :

— Entre deux et six heures du matin, il est impossible que personne n'ait remarqué le corps sur les quais. Il y a forcément eu du passage toute la nuit ! Le légiste est vraiment sûr de son diagnostic ? Mungaray n'a pas pu être seulement blessé, puis avoir tenté de se traîner jusqu'au Cuauhtémoc ?

Colette Cadinot secoua la tête :

— Il est formel. Le coup a été mortel. Un peu après deux heures du matin.

— Merde ! Tu sais ce que cela signifie, Colette ?

— Oui, répondit l'inspectrice avec flegme. Que Mungaray a été tué ailleurs, et ramené seulement ensuite, quatre heures plus tard, à proximité du Cuauhtémoc. C'est d'ailleurs ce que les experts semblent confirmer. Mungaray n'a pas été tué sur les quais… Du coup, l'hypothèse du crime passionnel dans la panique se complique un peu…

— À voir, se rassura le commissaire. À voir. Le meurtrier a pu vouloir cacher le corps. Le ramener au Cuauhtémoc. Il y a sans doute une explication rationnelle.

— Il y en a toujours une…

Le commissaire toussota. Il dévisagea un type qui tentait de prendre une photo entre deux uniformes et se défoula sur lui :

— Les photos sont interdites ! Encore une et je vous confisque l'appareil.

L'homme se recula sans protester. Le commissaire s'épongea le front :

— O.K. Bon, que les légistes se magnent de faire leur travail. Il faut qu'on libère les lieux avant que ça tourne à l'émeute. Je vais contacter également la police scientifique nationale pour l'examen du corps. ADN et tout le tintouin. On ne va prendre aucun risque.

Le commissaire s'avança et se pencha sur le corps étendu du jeune marin. Divers policiers en civil s'affairaient, équipés de matériels sophistiqués, passant une lampe polylight pour repérer d'éventuelles empreintes digitales, attrapant le moindre cheveu à l'aide de pincettes minuscules et les déposant dans des petits sachets, recueillant à l'aide d'une sorte de long coton-tige le sang sur le goudron du quai.

Pas étonnant que le public se bouscule pour observer la scène !

Les Experts, en live !

Le commissaire se retourna, énervé, et interpella un

autre badaud qui tentait de s'approcher pour prendre un cliché :

— La foire Saint-Romain, c'est sur l'autre rive !

Le touriste recula sans demander son reste.

Une main se posa sur l'épaule du commissaire. Paturel se retourna et reconnut Ovide Stepanu, le second inspecteur qu'il avait dépêché sur l'affaire. D'origine roumaine, l'inspecteur Ovide Stepanu était arrivé en France depuis une vingtaine d'années. Il était un flic remarquable, doté d'une intuition et d'une imagination hors du commun.

Parfois trop.

Dans son dos, au commissariat de Rouen, courait sur lui le surnom d'inspecteur « Cassandre ». Orthodoxe pratiquant, superstitieux, il semblait parfois porter la misère du monde sur ses épaules et avait le don de prendre l'air désolé pour annoncer des catastrophes ou des explications les plus terrifiantes possibles aux crimes... qui bien souvent se révélaient exactes !

Cela n'aidait pas beaucoup à sa popularité. Pas plus que cette allure dépressive de vieux garçon, ses vêtements sans forme comme s'il n'en avait pas changé depuis sa venue de Roumanie, ou cette absence presque permanente de sourire. Le commissaire Paturel avait mis plusieurs années avant de comprendre pourquoi l'inspecteur Stepanu ne souriait jamais. Ce n'était aucunement une question de caractère. C'était simplement de la pudeur. Stepanu avait ramené de Roumanie une vilaine dentition. Avec le temps, il avait su développer des rictus qui lui permettaient d'exhiber le moins possible ses dents jaunies, notamment en évitant les sourires inutiles.

Le commissaire avait compris, contrairement à beaucoup de ses collègues, que l'inspecteur Stepanu n'était pas un type blasé faisant la tête en permanence, mais au contraire un brave type, brillant, timide et complexé.

— C'est la merde Gustave, attaqua l'inspecteur Stepanu, avec cette façon inimitable de parler sans bouger les lèvres.

Un type brillant, timide, complexé... et qui ne prenait la parole que pour vous annoncer des kilos d'emmerdements !

Paturel soupira :

— Qu'est-ce qu'il y a, Ovide ?

— Je ne voudrais pas jouer les trouble-fêtes. J'ai écouté votre théorie, commissaire. Le crime passionnel... Je suis désolé, mais ça ne colle pas...

Le commissaire croisa le regard tout aussi abattu de l'inspectrice Cadinot.

— Il faut que je vous montre quelque chose, commissaire, continua Ovide Stepanu.

L'inspecteur se pencha sur le corps du jeune marin mexicain, demanda à la police scientifique de faire un peu de place et commença à déboutonner la chemise du cadavre. Stepanu dénuda une épaule du corps inerte, puis, sans aucune gêne apparente, tourna légèrement le tronc pour dévoiler toute l'omoplate.

— Regardez.

Le commissaire et l'inspectrice se penchèrent. L'épaule, l'omoplate et le haut du dos d'Aquilero étaient couverts de tatouages. Ils observèrent avec plus d'attention. Ils reconnurent distinctement quatre animaux : une colombe, un crocodile, un tigre et un requin. Les tatouages étaient sobres, les traits des animaux précis.

— Et alors ? demanda le commissaire. Où est le problème ? Ça doit être courant, les tatouages chez les marins. Non ?

— Ce n'est pas cela le problème, Gustave, continua Ovide sans se départir de son attitude de croque-mort.

Il dénuda encore un peu plus le dos du marin. Un cinquième tatouage apparut.

Mais celui-ci était méconnaissable !

Le tatouage était brûlé. La peau du cadavre, à l'endroit exact du cinquième tatouage, cloquait atrocement et commençait à se disloquer en lambeaux.

Colette Cadinot détourna les yeux. Le commissaire déglutit.

Nom de Dieu ! Il ne s'attendait pas à cela !

— C'est… C'est récent cette brûlure ? articula le commissaire.

— Selon les légistes, répondit Stepanu, à peu près l'heure de la mort. Soit un peu avant la mort, soit un peu après… On en saura plus dans quelques heures. Je vous l'accorde commissaire, le détail a de l'importance. Surtout pour ce pauvre garçon d'ailleurs.

Des gouttes de sueur perlaient sur le front du commissaire Paturel.

Cette fois-ci, il y était, dans la merde !

A ce rythme-là, la thèse du crime passionnel ou crapuleux n'allait pas tenir longtemps. Il osait à peine imaginer l'hypothèse d'un sadique en liberté. En pleine Armada, au milieu de millions de touristes.

Il fallait que cela tombe sur lui !

La somme d'ennuis en perspective lui donna le vertige. Il n'osait même plus affronter du regard la foule de curieux. Avec un peu de malchance, un journaliste avait tout vu.

— On sait ce que représentait le tatouage qui a été brûlé ? demanda le commissaire d'une voix blanche.

— Oui, répondit Stepanu presque avec entrain. Il n'y a pas de doute. C'était un aigle.

— Aquilero, fit l'inspectrice Cadinot, s'imposant dans la conversation. Aquila signifie aigle en espagnol. L'aigle, c'était lui… C'est lui qu'on a voulu brûler… Une vengeance ?

Des gouttes de sueur coulaient maintenant dans le bas du dos du commissaire Paturel. Tout allait trop vite. Pourtant, Stepanu ne lui laissa aucun répit et enfonça encore un peu plus le clou :

— Au risque de paraître rabat-joie, il y a encore autre chose, commissaire.

Paturel aurait aimé être blasé. Il ne l'était pas.

— Quoi ?

— La brûlure… Elle n'est pas banale… La chair donne l'impression d'avoir été marquée au fer rouge. Un peu comme on marque une bête… Et…

Il hésita à continuer.

— Et ? insista malgré lui le commissaire.

— Selon les légistes, la brûlure présente une forme, comme une signature.

Il sortit une page d'agenda déchirée de sa poche.

— Une signature qui ressemble à cela.

Paturel et Cadinot se penchèrent. L'inspecteur Stepanu tendit devant leurs yeux le dessin suivant : M<.

Un M et une sorte de V penché sur le côté…

— J'ai déjà balancé le symbole par le net à Paris, indiqua Stepanu. Ils vont faire des recoupements. Ils ont des cryptologues. Il s'agit peut-être d'un symbole cabalistique, d'un truc religieux, d'une secte, je ne sais pas quoi… Ils ont des banques de symboles…

Le commissaire Paturel n'écoutait plus son inspecteur. Il n'avait pas besoin de tous ces détails.

Il sentait les pavés des quais glisser sous ses pieds.

Il fixa son regard sur le drapeau mexicain en berne, puis regarda Colette Cadinot.

Elle aussi avait compris.

Comme le commissaire, elle habitait le pays de Caux depuis longtemps. Elle connaissait l'histoire de l'estuaire de la Seine. Ses légendes, ses traditions. Nul besoin d'experts parisiens et de banque de données. Le commissaire et son inspectrice savaient parfaitement à quoi correspondait ce mystérieux symbole.

M<

D'où il venait et ce qu'il signifiait.

Pourtant loin d'éclairer le mystère, il le rendait plus épais encore.

Insondable. Invraisemblable.

— Bordel, fit le commissaire. Pas un mot de tout ceci à la presse ! Black-out total. La seule piste officielle, c'est le crime passionnel et l'appel à témoin, en particulier cette fille blonde qui est sans doute la dernière à avoir vu Mungaray vivant. Officiellement, on mise tout là-dessus !

Le commissaire pensait en avoir terminé avec les émotions. Pouvoir se ressaisir, s'organiser.

Le pire était pourtant à venir.

Au moment où la police scientifique se penchait à nouveau sur le corps du jeune Mexicain, un téléphone portable sonna.

A moins d'un mètre d'eux.

Chacun se regarda. Personne ne décrocha.

De longs instants s'écoulèrent, rythmés par la sonnerie insistante.

— Bordel, hurla le commissaire, est-ce que le propriétaire de ce téléphone peut se donner la peine de répondre ?

— Ça va être difficile, glissa sobrement Ovide Stepanu.

Le commissaire se rendit compte que tous les regards étaient tournés vers le corps étendu sur les quais de la Seine.

La sonnerie provenait de la poche du cadavre.

Quelqu'un cherchait à entrer en conversation téléphonique avec un mort !

5
Colombages et gueule de bois

7h30, 13, rue Saint-Romain, Rouen

Maline Abruzze dormait d'un sommeil de plomb lorsque le téléphone sonna. Elle aventura une main hors de son lit pour attraper l'appareil. Une voix enjouée lui déchira le tympan :

— Debout, citoyenne !

La journaliste identifia immédiatement la voix de son rédacteur en chef, Christian Decultot. Elle ne prit même pas la peine de répondre et le laissa débiter sa tirade :

— Maline ? Tu es là ? Je ne te réveille pas tout de même ? Allez ! Oust ! Rapplique au journal. Dans mon bureau dans une demi-heure. J'ai un scoop pour toi !

— Hein ? fut tout ce que réussit à émettre la voix mal réveillée de Maline.

— Allez ma belle. Une douche et au rapport. Un scoop je te dis. On a un meurtre sur les bras ! Le meurtre d'un marin, cette nuit, au beau milieu des quais de Rouen.

Le rédacteur en chef raccrocha.

Maline peinait à sortir de sa torpeur.

Un crime ? Un marin ? Sur les quais ?

Sans doute un banal règlement de comptes… Pas de quoi s'exciter.

Elle tenta de se redresser dans son lit. Sa tête lui faisait atrocement mal. Elle repoussa les draps et s'assit au bord du lit. Maline se sentait vidée.

Un orchestre semblait encore jouer la fanfare dans sa tête. Des restes du concert de la veille.

Les pensées de la journaliste s'échappèrent quelques instants vers la nuit précédente. Après l'immense concert sur les quais de Rouen, le traditionnel feu d'artifice, elle avait fini la soirée dans un petit pub de Déville-lès-Rouen. Le programme off de l'Armada. Un groupe local de blues, Rock en Stock, avait enfilé les standards jusqu'au petit matin.

Maline tenta de se lever. Elle tituba un peu. Elle s'approcha de la fenêtre de son appartement, sans même se soucier de sa nudité. Il faisait une chaleur étouffante dans les appartements du centre-ville. Dans sa tête, des hululements fantomatiques répondaient à une sorte de rythmique infernale. Des percussions qui lui semblaient rebondir sur les parois de son crâne.

Le leader du groupe de blues, après une dizaine de rappels, avait entamé un dernier morceau en hommage à la commune du concert. Déville… Le fameux Sympathy for the devil, des Stones. Avant ce soir, Maline ne s'était jamais fait la réflexion que la commune qui s'étendait le long du Cailly portait le nom du diable… Amusant. L'improvisation sur le standard des Rolling Stones avait duré près de trois quarts d'heure. Tout le public du bar avait accompagné les musiciens par des « hou hou » lancinants, attrapant tout ce qui pouvait servir à faire du bruit pour accompagner les percussions vaudoues. Maracas improvisées, cuillers pour frapper sur des verres, phalanges et paumes sur les tables…. Des filles étaient debout sur les chaises, décoiffées en tigresses, adoptant des poses félines, devant des garçons s'essayant à des déhanchements de zombies haïtiens.

Maline colla son visage à la fenêtre. Il faisait déjà beau. Elle jeta un cachet d'aspirine dans un verre d'eau et soupira.

A trente-cinq ans, bientôt trente-six, elle avait décidément du mal, maintenant, à se remettre de ces soirs de fiesta.

Elle se traîna jusqu'à la douche. Le jet d'eau tiède la réveilla un peu. Elle se fit la remarque qu'elle en était seulement au cinquième jour de l'Armada, et qu'elle était déjà sur les rotules.

Epuisée.

Elle le savait, elle devait être plus raisonnable.

D'accord ! Elle semblait entendre son père lui parler. Mais le problème, c'était que l'Armada ne revenait que tous les quatre ans, parfois cinq. Dix jours, dix nuits à peine tous les cinq ans ! Comment ne pas en profiter ? Comment ne pas profiter à fond de cette poignée de jours invraisemblables où Rouen, la belle endormie, se réveillait, avant de sombrer dans une nouvelle léthargie.

Le jet de la douche vira de tiède au franchement glacé. C'était habituel. Le chauffe-eau était pourri.

Maline repensa à sa première Armada, en 1989. Elle avait à peine dix-huit ans. Elle conservait de cette semaine le souvenir d'une fête sans fin, de sa première liberté, de ses premiers émois... Elle avait vu sous ses yeux incrédules, comme tous les autres Rouennais, la sage capitale normande se transformer en un immense forum multiculturel. Le centre du monde, où tout était permis. Une révolution culturelle. Un incroyable cadeau pour sa majorité ! Ceux qui n'avaient pas eu dix-huit ans pendant les « Voiles » de 1989 ne pourraient jamais comprendre. Heureusement que son père n'avait jamais été au courant du quart des virées dans lesquelles elle avait été entraînée avec ses copines pendant cette folle semaine. Elle avait appris à parler une dizaine de langues en quelques jours. Au moins les mots essentiels. Sa passion pour les voyages était sans doute née à ce moment-là. Elle était devenue reporter parcourant le monde, pour les plus grands journaux, pendant onze ans. Même si cette passion avait explosé en vol, et si Maline s'était échouée dans sa ville natale, Rouen.

Journaliste au SeinoMarin. Le plus grand hebdomadaire de la région...

Maline sortit de la douche, sans même s'essuyer, inondant abondamment un linoléum défraîchi.

De 1989 à 2008, même lorsqu'elle se retrouvait à l'autre bout de la planète, Maline n'avait jamais raté une Armada. Elle était toujours revenue, même en 1994, alors qu'elle couvrait encore quelques semaines auparavant le génocide rwandais. Les trois dernières Armadas, 1999, 2003 et 2008, elle les avait vécues comme journaliste locale officielle... au SeinoMarin. A chaque Armada, elle parvenait à débaucher son réseau de copines. Celles du temps béni de 1989 ! Presque toutes étaient mariées, mères de familles, divorcées, déprimées, fanées... Vieilles ! Maline se sentait différente. Différente et seule. Quel calvaire pour faire sortir de son quotidien sa poignée de copines rangées...

Etait-elle à ce point anormale ?

Presque trente-six ans ? Célibataire ?

Maline attrapa une serviette en boule et essuya le miroir ovale de la salle de bain. Elle observa quelques instants son reflet.

D'accord, elle était plutôt petite, mais elle se savait encore bien faite, bien proportionnée, mieux même qu'à vingt ans. Plus pulpeuse... Plus en chair...

— C'est parce que tu grossis, ma vieille ! ironisa Maline pour elle-même. T'es fière des tes formes, de ton cul et de tes seins, mais dis-toi bien que ce sont les dernières années, les derniers mois avant la dégringolade. Faut te remettre au sport, ma belle !

Elle repensa furtivement au temps où elle faisait du sport presque tous les soirs, cinq fois par semaine ! Aujourd'hui, c'était plutôt une fois par mois. Piscine ou jogging. Et encore. Courir seule et croiser des couples l'insupportait, maintenant.

Maline fit une moue devant la glace. De toutes les façons, son piège à mecs, ce n'était pas son corps de petite poupée, c'était son visage. Sa bouille de clown. Son visage mutin comme on dit plus sérieusement. Des yeux noirs comme des billes, des pommettes rondes, une tignasse ébouriffée. Châtain aujourd'hui. Passée par toutes les couleurs ces vingt dernières années.

Elle détailla sa figure dans le miroir embué. Genre Drew Barrymore ou Audrey Tautou... Genre petite bombinette rigolote et délurée. Elle se rassura. Les hommes ne craquent pas que pour les bimbos blondes hautes sur pattes. Ils aiment aussi les modèles réduits sexy.

Peut-être... Elle était célibataire pourtant. Un choix ? Un non-choix ? Elle était encore désirable, c'était clair. Mais ni plus ni moins désirable que des milliers d'autres petites poupées, comme on en trouve plein les rues dès qu'il fait beau. Des milliers de filles comme elle... En plus jeunes !

Décidément, les lendemains de fiesta la rendaient morose ! C'était bien cela au fond qui l'effrayait, pas ses deux kilos en trop.

Allez, bouge-toi ma vieille !

Elle jeta un coup d'œil vers son lit. La pile impressionnante de linge propre non repassé la renvoya à sa propre solitude.

Réagir. Sortir.

Maline enfila une jupe chiffonnée qui lui arrivait à mi-cuisses, un bustier moulant vert pomme et un petit pull en crochet. Elle attacha en hâte ses cheveux mouillés avec un peigne en forme de papillon, composant un chignon improvisé.

Elle était prête.

Jetant un coup d'œil sur la table du salon, elle aperçut le verre d'eau et le cachet d'aspirine dissous. Sans bulles ! Elle soupira à nouveau et le but tout de même d'un trait.

Beurk.

Elle ouvrit son réfrigérateur et décapsula une canette de Red Bull, cette boisson énergétique à base de caféine et de taurine, mélange détonnant interdit en France, ce qui renforce encore sa diffusion sous le manteau parmi les noceurs contraints de reprendre le boulot... Tout en buvant à même la canette, Maline pianota sur son téléphone portable.

Trois messages provenaient de son père. Rien que cela ! Il s'inquiétait de ne pas avoir de nouvelles ; l'invitait ; lui demandait ce qu'elle voulait pour son anniversaire, dans cinq jours ; allait-elle passer ? Il lui parlait aussi de vagues cousins éloignés de Bourgogne dont elle ne se souvenait pas, mais qui apparemment allaient passer sur l'Armada.

Fêter son anniversaire ! Trente-six ans ! Pour que son père lui fasse la morale. Lui raconte une nouvelle fois qu'il était si seul et qu'il aimerait tant avoir des petits-enfants. Sans parler de ces cousins qu'elle n'avait jamais vus. Non merci, papa ! Elle éteignit avec rage son téléphone portable. L'instant d'après, les remords remontaient déjà.

Il avait raison. Il fallait à tout prix qu'elle trouve le temps de passer voir son père. Il ne sortait plus, quasiment, même pendant l'Armada. Auparavant pourtant, il adorait la voile, il s'intéressait à tout cela. Les voyages, la marine. Plus maintenant. Il ne s'intéressait plus à rien.

C'était cela, vieillir seul ?

Oui, il fallait à tout prix qu'elle se force à passer à Oissel voir son père et le traîner de gré ou de force sur les quais. Elle n'allait pas en plus devenir une fille indigne ! Pour les cousins de Bourgogne par contre, c'était hors de question ! La charité familiale a ses limites.

Elle but le Red Bull jusqu'à la dernière goutte et jeta la canette dans la poubelle.

7h53.

Elle s'étonna. Elle était à peine en retard.

En sortant de son appartement, fidèle à un rituel, elle regarda quelques instants la photographie en noir et blanc accrochée dans le couloir de son entrée.

Le gros plan d'un jeune Africain.

— Où es-tu Fatou ? murmura Maline. Où es-tu ?

Elle ne laissa pas la nostalgie s'emparer d'elle. Elle dévala les escaliers vers la rue Saint-Romain.

***

Dans la rue, Maline sentit l'air frais du matin lui redonner un semblant de vitalité. A moins que ce ne fût l'effet du Red Bull. La rue Saint-Romain était déserte. Maline adorait la solennité de la rue piétonne, les hauts murs de pierres de l'archevêché, l'incroyable vue sur la cathédrale.

La plus belle rue de la plus belle ville de France ?

Maline marcha quelques mètres et tourna à droite rue des Chanoines, la plus petite rue de Rouen. Un passage de moins d'un mètre, en forme de labyrinthe, entre des bâtisses de quatre étages. Un coupe-gorge médiéval. Un passage obligé des visites du centre-ville piétonnier.

Maline adorait cette ruelle, bien entendu. Pourtant, en cette matinée, elle étouffa un haut-le-cœur. Le Red Bull remonta avec acidité jusqu'à sa gorge. La rue étroite empestait l'urine, plus encore que d'habitude ! Les recoins de la ruelle offraient des cachettes idéales pour les hommes désirant soulager leur vessie, ceci sans doute depuis le Moyen Age, mais le pic de consommation de bière pendant les nuits de l'Armada avait transformé la rue en urinoir à ciel ouvert.

Maline accéléra le pas en se bouchant le nez et déboucha rue Saint-Nicolas. Elle profita de l'odeur appétissante d'une boulangerie qui ouvrait pour respirer à nouveau. Elle obliqua rue Saint-Amand. Maline goûta le charme, sans cesse renouvelé, des vieilles ruelles rouennaises au réveil. Quelques touristes matinaux prenaient leur petit-déjeuner sur l'adorable place Saint-Amand. Une jeune fille seule à une terrasse, un téléphone portable vissé à l'oreille, portait sur ses cheveux décoiffés une casquette de marin. Marine sourit.

Un camion poubelle bruyant essayait de se frayer un chemin parmi les ruelles. Quelques éboueurs plutôt joyeux sifflotaient en ramassant papiers gras, bouteilles et canettes. Ils s'attachaient avec professionnalisme à effacer les restes d'une fête nocturne à laquelle ils n'avaient sans doute pas participé.

Maline adorait ce genre de scène. Elle se serait bien arrêtée là, à prendre quelques photos et poser des questions aux passants. Un joli petit article pour Le SeinoMarin : « Lendemain de fête. Rouen se réveille ». Ou bien un titre plus accrocheur : « Colombages et gueule de bois ». Mais elle n'avait pas le temps. Ce serait pour un autre jour. Elle continua sa route.

Un éboueur agita sa main gantée jaune fluo dans sa direction :

— Bonne journée ma belle !

Maline lui retourna un large sourire et agita sa main, même si le regard du travailleur matinal se fixa davantage sur la partie dénudée de ses jambes.

Maline se sentait légère. Elle adorait ces petits moments volés. Elle adorait la ville. Elle s'y sentait dans son élément, elle raffolait de ces petits éclairs de séduction instantanés. Maline prolongea jusqu'à l'angle de la rue Eau-de-Robec, où se situait le siège du SeinoMarin. Elle entra. Les couloirs étaient déserts, personne n'était encore arrivé, à part Christian Decultot. Maline pénétra sans même frapper dans le vaste bureau du rédacteur en chef.

Christian Decultot releva la tête :

— Ah, Maline ! Tu as plutôt intérêt à t'asseoir ma jolie. On est dans la merde, citoyenne ! On est face à un meurtre. Un meurtre sur l'Armada ! Et pas un meurtre banal !

6
La théorie d'Ovide

7h45, quai Boisguilbert, Rouen

La sonnerie cessa.

La stupeur avait annihilé leurs réflexes. Le commissaire regarda ses adjoints et les policiers présents, incrédules.

— Nom de Dieu, vous n'aviez pas vérifié que le macchabée avait un portable ?

— Si, plaida l'inspecteur Stepanu. Mais on l'a laissé dans sa poche. Pour l'examiner plus tard… Tu voulais faire quoi ? On est là depuis à peine une heure…

Une nouvelle sonnerie, celle caractéristique de l'arrivée d'un SMS, coupa leur conversation.

On avait laissé un message au cadavre !

— Eh bien, vas-y, regarde maintenant, grogna le commissaire Paturel.

Il sentait qu'il avait besoin de laisser exploser sa colère et qu'il n'allait pas être facile à vivre dans les heures qui allaient suivre.

Plusieurs policiers s'écartèrent. L'inspecteur Ovide Stepanu se pencha et attrapa avec délicatesse le téléphone portable. Il joua avec les touches. Au bout de quelques instants, il avança le cadran du téléphone vers le commissaire.

Gustave Paturel fronça les yeux et lut :

« sé que me espera ».

— De l'espagnol, fit le commissaire. Je suppose que

cela veut dire quelque chose comme « j'espère que tu es là ».

Personne n'osa le contredire. Un court et pesant silence s'installa. Ovide Stepanu le rompit le premier, d'une voix morne :

— Qui peut bien envoyer des SMS à un mort ?

L'inspectrice Colette Cadinot prit le relais, avec assurance :

— Imaginons qu'il s'agisse de la fameuse fille blonde. Cela signifierait qu'elle n'est pas au courant de sa mort. Elle passe une partie de la nuit avec lui, elle le quitte, et elle lui envoie un SMS dans sa langue natale pour prendre des nouvelles au petit matin…

Paturel afficha enfin un sourire :

— Si c'est la blonde, fit le commissaire, c'est au moins la première bonne nouvelle de la matinée. Cela signifierait que l'on possède ses coordonnées !

— Certes, précisa Ovide, mais sans vouloir jouer les rabat-joie, cela voudrait aussi dire qu'elle n'a pas été témoin du crime… puisqu'elle croit Mungaray encore vivant.

Cela désespéra Gustave Paturel d'admettre que ce « Cassandre » de Stepanu avait raison.

Une fois de plus.

Il regarda les badauds qui, centimètre par centimètre, grignotaient l'espace vital de leur enquête. Tout ceci tournait au délire. Il fallait prendre des décisions.

— Bon, s'énerva le commissaire. Colette, tu me fais traduire cela avec précision. Tu me recherches celle ou celui qui a envoyé ce SMS et tu m'examines en détail tous les autres numéros et messages de ce portable !

Il confia le téléphone à l'inspectrice. Il avait maintenant hâte de quitter les quais. Il savait qu'une tonne de formalités l'attendait, sans parler des rendez-vous, la presse, le préfet, l'organisation de l'Armada… Il avait besoin d'un peu de calme pour faire le point. Impossible de réfléchir ici, au beau milieu de cette foule. Mais comment faire autrement ? Il allait lancer de nouveaux ordres lorsque Colette Cadinot lui attrapa le bras :

— Commissaire, écoutez cela.

Elle lui tendit le téléphone portable du jeune Mexicain.

Gustave Paturel sentit qu'il allait encore franchir une nouvelle étape dans l'irrationnel.

— Qu'est-ce que c'est ? demanda le commissaire inquiet.

— Le répondeur de Mungaray. Le message sur lequel on tombe lorsqu'il ne décroche pas.

La sueur mouilla à nouveau le bas du dos du commissaire. Il s'attendait au pire. Il prit dans sa large main le minuscule téléphone et le colla à son oreille. Le jeune Mexicain s'exprimait dans un français hésitant avec un fort accent. On comprenait néanmoins parfaitement ce qu'il disait.

Le commissaire écouta deux fois, pour être certain d'avoir bien entendu.

Aquilero prononçait cette courte phrase, invraisemblable dans la bouche d'un jeune matelot en pleine vitalité :

« Mourir pour moi n'aura rien de troublant. Et ce sera reprendre une habitude ancienne. »

Le commissaire passa la main sur son front trempé et tendit le téléphone portable à Stepanu. Qu'est-ce que ce message irrationnel pouvait bien signifier ?

Gustave Paturel fit un effort pour se ressaisir.

— O.K., dit le commissaire. Rendez-vous dans une heure au commissariat. Dans mon bureau, tous les deux ! Convoquez-moi aussi le médecin légiste s'il a fini. D'ici là, je règle les urgences et je calme le jeu avec les autorités. Ensuite, on réfléchit et on met en place un plan de bataille.

Il regarda sa montre et se rappela qu'il devait également appeler chez lui la baby-sitter qui gardait ses enfants. Il avait promis qu'il serait rentré dans une heure.

Quel bordel !

L'inspectrice Cadinot dut percevoir l'état psychique du commissaire. Trente ans de collaboration lui avaient appris à savoir calmer le jeu quand il le fallait :

— Si vous voulez mon avis, commissaire, il n'y a pas vraiment de raison de paniquer.

Paturel ne protesta pas et l'écouta, intéressé.

— Si je récapitule, continua Colette Cadinot, nous avons affaire à un marin mexicain à la personnalité complexe. Un jeune garçon à l'esprit un peu torturé. Les marins du Cuauhtémoc me l'ont confirmé. Il y a quelques jours, par exemple, il a plongé dans la Seine devant une foule en délire. Il laisse des messages morbides sur son répondeur. Il se tatoue le corps. Ses penchants mortifères ont une tendance masochiste, genre autodestruction. Après avoir beaucoup bu, hier, il brûle le tatouage qui le représente. Tout ceci va dans le même sens, celui d'une personnalité tournée vers la mort. Ce genre de personnalité plaît beaucoup à certaines filles, surtout que le garçon est beau gosse... Il a été trop loin hier soir, sans doute après avoir quitté cette fille qui le croit encore vivant. Il a fait une mauvaise rencontre, ce qui n'a rien d'étonnant, étant donné le milieu qu'il est amené à fréquenter. Peut-être même une simple affaire de drogue. On n'en sait encore rien, mais il n'est pas impossible qu'on soit simplement face à un règlement de comptes entre dealers. Après tout, il arrive du Mexique et c'était sa première sortie. Les indices de ce matin, la mort, les brûlures pourraient concorder avec cela. Il se fait poignarder dans un coin sombre par un plus fou que lui. L'assassin cache le corps quelque part et attend le moment idéal pour le ramener discrètement sur le quai... Voilà. C'est tout...

Le commissaire avait suivi le raisonnement de l'inspectrice. Bien entendu, formellement, rien de ce qu'elle avançait n'était impossible. Cela le rassura un peu. Après tout, il angoissait peut-être pour pas grand-chose. Dans tout autre contexte que l'Armada, cette affaire aurait été considérée comme banale.

Ovide Stepanu planta devant eux son corps maigre mal fichu. Il n'avait pourtant pas la même version des faits, et se chargea de leur rappeler :

— Je suis d'accord avec toi, Colette. Cela fera une très bonne version pour calmer les journaux, le cas échéant. Cela étant dit, je ne voudrais pas jouer les trouble-fêtes…

« Ta gueule, Ovide », pensa en son for intérieur le commissaire Paturel. Il savait que dans la bouche de l'inspecteur Stepanu, l'expression « je ne voudrais pas jouer les trouble-fêtes » et sa variante, « au risque de paraître rabat-joie », étaient les sésames d'emmerdements en cascades. Pourtant, il ne put s'empêcher de suivre le fil implacable du raisonnement de l'inspecteur.

— Mais entre nous, continua Stepanu, il faut voir les choses en face. Et surtout se poser les bonnes questions. Comment le cadavre a-t-il pu arriver sur les quais, juste en face du Cuauhtémoc ? Y arriver sans que personne ne s'en aperçoive ? Quelqu'un qui transporte un cadavre se remarque, même à six heures du matin ! Et pourquoi prendre le risque de le déposer juste en face du Cuauhtémoc, alors que Mungaray a été tué ailleurs ? Quel peut être le sens d'une telle prise de risque ? A mon avis, c'est une des questions clés de cette affaire. Le comment et le pourquoi. Autre question. Selon les légistes, Mungaray est mort quelques minutes après avoir quitté la Cantina. Donc, soit la mystérieuse fille blonde est dans le coup et cela n'a aucun sens de penser que c'est elle qui a envoyé un SMS ce matin. Soit elle n'y est pour rien, Mungaray a été tué après, mais alors pourquoi envoyer un SMS à sept heures du matin à quelqu'un qu'elle n'a croisé que quelques minutes. Pourquoi un SMS en espagnol alors que Mungaray parle en français sur son répondeur ? Pourquoi parle-t-il en français sur son répondeur alors qu'il ne fréquente que des matelots espagnols en France ?

L'inspectrice Cadinot affichait un sourire un peu crispé devant l'inventaire de Stepanu.

— C'est bon, Ovide, coupa le commissaire. Pour les

questions, on fera le point tout à l'heure. Pour l'instant, je préfèrerais quelques réponses…

L'inspecteur ne laissa pas le temps de respirer au commissaire :

— J'y venais, Gustave. J'y venais. On peut au moins faire quelques hypothèses. L'aigle représentait Aquilero, le surnom que s'est donné Mungaray. Quelqu'un a brûlé l'aigle et poignardé Mungaray. Qu'est-ce qu'il reste, alors ? Les quatre autres tatouages ! Qui sont-ils ? Qui se cache derrière la colombe, le tigre, le crocodile, le requin ? D'autres marins mexicains ? D'autres marins de l'Armada ? Une confrérie ? Une sorte de secte ? On peut en tous les cas supposer qu'il y a quelque part dans Rouen quatre autres personnes qui ont tatoués sur les épaules les mêmes animaux. Au risque de paraître rabat-joie, si on pousse jusqu'au bout le raisonnement, étant donné la sadique marque de brûlure sur ce corps, on pourrait fort bien imaginer que trois d'entre elles vont mourir… Et que la quatrième est l'assassin !

L'inspectrice Cadinot haussa les épaules, incrédule. Elle accordait généralement peu d'attention aux prédictions de Stepanu.

Le commissaire Paturel aurait bien aimé afficher la même circonspection devant les théories de son inspecteur. Après tout, la théorie d'Ovide Stepanu n'avait pas plus de consistance que celle de Colette Cadinot. Cet enquiquineur d'inspecteur roumain avait toujours le don pour imaginer la pire des solutions face à un crime.

C'était pour cela que tout le monde le détestait au commissariat. Pour cela, et aussi parce que, presque toujours, c'était lui qui avait raison !

7
Coke à l'arme

7h50, boulevard de Verdun, Rouen

Daniel Lovichi regarda le poignard à ses pieds comme une poule qui aurait découvert un tournevis.

Il ne se souvenait de rien !

D'où venait ce poignard ? Où avait-il pu trouver cette arme ? Il secoua la couverture sale dans laquelle il avait passé la nuit et observa avec satisfaction le ciel bleu.

Le couteau n'était tout de même pas tombé du ciel !

Il fouilla sa mémoire, mais rien ne lui revint. Il était trop défoncé, hier soir.

Rien, le trou noir.

Il se leva et regarda passer les voitures sur le boulevard de Verdun. Il jeta également un coup d'œil méprisant en direction du foyer de l'abbé Bazire, vers quelques autres pensionnaires qui, comme lui, avaient passé la nuit dehors.

Pas question de s'enfermer cette semaine.

Il roula en boule sa couverture, ramassa précieusement le poignard qu'il fourra dans une sorte de cabas, et commença à descendre le boulevard. Cette semaine, c'était la fête.

Il constata avec regret qu'il n'y avait déjà plus aucune prostituée sur le boulevard.

Merde ! De toutes les façons, il était fauché. Mais ça n'empêchait pas d'admirer le spectacle. Pendant l'Armada, il y avait des nouvelles filles. Plein de nouvelles. Des exotiques. Toute la nuit, il observait leur manège. Cela lui revenait maintenant. Un peu. Par bribes. La parade des prostituées sur le boulevard. Le défilé des marins. Des mots dans des langues qu'il ne comprenait pas. Il regardait simplement, il regardait avant de partir. De décoller.

Il étouffa un rire gras.

Ça l'aidait à faire de beaux rêves. Et le spectacle était gratuit.

Un jour où il aurait de l'argent, il faudrait qu'il essaye une fille. Elle ne pourrait pas refuser, s'il payait. Même avec sa gueule pourrie. Ça faisait combien de temps qu'il n'avait pas touché une fille ? Cinq ans ? Dix ans ? C'était dans une autre vie, une autre vie avec presque trop de femmes, trop de gosses, trop de tout. Oui, se payer une fille, pourquoi pas ! Une métisse, une fille de port bien grasse, comme il les aimait, avant. Mais pour cela, il lui fallait de l'argent. Pour cela et pour autre chose. Autre chose de beaucoup plus important, aujourd'hui. Autre chose de beaucoup plus cher.

De la coke.

Ce n'était pas une rumeur. Le Cubain lui avait dit, la semaine dernière. Les marins de l'Armada venaient avec de la cocaïne plein les poches. Ils n'étaient pas fouillés. Chez eux, ça poussait dans leur jardin, dans la rue. Ce n'était pas interdit. Alors ici, tu parles, ils cassaient les prix.

Il suffisait de leur demander et de payer. Ils avaient de tout. De la chilienne, de la cubaine, de la mexicaine… Hier, il n'avait eu droit qu'à un petit échantillon. Putain, c'était si bon. C'était pour cela qu'il ne se rappelait plus de rien. Le mélange de coke et d'alcool.

Arrivé sur la place Beauvoisine, il souffla quelques instants, puis redescendit vers la fontaine Sainte-Marie. Une centaine de mètres plus bas, il y avait comme un attroupement devant le lycée Corneille. Daniel Lovichi cracha par terre. Des jeunes bourgeoises hystériques, des fils à papa pleins aux as, toute la jeunesse dorée rouennaise. Quelle pitié ! Qu'est-ce qu'ils foutaient là, en plein mois de juillet ? Les résultats du bac ? Quelle arnaque ! Lui aussi avait marché dans la combine, il y avait bien longtemps. Lovichi serra son poignard. Il avait presque envie de faire un carnage, de leur rendre service, au final, à tous ces clones bien dressés.

Daniel Lovichi cracha une nouvelle fois. Non, il ne fallait pas qu'il se laisse déconcentrer. Il ne devait avoir qu'un objectif, aujourd'hui. Ce poignard, cette Armada, c'était le moment, il ne devait pas le laisser passer. Ça n'arriverait plus jamais, une telle occasion. La prochaine fois dans cinq ans, il serait sans doute mort. Alors cette fois-ci, il pouvait prendre tous les risques.

Il lui fallait de la coke. Il lui fallait de l'argent.

Il vérifia encore une fois si le poignard était toujours dans son cabas. Ce couteau était un don du ciel. Un signe. Tout s'enchaînait. Tout allait dans le bon sens. Il ne fallait pas laisser passer les signes favorables.

Il n'avait rien à perdre.

C'était à lui d'agir, pour une fois.

8
Nécrologie au SeinoMarin

8h05, siège du SeinoMarin,
2, place du Lieutenant-Aubert, Rouen

Christian Decultot observa Maline un peu plus en détail. Il n'était pas du genre à mâcher ses mots.

— T'as une sale tronche, Maline. Je sais que tu te donnes jour et nuit pour couvrir l'Armada, mais tu n'as plus vingt ans… Faut que tu te reposes.

Maline faillit lui répondre que c'était bien ce qu'elle avait l'intention de faire ce matin, avant que son téléphone ne sonne… Mais elle se retint. Elle nourrissait un profond respect pour le rédacteur en chef du SeinoMarin. Christian Decultot était un ancien journaliste de RMC. Brillant, iconoclaste, il avait baigné pendant des années dans le réseau des plus grands journalistes parisiens, jusqu'à ce qu'un beau jour, dans les années 1980, lui prenne l'idée de tout quitter et de fonder son propre journal, en province.

Le SeinoMarin naquit ainsi. Fondé par un journaliste un peu fou soucieux de défendre la démocratie locale. L'hebdo, publié traditionnellement le mercredi, couvrait tout le département de Seine-Maritime. Un tirage de 60 000 exemplaires, un lectorat estimé à plus du quadruple. Le SeinoMarin se classait troisième hebdo de France. Intransigeance, indépendance, liberté… Christian Decultot signait chaque semaine, depuis plus de vingt ans, des éditos mordants qui faisaient trembler les élus et les décideurs les mieux assis de la région. Christian était devenu incontournable, intouchable. C'était lui en personne qui avait « recueilli » Maline, il y avait quelques années, lorsqu'elle était au fond du trou. C'était lui qui avait trouvé son pseudonyme, Maline Abruzze, croisement du titre d'un poème de Rimbaud et d'une province italienne. Maline avait pour Christian une affection et une admiration profondes, et elle avait la prétention de croire que c'était réciproque…

Maline se secoua. Elle voulait savoir pourquoi son rédacteur en chef l'avait virée du lit.

— O.K., Christian. Alors c'est quoi, cette histoire de crime ?

Le journaliste soupira :

— Une première, une grande première dont on se serait bien passé. Un crime sur les quais de l'Armada ! Le premier depuis 1989. Un marin en plus. Un Mexicain…

— Tu as des détails ?

— Pas encore. Apparemment, il a été poignardé. En plein cœur…

Maline fit une moue déçue :

— Sans doute un règlement de comptes entre ivrognes…

Maline tourna la tête et observa les photographies accrochées au mur du vaste et moderne bureau de Christian. Le rédacteur en chef n'avait à ses yeux qu'un seul défaut : il devenait un peu mégalo sur ses vieux jours. Les photos dans des cadres noirs représentaient des clichés où il se trouvait en compagnie des plus grandes vedettes régionales. Elle posa son regard sur l'une des plus anciennes : Christian en compagnie de Jean Lecanuet, quelques mois avant sa mort.

— Peut-être, répondit Decultot. Sans doute, même. Mais c'est le premier fait divers tragique en cinq Armadas. Et d'après ce que je sais, la victime était une grosse personnalité, une tête brûlée, un séducteur… Il était consigné sur le Cuauhtémoc toute la semaine. Il n'est sorti qu'hier soir. La dernière fois qu'on l'a vu vivant, c'était au bras d'une blonde sculpturale…

Tout en écoutant Decultot, Maline observa le mur de droite. Les personnalités locales du show-biz. Christian collé à Philippe Torreton, à Franck Dubosc, à Karin Viard, à Estelle Halliday… Que du beau monde !

— Et tu veux que je fasse quoi, exactement ? demanda la journaliste un peu distraite.

— Rendre un hommage à ce jeune écervelé venu du bout du monde se faire poignarder sur nos quais. Et puis enquêter bien entendu… Enquêter avec tact…

— O.K., O.K., je vois. Tu veux que je fasse une sorte de « biopic », le tragique destin d'un jeune et séduisant chien fou… Faire à la fois rêver et pleurer dans les chaumières cauchoises…

Christian Decultot sourit.

— Je te fais confiance. Tu vas me faire un portrait tout en nuances. Ce pauvre garçon mérite bien cela, non ? A condition que l'affaire ne soit pas résolue avant l'édition de mercredi prochain. Sur le fond, qu'en penses-tu Maline ? Une bagarre entre marins ivres ? Un mari cocu jaloux ?

Maline prit quelques secondes pour réfléchir et se lança :

— Je vois plutôt un étudiant vexé par le prestige de l'uniforme du beau Mexicain. Tu imagines Christian ? un étudiant boutonneux rame toute une année pour ferrer une jeune copine de banc d'amphi. Fin des cours. Arrivent les vacances, le soleil, l'Armada. Le boutonneux est sur le point de conclure. Il emmène sa belle à la Cantina. Mauvaise pioche ! Sa blonde repart au bras du premier bellâtre latino venu en uniforme blanc qui sait danser la lambada.

Christian éclata de rire. Maline continua :

— De quoi déclencher des pulsions meurtrières, non ? De quoi péter un plomb ! surtout pour un étudiant anar et pacifiste : voir sa muse se faire dépuceler par la grâce du prestige de l'uniforme. Il n'en faut sans doute pas plus pour motiver un crime passionnel…

— Tu n'oserais tout de même pas écrire cela ? plaisanta Christian.

— Si ! Et la morale de mon article sera : si on n'avait pas supprimé le service militaire, tout ceci ne serait jamais arrivé !

Christian explosa une nouvelle fois de rire. Il se leva pour reprendre ses esprits :

— Je te sers un café ?

Maline acquiesça. Pendant que le rédacteur en chef s'affairait, elle observa la galerie de photographies au fond du bureau. Le mur des sportifs ! Un Christian presque nain à côté de l'incontournable David Douillet ; Christian en mer avec le regretté Paul Vatine. Elle s'attarda un peu sur un de ses clichés préférés : Christian en compagnie de Jean-François Beltramini, le buteur mythique du FC Rouen de la grande époque, redevenu depuis maçon en Ile-de-France. Encore une sacrée idée de reportage, lorsqu'elle aurait un peu de temps. Elle détailla enfin la dernière photographie, celle après laquelle Christian avait couru pendant un an : Christian bras dessus, bras dessous avec Tony Parker. Un must !

Le rédacteur en chef revint avec les cafés.

— Sérieusement, Maline, précisa-t-il en posant les tasses brûlantes, il faut faire attention avec cette histoire…

— Je sais Christian. Huit millions de visiteurs sur l'Armada. Huit millions de lecteurs potentiels. Ne te fais pas de souci, je connais mon métier. Je vais les intriguer juste assez pour qu'ils achètent, et pas assez pour provoquer l'exode ! Je connais… intriguer sans effrayer. Suggérer sans affirmer. Faire dans le spectaculaire mais pas dans le sordide.

Christian sourit :

— Je ne t'en demande pas tant, Maline. Pas même un article si tu n'as rien à dire. Tu gères. Tu as carte blanche. Les ventes, à la limite, je m'en fous, ce n'est pas le problème. Simplement, l'Armada est un enjeu important ici. Pour beaucoup de monde, pour la ville, pour des milliers de bénévoles. Les Rouennais en sont fiers. C'est une belle aventure… J'ai pas besoin de te faire un dessin. Notre boulot n'est pas de jouer les vautours…

Maline avala son café et s'apprêta à se lever.

— Attends Maline. J'ai un cadeau pour toi.

Le rédacteur en chef se pencha sur son bureau et tendit une carte de visite à la journaliste.

— C'est quoi ? s'interrogea Maline.

— Olivier Levasseur. Directeur des relations presse pour l'Armada. Je l'ai eu au téléphone. Il est au courant. Tu peux passer le voir ce matin. Il te fournira les autorisations pour monter sur les bateaux et rencontrer les équipages.

— Tu le connais ?

— Je l'ai rencontré une ou deux fois. C'est le genre mercenaire de la mondialisation. Il parle six langues. Il est payé à prix d'or par l'association de l'Armada pour gérer l'ensemble des médias.

— Une grosse tête ?

— Pas vraiment, non. Plutôt le genre baroudeur. C'est un ancien marin reconverti. Un marin tendance sportive, du genre transat autour du monde et plongée en apnée sous la mer rouge. Un type extraordinaire à ce qu'il paraît… Je ne sais pas d'ailleurs si c'est bien raisonnable de t'envoyer là-bas. C'est exactement le genre de type dont tu serais capable de tomber amoureuse.

— J'espère que tu lui as dit la même chose de moi !

Christian éclata de rire. Il ne s'ennuyait jamais avec Maline. Il en avait oublié son café, dont il but une gorgée froide.

— Je ne lui ai pas dit que tu étais belle. Je lui ai dit que tu étais pire…

Maline rougit, flattée.

— Ce n'est pas de moi, continua Decultot. C'est de Victor Hugo.

— Il en a dit, des conneries, Victor.

— Blasphème pas !

Christian Decultot était un inconditionnel du grand romancier républicain ! Un très grand spécialiste à ce qu'il racontait. Maline n'insista pas. Elle prit la carte de visite et se leva.

— Et on le trouve où à Rouen, ton golden boy ?

— C'est le cadeau bonus, Maline. Tu vas adorer. Comme il n'est à Rouen que pour dix jours, il reçoit directement ses rendez-vous dans sa chambre d'hôtel spécialement aménagée. C'est très tendance il paraît…

— Original, s'amusa Maline. J'adore les tendances. Quel hôtel ?

Christian attendit un peu pour faire languir Maline. Il but une dernière gorgée de café et continua.

— Tu ne vas pas me croire ! Il a installé son quartier général dans l'hôtel de Bourgtheroulde !

Maline s'étouffa. L'hôtel de Bourgtheroulde était le plus grand hôtel particulier de Rouen. Longtemps siège d'une importante banque, il était actuellement en travaux pour devenir, dans un an, le plus prestigieux établissement de la ville.

— L'hôtel de Bourgtheroulde ? Rien que ça ? Je le croyais fermé pour encore un an ?

— En partie seulement. Il a obtenu d'ouvrir une chambre, une seule !

9
Cadavre exquis

9h03, commissariat de Rouen,
9, rue Brisout-de-Barneville

Sarah Berneval entra dans la « salle grise » du commissariat de Rouen, portant avec précaution sur un plateau quatre tasses de café et quelques croissants. Elle posa le tout sur la grande table ovale.

— Merci, Sarah, fit le commissaire Paturel. Dès que le légiste a fini, vous me l'envoyez. Et vous n'oubliez pas de passer des coups de fil réguliers chez moi, pour prendre des nouvelles de Léa et Hugo. J'ai une confiance limitée dans cette baby-sitter ! Dites-leur que je vais essayer de passer ce matin. Et si vous avez le temps, vous me tapez toutes les notes en vrac que je vous ai laissées ?

Le commissaire avait beaucoup de mal avec tout ce qui touchait à l'informatique. La secrétaire sortit, laissant seuls les enquêteurs. Le commissaire inspecta rapidement des yeux la « salle grise », la plus grande du commissariat. La pièce se trouvait dans un état pitoyable : carreaux sales, papiers peints décollés, murs crasseux… D'où le surnom de la pièce. Peu importe ! Faute de mieux, dans l'urgence, ce serait leur quartier général.

Paturel regarda sa montre.

9h04.

— O.K., on y va. Désolé d'être directif, mais on va devoir être efficace.

Trois paires d'yeux se tournèrent vers le commissaire.

Les inspecteurs Stepanu et Cadinot, ainsi qu'une troisième personne, un homme d'une trentaine d'années, très brun, qui malgré la chaleur n'avait pas retiré son blouson de cuir. Il mâchonnait un chewing-gum l'air décontracté.

Le commissaire Paturel continua :

— Colette, Ovide. Je vous présente Jérémy Mezenguel. Vous avez dû le croiser dans les couloirs cette semaine. Il est inspecteur stagiaire. Il est là depuis un mois… Comme on a besoin de têtes pensantes et qu'on est au mois de juillet, j'ai pensé l'intégrer à l'enquête. On sera donc une équipe de quatre. O.K. ? Je compte sur vous pour vous serrer les coudes. Parce que…

Ovide Stepanu griffonnait des dessins torturés sur une feuille blanche, Colette Cadinot relisait des notes, Jérémy Mezenguel continuait de mâchonner son chewing-gum au même rythme.

Paturel eut l'impression que personne n'écoutait son baratin.

Il toussa :

— O.K. Bon, on y va. Je passe les détails. Je ne vous refais pas le coup de la prudence, de la discrétion et des sept millions de visiteurs. Depuis ce matin, j'y ai droit à chaque fois : le préfet, le président du Port autonome, le président de la Chambre de commerce, les élus… Vous n'imaginez pas le merdier ! Bon, mon boulot, c'est de filtrer pour que vous puissiez bosser sans pression. Colette, tu nous rappelles la version officielle ?

L'inspectrice se redressa et lut ses notes :

— Un fait divers tragique. On laisse entendre que Mungaray était ivre. C'est sans doute vrai d'ailleurs. On concentre tout sur la recherche de la fille avec qui il a quitté la Cantina. J'ai mis trois agents pour interroger tout le monde autour de la Cantina. Les habitués. Mais ça va prendre du temps. Généralement, il faut aller les réveiller chez eux. Pour l'instant, on n'a rien. Le seul portrait-robot qu'on puisse établir de la fille, c'est celui de son cul !

Les trois hommes sourirent. Cadinot devait être sous

pression, elle ne les avait pas habitués à de telles réflexions. Le commissaire continua :

— Et le téléphone portable de Mungaray, le jeune Mexicain. L'appel de tout à l'heure ?

Colette Cadinot esquissa une grimace.

— Ça ne répond pas. Personne ! J'ai chargé un agent de contacter l'opérateur pour avoir le propriétaire du numéro. Il doit me rappeler.

— Et tu n'as rien trouvé d'autre dans sa messagerie ?

— On épluche tout. Pour l'instant, rien de suspect à part le message en français sur son répondeur. Ce charabia. La mort qui n'a pour lui rien de troublant, comme reprendre une vieille habitude. Ah oui, un détail. On a fait écouter le message à des proches de Mungaray. C'est bien lui qui parle sur sa messagerie.

— On avance, fit le commissaire. Colette, tu continues à fouiller dans ce sens-là. Tu me mets aussi quelqu'un sur toutes les mains courantes de cette nuit. Les bagarres, les vols, les types qui traînent dans la rue, les poivrots, les clodos. Tu me mets toutes les polices municipales sur le coup. Quelqu'un a forcément vu quelque chose.

L'inspectrice nota les instructions. Elle était très efficace pour ce type de mission. Paturel regarda à nouveau sa montre.

— On passe au Cuauhtémoc. Qui parle espagnol ?

L'inspecteur stagiaire Mezenguel souleva lentement un doigt :

— Moi. Un peu…

— O.K. Jérémy, tu t'y colles. Tu questionnes tous les proches de Mungaray. Tu fouilles ses affaires perso sur le bateau et tout le bazar. T'oublies rien. L'hypothèse de Colette, la drogue, elle me plaît bien. Si t'as le moindre doute, tu fais venir un clebs.

L'inspecteur stagiaire hocha la tête avec nonchalance, signifiant qu'il connaissait son travail. Cela agaça le commissaire, mais il n'avait pas le temps de s'arrêter à ces détails. Il continua.

— On passe aux tatouages. La ménagerie ! Les cinq animaux. Ovide, je ne vois que toi pour t'occuper de ça. T'as une idée ?

L'inspecteur, toujours occupé à noircir le papier de graffitis sombres, leva la tête :

— J'ai mis le service de documentation sur le coup. Ils essayent de croiser les informations. De voir s'il y a une signification religieuse, ésotérique, quelque chose du genre. Fouiller dans les mythologies. J'ai aussi demandé la liste des tatoueurs de Rouen. On ne sait jamais. Si tu as un ou deux agents à mettre là-dessus.

— On ne va pas pouvoir tout faire à la fois, grogna Paturel. Bon, sur ces questions de mythologie tordues, je te fais confiance Ovide, mais ne passe pas trop de temps là-dessus. Va pas fouiller tous les contes et légendes du monde, l'astronomie chinoise, inca, vaudoue ou je ne sais quoi. Je te connais Ovide ! Oui, Jérémy ?

L'inspecteur stagiaire lorgna sur les viennoiseries et le café.

— On peut se servir ?

Le commissaire soupira :

— Ouais, allez-y...

Tous se servirent, sauf le commissaire, qui continuait :

— O.K., dernier point avant l'analyse médico-légale...

Il regarda sa montre avec impatience :

— D'ailleurs, ça serait bien qu'il se pointe, le toubib. Bon, dernier point. La marque au fer rouge. Ce fameux M avec le V inversé.

Stepanu allait prendre la parole mais le commissaire le coupa :

— Au moins, on a avancé sur ce point ! Colette, tu peux expliquer ?

Les inspecteurs Stepanu et Mezenguel tournèrent un regard étonné vers l'inspectrice.

Avait-elle vraiment une explication rationnelle à propos de cette mystérieuse marque ?

Colette Cadinot avala une dernière bouchée de croissant et commença sur un ton encyclopédique :

— La marque au fer rouge pourrait correspondre à ce que l'on appelle traditionnellement l'étampage. C'est une pratique qui consiste à marquer le bétail. Auparavant, on marquait chaque troupeau avec les initiales du propriétaire, mais depuis une trentaine d'années, ce sont les communes qui s'en chargent. La marque MV correspond à la dernière commune de France où se pratique encore l'étampage... Le Marais- Vernier !

Ovide Stepanu, étonné, resta la main en l'air avec son café.

— Et le V, demanda Mezenguel sans arrêter de mâchonner. Pourquoi il n'est pas dans le bon sens ?

— Pour éviter la fraude, continua l'inspectrice. Tous les ans, le V est tourné d'un quart de tour, ce qui permet de connaître l'âge des bêtes…

Mezenguel siffla et continua :

— C'est pas con... Je suppose que ce genre de tradition n'est plus pratiquée que par quelques illuminés. Ça devrait nous restreindre sérieusement le cercle des coupables.

Le commissaire, qui avait fini par attraper un croissant lui aussi, ne put s'empêcher de sourire :

— Continue, Colette…

— L'étampage a lieu une fois par an dans le Marais Vernier. Chaque 1er mai. Et chaque année, la fête attire plusieurs milliers de spectateurs. C'est devenu un véritable phénomène touristique. Il y a même des vedettes qui se pressent pour marquer elles-mêmes ces pauvres bêtes attachées à une corde… C'est très branché.

Mezenguel soupira. Ovide Stepanu posa enfin sa tasse de café et intervint :

— Mais les tisons, eux, ne doivent pas être si nombreux. Ces tiges de fer se terminant par M et V. On peut peut-être chercher dans ce sens-là ?

Le commissaire terminait un croissant :

— Tu as raison Ovide. Colette, tu me contactes la gendarmerie de Pont-Audemer. Tu leur demandes de ressortir toutes les archives du Marais Vernier. Les faits divers, les éventuels incidents lors de la fête de l'étampage. Tu leur suggères d'interroger les antiquaires du coin sur cette histoire de tison. Bref, tout ce qui peut nous être utile. Il y a forcément un lien !

Le commissaire se retourna vers l'inspecteur Stepanu :

— Ovide. Toi qui es calé sur toutes les sortes de perversions humaines. Cela peut signifier quoi, marquer ainsi un type au fer rouge ?

Stepanu prit une longue inspiration :

— Cela dépend… Si on a de la chance, la marque a été effectuée avec le consentement du jeune Mungaray, alors qu'il était encore vivant. On serait face à un cas de branding, un rite courant d'adhésion dans les cercles masculins violents, pour prouver la résistance au mal. Mais bien entendu, la marque au fer rouge peut signifier autre chose : elle renvoie à l'esclavage, évidemment, et plus près de nous, à tous types de châtiments. Au siècle dernier, en France, on marquait encore avec des lettres rougies au fer les bagnards, les faussaires, les condamnés à perpétuité. Si le Marais Vernier est le dernier endroit de France où l'on marque encore ainsi le bétail… Cela a pu donner des idées à un détraqué !

Gustave Paturel soupira. Il attrapa son téléphone avec impatience :

— Sarah ? C'est Paturel. Faites-moi venir le légiste tout de suite. Tant pis s'il n'a pas fini. On a besoin de lui !

Quelques longues minutes silencieuses s'écoulèrent avant que l'on ne frappe à la porte.

— Entrez !

Jean-François Lanchec, le médecin légiste, arborait une épaisse chevelure grisonnante, dans un désordre qui laissait supposer un réveil agité.

— Salut Jean-François, s'excusa le commissaire.

Désolé de t'avoir bousculé, mais on a besoin de détails. L'heure de la mort, l'heure de la brûlure, si le cadavre a été déplacé…

Pour un chirurgien, Lanchec avait d'étonnants gestes brusques. Comme un papillon de nuit jeté dans la lumière. Paturel remarqua qu'il n'avait pas l'air naturel, comme s'il était confronté à un phénomène qui le dépassait.

Lanchec commença, bafouillant un peu :

— Je… Je commence par le plus simple. L'heure du crime. La victime a été frappée par un objet tranchant, en plein cœur, sans doute un poignard. La mort a été immédiate, il n'y a aucun doute là-dessus.

— Et l'heure de la mort ?

Il hésita. Le légiste était blême.

— Un peu plus de deux heures du matin, finit-il par murmurer. Mais il y a un problème. Enfin, on verra cela après… Parce que…

Paturel regarda avec une extrême lassitude les murs sales de la pièce.

Quel merdier ! Quel nouveau problème Lanchec avait-il bien pu découvrir ? Il l'aida :

— O.K. Continue Jean-François…

— Mungaray n'a pas pu être tué sur le quai de Rouen. Il a été transporté après. On a retrouvé trop peu de sang sous le corps, sur les quais. Il a forcément été tué ailleurs.

— Et la brûlure ? demanda Stepanu, impatient. Avant ou après la mort ?

Lanchec se passa la main dans ses cheveux fous :

— Après la mort… Sans aucun doute. Le jeune Mungaray était déjà mort lorsqu'on l'a marqué comme une bête.

Le commissaire Paturel souffla de soulagement. Le jeune Mexicain n'avait pas été torturé ! Dans le même temps, cela éliminait également l'hypothèse du branding, du rite sadomasochiste…

— Et le reste ? demanda sèchement l'inspectrice Cadinot. Des empreintes ? Des cheveux ? Quoi que ce soit qui permette d'identifier l'assassin ?

Lanchec semblait déstabilisé par cet interrogatoire en règle.

— Non, non, bafouilla-t-il encore. Rien pour l'instant. Mais j'ai suivi les ordres, la plupart des échantillons sont déjà partis à Paris pour les tests ADN et le reste… Mais…

— Mais ? essaya de l'aider Paturel.

— Mais… j'ai un autre problème. Un problème bien plus grave. Je n'y comprends…

— Allez-y, Lanchec, coupa Colette Cadinot. On n'a pas que ça à faire !

Paturel soupira.

— O.K., O.K., fit le légiste. Voilà. La mort remonte à deux heures du matin. A un quart d'heure près. Tout concorde. Le coup porté était incontestablement mortel. Je n'ai aucun doute là-dessus… Le problème, c'est qu'ensuite, plus rien ne coïncide…

Les regards des quatre policiers se braquèrent sur le légiste :

— Qu'est-ce que tu entends par là ? demanda avec une angoisse non dissimulée le commissaire. Qu'est ce qui ne coïncide plus ?

— C'est incompréhensible, continua le légiste en faisant des gestes de plus en plus amples. Vous possédez des rudiments de médecine légale, vous connaissez les principales règles de datation de la mort d'un cadavre ? J'ai tout analysé, dans les règles de l'art. La température anale, qui diminue d'environ d'un degré par heure, la température tympanique, qui diminue elle d'un degré et demi par heure, les transsudations du sang au niveau des parties déclives, ce qu'on appelle aussi les lividités, la couleur des plaies…

Le légiste semblait avoir besoin de se raccrocher à son jargon professionnel pour se rassurer. Il continua :

— Les rigidités aussi, bien sûr. Elles apparaissent normalement au bout de deux heures. J'ai tout testé, même le vieux test du potassium dans l'humeur vitrée de l'œil. J'en étais à la putréfaction lorsque vous m'avez appelé. L'examen des bactéries dans la flore intestinale, la fameuse tache verte abdominale au niveau de la fosse iliaque… Une fois le cadavre ouvert, j'en ai profité également pour en faire une rapide inspection entomologique. La première des sept escouades de larves qui pondent dans les cadavres, les diptères, arrive normalement quelques heures à peine après la mort.

Le commissaire Paturel regretta son troisième croissant. Il réfréna une remontée de bile et coupa le légiste.

— D'accord Jean-François. On a compris la méthode, passe les détails. Dis-nous précisément ce qui cloche, maintenant.

Lanchec ouvrit des yeux de fou :

— Ce type, ce Mexicain, s'est pris un couteau en plein cœur à deux heures du matin. Son cœur s'est arrêté de battre à ce moment-là. Il a perdu tout son sang dans les minutes qui ont suivi. Aucun doute n'est possible. Et pourtant, si je me fie à tous les tests de datation cadavérique, absolument tous, il était encore vivant trois heures plus tard !

10
Au son du cor

9h15, 15, rue Eau-de-Robec

Assise à la terrasse du bar Le son du cor, Maline hésita à commander à nouveau un café. Après le Red Bull et le café chez son rédacteur en chef, elle allait finir par se transformer en pile électrique. Pourtant, lorsque le serveur du bar vint prendre sa commande, elle s'entendit tout de même réclamer, presque malgré elle, un expresso.

Il fallait bien qu'elle tienne le coup.

La rue Eau-de-Robec, sous le soleil du matin, se réveillait. Toutes les générations s'y mélangeaient. Les magasins branchés des maisons à colombages colorés commençaient à ouvrir leurs volets. Quelques enfants s'amusaient avec le courant de la petite rivière canalisée. Sur une table voisine, des clients avaient entamé une partie d'échecs. A deux pas de sa terrasse, le petit terrain de pétanque était déjà lui aussi occupé par les habitués.

Maline laissa le soleil naissant chauffer ses bras et ses jambes, s'abandonnant quelques instants, la tête en arrière, les yeux fermés.

Un pur bonheur.

Le serveur qui lui apportait son café la tira de sa torpeur. Le regard goguenard d'un joueur de boules édenté lui donna l'impression que celui-ci n'avait rien perdu, pendant sa micro-sieste, du spectacle de son début de bronzage. « Vieux coquin », sourit Maline.

Elle devait se rendre ce matin chez cet Olivier Levasseur, à l'hôtel de Bourgtheroulde. Christian Decultot avait su aiguiser sa curiosité. En attendant, elle devait passer quelques coups de téléphone importants. Elle sortit son portable.

Elle étouffa un juron. Son père lui avait déjà laissé un nouveau message. Toujours ces cousins de Bourgogne. C'était du harcèlement ! De rage, elle supprima le message. Elle fit défiler les numéros enregistrés et s'arrêta sur la lettre B.

Sarah Berneval.

Sarah Berneval décrocha après quelques sonneries.

— Sarah ? c'est Maline !

— Maline ? j'étais certaine que tu allais m'appeler !

Maline entendit son interlocutrice s'envoler dans un rire cristallin.

— Attends Maline, bouge pas, je sors pour être tranquille.

Sarah était une amie d'enfance de Maline, une copine de collège, une fidèle. Depuis, leurs routes avaient bifurqué. Sarah s'était mariée avec un anesthésiste bien coté sur la place rouennaise, mais sans doute par peur de l'ennui, avait toujours conservé son travail de secrétaire… directement auprès du commissaire divisionnaire de Brisout-de-Barneville. Elle avait vu plusieurs commissaires défiler. Tous s'accordaient à considérer que Sarah était une perle. Serviable, ordonnée, et surtout, compétence suprême, Sarah savait prendre des initiatives ! Y compris certaines initiatives qu'aucun commissaire n'avait jamais soupçonnées, comme aider à la progression de certaines enquêtes en divulguant des informations à des oreilles discrètes qui pouvaient en faire bon usage. A son amie d'enfance par exemple, Maline Abruzze, en qui elle avait toute confiance, souvent bien plus confiance, pour faire avancer les affaires criminelles, qu'en sa hiérarchie débordée au commissariat.

— Alors ? demanda Maline. C'est le coup de feu à Brisout ?

— Tu peux le dire ! En plus, le commissaire est dans la merde. Non seulement il a un crime à la con sur le dos, la pression de toute l'administration de la région, mais en plus, il doit s'occuper de ses gosses !

Sarah était une bavarde invétérée. Maline savait qu'elle devait supporter les dernières informations sur les affaires matrimoniales du commissaire Paturel avant d'aborder la question du crime.

— Donc, continua la secrétaire, pour mon Gustave, toute cette affaire tombe très mal. Depuis son divorce, c'est sa femme qui a la garde de ses deux gosses, Léa et Hugo. Sauf que début juillet, elle lui a dit qu'elle se cassait aux Maldives sans les gosses. Lui, il a dit oui pour la garde, il était même plutôt content, il s'attendait à se la couler douce en juillet, genre sorties en Pédalo et barbe à papa sur l'Armada. Il avait tout programmé, prévu de finir tôt pour aller les chercher au centre aéré ! Tu parles, maintenant, il est dans la panade, le pauvre divisionnaire. Il va découvrir ce que c'est que la double peine des working girls !

Elle éclata de rire et reprit :

— Bon je suppose que tout ça, tu t'en fous. T'as tort remarque. Gala se vend beaucoup mieux que Le SeinoMarin. Tu veux tout savoir sur le fameux meurtre du Mexicain, je suppose ? T'as du bol, ma chérie, je suis justement en train de taper les notes de mon commissaire adoré.

Quelques minutes plus tard, Maline connaissait tous les détails de l'enquête. Elle savait qu'elle ne pouvait pas s'en servir directement pour un article : elle aurait compromis Sarah et se serait sans doute exposée à des poursuites judiciaires.

Le cumul d'informations toutes aussi surprenantes les unes que les autres avait profondément troublé Maline. Le corps déplacé, les tatouages, la marque au fer rouge, la messagerie sur le téléphone, le SMS en espagnol.

Ce SMS en espagnol, surtout, intriguait Maline.

« Sé que me espera. »

Curieusement.

Maline avait l'impression d'avoir déjà entendu cette phrase. Quelque part… Dans un contexte qui n'avait rien à voir avec une déclaration d'amour. Mais dans l'instant, sa mémoire était trop encombrée. Elle renonça à chercher davantage.

Elle se leva en perturbant, d'un regard enjôleur, son admirateur édenté qui était en train de pointer. Tout en s'éloignant, elle était certaine qu'il n'allait pas pouvoir s'empêcher de jeter un œil en coin en direction de sa jupette qui flottait, et qu'il en raterait à coup sûr son tir.

Maline ne put s'empêcher de sourire toute seule.

Direction l'hôtel de Bourgtheroulde !

Les touristes commençaient à envahir les rues de Rouen, les magasins ouvraient, la vie reprenait. Maline attrapa son lecteur MP3 et enfonça les oreillettes. Elle activa le mode random, pour écouter aléatoirement les disques enregistrés, Cali, Léonard Cohen, les Clash, Raphaël…

Moins de dix minutes plus tard, elle parvint place de la Pucelle. Elle la traversa sans ralentir et passa sous le porche Renaissance pour entrer dans la cour intérieure de l'hôtel de Bourgtheroulde. Des gravats, des sacs de ciment, quelques échafaudages indiquaient que l'édifice était toujours en travaux. Mais visiblement, le chantier avait été stoppé pendant l'Armada. Maline connaissait ses classiques. Elle admira la célèbre galerie d'Aumale, le fameux bas-relief de la cour intérieure représentant l'entrevue du Camp du Drap d'Or…

Un panneau discret « Association de l'Armada. Relations Presse », indiquait la direction de l'aile nord du bâtiment. Maline gravit les marches, non sans jeter un coup d'œil aux salamandres et phénix gravés sur les façades. Elle monta jusqu'au second étage, admirant encore le charme incomparable du mélange de pierres de taille et de boiseries. Parvenue à l'étage, elle longea la galerie et se retrouva face à une épaisse porte en chêne. Une impeccable plaque de cuivre certifiait qu'elle ne s'était pas égarée : « Association de l'Armada. Relations Presse ». Elle leva un lourd anneau de fer forgé qui servait à cogner sur la porte.

Rien.

Elle recommença l'opération. Malgré l'épaisseur de la porte, cette fois-ci, elle entendit du bruit à l'intérieur.

Des pas pressés. La lourde porte s'ouvrit sur Olivier Levasseur.

Le choc fut soudain. Puis le vertige.

Maline sentit ses sens s'affoler.

11
Caméras cachées

9h31, commissariat de Rouen,
9, rue Brisout-de-Barneville

Les bras de Lanchec retombèrent d'un coup, ballants. Comme ceux d'un pantin sans fils. Aucun des trois inspecteurs dans la pièce n'osa prendre la parole. Le commissaire dut se résoudre à se lancer, à contrecœur.

A nouveau, il sentait le bas de son dos se glacer.

— Tu… Tu es certain de ton coup, Jean-François ?

Le médecin légiste regarda le commissaire avec un air désolé :

— Certain Gustave. Comme je te l'ai dit. Je peux refaire toutes les analyses dix fois si tu veux, je trouverai la même chose ! Le cœur de ce type s'est arrêté de battre à deux heures du matin, et son corps n'a commencé à donner des signes de mort, à se putréfier, se raidir, que trois heures plus tard.

— Et il peut y avoir une explication rationnelle ? s'aventura timidement l'inspectrice Cadinot. Cela s'est déjà vu, un tel cas de figure ?

Lanchec prit une expression mystérieuse et agita à nouveau ses bras comme des ailes de moulin :

— Je vais réfléchir. Il y a forcément une explication, c'est sûr. Je vais me renseigner… Appeler des collègues. Ça fait à peine deux heures que l'on m'a apporté le corps.

Le commissaire Paturel sentit que le médecin légiste avait une idée derrière la tête, mais qu'il n'en dirait rien tant qu'il ne l'aurait pas vérifiée. Sans doute une hypothèse de pure folie. Comme toute cette affaire qui glissait à une vitesse vertigineuse dans un précipice d'irrationalité, sans que le commissaire ne puisse rien maîtriser. Tout allait trop vite. Rien n'avait de sens. Il lui fallait arrêter cet infernal enchaînement d'événements incompréhensibles. Comment ?

— O.K. Jean-François. Tu peux retourner au labo.

La « salle grise » apparut soudain sinistre au commissaire. Comment d'un quartier général aussi miteux pouvait bien naître une quelconque solution, une quelconque protection pour les millions de visiteurs de l'Armada ? Le commissaire avait l'impression que quelque chose de terrible se tramait dans l'ombre, comme un complot gigantesque, et qu'il allait être absolument incapable de lui opérer la moindre résistance. Il ne comprenait rien.

La voix de l'inspectrice Cadinot le tira de son vertige.

— Gustave ! on y va ? Tu lèves la réunion ?

Le commissaire Paturel hésita. Face à lui, l'inspecteur stagiaire Mezenguel leva la main.

— Oui Jérémy ?

— Une idée comme ça. Vous y avez sûrement déjà pensé. Je suppose qu'il y a des caméras de surveillance sur l'Armada.

Le commissaire se tapa le front et le sourire satisfait de ce jeune inspecteur, un peu trop cow-boy à son goût, ajouta encore à sa rage. Avec toutes ces emmerdes accumulées, il n'avait même pas eu le temps de penser aux caméras de surveillance ! Il y en avait une dizaine installées sur les quais, sur les deux rives. Bien entendu, il fallait les visionner. Visionner chaque minute de dix caméras qui avaient tourné toute la nuit, si l'on ne voulait rien laisser au hasard. Un nouveau casse-tête allait se poser. Celui du manque de flics disponibles ! En tous les cas, cette idée des caméras lui avait redonné un espoir. Les caméras pourraient parler… Du moins si l'assassin n'était pas un fantôme…

— Colette, ordonna le commissaire. Tu te débrouilles pour me trouver au moins trois agents disponibles et tu me les colles en priorité devant les films de la nuit dernière de toutes les caméras de surveillance fixées sur l'Armada…

— Mais, protesta l'inspectrice. Où veux-tu que…

— Tu rappelles des collègues en congé ! Plutôt que de se mater des DVD dans leur canapé, ils vont se taper « Une nuit sur les quais ».

Mezenguel esquissa un sourire. Il fut le seul.

On frappa à la porte. Sarah Berneval entra.

«Aucun répit», soupira Paturel pour lui-même.

— Excusez-moi commissaire. Le laboratoire m'a demandé de vous porter ça.

Elle tendit au commissaire un téléphone portable. Paturel reconnut celui de Mungaray.

— A ce qu'ils m'ont dit, commenta Sarah, il a reçu un nouveau message, provenant du même numéro que ce matin.

— Merci Sarah.

La porte se referma sur la secrétaire. Le commissaire attrapa le téléphone du mort les doigts trempés de sueur. Il lut sur l'écran, puis répéta à voix haute, dans un accent incertain :

— No puedo permanecer lejos ti más mucho tiempo.

Un silence assez long s'ensuivit.

Stepanu, qui n'avait rien dit depuis longtemps, parla le premier.

— Mezenguel, vous pouvez nous traduire ça ?

L'inspecteur stagiaire se racla la gorge sans élégance :

— Plus ou moins. Ça doit vouloir dire quelque chose comme « tu es loin de moi depuis trop longtemps ». A mon avis, sur ce coup-là, il n'y a pas de quoi paniquer. Il s'agit juste d'une de ses poules qui ne sait pas encore que Mungaray est mort…

Le commissaire était plutôt d'accord. En face du monceau d'énigmes auquel il devait s'attaquer, ce SMS d'une amoureuse pouvait apparaître comme parfaitement anodin.

Il se trompait sur toute la ligne, pourtant !

12
Hôtel particulier

9h47, hôtel de Bourgtheroulde

Maline baissa les yeux et tenta de reprendre ses esprits.

La beauté de cet homme lui avait coupé le souffle.

L'étalon face à elle était torse nu, la taille simplement enserrée dans une grande serviette éponge blanche. Une peau caramel. Un corps musclé, tendu, de mannequin sur papier glacé.

A l'occasion d'un sourire radieux, Olivier Levasseur afficha sa dentition d'albâtre. Il tendit une main ferme et se présenta :

— Olivier Levasseur. Je suppose que vous êtes Maline Abruzze ? Votre rédacteur en chef m'a appelé tout à l'heure. Mais je ne vous attendais pas aussi tôt…

« Mon cul ! », pensa Maline.

Cette sortie de douche lui apparaissait comme un coup parfaitement préparé. Qu'est-ce que Christian Decultot avait bien pu raconter sur elle à cette gravure de mode ?

Olivier Levasseur laissa entrer Maline. Ses cheveux un peu trop longs, entre noirs et presque gris, se terminaient en gouttelettes dans la gouttière de son dos brun taillé en V. Il se retourna et fixa Maline. Il savait ce qu'il faisait.

Deux yeux verts, très clairs, légèrement bridés se posèrent sur elle. Maline se sentit traversée par un rayon laser. Elle détestait cette sensation d'impuissance. Cet homme l'avait prise par surprise, il l'avait déstabilisée. Au jeu de la séduction, elle détestait ne pas définir les règles.

La voix profonde et sensuelle allait avec le reste :

— Vous m'attendez quelques instants, mademoiselle Abruzze ? Le temps que je m'habille. Vous pouvez vous servir un rafraîchissement. Faites comme chez vous !

Olivier Levasseur disparut comme par magie dans une chambre voisine du salon.

De quel coin du monde pouvait-il bien sortir ?

Des yeux presque asiatiques, une peau presque africaine, le reste européen, un patronyme et un français impeccable… Elle observa au mur le poster d'un volcan en éruption. Bien entendu ! C'était évident, il était réunionnais ! Cette petite île de l'océan Indien au carrefour des trois continents. Un atelier réputé de métissage…

«Faites comme chez vous», avait-il dit.

Elle ne se gêna pas et inspecta.

Le salon était immense. Aux murs, outre le volcan, étaient accrochés des posters classiques des plus beaux voiliers du monde, presque tous ceux actuellement à quai à Rouen : l'Amerigo Vespuci, le Christian Radich, le Dar Mlodziezy, le Dewaruci, le Mir, le Statsraad Lehmkuhl… et bien entendu le Cuauhtémoc.

Le grand salon se trouvait divisé en plusieurs sous-espaces. Une grande table rectangulaire en verre était entourée de fauteuils design, et encombrée de diverses plaquettes de l'Armada, de publicités, de dossiers en diverses langues, de revues prestigieuses du monde entier, avec toujours, en couverture, des voiliers. La table servait sans doute pour les réunions professionnelles.

Dans un angle, un coin salon — avec deux canapés indiens, quelques tentures exotiques, une table basse et un petit bar — devait être utilisé pour des réceptions plus officieuses. Dans le fond du salon, tout un mur était consacré à une immense bibliothèque et à un vaste écran plasma de télévision. Sur une étagère plus longue, trois ordinateurs portables dernier cri.

« L'homme moderne », pensa Maline amusée. Sports

extrêmes et informatique. Verre et velours. Cuir et plasma. Le monde à ses pieds...

« Frime ou pas frime ? » se demanda Maline, malgré tout charmée par le contraste des genres.

La porte s'ouvrit et Olivier Levasseur entra. Il avait enfilé la panoplie complète « Blanc du Nil ». Une petite fortune de lin. Classe et décontraction. Un pantalon ample et une chemise ouverte sur la poitrine garantissaient un contraste très étudié de couleurs, de matières et de grains.

Levasseur s'avança. Pieds nus.

— Vous n'avez rien pris à boire ? s'étonna-t-il. Il lui lança un sourire carnassier digne de Georges Clooney. Je vous sers un café ?

L'occasion était trop belle. Maline ne put s'empêcher de lui répondre en essayant de conserver son sérieux :

— What else ?

Olivier Levasseur comprit l'allusion et éclata de rire de toutes ses dents blanches, bien entendu.

— Touché, mademoiselle Abruzze. Excellent, vraiment. Asseyez-vous...

Maline s'enfonça dans un canapé profond du salon, pendant que Levasseur apportait deux cafés et s'asseyait juste en face d'elle.

Encore un café, pensa Maline.

— Alors comme cela, commença le chargé de relations presse, vous souhaitez faire un reportage sur ce jeune marin mexicain décédé ce matin, pour Le SeinoMarin ?

En dépit des relations qu'il devait avoir avec les plus grandes revues du monde, Maline ne perçut aucun mépris dans sa voix.

— Oui. C'est cela. Mieux le connaître. Lui rendre hommage.

— C'est juste. Je n'ai aucune raison de ne pas vous aider en ce sens. De toutes les façons, votre patron est certainement le journaliste le plus influent de toute l'Armada. J'ai appris depuis dix jours que personne ne lui refusait rien ici.

Maline rougit. Le beau gosse était habile, en plus. Elle cherchait à éviter de se laisser hypnotiser par ses yeux, par sa chemise ouverte quand il se penchait vers la table basse. Elle se sentait toujours troublée. Ce type avait pris l'avantage sur elle. Dès le départ. Elle tourna son regard vers la chambre. Olivier Levasseur l'avait laissée ouverte.

Volontairement ?

Dans l'angle, elle apercevait un coin de lit, des draps froissés, la fameuse serviette qui lui avait épousé les fesses, jetée en boule. Elle se dit que si elle penchait encore la tête, elle ne manquerait pas de tomber sur une cravate, un caleçon, des haltères… La tanière du fauve !

Olivier Levasseur avait suivi son regard :

— Excusez-moi, mademoiselle Abruzze. Je campe un peu ici. Je ne suis là que pour dix jours. Ça doit vous sembler terriblement prétentieux, mais comme j'ai tendance à beaucoup voyager et à devoir être opérationnel très rapidement entre deux vols, j'intègre toujours dans mes contrats de pouvoir étaler le plus de travail possible dans ma chambre d'hôtel. Notamment la plupart des interviews, des réunions… De toutes les façons, je travaille surtout pour l'international, je dois jongler en permanence entre les fuseaux horaires, alors, presque tout se fait par webcam ou par Blackberry maintenant…

Il attrapa sa tasse d'un mouvement de poignet racé et continua

— Mais, mademoiselle Abruzze, vous n'êtes pas là pour m'écouter. Je vous ai déjà assez fait perdre votre temps. Qu'est-ce que vous attendez exactement de moi ?

Deux lasers vert clair se plantèrent dans la chair de Maline. Elle frissonna. Il ne pouvait pas ne pas l'avoir remarqué. Elle parvint tout de même à répondre :

— Vous parlez espagnol je crois. Et vous devez connaître le capitaine du Cuauhtémoc. Pourriez-vous m'organiser un rendez-vous avec lui ? Avec lui et quelques-uns des amis de ce jeune Mexicain défunt.

— Cet infortuné Carlos Jésus Aquileras Mungaray, prononça Levasseur d'un seul trait.

Le chargé de relations presse se leva, dominant encore un peu plus la journaliste :

— Aucun problème, mademoiselle Abruzze. C'est un service que je me ferai un plaisir de vous rendre. Je suppose que c'est urgent ?

Maline hocha la tête. Levasseur prit le temps de la réflexion.

— Bien. Je dois recevoir cet après-midi une télévision chinoise, un consortium de presse scandinave et un magazine people canadien à très gros tirage. Tous ceux-là, je ne peux pas les déplacer… Mais les autres pourront attendre. Si on se donne rendez-vous cet après-midi, devant le Cuauhtémoc, vers dix-sept heures, cela vous convient ?

— Parfait !

Maline se leva à son tour.

Olivier Levasseur la raccompagna avec élégance jusqu'à la porte. Dans le couloir, elle dut à nouveau effleurer le corps cuivré du chargé de communication, sentir son odeur, sans aucun artifice, serrer sa main ferme.

La lourde porte de chêne se referma sur elle.

Elle respira profondément. Il y avait longtemps qu'un homme ne l'avait pas troublée à ce point.

Elle tenta de se raisonner.

Ce type était un communicant de haut vol, un séducteur professionnel. Toute sa mise en scène était parfaitement rodée, des tentures indiennes à la serviette en boule.

Elle n'était plus une gamine, elle n'allait pas tomber dans le panneau. Elle descendit l'escalier en pierre et se retrouva place de la Pucelle. Elle s'installa en terrasse et commanda un Perrier. Terminé, le café ! Elle avait du travail, des articles à écrire, à relire, elle avait pris beaucoup de retard.

Elle travaillait depuis une demi-heure lorsque son portable l'interrompit.

C'était Sarah Berneval.

Elle tenait à l'informer que le téléphone de Mungaray avait sonné une nouvelle fois, au commissariat. Elle lui retranscrit le message en espagnol.

«No puedo permanecer lejos ti más mucho tiempo.»

Maline possédait quelques notions d'espagnol. Elle pouvait à peu près traduire. Comme après le premier SMS, elle eut l'impression lancinante que ces mots lui étaient familiers.

Elle les avait déjà entendus quelque part.

Quelque part enfouis dans la mémoire lointaine de son enfance.

13
Arrêt sur image

11h17, commissariat de Rouen,
9, rue Brisout-de-Barneville

Raynald Marsac faisait la gueule. Logiquement, il devait être de repos. On l'avait rappelé chez lui il y avait près de deux heures.

Ordre formel du commissaire.

Convocation !

Tout cela pour s'asseoir sur une chaise et regarder dix heures de film d'une caméra fixe sur les quais de Rouen. Passionnant ! Quand il pensait à la terrasse qu'il avait à finir dans son pavillon, ça le déprimait. Pour une fois qu'il était de repos en semaine, un jour où il faisait beau. La poisse. C'était toujours la même chose. En plus, l'inspectrice Cadinot, la pète-sec, l'avait prévenu. Il avait hérité de la bande la plus importante, celle de la caméra la plus proche du Cuauhtémoc, le voilier mexicain en face duquel on avait retrouvé le cadavre.

Il lui fallait ouvrir l'œil. Elle lui avait répété au moins cinq fois. Il n'était pas con, il avait compris. Elle lui avait conseillé de regarder en priorité la tranche horaire entre deux et six heures du matin.

Rien que cela !

Elle lui avait donné une photo du pauvre gars mexicain, et c'était tout. La seule consolation, c'était qu'il avait aussi ordre d'essayer de repérer une fille blonde, plutôt bien roulée, qui théoriquement accompagnait la victime.

Sacré métier ! Il y aurait de quoi écrire un livre. Etre payé à mater les filles ! Quand il raconterait cela aux copains… Bon, allez, il fallait rester concentré !

Trois quarts d'heure plus tard, alors que l'horloge lumineuse de la bande affichait deux heures trente-sept du matin, Raynald Marsac écarquilla les yeux. Un détail l'intrigua. Les quais étaient quasiment déserts, maintenant. Pourtant, il apercevait un homme passant devant le Cuauhtémoc, pour s'arrêter un peu plus loin, presque à l'endroit où le corps du mexicain avait été retrouvé, devant l'embarcadère fermé d'un bateau-promenade, le Surcouf. Il attendit quelques instants, et un autre homme le rejoignit, sortant du bateau-promenade. Un marin, sans doute, ou le capitaine. Les deux individus parlaient, vivement apparemment.

Bizarre !

Bizarre, parler affaires à plus de deux heures du matin. D'autant plus bizarre que le premier homme avait une attitude un peu louche. Raynald Marsac était habitué à repérer ce genre de comportement. Le type sur la bande avait l'attitude d'un homme inquiet qui a quelque chose à se reprocher et cherche à ne pas se faire repérer.

Il saisit la télécommande, revint en arrière et repassa la bande, se positionnant plus près de l'écran. Il guetta le court moment où l'inconnu tournait son visage vers la caméra et stoppa l'image. La résolution n'était pas excellente, mais cela suffisait.

Il approcha encore ses yeux.

Nom de Dieu !

Il connaissait ce visage !

Il ne manquait plus que cela !

Il regarda à nouveau. Après tout, cela pouvait être quelqu'un qui lui ressemblait. Il insista quelques longues secondes. Non, pas de doute. L'image était formelle. Il pensa un instant aller sur internet pour vérifier, mais il savait que ce n'était pas la peine. Il lisait les journaux. Il avait une bonne mémoire.

Une bouffée de chaleur monta en lui : il allait devoir annoncer sa découverte au commissaire. Ça risquait de remonter jusqu'en haut lieu, en très haut lieu même. Est-ce que son nom allait apparaître quelque part ? Il espérait que non. Ça allait faire du grabuge, il n'avait aucune envie d'être mêlé à tout cela.

Il se dit qu'avant de tout déclencher, deux avis valaient mieux qu'un. Et puis, au moment d'annoncer la nouvelle au commissaire, être plusieurs ne serait pas plus mal. Il alla chercher le collègue, qui dans la pièce d'à côté était consigné au visionnage d'une autre caméra.

14
Miss en Seine

12h37, place de la Pucelle

Toujours confortablement installée en terrasse, place de la Pucelle, Maline avait commandé une bière et relisait la fin de son article sur les Miss Armada. Une tradition ! Toutes les communes de la vallée de la Seine pouvaient concourir. Une Miss par commune ! Plus d'une vingtaine de jeunes filles s'étaient lancées dans la compétition, dimanche dernier.

Maline avait essayé de faire preuve d'humour. Un peu, pas trop. Miss Petit-Couronne, Miss La Bouille ou Miss Vieux-Port, c'était certain, on pouvait vite tomber dans le second degré. Maline essayait juste de trouver un angle décalé. Ça faisait aussi partie du jeu, de la fête. Ce n'était pas une vieille fille comme elle qui allait donner des leçons à ces jeunes filles pleines de vie, qui prendraient mari, enfants et pavillon avec vue sur le fleuve bien avant elle. Elle chercha une conclusion amusante pour son article. Elle mordillait son stylo plume en cherchant l'inspiration. Le pauvre capuchon n'avait presque plus de forme…

Elle s'envola dans ses pensées. Son père lui avait offert ce stylo plume pour ses trente ans. Elle s'en servait encore : un record ! C'est vrai, que de plus en plus souvent, elle rédigeait directement sur son ordinateur portable. Mais son stylo plume, avec plume d'or, « hyper résistante », son père avait été formel, ne la quittait jamais. Il lui arrivait souvent de griffonner une idée, sur un ticket, une facture, ou n'importe quoi se trouvant à sa portée. Ses pensées passaient par ce vieux stylo plume, comme un lien indirect avec son père. A défaut de savoir renouer plus directement le contact.

Cela donna envie à Maline de consulter sa messagerie. Rien ! Elle fut presque déçue. Son père devait en avoir eu assez de laisser des messages sans réponses. Elle hésita un instant à l'appeler. Que pouvait-il faire en ce moment ?

Comme toujours, elle finit par remettre cela à plus tard. Elle avait la tête trop embrouillée, elle n'avait pas envie de répondre à ses questions indiscrètes, elle avait peur de ne pas trouver de place dans son agenda pour passer le voir. Toutes les excuses étaient bonnes. Elle se fit intérieurement la promesse de l'appeler avant la grande parade des voiliers de Rouen jusqu'au Havre pour lui proposer de l'emmener sur les bords de Seine. Comme au bon vieux temps !

Un serveur passa. Maline commanda une salade au hasard, la dernière sur la liste, sans même regarder la composition. Elle adorait au restaurant ne pas savoir ce qui allait arriver dans son assiette. C'est un plaisir rare, finalement, quand on y pense.

Les terrasses de la place commençaient à être prises d'assaut. Maline appréciait beaucoup le charme de la place de la Pucelle, son admirable restauration, mélangeant immeubles modernes et édifices Renaissance. Elle jeta un regard vers la tourelle de l'hôtel de Bourgtheroulde. Olivier Levasseur travaillait derrière l'une de ces fenêtres. Décidemment, elle avait du mal à se remettre de cette rencontre. Maline avait eu l'impression que toute cette mise en scène n'était qu'un jeu, un jeu pour la déstabiliser ; toute cette histoire d'appartement transformé en bureau n'était qu'une géniale idée de marketing. Ainsi, Levasseur imposait immédiatement sa personnalité aux visiteurs, prenait l'ascendant, bien plus que dans n'importe quelle autre salle de réunion. Tout ceci n'était que du bluff ! Ce type, avant toute chose, était un joueur. Maline se surprit à sourire toute seule : cela tombait bien, elle aussi, elle était joueuse ! Et si le bel Olivier avait joué le match aller à domicile, Maline allait choisir le terrain du match retour… Elle commença à échafauder son plan dans sa tête pendant que le serveur lui apportait sa salade.

Salade balinaise, annonça-t-il.

Pendant l'Armada, les restaurants faisaient preuve d'imagination pour proposer des cartes aussi exotiques que les voiliers amarrés. Maline détailla : crevettes, pousses de bambou, concombre, jambon cuit, champignons, céleri.

Maline sourit pour elle-même. Original ! le hasard avait bien fait les choses ! En plus, elle commençait à avoir une idée assez précise de sa tactique pour jouer le match retour. Il fallait simplement qu'elle repasse chez elle, mais elle avait le temps avant dix-sept heures.

En attaquant sa salade, elle repassa dans sa tête la liste des choses qu'elle avait à faire. Trouver une idée de cadeau d'anniversaire, pour elle ! Trouver des idées de cadeau de mariage. Elle connaissait trois couples qui allaient se marier avant la fin du mois. Les fous ! Pourquoi avaient-ils tous cette envie suicidaire de se marier ? C'était sans doute une banalité de magazine féminin, mais c'était néanmoins la vérité : tous les mecs bien étaient déjà casés. Certes, quelques divorcés revenaient un jour ou l'autre sur le marché ; mais les seuls qui avaient du plomb dans la cervelle avaient forcément des mômes. Les plus intéressants les avaient même en garde alternée. Maline grimaça pour elle-même. Elever les gosses d'une autre, non merci ! Déjà qu'élever les siens, elle ne le sentait pas… Si jamais elle en avait un jour.

Merde ! Ce n'était pas le moment de déprimer… Maline décapita rageusement une innocente crevette, prétendument indonésienne. La liste de mariage de ces crétins attendrait après l'Armada ! L'urgence, c'était ce meurtre. Son boulot ! il fallait qu'elle arrive à se concentrer sur cette affaire. Trouver un peu d'empathie pour ce malheureux matelot mexicain. Elle n'avait pas la moindre idée d'article.

Elle restait stupidement obsédée par ces SMS en espagnol.

Maline avala péniblement un bâton de céleri et grimaça.

Très original ma grande, pensa Maline pour elle-même, le coup de la salade surprise. Le céleri donne un goût infâme à tout le reste !

Elle essaya encore d'avaler quelques bouchées…

Rien à foutre, se répondit-elle tout en repoussant sa spécialité balinaise. Cet après-midi, je me fais Olivier Levasseur !

15
Nicolas Neufville

13h18, commissariat de Rouen,
9, rue Brisout-de-Barneville

Le commissaire Paturel entra dans le couloir comme une tornade.

— On ne pouvait pas me prévenir plus tôt ?

— J'ai essayé, plaida Sarah Berneval en essayant de suivre son rythme, ce qui n'était pas facile avec ses talons aiguilles.

— J'étais retourné chez moi pour faire à manger à mes gosses. C'est pas un crime, tout de même ? Je n'ai même pas eu le temps de mettre les barquettes dans le micro-ondes ! Allez plutôt me chercher un sandwich, Sarah.

Sarah laissa à regret le commissaire continuer seul. Gustave Paturel entra en trombe dans la salle vidéo et dévisagea les deux policiers en civil. Les inspecteurs Mezenguel, Cadinot et Stepanu étaient déjà dans la salle, un peu en retrait. Visiblement, ils venaient d'arriver eux aussi.

— Qui a visionné la bande ?

Raynald Marsac leva une main timide.

— O.K. Bon boulot. Montre-moi ça.

Marsac attrapa une télécommande et stoppa la bande au moment voulu.

Paturel s'avança, détailla le visage et serra le poing :

— Nom de Dieu… C'est bien lui… Nicolas Neufville !

Chacun attendit la réaction du commissaire. Elle ne vint pas. Il semblait abattu.

Jérémy Mezenguel coupa le premier le silence :

— Je vais peut-être dire une connerie… Mais c'est qui, ce Nicolas Neufville ?

Gustave Paturel s'effondra sur une chaise et répondit à l'inspecteur stagiaire d'une voix lasse :

— Normal. T'es pas d'ici. Nicolas Neufville est un homme d'affaires très connu par ici. Il possède plus d'une dizaine de succursales autos et motos sur le mont Riboudet et la route de Dieppe. Grosse fortune, comme on dit. Il est également en train de racheter un paquet de restaurants du centre-ville. Une pieuvre. Enfin, c'est un secret de polichinelle, il envisage de se lancer en politique. Tout le monde sait qu'il lorgne sur la mairie de Rouen… Et ce ne sont pas les appuis qui lui manquent… Alors tu vois, mon petit Jérémy, à l'échelle de notre agglo, Nicolas Neufville, c'est pas un petit poisson.

L'inspecteur stagiaire n'apprécia pas beaucoup de se faire appeler « mon petit Jérémy », mais continua néanmoins à mâcher au même rythme son chewing-gum.

— Quel rapport avec l'Armada ? marmonna-t-il au bout d'un moment. Il fait partie de l'organisation ?

— A priori, non, répondit le commissaire. Nicolas Neufville n'est pas trop du genre à faire du bénévolat dans une association, si vous voyez ce que je veux dire.

— Qu'est-ce qu'il foutait sur les quais, alors ?

Le commissaire prit le temps de la réflexion, puis continua :

— Nicolas Neufville doit savoir renifler à des kilomètres les plans pour se faire du fric. Et du fric, il y en a à se faire sur les quais de l'Armada, pas de doutes. Qu'il tape l'incruste autour d'une telle manifestation n'a rien d'étonnant. Reste à savoir ce qu'il trafique…

Un court silence s'installa dans la salle vidéo. Ovide Stepanu le rompit le premier.

— Sans vouloir jouer les…

Le regard du commissaire Paturel le fusilla. L'inspecteur Stepanu déglutit et bafouilla :

— Heu… Hum. Disons que… Bon… Ce coup-ci est dans la merde ! Si on enquête sur lui, ce type peut tous nous faire sauter…

Colette Cadinot se leva, énervée :

— Hé, doucement. Pas de panique ! tout d'abord, qu'est-ce qu'on a contre Nicolas Neufville. Rien ! il a bien le droit de se promener le soir sur les quais.

— C'est pas ça le problème Colette, expliqua calmement le commissaire Paturel. Bien sûr que ce jeune loup est encore présumé innocent. Mais il était présent sur le lieu supposé du crime. Au mauvais moment. Avec une attitude qui pourrait laisser penser qu'il ne voulait pas qu'on le reconnaisse. On n'a pas d'autre choix, Colette, si on veut bien faire notre boulot. Il nous faut enquêter sur ce type… C'est un témoin…

— C'est bien ce que je disais, répéta Stepanu. On est dans la merde ! Sans vouloir jouer les trouble-fêtes, si on s'approche de ce type, Gustave, dans la minute qui suit, tu auras toute ta hiérarchie sur le dos.

Le commissaire soupira. Il regarda à nouveau le visage fixe de Neufville sur l'écran de contrôle. Comme toujours, Stepanu était dans le vrai. Il finit par opiner :

— T'as peut-être bien raison, Ovide. C'est risqué de s'approcher de Neufville. Du moins, tant qu'on n'a pas la moindre preuve… Mais on ne m'empêchera pas de penser que ce type à quelque chose à se reprocher. On ne vient pas s'engueuler en catimini avec le capitaine d'un bateau-promenade, sur les quais, après deux heures du matin, si on n'a rien à se reprocher… Et je suis prêt à parier que cela a un rapport avec l'Armada…

Colette Cadinot s'approcha :

— Tu crois que le jeune Mungaray aurait pu être témoin de quelque chose qu'il n'aurait pas dû voir ?

— J'en sais rien, fit Paturel. J'espère surtout qu'on se

trompe sur toute la ligne. En attendant, Ovide, tu vas aller m'enquêter discrètement sur le capitaine de ce bateau, le Surcouf, juste à côté du Cuauhtémoc. Après tout, ils étaient deux témoins.

Le commissaire se leva, avec une visible envie de vider son sac. Il interrogea à la cantonade :

— A part cela, rien de neuf ? Personne n'a encore trouvé pourquoi le cadavre de Mungaray s'est brusquement arrêté de pourrir ? Personne par hasard n'aurait ramassé un poignard ? Un tison du Marais Vernier ? Une blonde ? Toujours pas la queue d'un bout de puzzle qui s'emboîte ? Non ? alors, allez, au boulot ! Et essayez de me ramener le plus rapidement possible un suspect autre que Neufville. N'importe qui, un inconnu, un ivrogne, une petite frappe, je m'en fous, du moment que ce soit quelqu'un qui ait tué pour une raison simple, de l'argent ou autre chose…

16
L'aigle qui tombe

17h01, quai Boisguilbert, Rouen

Olivier Levasseur s'était posté juste en face du Cuauhtémoc. Un peu en retrait de la foule compacte qui défilait. La plupart des femmes se retournaient vers lui, mais il ne le remarquait même plus. Il regarda sa montre. Maline Abruzze était en retard.

Il détestait attendre !

Il observa la file qui s'allongeait devant le Cuauhtémoc. Déjà plus d'une heure de queue pour avoir le privilège d'entrer sur le trois-mâts. Les gens prenaient leur mal en patience sans broncher : le jeu en valait la chandelle, le Cuauhtémoc était la vedette de l'Armada, le bateau le plus couru… Jusqu'à vingt mille visiteurs par jour…

Levasseur regarda à nouveau sa montre.

17h04.

Toujours pas de trace de journaliste à l'horizon. Il guettait : au loin, sur les quais, une image le fit sourire. Un ado à rollers slalomait entre les passants ! Il se fit la réflexion qu'il fallait être inconscient pour faire du roller au milieu d'une telle foule, ou bien être vraiment confiant en sa technique.

L'individu se rapprochait. Apparemment, l'ado maîtrisait son sujet. Levasseur écarquilla les yeux. Ce n'était pas un ado, c'était une fille ! La sportive se rapprocha encore. Elle était à moins de dix mètres quand Olivier Levasseur la reconnut.

Maline Abruzze !

La journaliste avait mis le paquet. Mini-short en jean moulant, jambes fuselées, petit bustier épousant sa poitrine gonflée, nombril à l'air, cheveux tirés en queue-de-cheval agrandissant son front et ses yeux rieurs.

La belle s'arrêta à quelques centimètres de lui.

— J'ai fait ce que j'ai pu pour être là à temps. Mais c'est l'heure de pointe…

Perchée sur ses rollers, elle gagnait en taille plus de centimètres qu'avec des talons aiguilles. Elle arrivait presque à la hauteur de la bouche du beau Réunionnais. Cela lui donnait encore un peu plus d'assurance.

— Ce n'est pas grave, bredouilla Levasseur.

— Vous êtes sur votre 31, commenta amusée Maline en observant la tenue d'Olivier Levasseur.

Malgré la chaleur, il arborait une veste et un pantalon parfaitement coupés, des chaussures de marque. Le tout devait coûter une fortune.

— Je vous rappelle que je suis le chargé de relations presse de tout cet événement, répondit sérieusement Levasseur. Je viens tout juste d'abandonner mes Canadiens.

Maline leva des yeux pétillants :

— Je vous préférais dans une simple serviette !

Olivier Levasseur ne releva pas, presque gêné.

— Mademoiselle Abruzze, expliquez-moi comment vous comptez monter sur le Cuauhtémoc avec cette tenue ?

La journaliste se recula et leva une jambe impudique :

— C'est moderne, regardez. Les roues se retirent. Je les mets dans mon sac à dos et le tour est joué. Toutes les jeunes filles font ça maintenant…

— Je parlais de vos habits, pas des rollers…

— Ma tenue ? Vous n'aimez pas ?

Elle s'approcha d'Olivier et chuchota à quelques centimètres de sa bouche :

— En général, les hommes adorent ce genre de tenue, je suis sûre que les marins mexicains aussi. Généralement, ça les rend assez bavards… On y va ?

Olivier Levasseur se réfugia derrière un sourire ambigu, se contentant d'afficher ses dents blanches en signe de trêve. Trop facile ! Maline n'arrivait pas à détecter s'il était vraiment agacé ou s'il dissimulait son amusement. Le chargé de communication glissa quelques mots en espagnol au matelot de garde sur le pont. Un autre cadet partit en trombe prévenir le capitaine.

— Impressionnant, glissa Maline. Ils se mettent en quatre pour vous. Vous parlez combien de langues, Olivier ?

— Six. Enfin disons entre cinq et dix. Cinq très bien et dix à peu près.

— Et comment on décroche un tel poste ? Chargé de com en chef de l'Armada ?

Olivier Levasseur se redressa :

— Par des agences spécialisées de chasseurs de têtes. Vous avez compris, le job consiste à parler aux médias du monde entier. Depuis le 4 juillet, j'en suis à vingt-sept émissions de télé, dont dix-neuf étrangères… J'ai décroché le job devant trois cents autres candidats. Trois cents autres candidats comme moi, polyglottes avec une grosse expérience dans la marine. Vous savez ce qui a fait la différence, Maline ?

— Non…

Olivier Levasseur se pencha à son tour vers les lèvres de Maline :

— J'étais de très loin le plus sexy !

Maline se sentit à nouveau troublée. Cet enfoiré voulait reprendre le dessus !

Un cadet mexicain, sérieux comme un pape dans son uniforme bleu et blanc, la délivra. Il prononça des mots en espagnol qui devaient signifier quelque chose comme « le commandant va vous recevoir ».

Ils se hissèrent sur le pont, sous le regard passablement énervé des visiteurs piétinant dans la file d'attente depuis plus d'une heure.

Ils descendirent dans la cale par un escalier en acajou vernis. Maline n'avait jamais pris le temps, lors des Armadas précédentes, de visiter le bateau mexicain.

Le luxe intérieur la laissa sans voix.

Elle se retrouvait dans un univers de bois, un magnifique bois rouge, de l'acajou sans doute, mélangé à d'autres bois exotiques. L'éclairage jaune sur les parquets cirés, les lambris des murs, les larges tables et les chaises ouvragées, faisaient prendre aux pièces toutes les nuances orangées. Ils avancèrent dans un couloir. Maline ne put s'empêcher de laisser glisser sa main sur les poignées en cuivre étincelantes. Elle comprenait maintenant pourquoi on pouvait faire jusqu'à deux heures de queue pour pénétrer dans ces lieux.

D'après son sens de l'orientation, ils devaient se trouver à l'arrière du navire. Ils débouchèrent sur le carré, la vaste pièce de réception située à l'arrière des grands voiliers. Une nouvelle fois, la beauté de la pièce subjugua Maline. Une débauche d'acajou bicolore, du parquet au plafond. Au fond de la pièce, au-dessus d'un immense canapé en cuir noir, décoré de petits drapeaux mexicains, la lumière, filtrée de l'extérieur par les vitraux bleu turquoise, avait quelque chose d'irréel. Un aigle, aux ailes déployées, était représenté sur chaque vitrail.

Un aigle… Maline fit immédiatement le rapprochement. Le tatouage marqué au fer rouge sur l'épaule d'Aquilero. Comme tout le monde, elle avait pensé que l'aigle représentait Mungaray lui-même, à cause de son surnom, Aquilero. Mais l'aigle était également le symbole du Cuauhtémoc ! Elle regarda à nouveau les vitraux qui lui rappelèrent la figure de proue du Cuauhtémoc : le Dieu Cuauhtémoc, le corps nu, sculptural, peint à la feuille d'or… Et coiffé d'une tête d'aigle ! Elle se retourna. Dans un coin du carré, un imposant buste en bronze représentait Cuauhtémoc lui-même, le regard fier.

Olivier Levasseur suivit son regard admiratif :

— C'est Cuauhtémoc, expliqua-t-il. Le dernier empereur aztèque. Cuauhtémoc signifie en aztèque « aigle qui tombe ». A Mexico, en 1521, il résista soixante-quinze jours aux Espagnols. Cortès, avant de détruire définitivement la civilisation aztèque, le fit torturer pour lui faire avouer où il cachait son or, tous les trésors de son peuple. Cuauhtémoc reste pour le Mexique et toute l'Amérique latine le symbole suprême de la liberté.

Maline enregistrait les informations. Tout ceci avait forcément une signification.

Ils continuèrent à suivre le cadet mexicain, sans un mot, pour arriver dans le bureau du commandant. L'intérieur était tout aussi somptueux que le reste du voilier. Deux bibliothèques en acajou étaient séparées par un petit hublot rond. Le mobilier en cuivre semblait d'un autre âge : portemanteaux, baromètres, compas, téléphone… Le commandant était un petit homme aux traits sévères. L'uniforme bardé de galons impressionna Maline. En sentant le regard scrutateur du commandant sur sa chair nue, Maline regretta immédiatement sa petite comédie à rollers destinée à surprendre Levasseur.

Ils s'assirent.

Olivier Levasseur commença une courte conversation en espagnol puis se tourna vers Maline.

— Il est d'accord pour répondre à vos questions, même s'il dit qu'il a déjà tout raconté à la police. Il accepte le principe d'un article sur le jeune Mungaray, mais il demande à le lire avant qu'il soit publié. Apparemment la famille Mungaray est influente au Mexique. Et il tient à la réputation de son navire…

Maline acquiesça. Elle s'installa confortablement dans le fauteuil en cuir qui lui collait aux cuisses, tout en se disant qu'elle n'allait pas apprendre grand-chose de ce commandant qui devait pratiquer à merveille la langue de bois… d'acajou plus précisément.

***

Rosario Ayllón Torres astiquait les lampes en cuivre du carré du Cuauhtémoc tout en pensant à la fille qu'il avait vue passer avec ce grand mec en costume. Il avait entendu le commandant donner ses ordres. C'était une journaliste !

Tout à l'heure, c'étaient les flics qui étaient venus. Ils avaient interrogé tout le monde, fouillé la chambre d'Aquilero en mettant le bordel partout. Comme s'ils cherchaient de la drogue, ou quelque chose comme cela. De la drogue sur un bateau-école ! Qu'est-ce qu'ils croyaient ? Tout ça parce qu'ils étaient mexicains ? Cela mettait Rosario en rage.

Rosario attaqua une autre lampe. Ce flic avait une tête qui ne lui revenait pas, avec son chewing-gum dans la bouche et sa veste en cuir. A Mexico, dans son quartier de Nezahualcoyotl, on n'aimait pas trop ce genre de types qui se la jouaient à l'américaine. Surtout les flics.

Du bout des doigts, il joua avec le morceau de papier au fond de sa poche. Il hésitait. Il avait vraiment envie de faire quelque chose pour Aquilero. Il était son meilleur ami sur le Cuauhtémoc. Et quelqu'un l'avait buté, poignardé. Bien entendu, il devait faire quelque chose pour Aquilero. Mais parler aux flics, c'était hors de question ! Surtout au connard de tout à l'heure. Les flics ne comprendraient rien, de toutes les façons.

Il frottait avec de moins en moins d'énergie le chiffon sur les cuivres. Il repensait aux derniers mois avec Aquilero.

Il avait changé.

Avant, lorsqu'ils étaient cadets, Aquilero était un type insouciant, normal, branché foot et filles. Un petit côté fils à papa, c'est sûr. Ils ne venaient pas du même milieu, Aquilero et lui. La famille nombreuse de Rosario n'habitait pas du même côté de Mexico, c'est le moins qu'on puisse dire. Mais l'armée rapprochait, elle servait à cela, au moins. Surtout la marine.

Aquilero était un chic type, avant. Avant que toute cette histoire de trésor ne lui monte à la tête. Toutes les nuits, dans la chambre, il lui parlait de l'histoire du Mexique, de la culture aztèque, de l'impérialisme occidental, du trésor de Cuauhtémoc et de tout le reste. Il était devenu bizarre. Toujours parti sur internet à faire des recherches. Sans parler de son plongeon dans la Seine du haut du mât de misaine, l'autre jour. Personne n'avait compris pourquoi il avait fait ça. Par pure provocation ?

Il regarda les trois aigles en or sur les vitraux du carré. Aquilero avait peut-être fini par se prendre véritablement pour un aigle ? Pour un héros national ? Pour Cuauhtémoc ?

En tous les cas, il avait bien réussi son coup : quatre jours de consigne. Au moins, pendant trois soirs, Aquilero ne leur avait pas fait d'ombre… Rosario repensa à son ami avec nostalgie. La dernière image qu'il conservait de lui était celle de la Cantina, hier soir : il dansait la salsa, entouré de filles. Elles adoraient son côté beau gosse de riches. C'était pareil dans tous les ports du monde. Les autres marins, lui en particulier, n'avaient droit qu'aux miettes.

Il toucha une nouvelle fois le papier au fond de sa poche. Aquilero le lui avait donné hier, avant de sortir en ville. « Au cas où il m'arrive quelque chose » avait-il dit. Rosario n'avait pas compris, sur le moment. Il ne comprenait toujours pas, d'ailleurs. Il était ennuyé.

Que faire avec ce morceau de papier, ce message morbide ? Il n'avait aucune envie de finir poignardé lui aussi. Il n'avait pas le même caractère qu'Aquilero. Aquilero se posait trop de questions sur tout, c'était comme cela, les fils de riches. Rosario, lui, voulait simplement prendre du bon temps. Voyager, voir des filles. Il avait grandi à Nezahualcoyotl, le plus grand bidonville du monde à ce qu'il paraît, au milieu de cinq frères et trois sœurs. Alors sa paye sur le Cuauhtémoc, il ne voulait pas la perdre !

Il frotta avec une énergie décuplée une nouvelle lampe. L'éclat du cuivre lui fit repenser aux reflets orangés de la lumière sur les cuisses de la belle journaliste, tout à l'heure, lorsqu'elle était passée. Le commandant devait être en train de se rincer l'œil.

La solution apparut, évidente.

Après, Rosario pourrait oublier toute cette histoire.

17
Rouge Mare

17h43, place du Lieutenant-Aubert

Place du Lieutenant-Aubert, allongé presque au milieu de la rue, le dos appuyé sur le rebord d'une petite fontaine, Daniel Lovichi sentait sur lui le regard méprisant des passants.

Il s'en fichait.

Leur dédain glissait sur lui comme l'eau sur les écailles d'un poisson. Il n'inspirait même plus la pitié, il le savait. Il avait renoncé depuis longtemps à tendre la main, compter les pièces jaunes, dire merci. C'était lui qui avait de la pitié pour eux, pour ces passants, tout ce bétail qui défilait dans les rues piétonnes, des sacs de marque plein les mains.

Il serra encore le poignard dans son sac. Un jour, il foncerait dans le tas, frapperait, au hasard. Un jour… Pas aujourd'hui. Aujourd'hui, il avait mieux à faire.

Daniel Lovichi se leva et s'avança sans se soucier des passants qui remontaient, pressés, la rue Damiette. Une bourgeoise le frôla et fit un saut de côté. Il prit un malin plaisir à lui souffler son haleine fétide dans la figure. Il adorait ça. Il se calma pourtant. Il ne s'agissait pas non plus de trop attirer l'attention.

Il regardait en face, au bout de la courbe de la rue du Père-Adam.

L'homme sortait du Libertalia. Il passait la majeure partie de sa journée et de ses nuits dans ce bar. Lovichi ne connaissait que son surnom. Ramphastos, ou Rami. On lui avait raconté qu'il était une espèce de pirate. Un pirate ? On le prenait vraiment pour un con ! De toutes les façons, lui, il s'en foutait de ces conneries d'histoires de pirates.

Le type ne marchait déjà pas bien droit. Il était déjà entamé en fin d'après midi, Lovichi le savait. Lovichi serra à nouveau le poignard dans son cabas. Un don du ciel ! Pirate ou pas pirate, ce connard n'était pas prudent. Les yeux de Lovichi brillèrent. Cinq mille euros dans son falzar. Cinq mille euros, dix biftons de 500 euros.

Lovichi avait repéré depuis longtemps son petit trafic.

C'est la jungle, connard. Moi aussi, j'ai mon trafic. Moi, aussi, j'ai besoin de fric. Ton fric !

Il repensa un instant aux paroles du Cubain, la coke mexicaine, chilienne, vénézuélienne. De la pure. Arrivage direct ! Les marins en avaient plein les poches, il lui avait dit. Il n'y avait qu'à demander !

Décidemment, depuis deux jours, la chance tournait. Comme si quelqu'un là-haut s'était enfin décidé à s'occuper un peu de lui. Mais maintenant, c'était à lui d'agir !

Il laissa l'ivrogne prendre un peu d'avance et le suivit discrètement. Le vieux pirate remontait lentement, titubant un peu, la rue du Petit-Porche. Daniel Lovichi serrait encore le poignard dans sa poche. Il y avait du monde un peu partout dans les rues. Agir en plein jour n'allait pas être évident. Néanmoins, avec un peu de chance, ce vieil ivrogne allait rentrer chez lui, dans un quartier désert, mettrait du temps à chercher ses clés dans une cage d'escalier, il pourrait lui tomber dessus par derrière, discrètement.

Le vieil alcoolique traversa lentement la place de la Rougemare et continua de remonter la rue derrière la chapelle Saint-Louis. Lovichi le suivait à bonne distance. Enfin, Ramphastos s'arrêta devant un porche et se pencha : il rentrait chez lui ! Il essayait de composer une série de chiffres sur le digicode situé dans un renfoncement sur sa gauche.

Daniel Lovichi jeta un rapide coup d'œil autour de

lui. Les lieux semblaient déserts et le porche dans lequel cherchait à entrer Ramphastos se situait dans une sorte d'angle mort.

C'était le moment idéal !

Daniel Lovichi sortit le poignard de sa poche. Son poignet trembla un peu, il se força à serrer le manche fort, très fort. Il s'avança. Son plan était simple : aussitôt que l'ivrogne ouvrirait la porte d'entrée, il le pousserait à l'intérieur. Ensuite, ce serait un jeu d'enfant de récupérer le fric.

Il s'avança de quelques mètres, mais ce connard de pirate semblait incapable de se souvenir de son code ou d'appuyer sur les bons chiffres, de pousser cette putain de porte. Quelqu'un allait finir par arriver…

De longues secondes s'écoulèrent. La main de Lovichi recommençait à trembler, de plus en plus nettement. Enfin, Daniel Lovichi vit la porte cochère s'ouvrir. Il s'avança en silence, anticipant comment il allait pousser violemment l'ivrogne à l'intérieur, rafler les cinq mille euros, lorsqu'une voix perça le silence dans son dos :

— C'est un vrai ?

Daniel Lovichi se retourna, stupéfait.

Un gamin de moins de huit ans, au regard effronté, du genre à traîner dans la rue toute la journée, le regardait fixement.

— C'est un vrai, ton cran d'arrêt ? répéta le gamin sans aucune frousse ni timidité.

Daniel Lovichi n'aimait pas les enfants !

Mais était-ce une raison suffisante pour lui planter son couteau en travers de la gorge ?

18
Que l'herbe pousse et que les enfants meurent

17h44, bureau du commandant du Cuauhtémoc

Quand Olivier Levasseur se leva pour serrer la main du commandant et prendre congé, Maline respira. Elle avait des fourmis dans les jambes. Elle n'avait pas compris la moitié de la conversation, même si Olivier lui avait traduit l'essentiel. Cela l'avait énervée. En une heure, elle n'avait appris qu'une somme considérable de détails qu'elle avait notés consciencieusement et qui n'allaient lui servir à rien : date de naissance, prénom des frères et sœurs d'Aquilero, profession des parents, adresse... Elle percevait à peine mieux la personnalité du jeune Mexicain qu'il y a une heure : un fils de bonne famille qui s'était encanaillé à l'occasion de son séjour dans la marine. Un ego assez démesuré, en prime. Elle en savait juste assez pour rédiger un article sur la courte vie de ce jeune Mexicain, un article redondant et sans aspérités.

Maline avait demandé à visiter la chambre d'Aquilero pour avoir une idée de son intimité, pour prendre des photos plus personnelles, mais le commandant avait refusé. Apparemment, la police était déjà passée et avait tout épluché de fond en comble. Le commandant ne semblait d'ailleurs pas avoir apprécié la méthode.

En remontant vers le pont, Maline sortit son minuscule appareil photo numérique et en profita pour faire quelques clichés. Elle allait remonter les premières marches de l'escalier d'acajou lorsqu'elle sentit une main moite se poser sur son épaule. Elle se retourna vivement. Un jeune matelot mexicain, évitant soigneusement de la regarder en baissant les yeux sous sa casquette, lui tendit la main et lui glissa un morceau de papier dans la paume : une petite feuille d'agenda déchirée.

— De la part d'Aquilero, ânonna-t-il dans un français maladroit.

Avant que Maline ait pu réagir, le matelot avait disparu dans le dédale des couloirs lambrissés du Cuauhtémoc.

Personne n'avait rien vu, pas même Olivier Levasseur, déjà remonté sur le pont. Maline ouvrit sa main, déplia la feuille et lut. Le texte était écrit en français :

« Il faut bien que l'herbe pousse et que les enfants meurent. »

Un frisson parcourut le dos de Maline.

Elle froissa le papier et le glissa dans sa poche. Que pouvait bien signifier cette nouvelle allusion macabre ?

« Il faut bien que les enfants meurent… »

Ce nouveau message lui fichait la frousse.

A quelle pratique mortifère cette phrase faisait-elle allusion ?

Tout ceci la dépassait. Elle se promit de faire le point, de tout poser sur un papier, de réfléchir, aussitôt qu'elle aurait une minute.

Elle monta l'escalier et une fois sur le pont, respira avec soulagement l'air frais du fleuve. Olivier Levasseur prit galamment sa main pour la faire descendre du voilier, puis, une fois sur les quais, l'aida à fendre perpendiculairement la foule. Ils se glissèrent entre un magasin de vêtements marins et un vendeur de kebab, et soufflèrent, un peu à l'abri de la cohue.

Olivier Levasseur regarda sa montre :

— Je suis désolé mais il va falloir que je vous quitte bientôt, mademoiselle Abruzze. J'ai un cocktail officiel dans quelques minutes. Toutes les huiles du grand Rouen seront là… Vous avez tous les renseignements que vous souhaitiez ?

Maline se demanda quel était la véritable personnalité de cet Olivier Levasseur. Dandy profitant de la mondialisation pour garnir son compte en banque ou aventurier cynique ?

— Si on veut…

Elle marqua un silence et demanda :

— Sincèrement, Olivier, qu'est-ce que vous en pensez de cette histoire de meurtre ? Vous avez bien une version ? C'est vous qui êtes en première ligne devant les médias… Comment allez-vous faire pour expliquer tout cela aux chaînes de télé ? L'assassinat d'un jeune Mexicain qui plonge du haut du mât et fait de l'apnée en Seine ; qui a le dos couvert de tatouages, que son assassin marque au fer rouge ; à qui une fille continue de téléphoner en espagnol alors qu'il est mort ; qui aime les citations morbides en français…

Levasseur encaissa la question sans sourciller :

— C'est assez simple, mademoiselle Abruzze. Il n'y a rien de bien mystérieux dans tout ça. Le jeune Aquilero aimait plaire. Tout le prouve. Il frime devant la foule en plongeant dans la Seine. Il séduit à la Cantina une fille qu'il abandonne ensuite et qui logiquement continue de le harceler au téléphone sans savoir qu'il est mort. Banal, non ? Il a tatouées sur son dos les figures d'un symbole quelconque, peut-être les surnoms des joueurs de son équipe de foot locale. C'est un casse-cou. Il aime plaisanter avec la mort…

— Au point de se brûler vif ?

Olivier Levasseur continua sans relever :

— Il est tué dans une bagarre par un rôdeur qui prend la fuite. Aucun mystère dans tout ceci, mademoiselle Abruzze, n'allez pas semer une panique inutile pour vendre vos journaux !

La réflexion énerva Maline. Levasseur n'avait décidément rien d'un type original. Il n'était qu'un pion au service de l'administration. Ce surfeur des mers du Sud se gardait bien de faire la moindre vague, ici ! Si ça se trouve, dans le bureau du commandant du Cuauhtémoc, il lui avait simplement traduit ce qui l'arrangeait. Il n'était qu'un fusible, un joli petit fusible à la peau cuivrée, payé grassement pour éviter que tout ne saute…

Maline savoura d'autant plus le nouveau tour qu'elle allait sortir de son sac.

— Où se déroule-t-il, votre cocktail ?

Levasseur pencha la tête et prit un air désolé, posant son regard d'émeraude sur la journaliste

— Sur la Bodega en Seine… Rive gauche. La fameuse péniche transformée en salle de réception. Désolé de vous décevoir, mademoiselle Abruzze, j'aurais adoré que vous puissiez être ma cavalière pour ce cocktail. Y entrer à votre bras aurait été très flatteur pour moi, mais cette fois-ci, une tenue de soirée est impérative… On ne vous laissera jamais entrer ainsi…

Maline adopta une mimique de femme-enfant qu'elle maîtrisait parfaitement :

— Il y aura du champagne ?

Levasseur confirma, adoptant une attitude faussement navrée :

— Des petits fours aussi ? continua Maline. Et tous les hommes et femmes qui comptent pour l'Armada ?

— Oui… Tous en costume-cravate et robe de soirée… Hélas !

— Vous n'avez pas de cravate !

— Je l'ai dans ma poche…

— Ah bon ? On a le droit d'utiliser des armes secrètes ?

Maline prit une inspiration et continua :

— Sérieusement, Olivier, est-ce que je peux vous demander un service ?

Il regarda sa montre.

— Si ce n'est pas trop long.

Maline désigna la rangée de toilettes publiques posées pendant l'Armada, un peu en retrait des quais :

— Vous pouvez m'accompagner pour me tenir mon sac ?

Olivier Levasseur suivit la journaliste sans méfiance. Il y avait une forte affluence autour des sanitaires, mais Maline parvint à en trouver un libre, au bout de la rangée. Elle confia son sac au chargé de communication, entra et s'enferma. Il y avait un espace de dix centimètres au dessus de la porte, Maline passa un bras et demanda d'une voix candide :

— Olivier, vous pouvez fouiller dans mon sac ? Au fond, vous allez trouver une robe rouge. Vous pouvez me la passer ?

Elle tendit son bras nu au dessus de la porte.

Stupéfait, Olivier Levasseur ouvrit le sac à dos de la journaliste et découvrit une minuscule robe de soirée en tissu élastique infroissable, roulée en boule. La main de Maline attrapa le bout de tissu rouge et disparut.

— Merci, fit la voix cristalline de Maline. Olivier, vous pouvez m'attraper ça ?

Sous les yeux éberlués du chargé de relations presse, Maline fit passer au-dessus de la porte des sanitaires son minuscule bustier et son short en jean !

Olivier Levasseur se hâta de tout ranger dans le sac à dos, inquiet malgré lui du regard des touristes du voisinage. Lorsqu'il releva la tête, il n'en crut pas ses yeux.

Au-dessus de la porte, au bout de la fine main de la journaliste, pendait un soutien-gorge !

— Olivier ? fit Maline d'une voix ironique. Vous êtes là ?

Levasseur dissimula prestement le sous-vêtement avec le reste, dans le sac à dos.

La porte des sanitaires s'ouvrit. Maline sortit, triomphante, pieds nus, ses cheveux décoiffés tombant sur les épaules. La petite robe rouge infroissable se tendait sur les formes généreuses de la journaliste.

Provocante. Irrésistible.

Olivier Levasseur détourna son regard des mamelons qui pointaient sous le tissu tendu.

— Je suis prête, monsieur le chargé en chef des relations presse internationales du monde entier. Votre cavalière est-elle à votre goût ?

Levasseur reprit doucement ses esprits. Après un rapide et pudique examen, il lança, beau joueur :

— Vous êtes somptueuse, Maline.

— On y va ? répondit la journaliste enjouée. Je me maquillerai en route. Je dois aussi avoir un bracelet et un collier au fond de mon sac.

Elle attrapa le bras du chargé de communication, pas encore tout à fait remis de ses émotions :

— Cela fait longtemps que j'avais coché sur mon agenda ce cocktail officiel. Il me manquait juste un cavalier. Alors, dites-moi Olivier, qui y aura-t-il comme personnalités sur la Bodega ?

19
« L'heure des mamans »

17h53, commissariat de Rouen,
9, rue Brisout-de-Barneville

Lorsque le téléphone sonna, le commissaire Paturel regarda sa montre. 17h53. C'était Ovide Stepanu. Le commissaire soupira. Pourvu que cet oiseau de mauvais augure soit bref. Il fallait qu'il soit à 18h30, dernière limite, à Sotteville-lès-Rouen… devant l'entrée du centre de loisirs ! Tout commissaire divisionnaire qu'il était, il devait récupérer ses enfants, Léa et Hugo.

« Après 18h30, ils seront sur le trottoir. » C'est ce que lui avait affirmé cette saleté de directrice du centre. Ils n'assuraient la garderie que jusqu'à 18h30… Et elle lui avait rappelé. « L'heure des mamans, c'est 17 heures !». L'heure des mamans ! Quelle connasse ! Le commissaire était en train de s'apercevoir qu'il vivait dans une putain de société sexiste. Une société matriarcale sans aucun respect pour les pères…

— Allo, Gustave ? Tu es là ? C'est Ovide. Je suis rue du Champ-de-Foire-aux-Boissons, juste à côté de la rue Pasteur, au-dessus des quais. On a retrouvé le lieu où Mungaray a été tué ! Une patrouille a détecté des traces de sang. L'expertise vient de le confirmer. C'est le sang de Mungaray. J'y suis pour l'instant, on continue les analyses.

Gustave Paturel souffla. L'enquête progressait.

— Rue du Champ-de-Foire-aux-Boissons, répondit-il, c'est juste au-dessus de la Cantina, non ? Ça pourrait vouloir dire que Mungaray a été poignardé juste après être sorti de la Cantina. Ça renforce l'idée que la fameuse fille blonde peut avoir été témoin… Ou même l'assassin.

— Au risque de paraître rabat-joie, siffla Stepanu, la fille est peut-être aussi une autre victime dont on n'a pas encore retrouvé le corps.

Le commissaire frissonna. Stepanu pouvait bien avoir raison.

— Toujours le mot pour rire, Ovide, commenta-t-il. Merci de ton optimisme ! Rue du Champ-de-Foire-aux-Boissons, ce n'est pas très loin non plus du Cuauhtémoc. Malgré ce que dit le légiste, Mungaray pourrait ne pas être mort sur le coup, s'être traîné jusqu'à son bateau. C'est l'explication la plus logique, non ? Ovide, vous avez repéré des traces de sang ailleurs, entre la rue du Champ-de-Foire-aux-Boissons et les quais ?

— J'en sais rien. Je ne crois pas. Le légiste avait l'air formel sur l'heure de la mort.

— Vérifie ! Ça devient urgent de trouver une explication rationnelle à cette histoire de cadavre qui a oublié de pourrir pendant trois heures.

Sarah Berneval entra dans le bureau du commissaire armée d'un second téléphone, en faisant de grands signes à Gustave Paturel pour lui signifier que c'était urgent. Le commissaire répondit par une moue agacée indiquant qu'il était déjà en ligne.

— O.K. Ovide, continua Paturel, est-ce que tu as avancé avec le capitaine du Surcouf, le bateau-promenade à côté du Cuauhtémoc ?

— Désolé Gustave, répondit Stepanu. J'ai dû me rendre en urgence rue du Champ-de-Foire-aux-Boissons. J'ai pas eu le temps.

Le commissaire Paturel savait que tous ses inspecteurs étaient débordés. Difficile d'avancer plus vite sans autres hommes. Il savait qu'il pouvait demander du renfort à Paris. Le préfet pourrait l'appuyer, à cause de l'Armada, mais cela signifiait à tous les coups qu'ils dépêcheraient à Rouen les grands moyens, la police scientifique et tout le reste. Il serait mis sur la touche. On n'en était tout de même pas là.

— C'est pas grave, Ovide. Nicolas Neufville ne va pas s'envoler ce soir. On va avancer à petits pas de ce côté-là. Autre chose, en ce qui concerne la ménagerie, les tatouages, le requin et les autres animaux de la jungle, tu as une idée ?

Sarah Berneval insistait toujours avec son téléphone, se dandinant comme si elle avait une envie pressante.

« Qu'est-ce qu'elle peut bien vouloir ? », pensa le commissaire. Il ne pouvait pas être sur tous les fronts en même temps. Cela pouvait bien attendre deux secondes ! Il écouta la réponse de Stépanu :

— J'ai fait faire des dossiers par le pôle de documentation. Je vais repasser les chercher tout à l'heure au secrétariat et y bosser ce soir…

— O.K…

Sarah Berneval planta quasiment le second téléphone dans l'oreille du commissaire.

— Bon Ovide, à plus tard, je dois raccrocher.

Il se retourna, agacé, vers sa secrétaire :

— Quoi ?

— On vient de recevoir un coup de fil d'une certaine Marguerite Duclos. Elle habite place de la Rougemare… Elle prétend avoir vu un type, de dos, qui menaçait un gosse… avec un poignard. J'ai pensé que…

Le visage du commissaire changea soudain d'expression.

— Nom de Dieu ! Il y a combien de temps ?

— Une minute ou deux, pas plus !

— Putain ! Vous m'envoyez place de la Rougemare la patrouille la plus proche. Tout de suite. Vous prévenez aussi Scotto qu'il sorte une Subaru. Il m'emmène !

Franck Scotto était réputé pour être le pilote le plus rapide du commissariat de Rouen. Le commissaire prit à peine le temps de jeter un coup d'œil sur sa montre. 17h57. L'image fugitive de Léa et Hugo seuls sur le trottoir du centre de loisirs passa devant ses yeux. Il n'avait hélas pas le temps de penser davantage à eux. Il attrapa sa veste à la volée et sortit en courant.

***

Moins d'une minute plus tard, la Subaru Impreza WRX hurlait sur le quai Jean-Moulin à plus de cent kilomètres heure, toutes sirènes déployées. La foule massée sur les quais hauts regarda avec étonnement le véhicule de police accélérer puissamment le long de la Seine. Le commissaire, assis aux côtés de Franck Scotto, voyait défiler les drapeaux et fanions des mâts des voiliers, comme les banderoles le long de la plus grande ligne droite d'un circuit de formule 1.

Franck Scotto tourna d'un coup de volant magistral sur le pont Corneille. L'Ile Lacroix leur fit face soudainement. Le téléphone portable du commissaire Paturel sonna à nouveau.

— Commissaire ? C'est Mezenguel.

Paturel soupira :

— Magne-toi Jérémy, je suis à fond, là. Il y a urgence !

— O.K., je fais bref. J'ai fini le rapport sur le Cuauhtémoc et Mungaray, je le laisse sur votre bureau, patron. Mais il n'y a rien de concret. Aucune trace de drogue. D'ailleurs, j'ai l'impression que l'armée mexicaine n'a pas trop apprécié d'être soupçonnée.

La Subaru remontait plein gaz la rue de la République. Gustave Paturel espéra que son inspecteur stagiaire n'ait pas trop joué les cow-boys sur le Cuauhtémoc. Il ne manquerait plus qu'il se retrouve avec une plainte sur le dos !

— Et la personnalité du jeune Mungaray, Jérémy, tu as avancé ?

— C'est aussi dans le rapport, patron. Rien de neuf. J'ai juste eu la confirmation qu'il avait tendance à s'intéresser à des histoires un peu tordues, genre contes et légendes, mythologies aztèques, pirates et chasses au trésor…

Gustave Paturel ferma les yeux quelques instants :

— Chasses au trésor ? On ne l'avait pas encore eu, ça… Cela manquait au tableau…

La Subaru dépassa l'hôtel de ville et quelques instants après, pila place de la Rougemare.

— A plus tard Jérémy, faut que je raccroche…

Une dizaine de policiers quadrillait déjà la petite place. Avant que le commissaire n'ait le temps de descendre, un agent se précipita vers lui :

— Agent Marcellin, commissaire, fit-il d'une voix essoufflée. Il n'y avait plus personne lorsqu'on est arrivé. Le type au poignard avait fichu le camp ! On a juste le témoignage d'une voisine, Marguerite Duclos, et d'un gamin de sept ans, Gregory Viviani. Une vague description, rien de précis. Ce n'est peut-être qu'une fausse piste. La vieille n'a pratiquement rien vu, elle guettait du haut de son appartement, derrière son rideau, et le gosse n'avait pas l'air franchement traumatisé.

Le commissaire sortit de la Subaru. Il essayait de penser calmement. Le seul élément qui pouvait éventuellement lier ce fait divers au meurtre de Mungaray était le poignard. C'était maigre… Mais aucune piste n'était à négliger. Il fallait interroger plus en détail les témoins, chercher à en savoir plus. On ne savait jamais. Il regarda sa montre, résigné. 18h17. Il ne pouvait pas abandonner une telle piste à ce moment-là de l'enquête. Il se tourna vers Franck Scotto.

— Franck, tu penses que tu peux être au 17, de l'avenue Jean-Jaurès, à Sotteville, avant 18h30 ?

Le pilote-policier afficha un sourire béat, il adorait visiblement jouer les « Taxi 5 » dans les rues de Rouen. Il ne savait pas encore que sa mission consistait à aller chercher deux gosses au centre de loisirs avant la fin de « l'heure des mamans ».

La Subaru repartit en trombe, dans un nuage de fumée. Le commissaire Paturel en général détestait mélanger vie professionnelle et vie privée, recourir aux passe-droits, aux privilèges… Mais c'était un cas de force majeure ! Il leva les yeux vers la place de la Rougemare : il lui restait à interroger les témoins, rechercher d'éventuels indices sur ce type au poignard, accompagner la police scientifique, pour le principe.

Quinze minutes plus tard, il n'avait guère avancé dans son enquête lorsque son téléphone sonna à nouveau. Cette fois-ci, c'était l'inspectrice Colette Cadinot qui cherchait à le contacter :

— Oui. Colette ?

— Gustave ? J'ai encore une info. Il y a eu un nouveau message sur le téléphone portable de Mungaray. Il y a un quart d'heure, provenant toujours du même numéro, toujours en espagnol. Je te le lis ? O.K., j'y vais. « Es el oro de la noche ». Cela signifie très exactement, « Tu es l'or du soir ».

Une lassitude gagna le commissaire :

— Tu en penses quoi, Colette ?

— Ça me semble clair. Son amoureuse lui souhaite une bonne nuit…

Le commissaire se laissa tomber sur le banc le plus proche :

— Ils commencent à me taper sur le système, ces messages d'amour ! Colette, explique-moi pourquoi on n'a toujours pas pu trouver à qui appartenait ce numéro.

— On a trouvé Gustave ! On a eu la réponse de l'opérateur cet après-midi. Le numéro appartient à une certaine Laurine Rougier.

Paturel se redressa soudain.

— Enfin ! On avance. Colette, elle est blonde, cette Laurine Rougier ?

Colette Cadinot confirma :

— Oui, elle est blonde… Mais il y a juste un petit problème.

L'inspectrice marqua un temps d'arrêt, semblant craindre la réaction du commissaire :

— Elle a 13 ans ! D'après ce qu'elle raconte, elle a perdu son portable dans les rues de Rouen hier, pendant qu'elle se promenait avec ses parents… On a vérifié. Ça a l'air vrai… On peut creuser du côté de la famille mais j'ai l'impression que c'est une impasse.

— Bordel ! hurla le commissaire. Encore une impasse ! Notre seule piste concrète ! Colette, tu évites que la gamine fasse opposition pour son portable, hein… Qu'on garde la ligne.

Colette émit un grognement agacé signifiant qu'elle y avait pensé.

— O.K… Colette, sinon, tu as des nouvelles de la gendarmerie de Pont-Audemer ?

— Ils nous ont faxé des dizaines de pages de faits divers. Depuis dix ans… J'ai survolé. J'ai rien vu de particulier…

Paturel posa quelques dernières questions puis raccrocha. Il se sentait soudain très fatigué, seul, sur ce banc. Cette enquête lui échappait. Aucune piste n'apparaissait vraiment solide. Toutes lui filaient entre les doigts, il ne comprenait rien. Il lui fallait pourtant faire vite. Il ferma à nouveau les yeux, quelques instants. Ses pensées s'envolèrent.

Un petit sourire se forma au coin de ses lèvres. Il était en train de penser qu'à cet instant, Léa et Hugo étaient assis à l'arrière d'une Subaru Impreza WRX pilotée par un professionnel… Et qu'ils devaient adorer cela.

***

Daniel Lovichi s'éloignait du centre-ville, remontant vers les boulevards à travers des rues désertes, le poignard soigneusement dissimulé dans son sac. Il n'allait tout de même pas trucider ce môme, en plein jour en plus ! Il avait bien fait de se tirer, la police était arrivée juste après. Quelqu'un avait dû le voir, le dénoncer. Les bourgeois passent leur temps à guetter la rue par leur fenêtre ! Comme s'ils n'avaient que ça à foutre. Il n'avait pas été assez prudent, il avait été trop pressé.

Tant pis, ce n'était que partie remise !

Ce soir, ce Ramphastos allait revenir au Libertalia, il y rappliquait tous les soirs. Ce Ramphastos serait encore bien plus bourré ce soir, encore plus bourré que lui serait défoncé. Ce soir, ce serait un jeu d'enfant. Daniel Lovichi connaissait ses habitudes. Il le croisait souvent, la nuit. La nuit, Rouen est une ville morte, les habitués se repèrent.

Ramphastos allait forcément revenir au Libertalia, ce soir comme tous les soirs.

Bourré de fric, bourré tout court.

Daniel Lovichi serait là, lui aussi, et cette fois, il n'y aurait aucun témoin gênant pour se mettre entre ce vieil ivrogne et lui.

20
Cocktail sur la Bodega

19h25, pont de la Bodega sur Seine

Maline sentait tous les regards se poser sur elle. A cause de son cavalier, bien entendu. Mister Armada, et de loin, si on avait organisé une élection. Elle aurait rédigé l'article avec plaisir ! Les regards la suivaient vraisemblablement aussi à cause de sa robe. La dernière fois qu'elle avait dû l'enfiler, c'était pour danser à l'Ibiza, du temps où elle trouvait encore des copines pour sortir en boîte. Dans une autre vie, il y avait une éternité.

Coup de bol, elle rentrait encore dans la robe ! Elle n'avait pas eu le temps de l'essayer avant son numéro de strip-tease aux sanitaires de l'Armada… C'était quitte ou double ! Au moins, elle avait réussi à le bluffer, son chargé de relations presse.

Un partout, après le coup de la serviette de bain de ce matin. Elle avait trouvé adorable le petit air pudique qu'avait pris Olivier Levasseur.

Elle pensa qu'au lieu d'être là, parmi cette assistance guindée, elle aurait adoré se faire inviter en tête-à-tête dans un petit restaurant du vieux Rouen et tout découvrir de la vie de ce bel aventurier.

Chiche ?

Olivier Levasseur lâcha son bras et lui lança un sourire ravageur.

— Je vous laisse, Maline ? Je vais être très occupé ; c'est mon job. J'ai beaucoup de personnes à rencontrer…

A tout à l'heure ? On va bien se croiser à nouveau sur le pont !

Il planta Maline.

A quoi s'attendait-elle ? Levasseur devait avoir de très lourdes responsabilités sur ses belles épaules musclées…

Sa robe la serrait de partout. Elle avait davantage l'impression d'être en maillot de bain qu'en robe de soirée. Rouge en plus. Quelqu'un allait bien finir par l'accoster et l'appeler « Pamela ».

Quelle conne ! En plus, elle détestait ces mondanités.

Elle se fraya un chemin jusqu'au buffet, attrapa une coupe de champagne et une poignée de petits-fours de chez Hardy. Elle n'allait pas se priver ! Elle jeta un coup d'œil circulaire. Olivier Levasseur était en train de parler avec un type en costume gris qu'elle connaissait trop bien.

Nicolas Neufville.

La cible favorite de Christian Decultot dans ses éditoriaux du SeinoMarin. Qu'est-ce qu'Olivier Levasseur pouvait bien raconter à cet homme d'affaires douteux ?

— Madame Abruzze !

La voix fit sursauter Maline. Elle se retourna. Un homme fripé, plutôt petit, d'une cinquantaine d'années, aux cheveux plus jaunes que blonds, lui tendit la main.

— Jean Malochet. Vice-président de l'association de l'Armada. Je suis un de vos admirateurs, madame Abruzze. J'adore vos articles !

Maline connaissait bien entendu Jean Malochet. Elle le connaissait surtout par son surnom : général Sudoku. Champion de Normandie de Sudoku, et accessoirement vice-président de l'association de l'Armada, à la tête d'une armée de plus de trois cents bénévoles permanents, et de plus de trois mille pendant les dix jours de l'Armada.

— Je voulais vous parler, madame Abruzze.

Une femme qui devait avoir au moins quatre-vingts ans, couverte de bijoux en toc, s'approcha à son tour :

— Jean n'osait pas venir. C'est moi qui l'ai poussé…

Maline identifia Jacqueline Malochet. Elle savait que le général Sudoku ne sortait jamais sans sa mère. Elle connaissait vaguement leur histoire. Sudoku avait été ingénieur à la Shell. Il y avait eu un incident sur un atelier et tout le système respiratoire de Sudoku avait été touché. On l'avait soigné, mis à la retraite anticipée, pensionné. Il n'avait pas quarante ans à l'époque ! Depuis, il vivait avec sa mère et occupait comme il pouvait son QI exceptionnel. Le SeinoMarin lui avait ouvert plusieurs fois ses pages sports et loisirs. Quintuple champion de Normandie de Scrabble, dont deux titres en double avec sa mère. Maline se souvenait qu'il avait également fait une carrière éclair au Backgammon. Mais depuis quelques années, il faisait partie de l'équipe de France de Sudoku !

— Je suis flattée, murmura Maline.

— C'est vrai. Mon fils aime beaucoup vos articles. Il dit qu'ils sont au-dessus du lot !

Maline rougit, mais pas tant que le général Sudoku. Maline s'étonnait qu'un tel vieux garçon, déconnecté du monde réel, puisse diriger plusieurs milliers de bénévoles. Sa curiosité de journaliste prit le dessus :

— Monsieur Malochet. Racontez-moi. Comment devient-on le principal chef d'orchestre de l'Armada ?

Sudoku devint écarlate.

— Je ne suis rien de tout cela, madame Abruzze. Il y a beaucoup de gens bien plus importants que moi sur l'Armada. Des élus, des partenaires qui amènent de l'argent… Moi, je donne juste un peu de mon temps. Vous savez ce que c'est. Il faut toujours un volontaire pour faire ce que les autres ne veulent pas faire. La paperasse et tout le reste. Je me contente de coordonner ce que je peux…

— Mon fils a toujours été trop modeste, coupa Jacqueline Malochet. C'est lui le véritable cerveau de l'Armada. Tout est là-dedans…

Elle montra du doigt le cerveau dégarni de son fils, sur lequel peinaient à pousser ses cheveux jaunis. Maline sourit. Elle avait vidé son verre de champagne. Jacqueline Malochet le remarqua :

— Jean, tu peux aller chercher une autre coupe de champagne à madame ? Tu m'en ramènes une aussi !

Le général Sudoku obéit sans broncher.

Pendant qu'il se rendait au buffet, Jacqueline glissa sur le ton de la confidence :

— Jean n'a pas le droit de boire d'alcool. Depuis son accident, il doit faire attention à tout ce qu'il boit et tout ce qu'il mange. Vous savez, en plus, il est veuf, depuis longtemps. Il n'a plus que moi dans la vie…

Le général Sudoku revint avec deux flûtes à la main.

— Et l'Armada, continua Maline. Comment êtes-vous tombé dedans ?

— Vous allez rire, fit Sudoku. Avant 1989, je m'occupais en faisant des maquettes de bateaux. Je les ai exposées lors de la première Armada, en 1989. Depuis ce film, Le dîner de cons, on a un peu honte d'avouer ce genre de passion !

Il se lança dans un rire qui ressemblait davantage à une toux malsaine. Jacqueline Malochet haussa les épaules en vidant sa flûte d'un trait. Maline en profita pour jeter un coup d'œil vers Olivier Levasseur. Il était encore en grande conversation avec cette crapule de Nicolas Neufville.

Sudoku continua :

— J'y suis entré à cause de ces maquettes. Ensuite, je suis monté en grade petit à petit. Vous savez ce que c'est, je levais la main quand il fallait un volontaire. On n'est jamais très nombreux à lever la main… Mais je m'arrête là, madame Abruzze, on n'est pas là pour parler de moi. Ce n'est pas pour cela que je vous ai dérangée. Ce que je voudrais, madame Abruzze, c'est que vous me fassiez un bel article sur les bénévoles de l'Armada.

Maline le regarda, intéressée. Sudoku enchaîna :

— Vous ne parlez pas assez des bénévoles, vous autres les journalistes ! Vous montrez les bateaux, les marins, tout ça, c'est normal. On est tous là pour ça. Mais tout le reste… Les paillettes, les concerts, les bateaux-promenades, le business, les sponsors, vous ne trouvez pas que vous en faites un peu trop ?

Maline ne sut pas quoi répondre. Le général Sudoku continua :

— Vous croyez que j'ai l'air malin, sur ce pont, avec mon verre d'eau minérale. Je suis aussi à ma place qu'un pingouin dans le Sahara. Tous ces cocktails, ces séminaires pour patrons sur les bateaux, c'est du folklore. On s'en fiche… Je suis certain que vous pouvez comprendre, madame Abruzze. J'ai bien lu tous vos articles. Vous êtes sensible. C'est un article sur l'âme de l'Armada qu'il faut nous faire. Sur ce qu'il y a dans le cœur des gens, au plus profond. Sur ce qui pousse des milliers de gens à aller dans le même sens. On n'a jamais vu ça dans la région ! C'est un article sur une petite fierté toute simple, sans paillettes ni dentelles. Penser toute cette organisation de dingues simplement pour voir s'allumer l'œil d'un gamin qui voit passer un voilier du bout du monde sur le morceau de Seine où il est né. Je suis certain que vous pouvez comprendre ça, madame Abruzze… C'est cet article-là qu'il faut écrire !

Jacqueline Malochet buvait les paroles de son fils. Peut-être aussi parce que son verre était vide…

— Je m'en ressers une, fit-elle. Une pour vous aussi, madame Abruzze ?

Maline ne refusa pas. Le général Sudoku l'avait secouée. Elle pensa qu'elle pouvait faire d'une pierre deux coups.

— J'y penserai, monsieur Malochet. Je vous le promets ! J'y penserai. Mais pour l'instant, je suis plutôt sur une autre affaire. Vous savez bien. Cette histoire de meurtre…

Le visage du général Sudoku se transforma soudainement. Une force inattendue se dégagea de toute son attitude. Elle commençait à comprendre comment il avait gagné ses galons de général :

— Ah non, madame Abruzze ! Vous n'allez pas tout gâcher ! Des gens vivent depuis cinq ans pour ces dix jours, donnent tout. C'est leur vie. Alors vous n'allez pas gâcher la fête avec cette histoire sordide. Attendez quelques jours, qu'est-ce que cela vous coûte ? Attendez après lundi, après le départ des bateaux. Après, vous pourrez écrire ce que vous voulez.

Elle l'avait fâché. Elle chercha une diversion. Tous les mystères de son enquête lui traversèrent l'esprit. Elle saisit la nouvelle coupe de champagne que lui tendait madame Malochet mère, but une gorgée et se lança :

— Vous connaissez tout le monde ici, monsieur Malochet. Je cherche quelqu'un qui pourrait me parler des traditions des marins. Vous voyez, les légendes autour de la marine, les trésors, les tatouages des matelots, les... les mystères...

Sudoku la regarda l'air méfiant et finit par répondre :

— Vous trouverez celui que vous cherchez au Libertalia. Rue du Père Adam. Demandez Ramphastos. Vous ne pouvez pas le rater. Je crois même qu'il y dort !

***

Maline avait fini par réussir à échapper aux Malochet mère et fils. La tête lui tournait après les trois coupes de champagne qu'elle avait bues. Elle s'approcha du bord du ponton et regarda l'eau sombre de la Seine. Elle avait l'esprit embrumé et n'arrivait pas à savoir par quel bout prendre cette affaire. Tout lui semblait aussi opaque que le fleuve.

Qu'est-ce qui se cachait, en profondeur, sous la surface des choses ? Quel terrible secret ?

Elle tituba un peu.

Où était passé son beau cavalier ?

Elle s'était à peine posé la question qu'Olivier Levasseur apparut comme par magie devant elle !

Hélas, il était accompagné.

— Mademoiselle Abruzze ? fit-il d'un ton professionnel neutre. Il y a là quelqu'un qui souhaite vous parler.

Le regard vert du beau chargé de communication prit à peine le temps de se poser sur la robe moulante de Maline. Il avait déjà tourné les talons.

Il n'était pas resté cinq secondes ! Le moral de Maline en prit un coup. Lorsqu'elle découvrit qui souhaitait lui parler, cela ne le regonfla pas.

Nicolas Neufville !

L'homme d'affaires affichait une cinquantaine entretenue avec aisance. Maline soupçonnait même l'aide de quelques coups de bistouri dans une clinique de la Côte d'Azur.

— Maline Abruzze ? Depuis le temps que je souhaitais vous rencontrer. Vous êtes un oiseau rare…

Méfiance. Le laisser venir.

— Je vois que votre verre est vide. Une nouvelle coupe de champagne ?

Rester lucide.

— Non merci…

L'homme d'affaires regarda quelques instants le fabuleux spectacle des voiliers sur la Seine, dont les lumières commençaient doucement à scintiller.

— Merveilleux panorama, non ? Beau succès, cette Armada, vous ne trouvez pas ? Tout est réuni. La météo, les bateaux, les touristes…

Maline lança sa première pique :

— Maintenant qu'il s'agit d'une valeur sûre, je suppose que vous avez dû investir... Officieusement au moins. Cela m'étonnerait que vous n'ayez pas trouvé un moyen de faire quelques bénéfices sur le dos de cette belle manifestation populaire et gratuite...

— Tss… Tss... Mademoiselle Abruzze, on ne va pas commencer sur ces bases-là tous les deux… Ne jouez pas les méchantes. Vous êtes belle à croquer ! Vous n'êtes pas responsable de ce qu'écrit votre rédacteur en chef. D'ailleurs, ce qu'il écrit, je m'en fiche. J'ai de l'ambition. Je rachète des petits concessionnaires, des petits restaurateurs indépendants… Et alors ? Peut-être bien qu'un jour, un plus gros que moi me rachètera. C'est le jeu… On est tous dans le même bateau. J'achète, je vends. Votre patron aussi, il se sert de moi pour faire vendre. C'est le jeu…

Maline était peut-être « belle à croquer », mais elle avait surtout envie de mordre. Elle connaissait la liste de ses concurrents qui avaient dû fermer. Les conditions de travail calamiteuses dans ses établissements. Sa pression permanente sur les médias…

— Pour vos investissements, ça ne fait pas un peu désordre, un meurtre sur l'Armada ?

Nicolas Neufville ne se départit pas de son sourire :

— Laissons faire la police… Chacun son métier.

— Ça tombe bien, lâcha Maline. Le mien est de chercher à découvrir la vérité, et d'en informer le public…

— Allons allons... Le SeinoMarin triple ses ventes pendant l'Armada. Vous n'avez pas besoin de faire de sensationnalisme, d'en rajouter avec ce regrettable fait divers. On ne va tout de même pas tuer la poule aux œufs d'or… Vous n'êtes pas d'accord ?

Neufville regarda à nouveau les lumières du fleuve, jusqu'à l'Ile Lacroix et continua :

— Mademoiselle Abruzze, savez-vous pourquoi l'Armada est l'une des rares choses qui fonctionne dans cette agglomération ?

— Vous allez me l'apprendre !

— J'en serais flatté. Avez-vous déjà remarqué, mademoiselle Abruzze, tous les succès de Rouen ne se situent ni sur la rive gauche, ni sur la rive droite. Ils se situent tous au beau milieu, sur la Seine ! Quelles sont les manifestations populaires qui rassemblent tous les Rouennais ? Les 24 heures motonautiques, l'Armada, la foire Saint-Romain… Vous remarquerez qu'elles ont toutes pour décor la Seine. Quels équipements ne sèment pas la discorde, les seuls : le sixième pont, le port de plaisance… Toujours la Seine !

Citez-moi le sport, le seul, dans lequel l'agglomération de Rouen triomphe ?

— Le hockey sur glace ?

— Gagné ! Le plus grand club de France, la patinoire de l'Ile Lacroix, ni rive gauche ni rive droite, au beau milieu de la Seine ! Vous voulez que Rouen soit un jour champion de France de football ? C'est simple ! Construisez un stade au milieu de la Seine !

L'homme d'affaires était visiblement fier de son bon mot. Il avait dû le tester de multiples fois dans des salons mondains... Maline se demandait où Neufville voulait en venir.

— D'accord, répondit la journaliste. On fera des concerts flottants aussi, et des logements sociaux sous l'eau, on sera très novateur... Mais elle nous mène où, votre théorie ?

— Vous le savez aussi bien que moi, mademoiselle Abruzze. Ce qui congèle le développement de notre agglomération depuis toujours, c'est la guerre froide entre les deux rives. La Seine, c'est notre mur de Berlin. Faites tomber le mur et vous libérerez un nouvel ordre... Tant que nous aurons une agglomération coupée en deux, rive droite contre rive gauche, maires de droite contre maires de gauche, rien ne changera. Les gens en ont assez, mademoiselle Abruzze. Les gens ne veulent plus de ce modèle. Pour Rouen, il faut quelqu'un qui soit au-dessus de la mêlée, ni sur la rive de gauche, ni sur la rive de droite.

— Au centre ?

— Non pas au centre, Mademoiselle Abruzze. Je vous l'ai dit. Au-dessus. Ailleurs...

Maline afficha une moue peu convaincue :

— C'est un peu évasif, non ? Vous comptez vraiment prendre la mairie de Rouen en vous situant simplement « ailleurs » ?

— La Seine, mademoiselle Abruzze ! La Seine sera un symbole concret que les électeurs comprendront. Je ne suis pas le seul à le penser. Loin de là ! J'ai de plus en plus d'amis qui me rejoignent, qui comme moi pensent qu'il faut que cela change, qui me font confiance. Je suis certain que nous faisons le même constat, vous et moi, mademoiselle Abruzze. Vous savez, malgré tout, j'aime l'impertinence de votre journal, vous avez des diagnostics lucides. Il y a aussi de la place pour vous, dans notre cercle, il y a de la place pour tous ceux qui veulent faire changer les choses. Regardez, l'Armada, c'est le début du grand changement pour Rouen !

Maline faillit lui dire qu'il n'était pour rien dans le succès de l'Armada, que des hommes politiques de droite, de gauche et du centre, avec des milliers de bénévoles, avaient construit son succès ; qu'il n'était qu'un arriviste mégalo ; que son étoile allait exploser en plein vol, un beau jour, et que ce jour-là, elle se ferait un plaisir d'en rédiger une pleine page dans Le SeinoMarin.

Nicolas Neufville prenait toujours la pose au bord du fleuve, embrassant l'horizon, rêvant à son destin. Il se retourna vers Maline.

— Alors qu'en pensez-vous, mademoiselle Abruzze. Vous n'êtes pas d'accord ? L'Armada, c'est Rouen qui revit !

— Et un marin qui meurt…

21
Chasse-partie

21h53, 15, rue Armand-Carrel, Sotteville-lès-Rouen

Le commissaire Gustave Paturel s'écroula dans son canapé. Il fit tinter deux ou trois fois le glaçon de son verre de whisky et but une gorgée.

Dieu que c'était bon.

Il avait une envie folle de couper son téléphone, mais il savait qu'il ne pouvait pas se le permettre. Il y avait plus de cinq cents flics dehors cette nuit, et si l'un d'eux voyait quelque chose de suspect, il devait être le premier informé.

Au moins, pour l'instant, il appréciait le silence. Léa et Hugo étaient couchés. Ils avaient insisté pour regarder Intervilles, ou une autre bêtise du même genre, mais Gustave n'avait pas cédé. En prime, il allait encore être obligé de les lever tôt le lendemain matin. Il avait affiché sur le téléphone le numéro de ce service de baby-sitters express. Ils livraient des nounous en cinq minutes ! Comme on livre des pizzas.

On vivait vraiment dans un monde de dingues. Il vivait vraiment une vie de dingue.

Pourtant, il avait voulu tout faire comme il faut, comme un bon père. Il s'était mitonné pour le mois de juillet un emploi du temps de fonctionnaire. Il s'était imaginé, Léa dans une main, Hugo dans l'autre, marchant dans les rues de Rouen, sur les quais de la Seine, les McDo, la virée jusqu'à Dieppe... Dans l'année, avec ses horaires à la con, il voyait à peine une fois par mois Léa et Hugo. Quelle idée aussi d'avoir fait des gosses à son âge !

Il reprit une rasade de whisky. Il regarda avec nostalgie une photo au-dessus de la télévision, une photo du temps d'avant, où ils étaient tous les quatre. Il n'avait jamais eu le courage de la décrocher. La télévision éteinte lui renvoya son reflet pitoyable. Un stéréotype à lui tout seul. Un flic débordé qui n'était pas souvent là, sa femme qui s'était tirée avec ses gosses. Normalement, dans les films, un jour ou l'autre, les enfants s'aperçoivent que leur père, cet inconnu qu'ils connaissent si peu, est en réalité un héros occupé à combattre les forces du mal !

Un héros !

Un héros qui commande des nounous par téléphone ! Vous voulez quoi pour la prochaine, les enfants, Nounou royale ou Nounou margarita ?

Il vida son whisky et se disciplina pour ne pas s'en servir un autre. Il savait qu'il pouvait être appelé à n'importe quel moment. C'était dingue, en à peine une journée, cette affaire sentait déjà mauvais, très mauvais. Il regarda la minuterie fluorescente du lecteur de DVD.

21h59.

Le commissaire avait dit à ses inspecteurs de ne pas le déranger, si possible, avant 22 heures, à cause des gosses… Il n'était pas rentré chez lui avant 20 heures. La piste de ce type au poignard, place de la Rougemare, était une nouvelle impasse : ni le gosse ni la vieille n'avaient pu décrire l'homme avec précision : mal lavé, mal rasé, mal habillé, c'était à peu près tout ce qu'ils savaient… Ils n'avaient plus qu'à attendre… Rester vigilants. Croiser les doigts. Peut-être, après tout, que ce type qui se baladait avec un poignard n'avait aucun lien avec le meurtrier de Mungaray.

22 heures.

A tous les coups, un des ces connards d'inspecteurs allait venir le faire chier chez lui.

Le téléphone sonna avant même que la minuterie ne passe à 22h01.

Gagné !

Le commissaire attrapa le téléphone sans fil qu'il avait posé à côté de lui, pour ne pas que les enfants soient réveillés.

— Allo ?

— Allo, Gustave, c'est Ovide !

L'inspecteur Stepanu : il l'aurait parié ! Le connaissant, il ne téléphonait sans doute pas pour lui souhaiter de beaux rêves.

— Ovide ! J'espère que c'est important… Je te préviens, si jamais tu commences par un truc du genre « sans vouloir jouer les trouble-fêtes », je te raccroche au nez !

L'inspecteur ricana dans le combiné.

— T'inquiète pas Gustave. J'ai juste eu une idée. Une idée qui m'est venue en consultant la documentation.

Le commissaire décida de laisser parler l'inspecteur Stepanu tout seul et juste de glisser des « hein » « hein » pour lui montrer qu'il n'était pas endormi.

— C'est la question des tatouages, Gustave. Pourquoi se tatouer cinq animaux différents ? Cinq animaux qui semblent représenter cinq individus différents. C'est en lisant que j'ai échafaudé ma théorie. Ces cinq animaux, cela pourrait bien être une « chasse-partie ».

— Hein ?

— Je savais que ça allait te surprendre ! Tu vas me demander ce qu'est une chasse-partie, je suppose ? La chasse-partie, c'est un contrat, une convention, une charte, comme tu veux. Le principe, c'est que tous ceux qui signent une chasse-partie sont traités à égalité. Ils prennent les mêmes risques, ils obtiennent les mêmes récompenses, la même solidarité en cas de blessure, une part égale de butin… Il y a différentes façons de marquer son engagement dans une chasse-partie : signer sur la bible, échanger son sang… Ou porter le même tatouage !

Le commissaire se redressa sur son canapé et sortit de sa réserve :

— Mais tu me parles de quoi, là, Ovide ? Ce sont qui ces types qui signent ton truc, ta chasse-partie ?

— Bah… Des pirates !

— HEIN ?

— Des pirates je te dis ! La chasse-partie, c'est le contrat social des pirates. Ce sont les règles auxquelles les pirates acceptent de se soumettre ensemble...

Gustave Paturel se leva et alla se servir un autre whisky. Sans glace.

Tant pis.

— Tu me fais quoi, là, Ovide, avec ton histoire de pirates ? Je sais que tu as souvent des idées tordues. Mais là… C'est le Capitaine Crochet qui a poignardé le jeune Mungaray ?

— Ecoute-moi, Gustave. Je suis sérieux. Je ne te parle pas de la légende. Le drapeau à tête de mort, le bandeau, la jambe de bois… Je te parle de la véritable histoire. Tu es au courant tout de même que les pirates ont vraiment existé ?

— Mouais…

— Je te parle d'un fait historique, Gustave. Un fait historique qui s'est développé à partir du XVIIe siècle. Tu sais qui étaient les pirates, Gustave ?

— Vas-y…

— Il ne faut pas les confondre avec les corsaires, Gustave. Les corsaires étaient aux services des monarques, des fonctionnaires, des militaires, ils recevaient la lettre de marque du roi. Les pirates n'avaient rien à voir ! Ils étaient des types qui avaient fui toutes les hiérarchies, militaires, religieuses, sociales, et qui ont essayé pendant plus d'un siècle de construire une autre forme d'organisation basée sur l'égalité des membres. Les premières démocraties ! Même le capitaine était élu. S'il trahissait la chasse-partie, il était renversé… Les pirates ont inventé une nouvelle utopie ! Une utopie égalitaire. Ce ne sont pas leurs sabres qui ont fait trembler les royaumes, ce sont leurs valeurs. C'est pour cela que les monarchies, les empires, les républiques se sont unis pour les détruire. C'est pour cela qu'on a appris aux enfants les jambes de bois, les têtes balafrées et les tonneaux de rhum. Pour ridiculiser l'utopie. Pour tourner en dérision la subversion ! Le problème, Gustave, c'est que ce genre d'utopie ne meurt jamais complètement. Jette un coup d'œil sur le net, Gustave. Tu verras le nombre de sites consacrés aux pirates… Les vrais. Les anarchistes. Ceux qui veulent faire sauter le système !

Le commissaire Paturel trempa simplement ses lèvres dans le whisky. Ce connard d'inspecteur « Cassandre » était en train de lui foutre la frousse avec ses théories à la noix.

— O.K., Ovide. Revenons à notre affaire. Qu'est-ce qui te fait penser à une chasse-partie entre pirates modernes ?

— Gustave, ouvre les yeux ! On a près de dix mille marins du monde entier dans les rues de Rouen. Tous nourris aux histoires de pirates. Tous se racontant toute la nuit ces utopies égalitaires…

— Je ne te suis pas, là, Ovide. Ce ne sont pas des pirates, nos dix mille marins dans Rouen… J'ai compris la nuance. Ce sont surtout des militaires, encadrés par une solide hiérarchie.

— Je suis d'accord avec toi. Mettons que ce soit vrai pour 90% des matelots…. Même 99%. Même 99,9% si tu veux. Sur dix mille, ça nous laisse encore une dizaine de jeunes marins qui peuvent avoir derrière la tête l'idée de faire revivre l'utopie pirate. Les dix ou les cinq qui ont le dos tatoué… Mungaray avait trahi la chasse-partie. Il a été puni. La marque au fer rouge est une torture classique chez les pirates ! C'est une explication logique !

— Bon Dieu, qu'est-ce que Mungaray a bien pu faire pour trahir ton putain de contrat ? Il était consigné toute la semaine…

— Contrairement à ce qu'on pense souvent des pirates, la plupart des chasse-parties interdisaient le viol. Imagine que Mungaray ait voulu abuser de la fille blonde, dans un coin sombre, rue du Champ-de-Foire-aux-Boissons. Un autre membre de la chasse-partie le surveille. Mungaray a enfreint la règle. Il est marqué et exécuté !

Le commissaire reposa sur la table basse son verre de whisky. Cet abruti de Stepanu lui avait même coupé la soif ! Il n'allait tout de même pas se mettre à croire à ses élucubrations.

Il voulait en avoir le cœur net :

— Mettons que tu aies raison. A ton avis, ce serait quoi, au juste, le but de leur chasse-partie ?

— Tu vois que tu commences à me suivre ! Le grand principe de la piraterie a toujours été de bloquer les routes commerciales internationales. Aujourd'hui on pourrait facilement traduire cela par « foutre la merde dans la mondialisation ». Tu as dû entendre parler des pirates informatiques. Je ne te fais pas un dessin…

— O.K. Je te suis. Concrètement, Ovide, tu imagines quoi ?

— J'en sais rien… On peut tout imaginer. Ça va de marins qui profitent de l'Armada pour organiser une réunion clandestine de piraterie internationale.

— Une sorte de festival off qui aurait mal tourné…

— On peut dire ça comme ça… Difficile aussi de ne pas penser à une menace terroriste… Un coup d'éclat anarchiste contre la mondialisation… Au risque de paraître rabat-joie…

— Stop ! coupa le commissaire. N'en dis pas plus ! T'emballe pas Ovide. On n'en est pas là. C'est juste des suppositions. On est tous fatigués. Demain, tu m'envoies des clichés des tatouages à la DST. On ne sait jamais… Je te laisse maintenant, Ovide. Faut libérer la ligne…

— O.K. Bye.

Le commissaire alla lentement jeter son whisky dans l'évier de la cuisine. Ce putain d'inspecteur roumain n'avait pas son pareil pour vous mettre des idées à la con dans le crâne.

Un complot de pirates ? Comment annoncer ça au préfet !

Paturel rinça le verre puis but un peu d'eau. Le liquide avait un mauvais arrière-goût de whisky.

Il cracha dans l'évier.

Finalement, qu'est-ce qu'il préférait au juste ? Une secte de pirates terroristes ou un scandale financier dans lequel serait impliqué l'homme d'affaires Nicolas Neufville ? La peste ou le choléra ? Bon Dieu, pourvu qu'une troisième piste s'ouvre, rapidement. Un meurtre simple, pourquoi pas cette folle Espagnole maniaque des SMS ? Trouvez-moi un coupable, vite !

Un bruit de chasse d'eau à l'étage, suivi de pas rapides, le fit sursauter.

Bordel !

En plus, les gosses ne dormaient toujours pas !

22
Le dernier pirate

22h16, pont de la Bodega en Seine

Le pont de la Bodega sur Seine était presque vide. Les serveurs commençaient à tout ranger. Vraisemblablement, le cocktail laisserait place dès le lendemain matin à un petit-déjeuner d'affaires. Maline savait que plus de mille réceptions officielles étaient organisées pendant l'Armada. Plus de cent par jour, tout ce qui pouvait flotter sur l'eau était pris d'assaut !

Cela pouvait se comprendre.

Maline observa le reflet des bateaux illuminés danser sur l'eau de la Seine.

Un spectacle unique, féerique !

Pendant les dix jours de l'Armada, le grand canal de Venise cédait à Rouen son rang de la plus belle voie nautique du monde.

Maline se retourna vers le pont et chercha une nouvelle fois des yeux Olivier Levasseur. Elle devait se résoudre à l'évidence : plus aucune trace de son beau Réunionnais. Il avait disparu avec la foule des autres V.I.P. Normal. Comme, il disait si bien, c'était son job…

Maline essaya de se secouer. Elle avait son job, elle aussi. Elle n'avait pas encore terminé sa journée. Il lui restait une dernière petite visite à faire, dans ce bar dont lui avait parlé le général Sudoku, le Libertalia, à l'homme qui savait tout sur les légendes des marins. Ce fameux Ramphastos...

Maline trébucha en descendant de la Bodega. L'effet des trois coupes de champagne n'était pas encore tout à fait dissipé et elle retournait jouer les piliers de bar de nuit ! Elle n'avait jamais autant bu que depuis qu'elle était journaliste d'investigation pendant l'Armada.

Elle s'engagea sur le pont Guillaume-le-Conquérant pour rejoindre la rive droite, l'air vif lui fit du bien. Par contre, il ne lui remonta pas le moral. Maline avait « l'après-champagne » triste... Surtout lorsqu'elle en buvait seule.

La nuit qui tombait sur l'Armada n'avait rien non plus pour la tirer de sa mélancolie. L'heure des amoureux approchait, le clair de lune accroché en haut des mâts, les baisers sous le feu d'artifice... A-t-on un jour mesuré combien d'amours sont nées sous les voiles ? Plus, beaucoup plus que les cocktails, espéra Maline. Le champagne la rendait romantique, aussi. Romantique et mélancolique. Elle n'aurait pas été contre une balade, main dans la main, sous les lampions des voiliers. Ce bel Olivier Levasseur aurait fait un compagnon idéal. Un petit vent fouettait le visage de Maline.

Qu'elle était sotte !

Qu'avait-elle espéré, avec son petit numéro, le coup des rollers et le reste ? Le beau Réunionnais avait fixé trois secondes la pointe de ses seins, et encore...

Que pouvait-elle bien espérer ? Elle avait bientôt trente-six ans, elle était une journaliste de seconde zone, sans ambition, qui gâchait son talent, du moins si elle en avait un, dans un journal confidentiel ; elle était une fille indigne qui laissait son père déprimer seul dans un pavillon sordide de banlieue ; elle avait la plus grande frousse de s'engager pour quoi que ce soit, comme faire une petite fille pour son père, ou lui ramener un gendre qui pourrait parler « bagnoles » avec lui... Elle avait une vision parfaitement cynique de la vie, elle avait le plus grand mépris pour les histoires d'amour des autres… Et en plus, depuis ce soir, elle sombrait dans l'alcool !

Perdue dans ses pensées, Maline se retrouva rive droite, sur les quais hauts, au niveau du quai du Havre. La foule arrivait par vagues compactes, surgissant de toutes les rues, en direction des voiliers illuminés.

Non, décidément, elle était une fille beaucoup trop compliquée, trop tourmentée, trop tordue ! Un type comme Olivier Levasseur devait aimer les gagneuses, les filles qui ne se posent pas de questions, qui avancent, qui fréquentent les cocktails, pas les bars de nuit… Les filles bien nées, pas les traumatisées de la vie… Allez ma belle, ne te fais aucune illusion sur l'avenir. Assume tes désirs, assouvis tes plaisirs tant que ton corps peut encore les susciter, les supporter, quelques années…

Après, tu verras bien…

Elle marchait toujours sur le quai du Havre lorsqu'une silhouette la fit tressaillir.

Elle fit un saut de côté.

Sur la façade de l'immeuble qu'elle longeait, un buste d'Indien sculpté la regardait ! Le regard fier, coiffé de plumes, il lui apparut comme une sorte de frère jumeau du buste de l'empereur Cuauhtémoc, sur le voilier mexicain.

Elle se recula encore, sous le coup de l'émotion. Elle n'était pas au bout de ses surprises : la façade de l'immeuble était ornée de quatre autres bustes ! Jamais, auparavant, elle ne les avait remarqués. Une plaque indiquait le nom de l'édifice, hôtel des Sauvages. Reprenant ses esprits, Maline remarqua que l'hôtel en question était pratiquement le seul immeuble ancien sur les quais hauts de la Seine. Maline l'évalua comme un bâtiment du début du XIXe, sans doute un des derniers vestiges du riche passé colonial du port de Rouen, et notamment du commerce avec l'Amérique latine, le Brésil, le Mexique…

Au moins, cette découverte avait chassé d'un coup ses états d'âme de stupide petite cruche plantée par un crétin. Elle accéléra le pas. Elle avait un peu froid dans sa robe rouge, aussi moulante et légère qu'une seconde peau.

Elle allait faire fureur au Libertalia ! Elle en eut un échantillon en traversant le quartier Saint-Maclou. Le joli quartier était comme toujours très animé et le regard de quelques garçons fut sans ambiguïté.

Elle tourna rue Damiette. La rue des antiquaires, à cette heure, était plus calme. Quelques mètres plus loin, elle se retrouva face au Libertalia. Devant le bar, une statue de la Liberté en carton portait une bière dans sa main levée et un menu sous le bras, comme dans ce vieil album de Supertramp, Breakfast in America . Le tarif des principales consommations y était indiqué.

Bien vu, pensa Maline. Elle se rappelait que la fameuse statue de la Liberté, avant d'arriver à New York, était partie du port de Rouen et avait descendu la Seine !

Elle entra, sans se retourner.

***

A aucun moment elle ne soupçonna qu'un peu plus loin dans la rue, un homme guettait toutes les entrées et sorties du bar.

La silhouette sombre de Daniel Lovichi se confondait avec l'ombre d'une porte cochère. Sous ses habits crasseux, il serrait le poignard dans sa main.

Il sentait la force, le pouvoir de cette arme se diffuser en lui. Bientôt, ce serait à lui d'agir.

***

Un mélange de fumée et de chaleur submergea Maline. Bien entendu, le bar était bondé ! Le décor devait y être pour beaucoup. Le propriétaire avait su reconstituer avec talent l'ambiance exotique d'un bar pirate. Rien ne manquait : hamacs et filets suspendus, faux perroquets accrochés aux branches de palmiers en plastique, grandes tables en roue et billots de bois pour s'asseoir… Tonneaux pour ceux qui voulaient rester debout, sabres aux murs, têtes de morts sur les étagères, galeries de méchants dans des cadres, de Marlon Brando en Fletcher Christian à Johnny Depp en Jack Sparrow… et vraisemblablement une carte déclinant toutes sortes de rhums !

Une musique cubaine discrète égayait le tout. L'ensemble était assez réussi, un peu kitch. Le patron avait dû investir beaucoup d'argent, mais il devait faire le plein, au moins, pendant ces dix jours !

Elle jeta un coup d'œil aux occupants des lieux. Cela la rassura : elle était presque la plus habillée de toutes les filles !

Elle s'avança jusqu'au bar pour demander où elle pouvait trouver le fameux Ramphastos. Un type entre deux âges, fatigué et moyennement aimable, sans doute le patron, lui indiqua une table dans un coin, près d'une fenêtre maquillée en hublot.

Maline s'approcha. Ramphastos buvait seul à sa table, accoudé, le dos courbé. Sa lourde barbe grise semblait avoir tiré vers le bas de son visage toutes ses rides, y compris ses paupières tombantes et ses joues flasques. Seule une casquette de feutre bleue, enfoncée sur son crâne, résistait à la loi de la gravitation faciale. Une caricature de vieux loup de mer ! Il ne lui manquait que la pipe… Et le verre de rhum. Maline remarqua que, curieusement, il était attablé devant une bière.

Maline s'installa sur le billot de bois juste en face de Ramphastos, sans lui demander son avis. Le loup de mer ne protesta pas, posant même un regard intéressé sur la visiteuse.

— Monsieur Ramphastos ?

L'homme ne contrôla pas un rire gras et Maline se fit

la réflexion qu'elle devrait éviter de faire de l'humour au moment où Ramphastos boirait sa bière.

Le vieux marin essuya sa barbe d'un revers de manche :

— Faut choisir, ma poupée. Tu peux m'appeler Pierre Poulizac. C'est mon patronyme officiel, mais plus personne ne m'appelle comme cela depuis un bail. Tout le monde m'appelle Ramphastos, ou même Rami, maintenant. On devient fainéant avec l'âge ! Toi ma jolie, t'as une tronche de journaliste qui veut me tirer les vers du nez. J'ai rien contre, remarque, et j'aurais pu tomber sur une plus moche. Mais ça ne t'empêchera pas de me commander une autre bière !

Maline héla la serveuse qui passait. Pour accompagner la pression de Rami, elle commanda, pour elle, un rhum qu'on lui certifia vieilli en fût depuis vingt ans. Après tout, elle n'allait pas se priver ! Elle ne comptait pas ses heures supplémentaires, Le SeinoMarin pouvait bien payer la note.

— Alors, qu'est-ce que tu me veux ma jolie ?

Maline avait le temps, toute la nuit.

— Vous connaître. Tenez, tout d'abord, votre surnom ? Ça veut dire quoi, « Ramphastos » ? Ça vient d'où ? Ça fait assez maléfique, non ?

— Il paraît... En réalité, ce n'est pas sorcier. Ramphastos, c'est le nom scientifique des perroquets, des toucans... Je porte le nom d'un perroquet ! Comme le capitaine Flint de Long John Silver. Mais Ramphastos, t'avoueras, c'est tout de même plus classe que Flint, non ?

Le vieux marin plaisait beaucoup à Maline. C'était réciproque, apparemment.

— T'as quel âge, petite ?

Du tac au tac.

— Dix-neuf ans... Mais je sais, je fais plus jeune...

Maline évita de justesse quelques postillons de bière quand Rami toussa de rire :

— T'es marrante. Je t'aime bien. Sans te vexer, t'avais quel âge dans les années 1980 ? Dix ans ? Un peu plus ? Tu devais écouter la radio à l'époque ? Regarder la télé ?

Lire des bouquins pour enfants ? Alors, tu te souviens peut-être de moi ? J'étais presque une vedette. Le capitaine Ramphastos. Rami les petits… Je racontais mes mémoires, mes tours du monde, des vieilles histoires de marins, de pirates… J'ai eu une chronique sur France Bleu pendant trois ans, j'ai même eu droit à trois passages sur Thalassa, sans parler de la télé régionale… J'étais le Pierre Bellemare des océans ! On dirait pas, hein ?

Maline se concentra. Sa mémoire réactivait des moments sans doute ancrés à jamais dans ses souvenirs mais qu'elle n'avait jamais eu le besoin de remobiliser. Elle se revoyait dans la cuisine, à Oissel, écoutant avec son père une voix dans le poste qui racontait des aventures fabuleuses venues d'un autre âge ou d'un autre monde. Une voix chaude de conteur. La voix de ce vieil ivrogne en face d'elle.

Maline afficha un sourire complice :

— Je me souviens Rami. Je n'ai jamais oublié. J'étais une de vos fans !

Le sourire béat du conteur ravit Maline. La serveuse apporta la bière et le rhum.

Quand elle s'éloigna, Ramphastos se pencha vers la journaliste, comme pour lui faire une confidence :

— Tu sais pourquoi je passe toutes mes journées ici, à cette place ?

— Non…

— Parce que la serveuse a un beau petit cul !

Le conteur était plus licencieux que dans les souvenirs d'enfance de Maline. Elle se retourna vers la serveuse. Elle devait bien admettre que le vieux marin avait raison !

— Et maintenant Rami, vous en faites encore, de la radio ?

Ramphastos leva son verre :

— Ils m'ont viré. Ils ont tous fini par me virer. Ils ne voulaient pas d'un poivrot ! Tiens, tu prends l'Armada. C'est de circonstance. Même l'Armada, ils m'ont viré, les salauds. Pourtant, j'étais l'un des premiers, en 1989. Conseiller technique, au cœur de l'organisation… Je leur ai tout appris, et puis ils m'ont viré. Comme un vaurien. Tous des trous du cul qui n'ont jamais vu la mer.

Il vida la moitié de sa chope et essaya d'essuyer la mousse sur sa barbe avec sa langue. Le rhum brûla l'œsophage de Maline.

— Pourquoi ? Parce que vous buviez trop ?

Ramphastos ne releva pas et continua :

— Tu sais que j'ai été mousse sur la Seine à bord du Pourquoi Pas de Charcot ? Qui d'autre peut le dire, ça, hein ? Je suis parti de Rouen avec Charcot et on a été planter le drapeau normand en haut du mont Rouen, dans l'Antarctique, à plus de mille mètres de glace. Tu le savais ça, gamine ? Qu'il existait un mont Rouen à l'autre bout du monde ? Alors ils sont qui, ces types de l'Armada, pour traiter de poivrot un gars qui a fait l'Antarctique avec Charcot ?

Maline enregistrait mentalement toutes les informations. Pas besoin de notes, elle possédait une mémoire professionnelle. Elle ne savait pas pourquoi, mais elle avait l'intuition que si elle voulait comprendre toute cette affaire de meurtre sur l'Armada, elle devait tout d'abord mieux connaître l'âme des marins, leurs motivations, leurs frustrations.

Ramphastos se pencha à nouveau, pour lui faire une confidence, ou voir de plus près son décolleté, ou les deux. Le conteur empestait :

— C'est pas parce que je buvais trop, ma belle, que je me suis fait virer de partout. La vraie raison, c'est qu'ils ne voulaient plus d'un pirate ! Je te parle d'un vrai pirate, là. Quand j'ai commencé à ne plus parler des Capitaine Crochet et des jambes de bois, des contes et légendes pour enfants, que j'ai commencé à vraiment parler de ce que cela représente, la piraterie. Alors, ils m'ont tous foutu à la porte… Fini la télé, la radio. Je dérangeais.

Il vida sa bière. Maline avait à peine touché son rhum,

mais leva tout de même la main pour commander un autre demi. Rami lui souffla à nouveau dans le nez.

— A ton avis, ma belle, le nom de ce bar, Libertalia ça veut dire quoi ?

Maline se crut maligne :

— La statue de la Liberté ? Elle est partie de Rouen !

— Et non ma belle ! Ça c'est ce que croit ce crétin de patron de bar… Libertalia, ma chérie, c'est autre chose. Libertalia, c'est le nom d'une utopie. La première, la plus belle de toutes les utopies. Libertalia, c'est le nom d'un pays créé par des pirates, sur l'île de Madagascar, vers 1690. Un pays qu'ils ont inventé, sans propriété individuelle, sans différence entre hommes et femmes ; ils ont même interdit l'esclavage sur Libertalia ! Egalité absolue entre toutes les races, et pour cela, ils ont été jusqu'à inventer une nouvelle langue. Ils voulaient créer le paradis sur terre. Et ils ont réussi, pendant vingt-cinq ans. Alors on les a massacrés ! La société finit toujours par massacrer les pirates. C'est dans l'ordre des choses… Mais Libertalia résonne toujours dans le cœur des pirates du monde entier comme le paradis perdu. Ecoute bien, ma belle, tu sais comment on les appelait, les pirates ?

Il ne laissa pas à Maline le temps de répondre.

— « Les anges noirs de l'utopie » ! C'est cela, ma belle, un pirate : un ange noir de l'utopie !

***

Les bières défilèrent.

Maline se sentit même contrainte de commander un second rhum. Une fois lancé, Ramphastos était effectivement un conteur prodigieux. Plus les bières se vidaient, plus la nuit avançait, plus il s'améliorait. Maline l'écoutait avec la fascination de ses dix ans. Elle finit cependant par orienter la conversation :

— Et la Seine dans tout cela ? Il n'y a jamais eu de pirates, sur la Seine ?

Ramphastos la regarda comme si elle venait de proférer la pire des âneries :

— Pas de pirates ! Pas de pirates sur la Seine ! Je veux bien te parler des pirates des Caraïbes, de l'île de Tortuga, des mers du Sud, de la Chine. Te raconter des histoires de pirates du bout du monde. Mais une chose est certaine : les premiers pirates de l'histoire, les plus riches, les plus féroces, ils sont bien d'ici !

Maline ouvrit des yeux ronds :

— N'oublie pas les Vikings ma chérie ! Les Vikings ont foutu un joyeux bordel dans toute la chrétienté, pendant des siècles, à en faire trembler le pape, l'empereur et tous les rois... Comme à l'époque, les pirates vikings étaient puissants et qu'on ne pouvait pas les massacrer aussi simplement, on s'y est pris autrement, on les a achetés, on les a corrompus. On a mis une couronne sur la tête d'un Viking plus ambitieux que les autres et on a échangé l'utopie contre une terre verte avec un grand fleuve au milieu... la Normandie.

— Rollon, le premier duc de Normandie ?

— Oui... Rollon a mis fin à l'utopie viking, à des siècles de piraterie, de liberté... Le val de Seine, le repaire séculaire du butin des Vikings, est devenu un duché... Rollon a interdit aux Vikings de voler, de piller, d'accumuler des butins... Officiellement du moins. Comme si on pouvait empêcher un oiseau de voler... Comme si on pouvait interdire les utopies. C'est à ce moment-là que Rollon a eu l'idée de l'anneau d'or... Le fameux anneau qui allait engendrer la malédiction !

— Quelle malédiction ? cria Maline, passionnée.

Ramphastos n'eut pas le temps de répondre. Un client du bar avait dû vouloir apprécier de trop près l'anatomie avantageuse de la serveuse et la pauvre en avait fait tomber son plateau et les verres posés dessus, heureusement vides. Le patron lui lança un regard sévère. Maline compatit pour la pauvre fille.

Lorsqu'elle se tourna vers le vieux conteur, celui-ci s'était refermé comme une huître.

L'incident des verres renversés avait de plus sonné comme un signal. Il était pratiquement deux heures du matin, le patron indiqua qu'il fermait. Quelques minutes plus tard, les derniers clients quittaient les lieux.

Maline aida Ramphastos à se lever. Elle ne se sentait pas particulièrement assurée, avec ses deux verres de rhum cumulés aux coupes de champagne, mais le vieux marin, lui, était complètement ivre. Maline crut qu'il ne pourrait jamais mettre un pied devant l'autre. Elle avait tort : une fois debout, Ramphastos parvint à marcher, lentement, mais à peu près droit.

Il devait avoir l'habitude ! Le patron du Libertalia aussi, il ne soucia pas le moins du monde de son dernier client.

Maline avait néanmoins l'intention de ne pas laisser le conteur repartir seul, dans un tel état. Elle franchit la porte avec lui, jetant un coup d'œil dans la rue, désormais très sombre. Elle allait s'avancer lorsque le patron du bar l'interpella :

— Mademoiselle ?

Maline se retourna :

— Oui ?

— Vous êtes journaliste, d'après ce que j'ai compris ?

Les nouvelles allaient vite…

— Oui.

— Eh bien moi, si j'avais un conseil à vous donner, ce serait d'aller enquêter du côté du trafic des bateaux-promenades de l'Armada…

Qu'est-ce que c'était encore que cette histoire ? Elle n'était pas préparée à cela.

— Ah bon ? Pourquoi ?

— Pour rien. Je me comprends. J'ai fait toutes les Armadas, de 1989 à 2003. C'est la première que je manque ! C'est avec les Voiles de la Liberté, en 1989, que j'ai pu me payer ce bar. En décembre 1988, quand il a fallu louer des emplacements sur les quais, personne n'y croyait, personne ne prévoyait un tel succès. C'est moi qui ai réservé le plus long linéaire ! Six mois avant les Voiles de la Liberté, un vrai coup de poker ! J'y avais mis toutes mes économies. Après seulement deux jours d'Armada, j'avais déjà remboursé tous mes frais ! Mais maintenant, ce n'est plus la même chose... Tout le monde veut toucher le gros lot ! Mais c'est fini. Seuls quelques-uns vont décrocher la timbale... Je connais pas mal de capitaines qui sont en train de grogner du côté des bateaux-promenades.

Maline ne voyait pas du tout où il voulait en venir. Elle se dit qu'elle y repenserait, à l'occasion, mais sa pauvre petite cervelle était trop pleine pour l'instant. Et puis elle ne voulait pas laisser Ramphastos partir seul.

— O.K., je vais y penser ! Je peux vous recontacter bientôt ? Demain ? Il faut que j'y aille, là !

Elle sortit tout en essayant de ranger les allusions du patron du Libertalia dans un coin de sa tête.

La nuit froide lui glaça les jambes jusque sous sa robe.

Elle regarda la rue faiblement éclairée par des réverbères épars.

Où était passé ce vieux conteur ?

Vendredi 11 juillet 2008 :

Mourir n'aura pour moi rien de troublant

23
Botte secrète

2h06, rue du Père-Adam

Daniel Lovichi attendit que l'ivrogne disparaisse dans le passage des Anciens-Moulins pour le suivre. Tout se déroulait parfaitement. Le type était seul, il ne semblait pas en état de se défendre. Ça allait être un jeu d'enfant.

Il repensa aux dix billets de 500 euros dans la poche de Ramphastos. Il ressentait en lui le manque, cet insoutenable manque quand il songeait à toute cette drogue, à portée de main, dans la poche de ces marins. Il ne fallait pas qu'il rate son coup. Il lui fallait cet argent.

Ramphastos marchait devant lui, à moins d'un mètre. La ruelle était déserte, personne ne passait jamais par là ! C'était une impasse à cette heure-là. Mais il ne fallait pas prendre de risques inutiles, il fallait faire vite, et surtout, ne pas hésiter à se servir de son arme. Lovichi serra son poignard et posa sa main sur l'épaule de l'ivrogne. Lorsque Ramphastos se retourna, Lovichi avança brusquement la lame jusqu'à sa gorge.

— Ton fric, ton fric tout de suite !

D'un geste désespéré, maladroit, le vieux marin tenta de repousser son agresseur. Mais il était trop lent, Lovichi se tenait sur ses gardes.

La lame du poignard s'enfonça entre le cou et l'épaule de Ramphastos.

Le vieux marin poussa un cri rauque.

— Ta gueule ! La prochaine fois, c'est le ventre que je te crève. Ton fric, connard !

Lovichi pensa à ce moment-là que ce vieil alcoolique le connaissait, qu'il l'avait déjà croisé, le soir, dans la rue. Il serait capable de le reconnaître, ensuite.

Une fois qu'il aurait récupéré le fric, il n'aurait pas le choix. S'il ne voulait pas avoir tous les flics sur le dos, il allait falloir qu'il termine le travail, qu'il crève ce vieux porc.

Il espéra aussi que le cri n'avait alerté personne. De toutes les façons, qui pouvait bien passer à cette heure dans cette ruelle ? Dans moins d'une minute, tout serait terminé. Il se pencha vers le corps recroquevillé, tremblant de Ramphastos, lorsqu'une voix féminine troua le silence :

— Il y a un problème ?

Merde !

Une passante ! Apparemment, elle n'avait pas repéré qu'il portait une arme. Elle n'avait rien vu, elle avait simplement dû être alertée par le bruit. Lovichi ne paniqua pas. Il fallait la laisser s'approcher, tout près, puis la planter, elle aussi, il n'avait plus le choix. La fille s'approcha. Il la reconnut, c'était la fille en robe rouge qui était entrée dans le Libertalia quelques heures plus tôt. Dommage de planter un si joli petit lot…

La fille était à moins d'un mètre de lui. Il sentait son parfum. Le vieux marin, allongé par terre, semblait maintenant à peine conscient. Il serra son poignard. La fille ne se méfiait pas, elle était là, tout près.

Encore quelques centimètres et il frapperait, à la poitrine.

Il ne pouvait pas la rater.

Il y était ! La fille le touchait presque, sans méfiance. Le bras de Lovichi sortit de l'ombre de son manteau et se déplia.

— Gaffe ! éructa Ramphastos dans un dernier effort pour rester conscient.

***

Maline bondit instinctivement en arrière. Elle sentit la lame du couteau effleurer son sein.

Dans quel merdier était-elle encore allée se fourrer ?

Elle n'eut pas le temps de se poser d'autres questions. Le type avançait déjà vers elle. Il n'avait pas l'air bien frais, mais il disposait d'un physique imposant, et surtout, il tenait un poignard!

Elle se recula encore, elle pensa un instant à fuir. Mais fuir où ? Elle savait qu'à cette heure, les grilles du passage de l'ancien moulin étaient fermées. La ruelle se terminait en impasse.

Hurler, appeler à l'aide ?

Elle ne put réfléchir davantage. L'inconnu était déjà sur elle. Il attrapa son bras et Maline sentit une seconde fois la lame de l'arme blanche frôler sa gorge. De tout son instinct de survie, elle lança un coup de pied rageur vers le mastodonte.

Elle toucha le bas ventre.

Son agresseur jura, mais le coup ne sembla pas l'ébranler.

Ce n'était pas comme cela qu'elle allait s'en sortir ! Il faisait au moins le double de son poids. Il lui fallait trouver autre chose.

Son agresseur se redressa avec un air sadique de chat qui joue avec une souris. Elle avait au moins gagné quelques secondes. Quelques secondes pour quoi faire ? Elle fouilla instinctivement dans son sac. Qu'espérait-elle trouver ? Elle n'était pas du genre à se balader avec une bombe lacrymogène. Un calepin, un rouge à lèvres, un téléphone… Vite ! Trouver une idée. L'autre arrivait. Elle attrapa le dernier objet dérisoire sur lequel ses doigts se posèrent et balança son sac devant elle.

Il tomba à plus d'un mètre de son agresseur.

Foutu !

Le type releva les yeux sur la journaliste, écarta le bras

comme pour bien lui montrer l'arme avec laquelle il allait lui enlever la vie, dans quelques instants.

Maline essaya d'adopter la même attitude, le bras écarté.

Sauf qu'au bout de son bras, ce n'est pas un poignard qu'elle tenait.

Elle pointait sur son agresseur un stylo plume !

Plume en or, hyper résistante, du moins à ce que lui avait raconté son père.

En constatant la pitoyable arme de défense brandie par Maline, Daniel Lovichi ne put s'empêcher de marquer un petit temps d'arrêt et d'afficher un sourire béat. Immédiatement, Maline sentit la faille. La différence entre les deux armes rendait son agresseur trop confiant, inconsciemment, il allait baisser sa garde.

C'était sa chance. Il lui fallait la saisir.

Maline espéra que le taux d'alcoolémie dans son sang n'allait pas altérer ses réflexes. C'était le moment d'activer ses souvenirs. Elle n'était pas entrée dans une salle d'escrime depuis plus de dix ans, mais elle avait tout de même fréquenté les cercles pendant toute son adolescence. A l'époque, elle n'était pas dans les plus mauvaises. Une feinte de base lui revint immédiatement à l'esprit, la ballestra, celle qu'on apprend aux débutants. Avec un peu de chance, son agresseur n'avait jamais débuté.

Maline se mit en position de sixte, laissant son adversaire avancer d'un mètre. Son poignard brillait dans la nuit.

Maintenant !

Elle bondit alors sur le côté, mais comme le veut une ballestra réussie, au lieu de poser les deux pieds à terre en même temps, elle fit un appel sur son pied avant, frappant le plus fort possible le sol de son talon.

Comme prévu, Lovichi marqua une courte réaction

de surprise. Sans réfléchir, Maline coupa sa trajectoire et porta l'estoc.

La plume en or du stylo s'enfonça dans la gorge de Daniel Lovichi.

Il poussa un hurlement de douleur et s'effondra.

Le sang jaillit.

Maline repoussa du pied le poignard, tombé au sol.

Elle savait que le coup n'était pas mortel, si les secours arrivaient vite. Elle savait également que son agresseur n'était pas près de se relever tout seul. Sans ménagement, elle lui fit comprendre, d'un coup de pied bien placé dans les côtes, qu'il n'avait pas intérêt à bouger.

Elle appela successivement les services d'urgence et la police, puis se pencha sur Ramphastos, qui avait perdu connaissance.

***

La première voiture de police déboucha dans la ruelle moins de dix minutes plus tard, en même temps que les secours. L'inspecteur stagiaire Jérémy Mezenguel bondit hors du véhicule accompagné de trois autres agents. Maline connaissait la plupart des flics de Brisout, mais pas celui-là.

Sans doute un nouveau !

Elle apprécia moyennement son allure de cow-boy désinvolte et son sourire ironique devant la scène.

Après un minutieux examen des blessures de Daniel Lovichi et de Ramphastos, Mezenguel s'avança vers Maline, les mains dans les poches de son jean serré. Il ne chercha même pas à rendre discret son regard appuyé sur la robe déchirée de Maline, qui devait offrir d'elle une image particulièrement impudique.

— Alors mademoiselle, on m'a dit que vous étiez journaliste. A ce que je vois, pour arrondir vos fins de mois, vous pratiquez la trachéotomie sans diplôme… Tss, tss.

Maline haussa les épaules, fatiguée.

Mezenguel lui posa quelques autres questions de routine, puis se pencha pour examiner le poignard de Daniel Lovichi, qui avait glissé près du caniveau.

— Touche pas à ça ! hurla une voix qui raisonna dans la ruelle.

Le commissaire Paturel, suivi d'une bonne dizaine d'agents en civil, pénétra à son tour dans la ruelle. Tous avaient les gestes mécaniques de types mal réveillés que l'on vient de tirer du lit.

— Laisse ce poignard tranquille, Jérémy ! continua le commissaire Paturel. A mon avis, cela pourrait bien être une pièce à conviction de premier choix. On ne va toucher à rien et laisser les scientifiques faire leur boulot.

Mezenguel se releva, vexé, mais n'osa pas répliquer au commissaire. Gustave Paturel se dirigea vers la journaliste :

— Mademoiselle Abruzze ! Toujours dans les bons coups à ce que je vois…

Maline Abruzze et le commissaire Gustave Paturel s'étaient souvent croisés, dans le passé. Une vieille complicité les unissait. Le commissaire, malgré l'heure tardive, afficha une mine réjouie :

— Si c'est pour me fournir clés en main le meurtrier du jeune Mungaray, mademoiselle Abruzze, je vous pardonne volontiers de m'avoir fait réveiller en pleine nuit, moi et mes enfants. La psychose va peut-être retomber, maintenant…

— Vous le connaissez ? demanda Maline en désignant son agresseur.

— Oooh oui… Daniel Lovichi est un client fidèle, comme on dit. Petit dealer et toxicomane. Sans domicile fixe… A part Bonne-Nouvelle, bien entendu, où il passe la moitié de son temps ! Mais c'est la première fois qu'il est mis en cause dans une affaire d'agression à main armée. Il va falloir m'expliquer ce que vous faites là, mademoiselle Abruzze…

Maline se sentait épuisée. Elle avait froid.

Le commissaire Paturel le sentit et la laissa récupérer. Il regarda les gyrophares tourner dans la ruelle, les scientifiques s'activer. Il respirait mieux maintenant. La chance avait tourné. Il le savait, d'expérience, il tenait son coupable idéal, son suspect à jeter en pâture à la presse, son meurtrier présumé pour rassurer le préfet et toutes les autorités. Une agression à l'arme blanche, en pleine nuit, n'était pas si fréquente. Lovichi avait le profil rêvé. Si en plus son poignard était celui qui avait servi à poignarder le jeune Mungaray, le commissaire Paturel se réjouissait à l'avance de pouvoir passer une fin d'Armada beaucoup moins stressante.

24
L'or de ma nuit

3h06, rue Saint-Romain

La police avait retenu Maline une petite heure, puis l'avait libérée. La légitime défense était évidente. Il était plus de trois heures du matin.

Elle rentra chez elle, enfin !

Maline sentait son crâne au bord de l'implosion, ses jambes se glacer ; elle avait failli vomir tout son rhum et son champagne en traversant à nouveau la rue des Chanoines, qui sentait plus l'urine encore la nuit que le matin. Maline monta les trois étages d'un pas las et pénétra dans son appartement. Elle fit glisser la robe rouge sur son corps fatigué, la lança en boule sur la pile de linge et se jeta sur le lit, nue.

Il faisait encore chaud sous les combles. Etouffant même. Elle avait bien fait de laisser la lucarne ouverte ce matin. Elle n'eut pas le courage de prendre une douche. Cela attendrait demain. Elle alluma la radio pour se bercer, les stations diffusaient de la musique en continu, sans publicité. Des vieux trucs.

Dormir !

Malgré elle, sa main glissa vers son sac et attrapa son portable. Quelle sale manie ! Il lui était devenu impossible de passer trois heures sans consulter ses messages, et plus encore de s'endormir sans le faire.

Ses doigts coururent sur les touches. Elle avait reçu trois messages depuis hier soir !

Le premier provenait une nouvelle fois de son père. Les cousins bourguignons, son anniversaire, son cadeau. Cela attendrait !

Le deuxième message la fit tressaillir. Il était bref. Deux mots, deux lettres : « Bonne nuit. O.L. »

Un délicieux frisson parcourut le corps nu de Maline.

O.L… Olivier Levasseur. Il avait pensé à elle !

Le mélange de fatigue, de tension qui tombe et de désir refoulé provoqua un frisson intense à l'intérieur de son bas ventre. Le bel Olivier avait pensé à elle ! A combien d'autres femmes envoyait-il un tel message avant de s'endormir ?

Peu importait, elle était sur sa liste !

Elle essaya de calmer son excitation naissante. Il fallait qu'elle dorme ! Elle se concentra sur le troisième message.

Sarah Berneval, la secrétaire du commissaire Paturel, indiquait à Maline qu'un troisième SMS avait été envoyé sur le téléphone portable de Mungaray, un troisième message en espagnol.

« Es el oro de la noche. »

Tu es l'or de la nuit…

Quelque part, une amoureuse continuait d'envoyer des messages de tendresse à un joli garçon… mort depuis hier !

Maline regarda les étoiles à travers la lucarne.

Quelle ironie !

Pourtant, une nouvelle fois, comme pour les autres messages espagnols, Maline eut l'impression qu'un souvenir cherchait à percer la surface de ses pensées fatiguées, comme si ces messages étaient liés entre eux, comme s'ils n'en formaient qu'un, comme s'ils renvoyaient tous vers une direction unique, une direction qui n'avait rien à voir avec des mots de tendresse.

Maline ressassa les messages dans sa tête. C'était quelque part inscrit dans son cerveau, elle en était certaine.

« Sé que me espera.»

« No puedo permanecer lejos ti más mucho tiempo. »

« Es el oro de la noche. »

Elle était trop fatiguée pour trouver la solution ce soir. Que cherchait-elle, de toutes les façons ? Ce Daniel Lovichi était sûrement le meurtrier. La police avait l'air assez sûre d'elle.

Maline sentit doucement ses pensées s'envoler, les images se brouiller, un demi-sommeil la gagner. Olivier Levasseur se tournait vers elle. Ils étaient ensemble, nus, dans le même lit, partiellement couverts de grands draps de soie.

Il lui murmurait tendrement à l'oreille : « Tu es l'or de ma nuit ».

Maline se retourna dans son lit, elle n'arrivait pas à trouver un vrai sommeil.

Elle avait déjà entendu ces paroles, toutes ces paroles en espagnol, il y avait très longtemps.

Elle torturait son pauvre cerveau fatigué. Elle avait cette sensation bizarre qu'il s'agissait d'un souvenir d'école primaire ! Quelque chose appris par cœur à l'école. Ça n'avait aucun sens.

Elle n'avait jamais entendu parler espagnol à l'école primaire.

25
Le trésor des Aztèques

3h17, quelque part dans l'agglomération rouennaise

L'homme ouvrit la porte.

— Alors ? demanda une voix féminine.

— Tout a parfaitement fonctionné ! répondit l'homme. Comme prévu. Ils ont récupéré l'arme du crime, ils ont le mobile, ils tiennent leur coupable. Cela va les occuper un certain temps, les empêcher de fouiner partout. Cela va rassurer les autres aussi, les rendre moins méfiants. L'agitation va retomber. Je vais être plus libre demain, on va pouvoir passer à la deuxième phase. Eliminer les autres témoins...

— Et... continua la voix féminine. Et cette journaliste, Maline Abruzze, tu en penses quoi, tu crois qu'elle représente un danger ?

L'homme répondit par un sourire amusé :

— Oh non... Aucun danger ! Elle est futée, tu as pu t'en rendre compte aujourd'hui, mais pourquoi est-ce qu'elle nous soupçonnerait ? Je crois même au contraire qu'elle a confiance en moi. Nous avons parlé ensemble comme deux vieux amis, aujourd'hui, non ? On se connaît maintenant ! Toi aussi. Comment pourrait-elle faire le lien entre nous et l'exécution de Mungaray ?

L'homme accentua encore son sourire et continua :

— Cette journaliste pourrait même nous être utile, demain, quand il s'agira de frapper à nouveau, d'appliquer la malédiction du jarl, d'attirer ces fous imprudents et de les tuer !

Devant un canapé de cuir blanc, un immense écran plasma était encastré dans le mur. L'homme s'installa.

— Repasse-le moi, s'il te plait. Encore une fois !

La main féminine ouvrit un tiroir sous la table du salon, face à eux. Des dizaines de DVD étaient soigneusement rangés, tous numérotés, datés et étiquetés d'une large écriture rouge. La main de la femme attrapa sans hésiter un DVD titré Trésor des Aztèques. 15 juin 1982. Elle plaça le disque dans le lecteur puis saisit une télécommande et la pointa. L'écran s'éclaira.

***

C'était un film amateur tourné dans un bateau. L'image n'était pas très nette et bougeait, comme si le film avait été réalisé à l'insu des protagonistes. On reconnaissait un méandre de la Seine. L'embarcation ressemblait à un petit bateau de pêche. Sur le pont, une trentaine d'enfants d'une dizaine d'années se tenaient serrés. Une femme plus âgée, emmitouflée, sans doute l'institutrice, surveillait les enfants avec une attention de mère poule.

Tous écoutaient parler un homme. Il arborait une barbe noire hirsute et une casquette de feutre bleue vissée sur la tête. Il était déjà assez corpulent.

On reconnaissait Pierre Poulizac, Ramphastos, jeune. La scène devait se dérouler dans le début des années 1980. La conférence nautique du conteur semblait subjuguer les enfants.

Ramphastos pointa le doigt :

— Le village que vous voyez là-bas, les enfants, c'est Vatteville-la-Rue. Un petit village de rien du tout. Même pas mille habitants ! Aujourd'hui, vous voyez, il est dans les terres. C'est parce que la Seine a bougé, depuis cinq cents ans. Mais il y a cinq cents ans, Vatteville était un port, un port important pour les marins du monde entier. Les enfants, avez-vous déjà entendu parler des Aztèques ?

Aucun enfant n'osa répondre. Ramphastos continua :

— Les Aztèques étaient les habitants du Mexique, avant que les Espagnols ne débarquent. Pendant deux mille ans, ils ont construit une des plus riches civilisations de l'histoire. Les enfants, si aujourd'hui, vous mangez du maïs, des pommes de terre, des tomates, du chocolat, des cacahuètes… c'est grâce à eux, grâce à leurs inventions dans l'agriculture ! Pourtant, un seul homme, un Espagnol, Hernán Cortès, avec quelques hommes, a détruit en moins de dix ans tout ce qui les Aztèques avaient mis deux mille ans à construire.

— Pourquoi ? demanda une voix timide

— A cause des trésors fabuleux qu'avaient accumulés les Aztèques, au fil des siècles ! Hernán Cortès n'avait qu'un but : s'emparer de ces fabuleux trésors. Il tortura pendant des mois le dernier empereur aztèque, Cuauhtémoc, l'aigle qui tombe, le grand héros national mexicain. En 1521, Cuauhtémoc fut exécuté par Cortès. En 1522, Hernán Cortès repartit pour l'Espagne : il avait chargé dans trois caravelles le plus grand trésor qu'on n'ait jamais vu sur la mer. Ecoutez les enfants. Les archives nous parlent de cent mille pièces d'or, de deux cent trente kilos de poudre d'or en sacs, de trois cent dix kilos de perles, dont certaines grosses comme des noisettes, de vaisselle d'or et d'argent, de bracelets, de boucliers et de casques aztèques, de statues d'animaux du nouveau monde... Ils parlent aussi d'une fabuleuse émeraude, aussi large que la paume de la main ! Selon les archives, Cortès ramena également deux tigres, qui devinrent fous sur le bateau. L'un se jeta à l'eau en tuant trois marins, ils durent exécuter l'autre…

Les yeux des enfants brillaient du même reflet que les trésors décrits. Ramphastos racontait merveilleusement bien les histoires.

— Le plus fabuleux trésor de tous les temps, les enfants ! Mais il faut maintenant que je vous parle d'un autre personnage. Je suis certain que vous n'en avez jamais entendu parler. Il s'appelle Jean Fleury. C'était un marin normand, il habitait ce petit village en face de nous, Vatteville-la-Rue. Il était même ce que l'on pourrait appeler un pirate. Il sillonnait la mer depuis 1521, à bord de son fabuleux navire, la Salamandre. Au large des Açores, il repéra les trois caravelles de Cortès. Avec une incroyable audace, à la barbe de toutes les escortes espagnoles, il fondit comme un faucon sur les trois caravelles espagnoles, lança l'abordage, se rendit maître des navires et déroba l'ensemble de la cargaison. Le plus fabuleux butin de tous les temps ! Vous vous rendez compte, les enfants ?

Les enfants regardaient maintenant avec des yeux étonnés le petit village de Vatteville. L'institutrice, amusée, semblait se demander quelle était la part de vérité dans ce que narrait le conteur. Ramphastos continua :

— Jean Fleury versa une partie de son butin à son armateur, le Dieppois Jehan Ango. Grâce à l'audace de son plus grand lieutenant, Jehan Ango devint l'homme le plus riche, le plus puissant de France… Mais cela, c'est une autre histoire... Jean Fleury avait aussi volé à Cortès toutes ses cartes marines, tous les plans des expéditions des Indes occidentales. Pendant des années, Jean Fleury nargua la flotte espagnole. Insaisissable... On parle de plus de trois cents abordages. Sa tête fut mise à prix sur toutes les mers du monde. L'empereur Charles Quint était furieux. Selon la tradition, il devait recevoir le cinquième du trésor aztèque que Cortès ramenait du Mexique. La part du roi ! Jean Fleury lui avait tout raflé sous le nez…

Une fillette ravissante leva le doigt :

— Monsieur ? Ils ne l'ont jamais attrapé, alors, les Espagnols ?

Le conteur prit l'air désolé.

— Si, ma mignonne. Les pirates finissent toujours par se faire prendre. Cinq ans plus tard, il tomba dans une embuscade au large du cap Finisterre, en Galice, dans le haut de l'Espagne. Jehan Ango proposa à Charles Quint une rançon phénoménale pour racheter la liberté de son capitaine, mais l'empereur ne céda pas. Son honneur et son autorité étaient en jeu. Jean Fleury fut pendu à Cadix en 1527.

La plupart des enfants avaient les yeux un peu mouillés. Dans les histoires, d'habitude, les héros ne meurent pas.

— Allons, allons ! fit l'institutrice pour les consoler. Il y a beaucoup d'imagination dans tout ce que vous a raconté monsieur Poulizac…

Ramphastos lui jeta un regard offensé :

— Madame, ne croyez surtout pas cela ! Je ne vous ai raconté que la stricte vérité ! Ouvrez n'importe quel livre d'histoire de la Normandie. Vous verrez ! Allez savoir pourquoi certains pirates restent dans la mémoire populaire et d'autres tombent dans l'oubli. Je ne sais pas… Peut-être, après tout, que Jean Fleury préférait la discrétion. Le long du val de Seine, la seule trace de son exploit, vous la trouverez sur la rive droite, dans la petite église de Villequier, juste en face de Vatteville-la-Rue. Un étonnant vitrail représente l'abordage des caravelles de Cortès par Jean Fleury. Pour le reste… Que voulez-vous que je vous dise ? Jean Fleury s'est emparé du plus fabuleux butin de l'histoire de la piraterie. Il l'a sans doute ramené quelque part près de chez lui, ici, à Vatteville-la-Rue. Il est reparti courir les mers, sans doute sans dépenser un seul des 100 000 castillans d'or et du reste. Il a été pendu cinq ans plus tard, sans avoir touché à son butin… Sans qu'aucun livre d'histoire, sans qu'aucune archive ne dise ce que le trésor des Aztèques était devenu… Je vais vous dire, madame l'institutrice, c'est maintenant, au moment où s'arrête mon histoire, au moment où Jean Fleury est exécuté loin d'ici, à Cadix, au moment où il emporte son secret dans sa tombe, que l'imagination peut commencer à faire son travail…

Trente enfants, les yeux grands ouverts, scrutaient les bords de la Seine, cherchant déjà dans les reflets argentés du fleuve l'éclat des pièces d'un fabuleux butin.

26
Oreste… reste

7h09, rue Saint-Romain

Maline n'ouvrit les yeux qu'à la cinquième sonnerie du téléphone. Elle attrapa son portable et lut le nom préenregistré de l'emmerdeur qui la réveillait.

Christian Decultot !

Maline soupira.

— Debout citoyenne ! hurla la voix enjouée du rédacteur en chef. Excuse-moi de te réveiller à l'aurore. J'ai appris tes exploits d'hier. Jouer les Laura Flessel avec un stylo plume ! Chapeau bas. Je compte sur toi pour avoir tous les détails en exclusivité dans l'édition de mercredi…

Maline répondit d'une voix rauque qui la surprit elle-même :

— Si t'es au courant Christian, pourquoi tu ne me laisses pas dormir ?

— J'ai une mission pour toi, citoyenne !

— Rappelle dans deux heures ! Ou je te fous aux prud'hommes !

— Impossible, j'ai besoin de toi à la gare de Rouen. Dans quarante-trois minutes.

Maline essayait d'émerger, de faire le tri dans sa tête embrouillée. Elle n'avait pas l'impression d'avoir dormi. Elle se sentait sale. Elle avait envie de prendre soin d'elle, de prendre le temps.

— Doucement, Christian… J'émerge, là. C'est quoi, le problème ? Je croyais que les flics avaient embarqué le coupable. C'était pas lui ?

— Si… J'espère. Enfin, j'en sais rien. Ta mission n'a rien à voir. Faut que tu me rendes un service.

Cet enfoiré allait la prendre par les sentiments. Elle le laissa venir.

— Ça ne te coûtera rien. Juste de te lever. Je t'explique. Je te demande simplement d'aller à la gare de Rouen accueillir un journaliste. Un jeune journaliste du Monde. Ils l'envoient pour couvrir l'Armada. Cette histoire de meurtre sur les quais a attisé leur curiosité.

— Il n'a pas de plan de Rouen, ce journaliste ? Qu'est-ce qu'on a à voir avec lui ?

— Primo, au cas où tu l'aurais oublié, on appartient au même groupe financier. Secundo, ce jeune journaliste est le fils d'un ami personnel, Raphaël Armano-Baudry, grande signature, grand reporter international…

Maline siffla :

— Je vois le genre…

— Tu te trompes, Maline, ce jeune garçon que je te demande d'accueillir, Oreste Armano-Baudry, n'a rien d'un pistonné. Bac avec mention très bien, sorti major l'année dernière de l'Ecole supérieure de journalisme de Science Po Paris ; intégré au Monde illico…

— Ça me confirme le genre ! Lycée Henri IV, séjours linguistiques aux Etats-Unis, grand appartement bourgeois dans le XVIe, je suppose… Pourquoi veux-tu me fourrer ce trou du cul dans les pattes ?

— Ce trou du cul est mon filleul, Maline ! Quand sa mère est morte, son père est souvent venu ici avec sa sœur, en Normandie, passer des week-ends à la maison. Je le faisais sauter sur mes genoux. Tu vois le genre, aussi ? Après, il a été élevé par sa belle-mère et je l'ai perdu de vue. Il doit avoir 21 ou 22 ans maintenant.

Maline décida de jouer profil bas. Le téléphone à la main, entièrement nue, elle était à la recherche d'un tee-shirt propre.

— O.K., O.K., Christian. Ça consiste en quoi, exactement, ton baby-sitting ?

— Rien de bien méchant. Tu le balades un peu sur les quais de la Seine, tu lui expliques deux ou trois trucs sur Rouen, tu réponds à ses questions et tu le remets dans le train. Il ne devrait pas s'éterniser. Côté enquête, Oreste arrive un peu après la bataille, non ? Tu as déjà épinglé le coupable… si je peux dire !

Christian Decultot éclata de rire. Maline essayait d'enfiler un tee-shirt sans forme avec sa main libre. Décidément, tout le monde, y compris son rédacteur en chef, semblait vouloir bien vite enterrer cette affaire. Maline repensait aux questions non résolues de cette enquête.

Et les SMS en espagnol ? Et la marque au fer rouge ? Et les tatouages ? Et les messages morbides ? « Il faut que l'herbe pousse et que meurent les enfants» ; « Mourir pour moi n'aura rien de troublant. Et ce sera reprendre une habitude ancienne»… L'hypothèse d'un crime crapuleux par un toxicomane n'expliquait pas grand-chose, en fait.

— O.K. Christian, concéda Maline. Tu as gagné, maintenant, je suis debout ! Je vais aller jouer les nounous avec ton petit fiot !

— Attends-toi plutôt à du rodéo !

Maline ne releva pas :

— Je le reconnais comment ? Il a un grain de beauté sur la fesse gauche ?

— Attends-le seulement sur les quais. C'est lui qui te reconnaîtra. Je lui ai envoyé par mail un dossier complet sur toi. Je t'ai présentée comme ma fille adoptive. Tu vois, vous êtes presque frère et sœur !

— Tu fais chier, Christian !

Maline soupira et raccrocha.

Elle était vraiment trop conne d'accepter tout ça.

Etre à la gare de Rouen dans moins de trois quarts d'heure…

***

Résignée, Maline enchaîna à nouveau au pas de course, douche froide, choix de vêtements propres et chiffonnés, sourire de Fatou dans le cadre près de la porte, air frais, odeur de bière et de pisse rue des Chanoines.

Elle arriva à la gare à 7h47. Le tableau des trains à l'arrivée indiquait « Paris, 7h59 ».

Elle était même en avance ! Elle prit le temps de commander un café et un croissant et composa le numéro de téléphone de Sarah Berneval. Elle souhaitait avant tout connaître la suite des épisodes, depuis hier soir. Comme elle s'en doutait, la secrétaire du commissaire était déjà au travail.

— Attends Maline, je sors…

Elle s'éloigna et reprit :

— Tu as bien eu mon message, hier soir ? Oui ? Au fait, on m'a raconté pour ton coup de stylo plume, c'est incroyable…

— Oui oui, abrégea Maline, assez gênée. Excuse-moi Sarah. Je suis à la gare, je suis un peu pressée. Ils en sont où, pour l'enquête ?

— Oh la la… Il y a du neuf, tu peux le dire ! Ils ont bossé toute la nuit. Ils sont tous à cran, ici. Surtout le commissaire. Pour le poignard, ils sont quasiment certains qu'il s'agit bien de l'arme qui a tué Mungaray, le marin mexicain. Daniel Lovichi t'a agressée avec l'arme du crime. Il est sacrément dans la merde…

— Il en est où, physiquement ? s'inquiéta Maline

— Tu t'en fais pour ce salaud qui a voulu te planter ? Il n'y en a pas deux comme toi ! T'en fais pas Maline, tu l'as pas tué, la blessure était bénigne. Il est ressorti de l'hôpital dans la nuit, ils ont déjà pu l'interroger.

— Il a avoué ? demanda Maline.

— Pas encore. Il dit qu'il a trouvé le poignard dans la rue, devant lui, un matin. Comme par miracle ! Il dit aussi qu'il a aperçu Pierre Poulizac, ce Ramphastos, compter de l'argent liquide dans la rue, cinq mille euros en liquide, et les glisser dans sa poche ! Selon lui, c'est comme cela qu'il a eu l'idée de monter son coup. Il prétend qu'il n'est pour rien dans le meurtre de Mungaray, qu'il ne l'a même jamais vu.

— Il a un alibi ?

Aucun ! La rue, c'est tout. Pour tout le monde ici, c'est clair, c'est lui le coupable…

Et le mobile, ce serait quoi ?

La drogue ! Il a l'air de croire que les marins, surtout les mexicains, se baladent avec de la cocaïne plein les poches. Il a l'air un peu givré. Il n'y a pas de doute, Maline, c'est lui ! Tu t'es fait le meurtrier… T'es une star.

Curieusement, Maline n'arrivait pas à admettre cette version officielle. Tout s'enchaînait beaucoup trop facilement. La personnalité de Daniel Lovichi ne collait pas avec tout le reste.

— Et Ramphastos ? Comment va-t-il ? Il s'en sort ?

— Oui. Je crois qu'il est encore au CHU. Mais il n'a rien de grave… Juste quelques points de suture.

— Qu'est-ce qu'il faisait avec cinq mille euros en liquide ? C'est plutôt louche, non ?

Sarah lâcha un petit rire :

— Quand le commissaire lui a demandé, Ramphastos l'a envoyé se faire foutre ! Ça le regarde après tout !

Décidemment, rien ne collait. Pourquoi Ramphastos, qui n'avait pas l'air de rouler sur l'or, loin de là, se promenait-il avec une telle fortune sur lui ? D'où venait cet argent ? Pourquoi ne voulait-il pas en parler ?

— Toi qui suis l'affaire de l'intérieur ? demanda encore Maline. Tu ne trouves pas que c'est un peu gros, le coup du toxicomane ?

— Il avait l'arme du crime entre les mains, il a un mobile, il n'a pas d'alibi, il a un passé chargé… Ils ne vont pas se poser plus de questions, ils vont le jeter en pâture à la presse. Comme ça, les bateaux de l'Armada pourront continuer de flotter et le commissaire pourra commencer à s'occuper de ses gosses.

Maline regarda sa montre : 8h03 !

— Faut que j'y aille, Sarah. Merci. Salut !

Maline courut jusqu'aux quais de la gare. Les passagers du train commençaient à s'éparpiller, mais Maline repéra immédiatement Oreste Armano-Baudry.

Ce ne pouvait être que lui.

Elle observa un grand garçon, assez maigre, très blond avec des cheveux courts en brosse. Sur son visage un peu trop fin étaient accrochées des lunettes de soleil Carrera. Il tenait à la main le dernier Houellebecq, La possibilité d'une île. Oreste était habillé avec soin. Maline repéra sa veste en lin à peine fripée. Un exploit après un voyage en train !

— Oreste Armano-Baudry ? lança Maline.

Le jeune homme se retourna, retira ses lunettes et chercha d'où venait la voix. Il avait des yeux bleu clair qui auraient pu être jolis s'ils avaient été plus rieurs. Maline leva la main. Oreste la repéra et fit à peine l'effort de sourire.

— Il y a une sacrée cohue, lança Maline enjouée en lui tendant la main. Ils affrètent même des trains spéciaux pour l'Armada ! Vous avez réussi à trouver une place assise ?

— Heureusement, répondit Oreste. Plus d'une heure trente de train ! On a plus vite fait d'aller à Strasbourg ou à Lyon que chez vous...

— Et encore, répliqua Maline. Il y a encore un mois, on était au charbon. Ils ont électrifié la ligne pour l'Armada !

Oreste Armano-Baudry esquissa un sourire. Il avait à nouveau chaussé ses lunettes de soleil.

— On se fait une terrasse ? fit Maline. Je n'en peux plus de la foule !

Ils s'installèrent au buffet de la gare. La station s'était vidée, provisoirement, avant le nouveau train, dans une demi-heure.

Ils échangèrent les formalités d'usage. Maline fit ce qu'elle put pour paraître spirituelle, mais Oreste Armano-Baudry se contentait de jeter sur elle, comme sur le reste de la gare, le regard d'un anthropologue qui découvrirait une tribu inconnue. Après une minute, le journaliste parisien sortit un Palm de la poche de sa veste.

— Mademoiselle Abruzze, vous permettez que je prenne quelques notes ?

Maline hocha la tête, amusée. Oreste Armano-Baudry approcha de sa bouche le micro de son agenda électronique et parla d'une voix claire et forte :

— Vendredi 11 juillet. Stop. Huit heures onze. Stop. Gare de Rouen. Stop. Voyage… Interminable. Stop. Ambiance…

Le journaliste parisien jeta un coup d'œil circulaire et continua :

— Provinciale. Stop. Déco… Ridicule. Heu, non. Ringarde. Stop. Accueil…

Son regard se posa un instant sur Maline :

— Correct. Stop. Déjeuner. Heu. Moyen… Moyen moins. Stop.

Oreste Armano-Baudry éteignit son Palm et afficha un sourire de contentement.

Maline le fixa, interloquée, et fit un effort suprême pour ne pas faire exploser à la surface les commentaires qui bouillaient sous son crâne.

Première impression. Stop. Connard.

Elle se força à penser aux recommandations de Christian Decultot. Après tout, ce jeune prétentieux n'avait dû connaître de la vie qu'une belle cage dorée… Ce n'était qu'un gamin !

Oreste se décida enfin à retirer ses lunettes de soleil. Maline pensa à nouveau qu'il aurait pu avoir de jolis yeux, s'il les avait fait davantage pétiller. Cela dit, Maline était persuadée que son regard de petit dur devait faire craquer toutes les « Marie-Chantal » dans les « dîners de l'ambassadeur ». Elle se résigna à jouer les chaperons bien élevés :

— Oreste. Vous connaissez la basse Seine ?

— La basse Seine ? Ah non, pas du tout… Je n'en ai aucun souvenir. C'est curieux, je suis déjà allé dans le monde entier, je dois connaître une bonne trentaine de capitales sur les cinq continents, mais je ne connais aucune ville à moins d'une heure de Paris ! Paradoxal, non ?

— Sans doute…

Seconde impression. Stop. Trou du cul.

Oreste repoussa son café et son croissant qu'il avait à peine touchés :

— Vous ne le trouvez pas infect, ce petit-déjeuner ? Si, n'est-ce pas ? C'est normal, remarquez ! Il faut bien plumer le pigeon. Ça doit être une sacrée arnaque à touristes, votre Armada ?

Maline sentait monter en elle un agacement profond.

« Rodéo », avait dit Christian !

Elle allait le bousculer, le gamin :

— Vous avez toujours comme ça des théories sur tout, Oreste ?

Le jeune journaliste la regarda, surpris. Maline ne lui laissa pas le temps de respirer :

— Bon Oreste, je ne veux pas être brutale avec vous, mais comme je suis certaine que votre temps est très précieux, alors je vais être franche : j'ai une mauvaise nouvelle. Vous êtes venu pour rien ! L'affaire Mungaray est classée…

Maline se contenta de lui raconter les principaux éléments, sans citer son rôle dans les événements. Oreste Armano-Baudry écouta jusqu'au bout. Lorsque Maline eut fini, il s'effondra sur sa chaise.

—Putain ! Quel merdier ! Le meurtrier a été inculpé. La tuile ! Dire que pour venir ici, j'ai raté le vernissage des métamorphoses métalliques chez Marie Demange. Tout le monde doit y être, ce matin.

Maline s'amusait beaucoup. Elle dévora ostensiblement le croissant dont Oreste n'avait pas voulu :

— Cela dit, ironisa-t-elle, il reste des tas de reportages

intéressants à faire sur l'Armada. Les bateaux, la foule, la fête populaire, ça se vend bien… Tout le monde y est ! Ici, cela fait consensus.

— Si vous voulez mon avis, fit méchamment Oreste, votre Armada, c'est la pire idée qu'ait jamais eu la ville de Rouen !

Une telle affirmation surprit Maline. Elle s'était longtemps demandé comment on pouvait être contre l'Armada. Ce jeune cynique était-il au moins capable d'exprimer une opinion originale ?

—Alors là Oreste, il faut me l'expliquer !

—J'ai lu quelques articles sur Rouen avant de venir. Je me suis documenté. Je vous fais la synthèse ? A Rouen, vous êtes face à un choix. Soit vous misez sur le passé, le port, les usines, la pollution. Soit vous misez sur l'avenir, le tertiaire, la proximité de Paris, les bureaux… Il faut vous décider ! Regarder vers la mer ou bien regarder vers Paris ! Soit vous faites le choix de garder vos raffineries et vos silos, qui seront tôt ou tard délocalisés ; soit vous acceptez de devenir une banlieue chic de Paris. Qu'est-ce que vous préférez, être la poubelle de Paris ou bien être son centre d'affaires ? C'est comme vous voulez ! Vous avez vu venir ma conclusion : pour moi, votre Armada, c'est le dernier spasme du port de Rouen, c'est l'exemple suprême de votre incapacité à couper le cordon !

La tirade amusa beaucoup Maline. Ce jeune crétin avait au moins de la répartie. Elle répliqua pourtant :

— Ce n'est pas un peu plus compliqué que cela, Oreste ? Et le patrimoine, qu'est-ce que vous en faites ?

Il regarda Maline de ses yeux froids :

— Le patrimoine, c'est plutôt un truc de vieux, non ?

Petit con ! Dis-le que je pourrais être ta mère !

Troisième impression. Stop. Lourd !

Maline regarda ostensiblement le tableau des trains au départ, puis sa montre :

— Oreste, vous avez un train qui vous ramène à Paris dans quinze minutes ! Si vous partez tout de suite, avec un peu de chance, il restera quelques petits-fours et deux ou trois people chez Marie Demange. Enchantée de vous avoir connu. Ce fut court, mais que ce fut bon ! Faut vous dépêcher si vous voulez une place assise. Oreste afficha un sourire provocateur :

— N'ayez crainte, Le Monde me rembourse le retour en première classe…

Maline lui tendit la main, plus amusée qu'énervée :

— Sans rancune ? Je n'y suis pour rien…. Ce sont les aléas du métier.

— Si vous le dites… Je viens à Rouen pour élucider le crime du siècle et on me propose de faire Thalassa ! Si j'avais su avant, pour Thalassa, je n'aurais pas eu besoin de me lever dès l'aube.

Maline regarda soudain Oreste Armano-Baudry comme s'il lui avait révélé un secret d'Etat.

Un éclair semblait avoir foudroyé la journaliste.

Comme si toute la gare avait brusquement stoppé sa course.

Un déclic, le déclic après lequel elle courait depuis hier.

Elle attrapa Oreste par le bras :

— Qu'est-ce que vous venez de dire ?

— Rien… Que je me suis levé à cinq heures du matin pour…

— Non ! Vous avez très exactement dit que vous vous étiez levé dès l'aube !

Elle ne laissa pas le temps à Oreste de comprendre et le força à se rasseoir.

— Oreste, vous savez parler espagnol ?

— Oui, bredouilla le jeune journaliste, regardant avec inquiétude sa montre. J'ai fait six mois de stage à la Casa Vélasquez, en cinq ou six séjours… J'ai lu tous les poèmes de Jorge Luis Borges en édition originale, mais…

— O.K., coupa Maline. Des tas de Señoritas ont dû vous envoyer des SMS lorsque vous vous déniaisiez à Madrid. Vous devez être capable de me traduire ça !

Elle griffonna trois phrases en espagnol sur la nappe.

« Sé que me espera. »
« No puedo permanecer lejos ti más mucho tiempo. »
« Es el oro de la noche. »

Oreste Armano-Beaudry regarda une nouvelle fois sa montre, puis commença la traduction. Il se prit rapidement au jeu.

— « Espera » est un faux ami, précisa-t-il. Il ne veut pas dire espérer , mais attendre. J'ai aussi un doute. « Noche » en espagnol veut dire nuit, mais on peut aussi le traduire par soir. Dans le contexte, l'or du soir me semble plus cohérent que l'or de la nuit. Donc au final, cela nous donnerait ceci…

Maline lut sur la nappe :

Je sais que tu m'attends.
Je ne peux demeurer loin de toi plus longtemps.
Tu es l'or du soir.

Oreste s'impatientait. Il voulait comprendre :

— Vous pouvez m'expliquer avant que je rate mon train, Maline ? A quoi correspondent ces phrases ?

— Ce sont des SMS que Mungaray, le marin mexicain assassiné, recevait sur son téléphone portable. On les a pris pour des messages d'amour. On s'est trompé sur toute la ligne ! Si on fait la bonne traduction et qu'on les met bout à bout, c'est évident.

Oreste la regardait avec des yeux effarés :

— Ce sont les extraits d'un poème, explosa Maline. Ce sont des extraits de Demain, dès l'aube, de Victor Hugo ! Son poème le plus célèbre, celui que tous les enfants de France apprennent à l'école ! Moi aussi, je l'ai connu par cœur, un jour… Comme tout le monde. C'est ce que je cherchais depuis hier !

— Que vient faire ce poème dans cette histoire ?

Il regarda à nouveau sa montre. Maline semblait surexcitée :

— Je serais vous, Oreste, je resterais encore un peu.

Dans cette affaire de meurtre, j'ai enfin l'impression d'avoir trouvé un fil… Et croyez-moi, je vais tirer dessus !

Oreste hésita. Sa curiosité de journaliste finit par prendre le dessus. Il attendit. Maline était déjà au téléphone :

— Allo. Christian ? Oui, j'ai bien récupéré le paquet cadeau. Un joli bébé rose. Il se rappelle avec nostalgie du temps où tu le faisais sauter sur tes genoux. Il adorait cela !

— O.K. Maline, dis-lui bonjour. Je suis en réunion, là. C'est urgent ?

— Oui. Très ! Mais ce n'est pas au rédacteur en chef que je m'adresse, c'est au spécialiste de Victor Hugo.

Maline expliqua en quelques phrases sa conclusion sur les citations espagnoles.

— J'ai une autre question, Christian, continua-t-elle. Ecoute cela. « Il faut bien que l'herbe pousse et que meurent les enfants». Est-ce que c'est également une phrase de Victor Hugo ?

— Bien sûr, répondit aussitôt Christian Decultot. Tu le trouveras dans Les contemplations, tout comme Demain, dès l'Aube, c'est un extrait d'un long poème intitulé A Villequier. Les deux poèmes ont le même thème, la douleur de Victor Hugo après la noyade de sa fille Léopoldine, dans la Seine, à Villequier, et ses errances, ses méditations, le long du fleuve.

— D'accord ! Je connais l'histoire ! Et cette autre phrase, elle est également de Victor Hugo je suppose ? Elle lut : « Mourir pour moi n'aura rien de troublant. Et ce sera reprendre une habitude ancienne ».

— Désolé de te décevoir sur ce coup-là, mais Victor Hugo n'a jamais écrit cela !

— Tu en es sûr ? Comment peux-tu savoir ? Il a écrit des milliers de pages.

— Certain ! Je suis incollable sur Hugo. Ça ressemble à du Hugo, si tu veux, mais cette phrase n'est pas de lui !

Maline marqua un silence de déception et poursuivit :

— O.K., ce n'est pas grave, je trouverai plus tard. Merci Christian.

— Dis-moi, Maline, je croyais que l'affaire Mungaray était bouclée ? Tu n'es pas en train de chercher des complications ? Le fait que l'amoureuse de ce Mexicain apprécie Victor Hugo et le traduise en espagnol ne constitue pas un nouveau crime que je sache. Ce serait même plutôt une marque de goût, non ? Bon, salue Oreste de ma part, promène-le gentiment dans le coin, trouve le temps de m'écrire les articles pour la prochaine édition, fais dans le récit de cape et d'épée si tu veux, mais ne va pas m'agiter de nouvelles vagues…

—Merci, Christian. Bises.

Elle raccrocha et se tourna vers Oreste :

— Ça vous intéresse toujours, l'idée d'une balade dans la vallée de la Seine ?

Maline perçut dans les yeux clairs d'Oreste un soupçon de surprise, une bribe d'intérêt.

— Quel rapport avec ces poèmes ?

— Il ne s'agit pas de poèmes, Oreste. Je n'ai pas du tout l'impression que le jeune Mungaray était un amoureux de Victor Hugo. Ces messages, Oreste, ce sont les indices d'un code entre des matelots qui portent le même tatouage, les indices d'un jeu de piste dans lequel l'un d'entre eux a trouvé la mort !

Oreste regarda Maline avec une stupéfaction croissante.

— Oreste, les jeux de piste, vous voyez ce que je veux dire ? Votre papa ne vous a pas mis chez les scouts de France quand vous étiez gamin ? Allez, je vous emmène. On part à Villequier !

27
Buffet froid

8h49, commissariat de Rouen,
9, rue Brisout-de-Barneville

L'inspectrice Colette Cadinot sortit de la salle d'interrogatoire. Le commissaire Paturel l'attendait devant la porte, deux gobelets de café à la main. Il en tendit un à l'inspectrice.

— Alors ? demanda le commissaire.

— Il ne parlera pas ! répondit Cadinot. Il reste bloqué sur sa version.

Ils demeurèrent quelques instants silencieux. Colette Cadinot vida son café.

— Tu en penses quoi, toi ? continua l'inspectrice. Tu l'as interrogé aussi, une bonne partie de la nuit.

Paturel se frotta le crâne, hésitant.

— J'en sais rien, Colette. D'un certain côté, Daniel Lovichi a l'air plutôt sincère. Mais sa ligne de défense ne tient pas debout. Le poignard tombé du ciel, l'absence d'alibi, aucun souvenir de quoi que ce soit…

Colette broya dans sa main le gobelet vide et répondit :

— Il peut être sincère quand il dit ne se souvenir de rien et être tout de même le meurtrier ! Ce type est ravagé par la coke, Gustave. Son cerveau fonctionne en alternatif. Il n'est pas conscient de ses actes. Si ça se trouve, demain, il ne se souviendra plus de l'agression de cette nuit. Va pas te torturer, Gustave. Il avait l'arme du crime entre les mains, il n'a aucun alibi, il a même un mobile, la coke…

— Un peu court tout de même l'alibi, Colette. Tu ne trouves pas ? On a la preuve qu'il n'y a jamais eu de drogue sur le Cuauhtémoc, ni dealers, ni rien.

— On le sait maintenant. Lovichi, lui ne pouvait pas le savoir. Il le croyait. Il le croit toujours, tu l'as entendu ; ce type est taré. Il a très bien pu faire le coup. C'est un miracle qu'on ait réussi à le coincer aussi rapidement. Ça va permettre de calmer tout le monde jusqu'à la parade de la Seine le 14 Juillet. Ensuite, il sera toujours temps d'affiner les détails, de se pencher sur les zones d'ombre. Tout finira bien par s'expliquer avec le temps.

— Tu as sans doute raison Colette. Repose-toi un peu.

Le commissaire Paturel laissa l'inspectrice et avança dans le couloir pour se rendre à son secrétariat. Il avait volontairement coupé son téléphone portable et demandé à Sarah de filtrer les appels. Il voulait un peu de calme pour faire le point. Depuis ce matin, tout le monde l'avait déjà félicité. Le préfet lui-même l'avait appelé à six heures du matin.

Tout le monde semblait soulagé. Il allait faire une conférence de presse très rassurante, sans insister sur les détails encore obscurs, et tout le monde serait content.

Après tout, maintenant, que restait-il comme inconnues ?

Pas grand-chose, finalement.

Les tatouages, les SMS en espagnol, la fille blonde qu'on n'avait pas identifiée, les messages macabres : tout ceci n'avait peut-être aucune importance et aucun rapport avec l'enquête.

Il ne restait véritablement que deux points noirs. La marque au fer rouge, tout d'abord. Après tout, Daniel Lovichi était braque, et il fallait être complètement braque pour pratiquer ce genre de torture, pour marquer un type mort au fer rouge. Daniel Lovichi pouvait autant l'avoir fait qu'un autre. Restait la question du corps de Mungaray, l'absence de putréfaction pendant trois heures. Cela, c'est clair, il valait mieux éviter d'en parler à la presse ! Mais qu'est-ce que ce truc de fou changeait à la culpabilité potentielle de Daniel Lovichi ? Rien, en fait !

Au bout du couloir, il vit s'approcher la maigre silhouette d'Ovide Stepanu. A coup sûr, en voilà un qui allait douter de la version officielle et qui allait lui faire valser ses belles certitudes.

— Gustave ! Je te cherchais.

Le commissaire Paturel se prépara au pire.

— J'ai continué sur ma théorie d'hier soir. Tu sais, les pirates.

Il n'arrêtait donc jamais ? Le commissaire tenta de le raisonner :

— Excuse-moi Ovide. On n'a pas dormi de la nuit. On est tous à cran. On a trouvé un coupable, et c'est du sur mesure. Alors, ne viens pas me dire que tu es toujours sur ta théorie de pirates et de chasse-partie…

Ovide, visiblement vexé, montra au commissaire son front:

— Eh oh Gustave. Y a pas écrit « la presse » là. Je connais mon métier. Je ne viens pas te parler de Lovichi, je viens te parler du reste. Les tatouages, la marque au fer rouge. Excuse-moi de jouer les trouble-fêtes, mais ne me dis pas que c'est Lovichi qui a fait ça !

Gustave soupira :

— Vas-y.

— J'ai enquêté sur Ramphastos, de son vrai nom Pierre Poulizac. Ce type n'a pas une histoire banale. Marin au long court de treize à quarante ans, il devient « monsieur contes et légendes de la marine » dans les années 1980, la coqueluche des médias, avant que l'alcool ne prenne le dessus et qu'il se fasse virer de partout. Mais je viens juste d'avoir les documents que j'ai demandés cette nuit au ministère. Avant de sombrer dans l'alcool, Pierre Poulizac était un type très surveillé par la sécurité intérieure, surtout dans ces années-là. Il a même fait partie de la liste des écoutes de l'Elysée. Ce type a été fiché jusqu'en 1998 comme anarchiste !

— Ils fichent les anarchistes à la DST ?

— Pour eux, je suppose qu'un anarchiste qui tourne mal peut vite devenir un terroriste. Selon le dossier, Poulizac a même fréquenté de façon assez proche Hakim Bey…

— Hakim Bey, l'anarchiste qui a inventé les zones d'autonomie temporaire ? Il paraît qu'il redevient à la mode dans les campus, depuis 2006…

— Oui, mais Poulizac l'aurait surtout fréquenté dans les années 1970, lors de son séjour de sept ans en Iran. Pour la doctrine anarchiste moderne, les fameuses zones d'autonomie temporaire sont très explicitement les déclinaisons modernes des utopies pirates. De là à penser que Pierre Poulizac est l'un des inspirateurs d'Hakim Bey, il n'y a qu'un pas… Tu comprends alors pourquoi Poulizac dit Ramphastos, était fiché par la DST. Les TAZ sont les cauchemars des Etats modernes, des rave-parties aux manifs contre l'OMC…

Le commissaire avait pour principe de toujours écouter Stepanu, par prudence, même s'il ne voyait pas où l'inspecteur voulait en venir :

— O.K. Ovide, tu as raison. Ramphastos, Poulizac si tu préfères, a fréquenté les milieux anarchistes. C'est son côté pirate... Mais quel rapport tu vois avec notre affaire ? On le tient, le coupable.

— O.K., on a un coupable, si tu veux, mais on ne comprend toujours rien à cette affaire ! Pour ma part, je reste sur mon idée que ces tatouages représentent une chasse-partie de marins qui se retrouvent autour d'idéaux pirates anarchistes. Daniel Lovichi peut très bien avoir été payé pour tuer Mungaray, pour tuer Ramphastos aussi… Il peut aussi être le grain de sable qui vient perturber une organisation avec laquelle il n'a rien à voir. Il tue sans le savoir, en état de manque, le membre d'une chasse-partie anarchiste.

— Tu veux en venir où, Ovide ?

— J'ai la très nette impression qu'on se fait endormir avec ce coupable qui nous tombe du ciel. Il y avait presque encore le papier cadeau autour, tu ne trouves pas ? Alors logiquement, je me demande pourquoi on cherche à nous endormir. Au risque de paraître rabat-joie, j'ai la très désagréable impression que pendant qu'on se concentre sur Lovichi, un sale coup, un très sale coup se prépare dans notre dos.

Le commissaire se dit que la journée avait trop bien commencé et que Stepanu était en train de lui pourrir.

— Désolé Ovide. J'ai tendance à suivre tes intuitions, généralement. Mais là, tu me comprendras, je préfère aller annoncer au préfet que je tiens un coupable, plutôt que de lui faire ton coup du trouble-fête et l'avertir qu'un complot terroriste se prépare sur l'Armada !

L'inspecteur Stepanu allait sans doute chercher à contre-argumenter, lorsque le médecin légiste, Jean-François Lanchec, déboucha à l'autre bout du couloir. Il semblait plus excité que jamais :

— Commissaire ! Regardez !

Le légiste tenait dans ses mains une série de feuilles bardées de formules complexes.

— La police scientifique nationale vient de me les envoyer ! Je les attendais depuis hier. C'est bien ce que je pensais, mais je n'ai pas voulu vous en parler avant.

— Quoi ? explosa le commissaire en lui arrachant les feuilles des mains.

Il jeta un coup d'œil mais ne comprit rien aux formules.

Lanchec répondit à grand renfort de moulinets de bras :

— Le cadavre de Mungaray ! J'ai la solution de l'énigme ! L'absence de symptômes de dégénérescence. C'était tout simple finalement, il suffisait d'y penser. Ils me l'ont confirmé à la police scientifique nationale. Ils ont déjà eu le cas. Commissaire, écoutez ça, vous n'allez pas le croire, le cadavre a été congelé ! Moins de cinq minutes après sa mort, le corps de Mungaray a été mis dans une chambre froide, un congélateur ou quelque chose du genre. On ne l'a ressorti que trois heures plus tard !

Devant le visage atterré du commissaire, Lanchec lui reprit ses notes des mains :

— Je vous fais un rapport ! Mais je voulais vous prévenir avant…

Il disparut aussi vite qu'il était arrivé.

Le coup de poing que le commissaire donna dans la cloison du couloir du commissariat fit trembler la mince paroi. Une pluie de morceaux de peinture écaillée tomba sur leurs habits.

— Mungaray a passé trois heures dans un congélo ! Qu'est-ce que tu dis de cela Ovide ? Un congélo, maintenant ! Pourquoi avoir l'idée de planquer un cadavre dans un congélo ?

— Si je peux me permettre, Gustave. La question, c'est plutôt « comment ». Comment Daniel Lovichi, s'il est le coupable, a-t-il pu se procurer un congélateur ? Ça ne tient pas debout ! Il dort dans un carton, il mange à l'Armée du salut ou se sert dans les poubelles.

— Des congélateurs, suggéra Paturel, il y en a sur tous les stands alimentaires de l'Armada, non ? Tous les restaurants, tous les endroits où l'on sert à manger ?

— C'est juste, Gustave. Mais ils sont tous cadenassés. La plupart ont des rideaux de fer, peut-être même des alarmes. C'est clair, Daniel Lovichi n'aurait jamais pu trouver un congélateur sans complicité.

— Putain… Tout cela doit bien avoir un sens. Pourquoi avoir l'idée de cacher un cadavre dans un congélateur ?

Le commissaire Paturel arpenta nerveusement le couloir. Il regarda plusieurs fois les murs, mais se contrôla pour ne pas donner de nouveaux coups de poing. Au bout de quelques minutes, il revint vers l'inspecteur Stepanu.

— Ecoute Ovide, je ne vois qu'une explication. On a retrouvé le cadavre de Mungaray sur les quais de Rouen, en face du Cuauhtémoc, mais également juste à côté de ce bateau-promenade, le Surcouf, le fameux bateau qui semblait beaucoup intéresser notre homme d'affaires, Nicolas Neufville. Tu es d'accord avec moi, ces bateaux-promenadess sont en fait des restaurants flottants, ils sont tous équipés de cuisines, on y sert du matin au soir des repas à des centaines de convives tout en les promenant sur la Seine. Les congélateurs qui se situent le plus près de l'endroit où l'on a retrouvé le cadavre du Mexicain sont ceux de ce bateau-promenade, ce bateau devant lequel traînait, à l'heure du crime Nicolas Neufville. Ovide, tu vas foncer chez le juge demander une commission rogatoire pour perquisitionner le Surcouf, et en particulier son arrière-cuisine. Une fois sur place, tu me passes au peigne fin tout ce qui ressemble à une chambre froide. Je mets également Colette sur le coup pour qu'elle essaye d'en savoir davantage sur le marché, sans doute très lucratif, des bateaux-promenades de l'Armada.

— Tu abandonnes la piste Daniel Lovichi, alors ?

Le commissaire Paturel semblait avoir soudain repris toutes ses forces :

— Tu penses qu'on nous prend pour des cons, Ovide, avec ce coupable livré dans une pochette-surprise ? C'est bien ça ? Je ne suis pas loin de penser comme toi. Alors on va jouer aux cons, nous aussi. On va les endormir. Officiellement, on tient le coupable, l'affaire est pliée, on ne règle plus que quelques détails annexes. Je m'occupe de faire le tampon pour faire croire à cette version officielle. Officieusement, je veux tout le monde dans la « salle grise » d'ici une demi-heure et on va aller au bout de toutes les pistes, de l'alerte anarchiste aux magouilles de ce Nicolas Neufville.

— On va tous se faire virer, murmura Stepanu.

28
Hugoland

10h37, vallée de la Seine

La Renault Modus blanche, décorée du très design logo du SeinoMarin, venait de passer le « Carrefour du chêne à Leu » et sortait de la forêt de Roumare. Au fur et à mesure que la Modus descendait la côte de Canteleu, la perspective sur le grand méandre s'ouvrait. Le panorama embrassait la vallée de la Seine sur plusieurs kilomètres. La Modus laissa sur sa gauche le village de Saint-Martin-de-Boscherville.

Maline était assise à la place du passager. Elle avait insisté pour qu'Oreste prenne le volant de la voiture de fonction qu'elle avait empruntée au journal. Elle détestait conduire. Elle essayait toujours au maximum de se déplacer à pied, en train… ou à rollers. Oreste avait eu l'air un peu surpris mais Maline ne lui avait pas laissé le choix. Elle sentait qu'elle commençait à prendre l'ascendant sur ce jeune prétentieux. Après tout, Christian lui avait demandé de lui faire son éducation.

La Modus se faufilait entre la Seine et la falaise, dans la grande ligne droite qui mène à Duclair. Maline repensait à son hypothèse.

Un code ? Un jeu de piste ? Pour qui ? Pourquoi ? Une chose était certaine en tous les cas, tous les messages qui passaient par Mungaray, notamment les SMS, ramenaient à un seul lieu, Villequier. Peut-être comprendrait-elle davantage sur place…

— Qu'est ce que vous fichez dans ce trou, Maline ? demanda brutalement Oreste Armano-Baudry.

— Pardon ? répondit Maline, surprise.

— Ce journal de province. Ce SeinoMarin. Pourquoi croupissez-vous dans cette feuille de chou ?

D'ordinaire, Maline appréciait plutôt la franchise. Mais dans le cas présent, le ton direct du journaliste parisien la mit mal à l'aise. Elle s'apprêtait à citer le tirage du SeinoMarin, le taux de pénétration, tout le baratin bien huilé de Christian Decultot. Mais Oreste ne lui laissa pas le temps de répondre :

— Je me suis renseigné avant de venir. J'ai fait mon enquête, j'ai lu vos articles. Vous avez du talent, mademoiselle Abruzze, une plume, du style. J'ai lu votre CV, aussi. Christian m'a tout envoyé. On a fait tous les deux la même Ecole supérieure de journalisme, Science Po Paris. La meilleure ! Vous êtes sortie major de promotion, comme moi ! Trois mois après, vous bossiez pour Libération ! J'ai retrouvé vos articles de l'époque. Timor oriental, Guatemala, Rwanda… Alors Maline, je vous repose la question, comment avez-vous atterri ici ?

Maline essaya de fixer son attention sur les anciens habitats troglodytiques creusés dans la falaise, à sa droite, au bord de la route. Ce petit con faisait remonter en elle une foule de souvenirs. Des souvenirs pas très agréables. Cela faisait longtemps qu'on ne l'avait pas cuisinée ainsi. Elle décida de moucher le morveux :

— Il y a beaucoup trop de mépris dans votre question, monsieur Armano-Baudry junior, beaucoup trop de mépris pour ce journal régional, mes collègues, mes lecteurs, pour que vous puissiez comprendre comment on passe un jour de Libération au SeinoMarin. Je pourrais essayer de vous expliquer, mais vous ne pourriez pas comprendre. Mais je peux au moins vous rassurer, car c'est sans doute le sens de votre question, forcément tournée vers vous-même.

Rassurez-vous, Armano-Baudry junior, c'est vrai qu'on sort de la même école, mais il n'y a aucun risque que vous finissiez un jour au SeinoMarin…

Les yeux clairs d'Oreste clignèrent derrière ses lunettes de soleil. Il répondit, vexé :

— Comme vous voulez, Maline… Mais il n'y avait pas de mépris dans ma question. Je n'ai rien contre les lecteurs du SeinoMarin, vous savez.… A vrai dire, je m'en fous, du SeinoMarin et de ses lecteurs. Je cherche juste à comprendre… A vous comprendre. C'est notre boulot de journaliste, non, chercher à comprendre ?

Maline ne prit même pas la peine de répondre. Ce type puait l'ambition, une ambition froide et méthodique. Elle savait tout ce que cela représentait. Elle avait assez payé pour cela.

Un silence pesant s'installa dans la Modus. Au moins, Armano-Baudry allait la boucler quelques minutes.

Elle avait tort.

Oreste Armano-Baudry attrapa son Palm d'une main et fit la conversation à son micro.

— Paysage... Morne. Stop. Fleuve… Calme. Stop. Ambiance... Mortelle. Stop. Contexte... Glauque. Stop...

Maline n'écoutait plus. Juste avant de retrouver la Seine à Yainville, ils passèrent devant Christofle, l'une des plus grandes usines d'orfèvrerie de province. Maline pensait aux incroyables stocks de bijoux qui devaient se trouver à l'intérieur de cette étonnante usine, lorsque son téléphone portable vibra.

Un SMS !

Son cœur bondit. C'était Olivier Levasseur.

Ses doigts fébriles s'activèrent sur le clavier. Elle lut :

« Affaire Mungaray bouclée. Appris comment. Bravo. Se voit aujourd'hui pour finir article ? A+. O.L. »

Elle se hâta de répondre, tapant le message avec la dextérité d'une dactylo amoureuse de son patron.

« Impossible avant ce soir. Bises. »

Elle relut sa réponse, assez fière. C'était peut-être un

peu sec, mais le texte lui semblait parfaitement calibré. En trois petits mots, elle évitait d'apparaître comme une gourde se précipitant à la première de ses convocations… et en même temps, elle l'invitait explicitement à passer la soirée avec elle.

Du grand art !

— C'est professionnel, précisa Maline à Oreste, qui ne lui demandait rien.

Ils bouchonnèrent un peu dans la traversée du Trait. L'Armada amenait dans le val de Seine beaucoup plus de touristes que d'habitude. Oreste en profita pour revenir à la charge :

— Vos articles, avant, dans Libération, vous les signiez sous votre vrai nom ! Pas avec ce nouveau prénom, « Maline ». Vous l'avez trouvé où d'ailleurs, ce nouveau nom de plume ? Vous savez que cela n'existe pas, « Maline ». Le féminin de malin, ce n'est pas maline, c'est maligne !

Maline répliqua, piquée au vif :

— Merci beaucoup pour le cours d'orthographe ! Vous savez, tout le monde n'a pas la chance de naître avec une particule et un prénom de héros grec tragique ! Pour votre culture générale, sachez tout de même que « Maline » est un prénom inventé par Arthur Rimbaud. Il décrit « Maline » dans un joli poème comme une charmante jeune fille qui possède « Sur sa joue, un velours de pêche rose et blanc », et qui fait « de sa lèvre enfantine, une moue ». Vous ne trouvez pas que cela me va bien ?

Oreste encaissa sans broncher. Sans démentir non plus.

La Modus continuait de filer entre Seine et falaise. Le silence devint pesant dans le véhicule. Oreste fouilla dans sa poche, en sortit un lecteur MP3 qu'il enfonça dans la prise USB de l'autoradio.

—Qu'est-ce que vous voulez écouter ? lança Oreste d'une voix faussement enjouée. J'ai toute une sélection de groupes syncrétiques. Tenez, écoutez la trois ! Ils jouent du

Hendrix avec des balalaïkas… C'est le top du métissage, de la « créolitude » si vous préférez…

—De l'hybridation aussi, non ? glissa Maline d'une voix cassante. Vous avez oublié de parler de l' hybridation.

Un rif rageur de balalaïka évita à Oreste de répliquer.

Ils approchaient de Caudebec-en-Caux. Le portable de Maline vibra à nouveau.

La réponse d'Olivier Levasseur !

Maline s'empressa de lire :

« O.K. A ce soir. Passez au bureau quand dispo. »

Maline frissonna. Dans le cas présent, passer voir Olivier Levasseur au bureau signifiait passer le voir à sa chambre d'hôtel ! Elle essaya de ne pas s'emballer. Il n'y avait peut-être aucun sous-entendu dans cette phrase, sa réponse pouvait être interprétée comme étant strictement professionnelle. Décidemment, ce type avait l'art de jouer au chat et à la souris avec elle. L'instant d'après, elle se fit la réflexion qu'elle faisait exactement la même chose avec lui…

— On y arrive, à votre fameux village ! grogna Oreste.

Maline aperçut un panneau indiquant l'entrée de Villequier, et tout de suite, sur la gauche, une émouvante statue, tournée vers la Seine, au milieu d'un parc.

— Arrêtez-vous !

Oreste pila.

— Garez-vous, ne restez pas au milieu de la route !

Oreste soupira, sans répondre et alla se garer sur un petit parking bitumé. Ils sortirent et firent quelques pas vers la statue. Elle représentait Victor Hugo, perdu dans sa détresse, la main soutenant une tête trop lourde, tourné vers l'immense méandre de Caudebec.

Sur le socle de la statue, on lisait distinctement, gravé dans la pierre :

« Il faut bien que l'herbe pousse et que meurent les enfants. Je le sais oh mon Dieu. A Villequier. Le 4 Septembre 1843. »

Maline jubila. Elle avait vu juste !

Un peu plus loin dans le parc, un petit kiosque en bois permettait de s'asseoir et de jouir confortablement du panorama du fleuve. Tout autour du kiosque, sur des panneaux en bois, on pouvait lire les principaux vers du poème, Demain, dès l'Aube !

— Je le savais ! triompha Maline à haute voix. Les premiers indices du code ! Tout concorde ! Tout est écrit ici. C'est bien ici qu'il fallait venir !

— Et maintenant ? demanda Oreste, visiblement peu concerné par la majesté du site. Pour la suite du jeu de piste, vous avez une idée ?

— Selon toute logique, il faut trouver où est inscrite la phrase suivante : « Mourir pour moi n'aura rien de troublant. Et ce sera reprendre une habitude ancienne. »

Le journaliste parisien regarda le parc autour de lui avec ironie :

— On devrait bien pouvoir trouver ça dans ce Hugoland...

***

Maline et Oreste passèrent près de trois heures dans le musée Victor Hugo de Villequier. Le musée avait été installé dans la maison Vacquerie, du nom de la grande famille d'armateurs, amis de Victor Hugo. Auguste Vacquerie, admirateur inconditionnel de Victor Hugo, avait souvent invité le grand écrivain dans sa demeure, sur les bords de Seine. Mais c'est son frère, Charles Vacquerie, qui avait fini par épouser la fille préférée de Victor Hugo, Léopoldine, et l'emmener vivre à Villequier. Six mois après le mariage, un brutal coup de vent sur la Seine fit chavirer la barque de Charles et Léopoldine. Les jeunes époux périrent noyés. Victor Hugo, alors en voyage à l'étranger avec sa maîtresse, ne s'en remit jamais…

Maline et Oreste fouillèrent le moindre recoin du musée, détaillant les abondantes et instructives correspondances du poète, ses esquisses, la genèse des Contemplations, ses superbes tableaux torturés… Le contraste entre la quiétude du lieu et l'intensité de la douleur exprimée dans les œuvres de Hugo était saisissant. De toutes les pièces de la maison bourgeoise, la vue sur la Seine était sublime, et on peinait à croire qu'un tel drame ait pu se dérouler à quelques mètres de là, à la surface d'un fleuve aussi calme. Maline interrogea longuement tous les gardiens du musée à propos de sa fameuse citation : « Mourir pour moi n'aura rien de troublant. Et ce sera reprendre une habitude ancienne. »

Personne n'avait jamais lu une telle phrase dans le musée ! On doutait fortement qu'elle fût de Victor Hugo.

Maline finit par renoncer.

En sortant du musée, ils décidèrent d'aller s'asseoir à la terrasse de l'étonnant pub irlandais du village, le Pub coach house inn. Ils commandèrent des sandwichs et des bières. Maline pestait :

— Quelque chose nous échappe, c'est obligatoire ! Ce n'est tout de même pas Mungaray qui a inventé cette phrase. Il la prononçait en français. Elle a forcément un rapport avec les autres !

Oreste semblait à la fois impressionné par la détermination de la journaliste et très sceptique sur ses chances de réussite. Pour une fois, ce fut son téléphone qui sonna. Il l'attrapa.

— C'est Le Monde, glissa-t-il.

Il laissa Maline seule devant sa bière pendant dix bonnes minutes. Lorsqu'il coupa enfin l'appareil, il regarda Maline avec un intérêt nouveau. Ses yeux clairs, pour une fois, pétillèrent :

— Vous m'avez caché que vous avez harponné l'assassin de Mungaray hier soir ! Avec un stylo en plus ! Vous êtes décidément une fille pleine de ressources !

Maline gênée, tenta de faire diversion :

— C'est de l'histoire ancienne… On devrait plutôt réfléchir à…

— Tss tss. J'adorerais parler de cela dans mon article. Vous êtes une ancienne championne d'escrime ?

— Oui ! répondit Maline pour avoir la paix. Depuis l'âge de douze ans. Je sais, c'est un sport de vieille… Mais je pratique aussi des sports de jeunes vous savez. Piscine, jogging, équitation, et même du tir !

— Tout ça ?

— Eh oui. Les vieilles il faut qu'elles s'entretiennent !

Oreste avait l'air réellement impressionné, lorsque soudain, il éclata de rire :

— Je n'y crois pas, Maline ! Natation, équitation, course à pied, escrime, tir ! Ne me dites pas que vous faites du pentathlon.

Maline rougit, piégée.

— Moderne ! On dit pentathlon moderne !

— Sans blague ? Vous êtes combien à pratiquer ce sport en France ? Cinq mille ? Dix mille ?

— Cinq cent quatre-vingt-dix-sept, précisa Maline. Du moins c'est le dernier chiffre officiel que je connais. Dont trente-sept femmes… Ça ne vous épatera donc pas beaucoup si je vous dis que j'étais une des meilleures de France, à l'époque, quand j'ai arrêté.

Oreste Armano-Baudry riait maintenant aux éclats :

— Le pentathlon moderne ! Mais c'est une discipline préhistorique ! Un truc de châtelain. Quelque part entre le golf et la chasse à courre ! Je ne savais pas qu'on avait le droit de le pratiquer sans particule. Et c'est vous qui me faisiez la morale, qui me traitiez de bébé bobo… Votre papa ne vous a pas mis chez les scouts ? …

Maline tenta vainement de se défendre :

— J'ai été scolarisée à l'école primaire Pierre de Coubertin, près de l'endroit où le baron a habité, à Mirville. Comme Pierre de Coubertin a inventé le pentathlon moderne et l'a imposé comme sport olympique, notre instituteur a trouvé amusant de nous initier… J'ai trouvé amusant de continuer, un certain temps…

Oreste reprenait son souffle.

— Excusez-moi, Maline, je ne voulais pas vous vexer. Mais mes copines, elles ont plutôt tendance à faire du surf, de la planche, des trucs comme ça…

Maline n'avait aucune envie de lui répliquer qu'elle pratiquait aussi le roller. Elle n'était pas une de ses copines et n'avait pas envie de le devenir. Elle était néanmoins touchée.

— O.K., Oreste. Moi, on m'a plutôt vanté votre QI, pas votre sens de l'humour. Si au moins une fois dans la journée, vous pouviez avoir une idée constructive, cela nous avancerait.

Oreste encaissa :

— Rappelez-moi la phrase qui nous intéresse ?

— « Mourir pour moi n'aura rien de troublant. Et ce sera reprendre une habitude ancienne »…

Oreste demeura concentré quelques instants, puis dit :

— Pourquoi ne pas aller faire un tour au cimetière ?

Ce n'était pas idiot !

— Vous voyez Oreste, quand vous faites un effort !

***

Le cimetière entourait l'église de Villequier, à moins de cent mètres du pub irlandais. Maline et Oreste poussèrent la grille de fer et entrèrent. Le cimetière, légèrement surélevé par rapport à la Seine, dominait joliment le village de Villequier et le méandre naturel.

Maline et Oreste avancèrent. Ils n'avaient pas fait dix pas dans le cimetière que le spectacle les laissa muets.

Une douzaine de tombes étaient alignées.

Pour matérialiser chaque emplacement, chaque tombe était surplombée d'une haute stèle de marbre et entourée d'une grille en fer forgé. Autour des grilles noires couraient des rosiers grimpants et des bouquets de bruyère.

Un étonnant mélange de romantisme et de solennité.

Les noms inscrits sur les tombes donnaient encore davantage de force aux lieux.

Sur une tombe on lisait : « Adèle, femme de Victor Hugo » ; sur une autre : « Charles Vacquerie et Léopoldine Hugo » ; sur une troisième : « Adèle Hugo – 1830-1913 ».

L'autre fille de Victor Hugo, la fameuse Adèle H…

Même Oreste sembla sensible à l'émotion que dégageait le lieu. Ils demeurèrent de longues minutes à observer cet impressionnant souvenir de la famille Hugo, réunie à jamais, entre la Seine et les falaises. Cependant, aucune solution nouvelle à leur énigme ne se profilait.

Après l'examen des autres tombes, Maline se rapprocha de celle toute proche d'Auguste Vacquerie, l'ami de Victor Hugo, le propriétaire des lieux. Une longue épitaphe était gravée sur la stèle. Auguste Vacquerie expliquait qu'il avait souhaité être enterré près de sa mère, car du temps où sa mère était vivante, elle avait toujours dormi dans une chambre à côté de la sienne. Soudain, Maline sentit l'adrénaline monter en elle. Elle dut se retenir à la grille de fer de la tombe devant elle.

Auguste Vacquerie terminait son épitaphe par ses mots : «Ainsi mourir pour moi n'aura rien de troublant. Et ce sera reprendre une habitude ancienne ».

Elle avait trouvé !

Maline jubila, goûtant pleinement ce sentiment qu'elle connaissait bien, qu'elle appréciait tant, celui de l'enquêtrice qui tire le bon fil et qui petit à petit, démêle la pelote.

Jusqu'où ?

Elle appela Oreste, qui eut le succès modeste :

— Le cimetière ! C'était l'évidence. Vous voyez Maline, il suffisait de me demander !

— Et maintenant ?

— La suite logique du jeu de piste ? L'église, bien entendu !

Ils entrèrent dans la petite église de Villequier. Elle était vide, à l'exception d'un jeune homme, très grand, blond, qui contemplait au fond de l'église, avec une concentration extrême, un vitrail. Oreste se pencha sur le livre d'or de l'église, posé en évidence sur le premier banc : des admirateurs de Hugo venus du monde entier avaient laissé des impressions émues dans des langues diverses.

Maline apprécia l'instant.

L'église de Villequier avait le charme des chapelles marines. Un havre de calme et de fraîcheur. Elle s'avança, croisant un instant le regard du géant blond qui se dirigeait vers la sortie.

***

Maline ne pouvait pas savoir !

Si à cet instant-là, elle avait mieux regardé, si elle avait dévisagé ce jeune homme, si elle avait gravé son visage dans sa mémoire, alors elle aurait pu, quelques heures plus tard, arrêter le cours de cette machination.

Elle aurait pu sauver des vies, tant de vies.

Mais elle ne pouvait savoir. La veste du géant blond, peut-être, aurait pu lui rappeler la veste d'un marin. Mais c'était un indice bien maigre. Maline n'avait aucune raison de faire attention à cet inconnu qu'elle croisa.

Pourtant, pendant les jours qui allaient suivre, les mois et même les années, Maline ne put jamais s'empêcher de repenser à cet instant où elle passa à quelques mètres de cet homme.

Il aurait suffit que sa mémoire enregistre.

Toute sa vie, elle s'en voudrait.

Mais ce n'était pas de sa faute.

Elle ne pouvait pas savoir.

***

Maline entendit la porte de l'église se refermer sur le jeune homme blond qu'elle venait de croiser. A son tour, elle se dirigea vers le vitrail au fond de l'église. Elle compris pourquoi le jeune homme était si concentré à le regarder. Il s'agissait d'un vitrail bien étrange !

Il ne représentait pas une scène biblique, il représentait un abordage.

Une scène de piraterie !

Maline détailla l'étonnant vitrail. Un navire semblait en affronter trois autres. Des soldats, dont le casque ressemblait à celui des conquistadors, essayaient de repousser avec des lances de bois des gentilshommes brandissant des sabres, protégés par des boucliers aux armes de la Normandie. Maline se demanda ce que pouvait bien signifier la présence de ce tableau étrange au beau milieu d'une église. Elle n'eut pas le temps de se poser davantage la question, Oreste lui fit signe à l'entrée de l'église :

— Maline. Venez voir !

Elle s'approcha. Oreste avait ouvert le livre d'or à la dernière page.

— Regardez cela !

Maline se pencha vers le livre d'or. Des petites phrases courtes et enjouées, suivies d'une date et d'une signature, s'enthousiasmaient le plus souvent pour le charme du village et le souvenir de Victor Hugo.

— Non, précisa Oreste. Là, en haut de la page.

Maline regarda et lut une phrase qui lui sembla anodine :

« R.V. à la chapelle. 12-07-2008 -1h30 ».

Elle se demandait où Oreste voulait en venir, lorsque son regard descendit vers les signatures.

Elle n'en crut pas ses yeux.

Il n'y avait pas une, mais quatre signatures !

Quatre graffitis, tracés rapidement.

Mais si on y prêtait attention, on pouvait remarquer que les traits formaient l'esquisse de quatre animaux.

Une colombe.

Un tigre.

Un crocodile.

Un requin.

Il ne manque que l'aigle, murmura Maline d'une voix tremblante.

Ses yeux se brouillaient.

Qu'est-ce que cela pouvait signifier ? De quelle chapelle pouvait-il s'agir ?

Elle essaya de détailler cet étrange message.

Plusieurs personnes avaient signé, les épaisseurs de traits et les couleurs différentes le démontraient. Bleu pour le crocodile et le requin, noire pour le tigre et la colombe. La première phrase, elle aussi, semblait avoir été écrite à plusieurs mains : toute la ligne avait été rédigée au stylo noir, à l'exception du mot chapelle, écrit en bleu.

Pourquoi ?

A en juger par le faible nombre d'autres mots inscrits plus bas dans la page du livre d'or, le message devait être récent. Instinctivement, Maline passa un doigt tremblant sur le papier.

— Nom de Dieu, cria Maline.

Son cœur s'affola.

L'encre de la signature figurant le tigre avait souillé son doigt d'une tache noire.

Elle n'était pas encore sèche !

— Il vient de signer ! hurla Maline. Cela ne peut être que ce type qui était dans la chapelle quand nous sommes entrés. Il a dû signer juste avant !

Oreste avait compris, il fonça hors de l'église. Maline, allait le suivre, puis se reprit. Elle se précipita vers le livre d'or de l'église et arracha la dernière page. Elle la fourra dans sa poche et courut rejoindre Oreste. Ils dévalèrent la petite rue en pente du village qui menait à la Seine.

Aucune trace du géant blond.

Ils longèrent quelques mètres les quais du fleuve et parvinrent au parking où ils avaient garé la Modus.

Toujours aucune trace.

Maline croyait l'avoir perdu lorsqu'elle vit le géant marcher d'un pas naturel, sur le parking, entre deux voitures. Oreste laissa stupidement échapper un cri derrière elle.

— Il est là !

L'homme se retourna. Immédiatement, il perçut le danger et se mit à courir. Dans les secondes qui suivirent, un bruit de moteur vrombit. L'inconnu avait enfourché une moto garée à proximité !

— Il ne faut pas qu'on le perde, hurla Maline.

Ils se précipitèrent vers leur véhicule. Les pneus de la Modus crissèrent sur le parking de terre, à peine quelques secondes après le départ de la moto.

— Ne le lâche pas ! hurla à nouveau Maline.

Oreste Armano-Baudry serrait les mâchoires, obéissant aveuglément aux ordres de la journaliste. Maline savait qu'après Villequier, la départementale quittait la Seine pendant une très longue ligne droite. En accélérant, ils devaient pouvoir rattraper le motard.

— Accélère, bon Dieu !

Oreste suait à grosses gouttes, mais il tenait bon.

— Nom de Dieu ! hurla soudain Maline.

La moto venait brusquement de quitter la départementale pour se diriger vers la Seine. La voie sur berge était coupée par une barrière. Le motard ralentit et parvint à gravir un petit talus d'herbe sur le côté, pour se retrouver sur le bord de Seine.

— L'enfoiré ! jura Maline, il prend la véloroute du val de Seine !

Oreste observa la piste bitumée, d'environ deux mètres de large, qui s'éloignait de la départementale en longeant la Seine.

— On ne peut pas passer, c'est barré pour les voitures. Il va nous semer !

— Continuez sur la route, insista Maline, je connais ! Vous allez tourner à gauche dans trois cents mètres. Il y a un accès par la station d'épuration. Ça donne directement sur la véloroute !

Effectivement, quelques instants plus tard, Oreste aperçut une route sur sa gauche. « Port-Jérôme — Voie privée. Circulation réglementée ». Sans réfléchir, il braqua et s'engagea sur la voie privée.

Les pneus de la Modus crissèrent une nouvelle fois.

— Accélérez bon Dieu, fit encore Maline. On va le perdre.

La Modus prit davantage de vitesse. La route était droite, large. Oreste aperçut les tuyaux de la station d'épuration sur le côté. Il avait le pied collé au plancher, obsédé par sa poursuite.

La Modus était lancée à près de 110 kilomètres-heure maintenant. Il dépassa l'usine.

Le paysage s'ouvrit, soudain.

Son visage se figea d'effroi. Maline hurla.

La route se terminait en cul-de-sac !

Face à eux, à moins de cinquante mètres, sans aucune barrière de protection, il n'y avait que l'eau grise de la Seine.

29
CYRFAN SARL

15h21, centre Saint-Sever

La Subaru Impreza WRX s'enfonça dans l'immense dédale du parking souterrain du centre Saint-Sever. Le commissaire Paturel conduisait nerveusement. Il était pressé. L'inspectrice Colette Cadinot était assise à ses côtés.

A cause de l'Armada, le parking était complet.

Le commissaire gara sans ménagement le véhicule de police sur une place restée pourtant libre, au plus près de l'entrée du centre commercial.

L'emplacement était peint en rose.

L'inspectrice Colette Cadinot lui lança un regard courroucé :

— Gustave ! Tu ne peux pas te garer là ! C'est une place « mère de famille » !

— Et alors ? répondit le commissaire avec assurance. C'est quoi encore, cette discrimination ? Les mères de famille auraient le droit à des places réservées et pas les pères ? N'importe quoi ! Rien à battre ! Je suis père de famille, moi aussi ! Tu étais plutôt féministe, Colette, avant, non ? Bah moi, c'est pareil maintenant… Pareil, mais à l'envers !

L'inspectrice Cadinot haussa les épaules, peu convaincue. Ils sortirent du parking souterrain et quelques mètres après la place de la Verrerie, pénétrèrent dans l'immense immeuble Le Bretagne.

Huitième étage.

Dans l'ascenseur, le commissaire Paturel se tourna vers Colette :

— N'oubliez pas de me faire penser à rechercher des informations supplémentaires sur Daniel Lovichi. Même si je suis de plus en plus persuadé que ce coupable idéal est une fausse piste, on ne sait jamais. Cela crédibilisera sa garde à vue. Ce type a tout de même fait des études avant de partir à l'étranger et de plonger dans la drogue, sans qu'on ne sache vraiment pourquoi.

Colette Cadinot enregistra mentalement. Elle avait également dans la tête la liste des comptes qu'elle venait d'éplucher pendant trois heures.

L'ascenseur s'ouvrit au huitième étage sur une fourmilière de secrétaires affairées. Paturel et Cadinot entrèrent dans un des centres névralgiques de l'Armada.

— Nous avons rendez-vous avec Jean Malochet, fit le commissaire.

— Dernier bureau, à gauche, répondit un sourire mielleux perché sur des talons hauts.

Paturel se fit la réflexion que Sudoku méritait bien son surnom de général. Il régnait sur un essaim en perpétuelle effervescence. Le général Sudoku leva les yeux vers eux lorsqu'ils entrèrent dans son vaste bureau, impeccablement rangé. Aucun dossier ne traînait. La grande table de bois devant lui était simplement occupée par un téléphone et une photographie.

Un gros plan de sa mère, beaucoup plus jeune qu'aujourd'hui.

— Commissaire, inspectrice, entrez, fit Sudoku d'un ton cordial. Je vous attendais.

Ils s'installèrent. Sudoku adressa les félicitations d'usage aux policiers pour la capture du coupable dans la nuit. L'Armada entière respirait, maintenant.

Paturel ne lui ôta pas ses illusions. Pas tout de suite.

L'inspectrice Colette Cadinot fut la première à rompre les congratulations d'usage.

—Monsieur Malochet, nous sommes venus pour une question précise. Nous aimerions en savoir davantage sur les bateaux-promenades de l'Armada.

Sudoku ne cacha pas sa surprise :

—Les bateaux-promenades ?

—Oui, leur nombre… Comment ça marche, combien ça coûte, qui les gère…

—Si cela peut vous être utile…

Sudoku jeta un coup d'œil inquiet à sa mère, dans son cadre, comme pour lui demander de l'aide, puis continua :

—Eh bien… Il doit y avoir environ trente bateaux-promenades sur l'Armada. Ils proposent un peu de tout : traversée de la Seine, croisières sur le fleuve, petits-déjeuners, repas, buffets, dîners, cocktails, conférences, soirées dansantes sous les feux d'artifice… Des centaines de balades par jours, des milliers de croisiéristes, de promeneurs, de convives, tout ce qui compte comme entreprise dans la région se doit d'y passer, c'est le must, l'expérience incontournable, la réception sur la Seine. Mais ce n'est pas cela l'âme de l'Armada. Son âme c'est…

—O.K., coupa sèchement l'inspectrice Cadinot. Je comprends le business… A votre avis, cela rapporte beaucoup, un bateau-promenade ?

Sudoku regarda une nouvelle fois sa mère, comme pour se donner du courage. Son visage s'éclaira soudain d'un sourire étrange :

— Si vous voulez vraiment savoir, les croisières, surtout avec des repas servis à bord, c'est de loin ce qui rapporte le plus sur l'Armada. Si vous voulez investir dans quelque chose qui rapporte, c'est sur les balades au fil de l'eau qu'il faut miser !

— Pourquoi ? intervint enfin le commissaire Paturel.

— Tout simplement parce que l'offre est limitée et la demande énorme… Il n'y a pas tant de bateaux-promenades disponibles en France, même s'il en vient d'un peu partout, de Bretagne, de Vendée, des Pays-Bas… Les prix peuvent flamber… C'est la loi du marché ! Les boîtes sont prêtes à casser leur tirelire pour l'événement. Mais fort heureusement, l'Armada, ce n'est pas que ce business. Tout le reste est gratuit. C'est ce qui est gratuit qui…

— Comment ça se passe ? coupa encore Colette Cadinot. A qui appartiennent les bateaux-promenades ? Qui gère toute l'organisation, les réservations, les repas, la publicité ?

Sudoku soupira. Il implora à nouveau sa mère d'un regard de biais. Il semblait consterné qu'on ne puisse s'intéresser qu'à cette dimension commerciale de l'Armada.

— Presque toujours, fit-il d'une voix traînante, les bateaux appartiennent à leur capitaine. Ensuite, il y a deux cas. Soit les capitaines gèrent tout eux-mêmes, la commercialisation, les repas, le service… Mais c'est évidemment compliqué pour eux, surtout lorsqu'ils viennent de loin et qu'ils ne connaissent pas le tissu industriel local. Donc l'autre solution, c'est qu'une entreprise se charge de tout, y compris de faire venir les bateaux-promenades : elle loue le bateau, son capitaine et son équipage, pour un prix donné pendant toute la durée de l'Armada. Le capitaine est assuré d'un fixe et il n'a pas à se compliquer la vie avec la commercialisation.

L'inspectrice Cadinot posa soudain un dossier cartonné sur la table de verre. La photographie de Jacqueline Malochet en trembla.

— Monsieur Malochet, connaissez-vous la CYRFAN SARL ?

Elle ne lui laissa pas le temps de répondre.

— Cette entreprise a loué six bateaux-promenades ! Le Henri IV, la Buse, le Capitan, le Jéricho, le Jean-Sébastien Mouche et le Surcouf.

Sudoku haussa les épaules, mais des gouttes de sueur qui perlaient aux bouts de ses cheveux jaunes trahissaient un malaise :

—Je… Je n'en sais rien. Je sais juste qu'il s'agit de

bateaux-promenades sur l'Armada. Je connais ces noms bien entendu. Mais je n'ai aucune idée de comment ils organisent leur commerce. Ça relève du privé. Moi je gère les bénévoles. Alors, le nom des entreprises, leur business…

Le commissaire Paturel attrapa le regard de Sudoku au moment où il fuyait vers le portrait de sa mère. Il essaya d'y mettre une profonde humanité :

—Monsieur Malochet, on a fait une enquête rapide… Il apparaîtrait que quelques-uns de ces capitaines grognent. Curieusement, uniquement ceux dont les bateaux et les équipages ont été loués par la CYRFAN SARL. Cette société aurait loué les bateaux très longtemps avant l'Armada, entre trente mille et cinquante mille euros pour l'ensemble de la manifestation. A cette époque-là, les capitaines pensaient faire une bonne affaire. Une rentrée nette d'argent ! Mais depuis le début de l'Armada, ils ont parlé avec les capitaines des autres bateaux-promenades, et ils ont sorti leur calculette. La CYRFAN SARL se fait beaucoup, beaucoup plus que cinquante mille euros pendant l'Armada. Elle a attendu le dernier moment et elle a fait flamber les prix. Sur la plupart des autres bateaux, les capitaines sont intéressés aux bénéfices, touchent un pourcentage… Mais pas ceux qui ont traité avec la CYRFAN.

Sudoku avait enfoui sa tête entre ses mains. Par la large baie vitrée du bureau, on apercevait une bonne partie de la ville, un bout de la Seine, le haut des mâts des voiliers entre les immeubles, le sixième pont… Une vue splendide. Il se redressa, visiblement énervé :

—Mais enfin commissaire, inspectrice, où voulez-vous en venir ? Vous venez me poser des questions et apparemment, vous connaissez déjà les réponses ? C'est quoi, cette histoire ? Vous voulez mon avis, c'est cela ? Je vais vous le donner alors.

Il se redressa et afficha un visage déterminé, presque en colère et continua d'une voix dont le timbre allait crescendo :

— Si cette boîte, la CYRFAN, a ainsi arnaqué quelques capitaines trop naïfs, on ne peut rien contre elle… Juridiquement du moins ! Elle n'a rien fait d'illégal... C'est le commerce… Moralement, par contre, c'est une autre affaire ! Les marins, en général, n'aiment pas trop qu'on se fasse une petite fortune sur leur dos. C'est un peu comme le producteur de salades qui voit ses laitues dans les rayons de l'hypermarché vendues dix fois plus cher que le prix qu'il a négocié avec le grossiste. Ce n'est pas illégal, mais cela énerve… Vous ne trouvez pas ? A mon avis, les types qui sont derrière cette boîte, la CYRFAN SARL, risquent d'avoir des discussions musclées avec les marins… Surtout s'ils cherchent à arnaquer des marins bretons…

— Sans doute, fit l'inspectrice Cadinot. Sauf que la CYRFAN est une société écran, tous les bateaux-promenades ont été ensuite reloués par une série d'intermédiaires. Impossible de savoir pour eux qui se cache véritablement derrière. On a mis la police fiscale sur le coup… Mais cela va prendre un peu de temps avant que l'on découvre ce qui se cache vraiment derrière cette boîte…

Sudoku s'agita, comme s'il était maintenant pressé de terminer la conversation. Il repositionna le cadre de la photographie de sa mère et lança un sourire maladroit aux policiers.

En tous les cas, si vous enquêtez sur une telle affaire, c'est qu'au moins, toute cette histoire de crime est réglée. C'est bien là le principal… A tout prendre, je préfère une telle arnaque à un meurtre.

Le commissaire jeta un regard complice vers Colette Cadinot, puis parla d'une voix forte :

— On soupçonne Nicolas Neufville, l'homme d'affaires, d'être derrière la CYRFAN. On l'a filmé à deux heures du matin, la nuit du crime, devant le Surcouf. Il s'engueulait avec le capitaine du bateau !

La révélation du commissaire fit passer un frisson dans le cou de Sudoku. Ses cheveux jaunes se redressèrent sur son front :

— Et vous… Vous… Vous pensez qu'il y a un lien entre le meurtre de Mungaray et cette affaire de bateaux-promenades ? Je croyais que vous aviez coincé le meurtrier ?

—Là, c'est vous qui extrapolez, monsieur Malochet, fit froidement l'inspectrice Cadinot.

Sudoku réfléchissait vite. On avait trouvé le cadavre du marin mexicain en face du Cuauhtémoc, c'est-à-dire à proximité immédiate du Surcouf. La police, logiquement, avait fait le rapprochement avec Neufville qui se trouvait là au même moment. La police possédait peut-être également d'autres détails qu'il ignorait encore.

Sudoku lissa ses cheveux jaunes humides sur son large front dégarni. Après tout, si la police soupçonnait Nicolas Neufville, cela ne le regardait pas.

— Je vous souhaite bonne chance, fit Sudoku. Aller chercher des poux à Neufville pour une telle affaire de culbute commerciale, rien que cela, ne sera pas une mince affaire. Mais si en plus, vous essayez de prouver qu'il a quelque chose à voir dans le meurtre de ce jeune marin mexicain, qu'il aurait voulu supprimer un témoin gênant par exemple… C'est une affaire d'Etat que vous allez déclencher !

Jacqueline Malochet, dans son cadre doré, sembla d'accord avec la conclusion de son fils.

***

Dans l'ascenseur qui redescendait les huit étages, Colette Cadinot fit le point :

— Je suis prête à parier que c'est Nicolas Neufville qui se cache derrière cette société, la CYRFAN ! Ça tombe sous le sens, je ne crois pas au hasard. Mais cela ne fait pas pour autant de lui un assassin.

— Je sais, Colette, soupira Paturel. Je sais. Le problème, c'est que si la presse apprend cette affaire financière, elle ne va pas être longue, elle, à faire le rapprochement avec le meurtre. Notre Daniel Lovichi ne va pas pouvoir nous servir longtemps de pare-feu, surtout si la presse apprend les autres détails, la présence de Nicolas Neufville sur le lieu du crime, enregistrée par une caméra de surveillance, le passage du cadavre de Mungaray dans une chambre froide… Il va falloir faire vite, Colette, tu me mets tous les services fiscaux sur cette société fantôme, la CYRFAN, et tu me places Nicolas Neufville sous surveillance, discrète.

30
Modus et bouche cousue

15h32, voie sur berge de Villequier

Oreste Armano-Baudry écrasa le frein de tout son poids. La Modus dérapa sur le côté. Deux roues décollèrent.

Maline hurla encore.

Elle crut que la voiture allait partir en tonneau, pour finir dans le fleuve à moins de dix mètres.

La Modus glissa encore pendant de longues secondes, sur deux roues, avant, à moins de trois mètres de la Seine, dans un nuage de poussière et une odeur de gomme brûlée, de retrouver son équilibre.

— A droite, Oreste ! cria à nouveau Maline, visiblement déjà remise de ses émotions. Le long de la Seine, sur la véloroute. Foncez, il va nous échapper !

Oreste n'eut ni le temps de réfléchir, ni de protester. Il appuya à nouveau sur l'accélérateur.

La route défilait. Oreste commençait à se rendre compte qu'ils étaient en train de commettre une folie ! La véloroute était strictement interdite aux voitures. Elle était large d'à peine deux mètres. Aucune barrière sur la gauche ne séparait la berge de la Seine !

Au moindre écart de direction, à peine quelques dizaines de centimètres, ils plongeaient.

— J'espère qu'elle s'arrête bientôt, cette piste cyclable, s'inquiéta Oreste.

La réponse de Maline lui glaça le sang.

— Elle est longue de plus de quinze kilomètres ! C'est l'ancien chemin de halage, il doit être praticable jusqu'au bout en voiture… Du moins je crois… Vous pouvez foncer !

Les doigts d'Oreste glissaient sur le plastique du volant.

Quinze kilomètres ! Quelle folie.

— Elle est devant, hurla à nouveau Maline, désignant la moto du fuyard, quelques centaines de mètres devant eux. On va l'avoir !

La Modus accéléra. En face d'eux, sur la rive gauche de la Seine, quelques villages s'inséraient dans un fabuleux écrin de verdure. Aizier. Vieux-Port.

Oreste Armano-Baudry n'avait guère l'occasion d'admirer le paysage. Le bitume était maintenant moins bien entretenu. L'absence de barrière entre la route et la Seine le rendait fou. Il sentait les roues de la Modus frôler la limite entre le bitume et la terre friable, la fragile terre meuble qui le séparait d'un fleuve, à peine un mètre plus bas. Il devait lutter contre un vertige, comme lorsqu'on longe un précipice.

Ne pas regarder sur le côté, vers le fleuve, concentrer son regard sur la route, devant.

— On le rattrape ! lança Maline.

Oreste ralentit cependant un peu, pour ouvrir la vitre de sa portière.

— Qu'est-ce que vous faites, ne ralentissez pas !

Oreste retirait sa ceinture de sécurité, ralentissant encore. Maline l'observa, éberluée :

— Vous n'allez pas sauter ?

Le journaliste parisien répondit d'une voix angoissée :

— Faites comme moi, Maline. Si on plonge, je ne veux pas crever noyé !

Il semblait maintenant un peu rassuré et accéléra de plus belle. La véloroute était déserte, heureusement ! Maline avait à son tour décroché sa ceinture de sécurité.

Pendant quelques centaines de mètres, à gauche, des

bancs de sables stabilisés et plantés d'arbres séparèrent la véloroute du fleuve. L'impression de vertige s'estompa un peu. Oreste en profita pour accélérer encore. Ils gagnaient du terrain sur le motard, il était désormais à moins d'une soixantaine de mètres devant eux.

La branche d'un arbre frappa violemment la carrosserie de la Modus.

Maline sursauta.

Oreste, concentré, ne marqua pas le moindre écart de conduite.

Il tient le choc, pensa Maline, impressionnée.

— On va l'avoir, encouragea la journaliste. Sa moto n'a pas l'air puissante. Il va moins vite que nous.

Maline pointait son regard sur le motard, évaluant la distance qui les séparait. Elle diminuait ostensiblement. Ils étaient à moins de trente mètres. Après ce virage, ils seraient sur le fuyard !

Soudain, le motard fit un écart. Les roues quittèrent le bitume, Maline crut que la moto allait plonger dans la Seine. Elle resta quelques instants en équilibre précaire entre terre et fleuve, avant de se redresser et continuer.

Pourquoi une telle embardée ?

Le virage s'élargit.

Mon Dieu !

Cinq cyclistes venaient à leur rencontre, sur toute la largeur de la véloroute. Un couple, trois enfants. La plus jeune n'avait pas cinq ans et encore des roulettes de stabilisation à l'arrière !

— Putain ! hurla Maline, en s'accrochant à la portière. Elle ferma les yeux, incapable de supporter la vision de l'inévitable collision.

Elle entendit le crissement des pneus de la Modus. Elle crut que son bras allait s'arracher de son corps, ses genoux cognèrent la boîte à gants.

Elle ouvrit les yeux, secouée.

La Modus était stabilisée. Oreste tremblait comme une feuille à côté d'elle.

Ils n'eurent pas le temps de souffler.

— Vous êtes tarés ! hurla une voix masculine.

Maline baissa le regard devant les cinq cyclistes. La mère, en un réflexe protecteur, s'était interposée entre la voiture et ses enfants.

— Vous êtes des malades, continua le père, hors de lui. C'est interdit aux voitures !

Maline ne répondit rien. Qu'y avait-il à répondre ?

Les cinq cyclistes passèrent devant la Modus. Le père de famille les fusilla du regard. Maline savait qu'il avait relevé son numéro d'immatriculation, qu'il allait prévenir les flics, que Christian Decultot aurait des ennuis.

Elle ne l'avait pas volé !

Ils repartirent, beaucoup, plus prudemment.

— On l'a perdu, fit Oreste, résigné.

— Pas sûr, fit Maline. Il a ralenti, lui aussi. Et la véloroute est presque terminée.

En effet, moins d'un kilomètre plus loin, la piste cyclable prenait fin. La Modus s'engagea dans une route départementale qui serpentait dans les plaines alluviales de la Seine. La platitude du paysage permettait de voir assez loin. Maline repéra le motard, quelques virages plus loin.

— Il est là-bas, devant nous !

Oreste ne parvenait pas à se détacher de l'image de cette famille sur la véloroute, le visage déformé de terreur, une terreur qu'il avait provoqué, sa voiture lancée comme une bombe sur eux. Il lui semblait avoir perdu toute raison. Son cœur n'avait jamais battu aussi fort. Pour la première fois de sa vie, ce n'était plus son cerveau qui le dirigeait, c'était son instinct.

Il appuya à nouveau sur l'accélérateur de la Modus.

— On va l'avoir ce salopard !

Maline observait, étonnée, la métamorphose s'opérer chez le jeune journaliste. A nouveau, ils regagnaient du terrain sur le motard. C'était vraisemblablement une 125 cm^3. La moto ne devait pas aller à beaucoup plus de

80 à l'heure, leur Modus fonçait maintenant à près de 120. La jonction était proche !

Les plaines alluviales étaient plantées de pommiers. Soudain, au détour d'un nouveau virage, le paysage s'ouvrit sur une image surréaliste.

Les pommiers étaient en feu !

Des flammes et des panaches de fumée noire coiffaient le rideau d'arbres et les granges devant eux. La Modus continua sa course. Le paysage s'ouvrit encore et Maline comprit.

Ils fonçaient tout droit sur Port-Jérôme, la plus grande raffinerie de France. Au paysage de pommiers succédait sans transition celui d'une forêt de cheminées, coiffées de flammes ardentes dont les fumées se rejoignaient dans le ciel pour former un menaçant nuage grisâtre.

Un panneau indiquait Notre-Dame-de-Gravenchon.

Le motard, quelques mètres devant, ne ralentit pas. Il passa un rond-point et se dirigea vers l'entrée de la raffinerie ExxonMobil, fermée par une barrière. Sur le côté, une étroite ouverture permettait aux piétons de passer. Le motard s'engagea dans l'espace avant que les gardiens n'aient le temps de réagir et pénétra dans l'incroyable dédale d'oléoducs et de gazoducs.

La Modus pila devant la barrière de la raffinerie moins de cinq secondes plus tard.

Des gardiens armés se précipitèrent.

Maline avait compris. Ils avaient perdu la partie. Le temps de s'expliquer, de convaincre les gardiens d'ouvrir la barrière de cette voie privée, le motard serait loin.

La raffinerie de Port-Jérôme était une véritable ville dans la ville.

***

Ils repartirent quelques instants plus tard, remontant leur vitre, attachant à nouveau leur ceinture. Ils restèrent un long moment silencieux.

Oreste tenta de briser le silence :

— Pour une filature, une voiture de fonction du Seino-Marin, ce n'était pas très discret…

Maline ne répondit pas. Elle avait besoin de se remettre de ses émotions, de faire le point sur toute cette affaire. Oreste comprit que Maline ne souhaitait pas parler. Il joua avec les touches de son lecteur MP3.

— Ça ne vous dérange pas si je mets de la musique ?

Maline hocha la tête d'un air las et résigné.

— Je vous mets les New Animals. Pigs and Cats, c'est leur meilleur. Vous verrez, c'est de circonstance, c'est assez planant. Ils arrivent à faire chanter des chats et des porcs ! Ils ont même un chorus de bovidés sur la piste 3. J'ai lu quelque part qu'elle a vraiment été enregistrée dans un abattoir… C'est ce qu'il y a de plus tendance en ce moment…

Maline ne répondait pas, n'écoutait même pas. Oreste n'insista pas davantage, il attrapa son Palm et commença à chuchoter dans le micro.

Maline se perdait dans ses pensées.

Qui était ce motard ?

Vraisemblablement celui qui avait signé d'un tigre sur le livre d'or de l'église de Villequier.

Le tigre !

Il avait sans doute tatoués sur l'épaule, comme Mungaray, les fameux cinq animaux. La colombe, le tigre, le crocodile, le requin et l'aigle.

Etait-il un marin de l'Armada, comme Mungaray ? C'était l'hypothèse la plus plausible. Cinq marins, tous liés par un pacte ? Cinq marins qui communiquaient entre eux par code. Des codes qu'eux seuls pouvaient décrypter. Ces codes menaient à Villequier. Les citations de Victor Hugo n'avaient sans doute qu'un but : indiquer le chemin ! Tout était inscrit, comme sur des panneaux indicateurs, des panneaux que seuls les initiés pouvaient interpréter.

Les bords de Seine, le cimetière, et enfin l'église de Villequier. Il s'agissait de marins ! Le but ultime de ce jeu de piste était alors évident : ce vitrail, ce mystérieux vitrail représentant une scène de piraterie.

Pourquoi ?

Les marins s'étaient donné un nouveau rendez-vous, dans la nuit, à 1h30. Elle repensa au message du livre d'or : « R.V. à la chapelle ». De quelle chapelle pouvait-il s'agir ? Il n'y avait aucun autre indice cette fois-ci. Il existait des centaines de chapelles dans la région, des dizaines au bord de la Seine. Impossible, ce soir, de découvrir ce lieu de rendez-vous.

A moins de découvrir qui se cachait derrière ces quatre animaux.

Après tout, l'aigle était un jeune marin mexicain, qui se faisait surnommer Aquilero, qui voyageait à bord du Cuauhtémoc, « l'aigle qui tombe ». Son identité n'avait pas été difficile à découvrir.

Il en était peut-être de même pour les quatre autres.

Au fur et à mesure de ses réflexions, un doute s'installait en elle. Devait-elle parler à la police ? Faire part de ses conclusions ? Remettre sa pièce à conviction, la page arrachée du livre d'or de l'église de Villequier ?

Bien entendu, elle devait le faire…

Mais était-ce si urgent ? Maline avait la mauvaise habitude de préférer résoudre seule les énigmes. Elle n'aimait pas trop faire le travail pour les autres, elle préférait garder une longueur d'avance. Sa déposition à la police pouvait bien attendre le lendemain.

Elle commençait également à se souvenir qu'elle avait rendez-vous ce soir avec Olivier Levasseur, « à son bureau ». Il fallait qu'elle passe chez elle se changer. Tout se bousculait. Une overdose d'émotion. Il fallait qu'elle se calme.

Doucement, Maline sentit ses nerfs retomber. L'étrange musique animalière d'Oreste était effectivement planante. Elle se résumait pour l'instant à des cris de mouettes sur fond de piano. La joue posée contre la portière, elle s'assoupit quelques minutes.

Le reste de la route, Oreste et Maline n'échangèrent pas trois phrases. Maline indiqua à Oreste de passer par Maromme, pour éviter les bouchons des quais de Rouen. Quelques minutes plus tard, Oreste garait la Modus sur une place réservée, devant Le SeinoMarin, à l'angle de la rue Eau-de-Robec.

Maline tendit la main.

— Merci Oreste. Vous repartez à Paris ce soir ?

— Vous plaisantez Maline ! Après ce que l'on vient de vivre ? Je n'ai jamais eu d'épisodes aussi intenses à mettre dans un article de journal. Le Monde m'avait réservé une chambre, jusqu'à la fin de l'Armada, à l'hôtel du Vieux Carré.

Oreste prit une profonde inspiration et continua :

— Maline, je peux vous demander un service ?

Les yeux clairs d'Oreste brillaient d'un éclat que Maline n'avait encore jamais vu chez le jeune journaliste. Maline eut presque l'impression qu'elle l'avait dépucelé.

— Oui Oreste ? Quel service ?

— On peut se revoir, ce soir ?

On y était !

C'était cela, l'éclat de ses yeux clairs. La poursuite avait émoustillé ce gamin. Il était en train de la draguer, peut-être même de tomber amoureux. Peu de filles, même avec quinze ans de plus que lui, avaient dû le secouer de la sorte depuis sa puberté !

Oreste enchaîna. La ficelle était un peu grosse :

— J'aimerais que vous m'aidiez sur mon article, pour Le Monde. Maintenant, ce sera pour l'édition de demain après-midi. Vous avez plus d'expérience que moi sur ce qu'il faut dire et ne pas dire.

Maline se sentit flattée par le regard déshabillant du garçon, mais elle n'avait aucune envie de passer une partie de la soirée avec lui. Par contre, elle savait également qu'il était capable de raconter n'importe quoi dans son article, un article publié dans le journal le plus important de France. De quoi semer une panique incontrôlable sur l'Armada, dès le lendemain. Il était important, capital même, avec ce qu'il savait désormais, de le garder sous contrôle.

— O.K., concéda Maline. Je passerai ce soir…

***

Vers 18h30, Maline traversa à nouveau la place de la Pucelle. Elle avait pris une douche, elle était maquillée, vêtue d'une jolie robe à rayures orange qui la grandissaient. Elle se sentait reposée, un peu. Désirable, à nouveau, et pas seulement dans les yeux d'un gamin.

Elle regarda les fenêtres de la tourelle de l'hôtel de Bourgtheroulde.

Le bureau d'Olivier Levasseur !

Elle se souvenait que le beau Réunionnais possédait une impressionnante bibliothèque sur la navigation, en particulier sur les voiliers de l'Armada. Il devait également disposer de multiples dossiers sur les trois-mâts présents à Rouen, de listes des marins sur les bateaux.

Olivier Levasseur était sans doute l'homme idéal pour découvrir l'identité des membres de cette mystérieuse confrérie, la signification de ces références.

La colombe.

Le tigre.

Le crocodile.

Le requin.

Autant joindre l'utile à l'agréable.

31
Le secret de Verrazzane

18h15, quelque part dans l'agglomération rouennaise

— Tu as l'air nerveux ? demanda une voix féminine.

— Tu le sais bien, répondit l'homme, assis dans le canapé de cuir blanc. C'est pour ce soir, tout va se jouer à la chapelle. Ils doivent payer, je n'ai pas le choix. La malédiction doit s'appliquer ! Ils doivent mourir. Mourir de ma main.

La main féminine se posa sur la main de l'homme. Caressante. Rassurante.

— Tu as encore le temps avant ce soir. Il n'est pas encore une heure du matin. Détends-toi.

La femme ouvrit le tiroir de la table du salon et continua :

— Tu veux regarder un DVD ? Il te reste le temps. Cela t'aidera, non ?

L'homme afficha un sourire las :

— Si tu veux…

La main de la femme plongea dans le tiroir, déplaça une dizaine de DVD et s'arrêta sur celui intitulé : Jean de Verrazzane - Colloque Université. Elle mit en route le lecteur DVD. Le grand écran plasma encastré dans le mur s'éclaira.

***

On découvrait un grand amphithéâtre, vraisemblablement celui d'une université. Un orateur, à l'estrade, terminait un exposé. Derrière lui, une affiche indiquait le titre d'un colloque : La Normandie au temps des grandes découvertes. L'orateur était donc un historien, assez jeune. Le colloque était filmé par le service audiovisuel de l'Université. Le montage était quasi professionnel.

Le jeune orateur terminait son exposé.

— Ainsi, le 8 juillet 1524, Jean de Verrazzane, à bord de la Dauphine, était de retour à Dieppe. Parti de Rouen, lié au grand armateur Jehan Ango, il fut le premier à découvrir la baie du fleuve Hudson, ce site d'une beauté sauvage qu'on appellera par la suite New York. Le plus grand pont de New York porte, et c'est justice, le nom de Verrazzano. On pourrait même se demander si c'est en hommage à la Normandie que par la suite on a donné à New York le surnom de grosse pomme !

La conclusion de l'exposé fut saluée par les applaudissements nourris du public… Une bonne vingtaine de personnes dispersées dans l'amphithéâtre !

Un animateur prit à son tour le micro et remercia vivement le maître de conférences pour son brillant exposé. Il se retourna vers la salle. Il était certain que les questions n'allaient pas manquer après une si érudite communication.

Presque aussitôt, un homme se leva d'un banc de l'amphithéâtre.

Pierre Poulizac, Ramphastos. Il devait avoir une cinquantaine d'années. Sans attendre le micro sans fil qui circulait, il posa sa question d'une voix forte :

— Il y a une question que vous n'avez pas du tout abordée. Pouvez-vous nous préciser où est passé le butin de Jean de Verrazzane ?

Il y eut une légère agitation dans le public, quelques rires.

— Quel butin ? demanda l'orateur, étonné de la question.

Ramphastos ne se démonta pas :

— Le butin. Les découvertes, les pillages. Bref, la cargaison avec laquelle Jean de Verrazzane est revenu de la baie d'Hudson.

— Il est revenu avec une cargaison vide ! plaida le maître de conférences. Je vous l'ai dit !

— Je sais, continua Ramphastos, il ne ramena officiellement de sa première expédition qu'un échantillon d'or et un jeune esclave, vous nous l'avez fort justement rappelé. Mais vous ne trouvez pas cela étrange ? Jean de Verrazzane part en mer pendant plus d'un an, longe la Floride, la Caroline du Nord, la Virginie, le Delaware, le New Jersey. Il est le premier à s'aventurer dans ces terres inconnues et pourtant, lorsqu'il rentre à Dieppe, ses cales sont vides ! Il ne ramène qu'un échantillon d'or et un esclave ! Etrange, non ? Alors que dans le même temps, les autres explorateurs font fortune en ramenant en Europe des pierres précieuses, de l'or, des épices, des étoffes, des œuvres d'art ? Cela frise l'escroquerie, vous ne trouvez pas ?

La joute verbale réveillait les rangs clairsemés de l'amphithéâtre. Le maître de conférences, lui, commençait à être agacé par l'importun :

— Etrange ou pas, c'est comme cela ! C'est ce que nous apprend l'examen attentif des archives ! Pour le reste, je n'étais pas né en 1524 !

Il espéra mettre les rieurs de son côté, mais sa blague tomba à plat. Ramphastos ne le lâcha pas :

— Si je vous suis, il est prouvé que lorsque Jean de Verrazzane est arrivé à Dieppe, les cales de la Dauphine étaient vides. Nous avons toutes les raisons de penser qu'elles étaient pleines en partant de ce qui deviendra New York ! Ma question tient donc toujours : où est passé le butin ? Et la réponse me semble évidente : il l'a débarqué discrètement quelque part entre New York et Dieppe.

— Pourquoi aurait-il fait cela ? demanda au micro l'animateur, passionné par le débat.

— Pour garder la cargaison pour lui, pardi ! Pour ne pas tout donner au roi François Ier et à Ango. Le contrat était strict !

— C'est vrai ? demanda l'animateur en se tournant vers le conférencier.

— C'est vrai, concéda le maître de conférences.

A l'écran apparut une feuille transparente sur laquelle on pouvait lire les détails du « contrat pour l'affrètement de trois navires destinés au voyage des “Indes” » :

« Nous amiral et Ango prendrons au retour dudit voyage, pour le fret (...) desdits galions et nef, le quart de toutes les marchandises qui reviendront et seront rapportées (...) Et si aucun autre butin se fait à la mer sur les Mores, Turcs et autres ennemis de la foi et du Roi, monseigneur l'amiral prendra en préalable sur ce butin son dixième ».

— Mais cela ne prouve rien, ajouta l'historien.

Ramphastos continua, triomphant

— François Ier refusera de financer la seconde expédition de Verrazzane ! Il est très déçu des résultats économiques de la première expédition. On le serait à moins ! Qui armera la seconde expédition de Verrazzane ? Les banquiers rouennais, qui n'avaient pas pris part à la première ! Etrange, non ? Qu'est-ce qui a pu convaincre subitement les banquiers rouennais de l'intérêt économique de l'affaire ? Quelles preuves avaient-ils ? Imaginons maintenant, simplement, qu'entre New York et Dieppe, Jean de Verrazzane ait discrètement fait vider sa précieuse cargaison, tout ce qu'il a pu accumuler lors de sa découverte de la côte ouest des Etats-Unis, et qu'il l'ait dissimulé entre Le Havre et Rouen. Sur plus de cent kilomètres de méandres, les caches ne manquent pas. Il perd la confiance du roi, certes, mais a amassé assez de richesses en vallée de la Seine pour ponctionner quelques échantillons, à destination des banquiers rouennais, pour sa prochaine expédition.

Une nouvelle fois, l'animateur demanda la confirmation au conférencier officiel :

— Rien n'est faux dans les éléments factuels sur lesquels s'appuie monsieur, concéda l'historien. Mais la façon dont il les agence relève de la pure hypothèse. Mon statut d'historien scientifique ne me permet pas de m'aventurer aussi loin…

L'animateur ne voulait pas en rester là :

— Et Jean de Verrazzane ? demanda-t-il. A-t-il montré des signes extérieurs de richesse ? L'a-t-il dépensé un jour son précieux butin ?

Ramphastos ne laissa à personne d'autre que lui le soin de conclure :

— On ne le saura jamais ! Jean de Verrazzane a emporté son secret dans sa tombe. Si l'on peut dire... Lors de sa seconde expédition, en 1528, il fut surpris dans les Caraïbes par une tribu d'anthropophages, qui le tua et le dévora !

L'animateur, surpris, accusa le coup. Il regarda sa montre et bafouilla :

— Hum… Bien. Je crois que nous sommes informés. Je… Je vous remercie tous pour ce débat passionnant. Et… Heu… Je vous invite tous à passer au buffet…

32
La colombe, le crocodile et le requin

18h39, hôtel de Bourgtheroulde

Au bout du couloir, la lourde porte en chêne du « bureau » d'Olivier Levasseur était ouverte !

Maline, surprise, s'avança. Olivier se tenait debout au fond de l'appartement, en grande conversation avec un homme que Maline reconnut tout de suite.

Olivier Neufville !

Qu'est-ce qu'il fichait là ?

Maline essaya de dépasser sa colère. Il était un homme d'affaires important sur la scène de Rouen, cela n'avait rien d'étonnant qu'il soit là, après tout. Olivier Levasseur remarqua Maline dans le vestibule. Il lui fit signe d'entrer et de s'installer dans le couloir, tout en repoussant derrière lui la porte du salon.

Douche froide.

La tanière du fauve redevenait un banal bureau, avec sa sinistre salle d'attente. Maline soupira. Les retrouvailles romantiques qu'elle avait imaginées en montant l'escalier de pierre tombaient à plat ! Par la faute de cette crapule de Nicolas Neufville, par-dessus le marché.

Maline prit son mal en patience. Elle commença à feuilleter des magazines de voiliers posés sur la table basse. Ça ne la passionna pas. Elle découvrit même au milieu des revues un petit livre de poche, Le grand rêve flibustier, de Daniel Defoe. La présence de l'ouvrage le plus célèbre de piraterie lui apparut un peu incongrue chez le chargé de relations presse de l'Armada. Elle le feuilleta un peu, mais, une fois encore, n'eut pas le courage de se concentrer sur la lecture.

Déjà dix minutes.

Enervée, elle sortit son téléphone portable et consulta ses messages. Son père lui avait à nouveau laissé un mot ! Toujours la même litanie. Quand allait-elle passer ? Que voulait-elle pour son anniversaire ? Les bourguignons de passage… Maline lui répondit en deux phrases évasives qu'elle essayerait de passer, bientôt, de l'emmener à la parade de la Seine le 14 juillet.

Treize minutes…

La porte s'ouvrit enfin. Nicolas Neufville sortit du salon, radieux et tendit une main énergique à Maline :

— Décidément, on ne se quitte plus, mademoiselle Abruzze. Désolé de ne pouvoir passer plus de temps avec vous, il faut que je me sauve.

Il se sauva, effectivement. Mais Maline n'aima pas du tout le sourire empli de sous-entendus qui s'afficha sur le visage de l'homme d'affaires, lorsqu'il referma la porte de chêne de l'appartement.

Il la regardait comme une pintade qui allait passer à la casserole !

Elle se retourna vers Olivier. Le regard vert électrique du Réunionnais l'hypnotisa. L'image qui lui vint immédiatement fut qu'elle n'avait rien, vraiment rien, contre la casserole, si ce type acceptait de la déplumer.

Mais pas tout de suite !

— Qu'est-ce qu'il voulait ? demanda Maline avec une agressivité forcée.

— Je crains que cela ne vous regarde pas, mademoiselle Abruzze.

Maline remarqua que Levasseur tenait à la main des

dossiers. Elle lut le nom d'un logo sur une pochette glacée : CYRFAN SARL.

Elle n'en avait jamais entendu parlé, mais son regard se fit plus inquisiteur encore. Olivier Levasseur adopta une attitude gênée et se sentit obligé de lâcher quelques informations :

— Vous êtes incorrigible ! Je ne devrais rien vous dire... Sachez juste que le commissariat de police m'a demandé ce matin un certain nombre de renseignements…

— Sur Nicolas Neufville ?

— Sur Nicolas Neufville, entre autres…

Cela rassura Maline, un peu.

La journaliste suivit Levasseur dans le salon. Il avait adopté cette fois-ci un style décontracté, un jean et un tee-shirt, qui moulait de façon très sexy son torse puissant.

Une nouvelle fois, elle se fit la réflexion que cet homme l'attirait vraiment… Qu'ils étaient deux adultes consentants, dans la suite somptueuse d'un grand hôtel particulier. Qu'elle n'avait pas fait l'amour depuis au moins six mois… Qu'elle sentait monter en elle un épouvantable désir d'ouvrir la braguette du pantalon de ce bellâtre… Qu'elle… Qu'elle devait se reprendre… Qu'elle devait sortir ses appâts, planter son hameçon… Tirer… Elle verrait bien ensuite la taille de la prise !

Olivier lui proposa avec galanterie un apéritif. Maline choisit, comme Olivier, un rhum blanc. La journaliste reprit sa place dans le canapé, Olivier la sienne en face d'elle. Elle pencha en avant sa robe échancrée, comme pour lui permettre de mesurer la profondeur de son décolleté. Il ne détourna pas le regard, mais Maline savait que pour attraper un tel poisson, il lui fallait sortir des appâts d'un autre calibre.

Olivier Levasseur entama la conversation avec une politesse professionnelle. Il resservit à Maline les félicitations pour son coup de stylo magique d'hier soir. Jamais, même pour ses plus brillants articles, on ne l'avait autant félicitée pour un trait de plume ! Il avait l'air ravi que le meurtre soit résolu, que tout rentre dans l'ordre, que la fiesta de l'Armada puisse recommencer, comme avant, tranquillement.

Maline le coupa. Elle avait décidé de jouer franc jeu. De tout mettre sur la table, tout ce qu'elle avait découvert, cet après-midi, tout, jusqu'à la fuite du motard !

Pourquoi ?

Pourquoi tout révéler à cet inconnu, Olivier Levasseur ?

Parce qu'il pouvait lui être utile pour découvrir l'identité des marins impliqués ?

Oui, sans doute.

Parce qu'inexplicablement, elle lui faisait confiance.

Oui, aussi.

Mais le motif principal était stratégique. Elle voulait attirer son attention, c'était aussi simple que cela. En partageant avec lui ses incroyables découvertes, elle créait alors immanquablement une complicité entre elle et lui. Son meilleur appât, le mystère, ces mystères…

Pendant de longues minutes, Maline raconta tout, Levasseur écouta avec une attitude mi-passionnée, mi-effrayée.

A la fin de récit, Olivier Levasseur se leva, incrédule. Il demanda à voir la feuille arrachée du livre d'or. Maline lui montra et il dut se rendre à l'évidence. Il avait un air de petit garçon embêté que Maline adora. On sentait que cette affaire l'intriguait, mais surtout qu'elle le mettait mal à l'aise. Il était le chargé des relations presse de l'Armada, il naviguait avec élégance dans le politiquement correct ; ces histoires de fous, il savait qu'un jour ou l'autre, c'est lui qui se retrouverait en première ligne, en conférence de presse, devant une meute de journalistes, pour les expliquer.

Comme Maline, il n'avait pas très envie d'aller voir la police, pas tout de suite, du moins. Si la police tenait un coupable, pourquoi aller compliquer les choses, perturber l'ordre tranquille de l'Armada, à deux jours de la parade en Seine ? Toute cette histoire de codes entre marins n'avait peut-être rien à voir avec le meurtre, après tout !

Maline le constatait, le bel Olivier Levasseur n'aimait pas les vagues, du moins pas celles qui pouvaient remettre en cause son travail de communiquant de haut vol. Maline était d'autant plus fière de l'avoir coincé : en lui révélant tout, elle faisait de lui son complice. Il ne pouvait plus feindre l'ignorance, la neutralité. Elle l'avait mouillé, et rien que pour cela, au fond de lui-même, Olivier Levasseur devait la maudire. Tant mieux ! Maline préférait de loin le statut de petite garce le menant par le bout du nez à celui de pintade prête à rôtir.

Maline se décida à pousser l'avantage plus loin en prenant les commandes de l'enquête :

— Je suis certaine que l'identité des marins qui se cachent derrière ces tatouages n'est pas très difficile à trouver, Olivier. Vous avez toutes les informations possibles sur les équipages. Si on s'y met à deux…

— Vous avez le temps ?

Première salve.

— Toute la nuit !

Olivier Levasseur ne releva pas, perdu dans ses pensées inquiètes. La perspective d'un nouveau scandale sur l'Armada semblait même avoir fait chuter sa libido à un niveau inquiétant pour le reste de la soirée. Maline commençait à douter de sa stratégie !

Levasseur alla chercher un ordinateur portable et le posa sur ses genoux. Tout le bureau était en espace Wi-Fi, bien entendu. Maline vint se coller à lui.

Deuxième salve.

Elle sentit avec délice fondre sur elle son parfum ambré. Levasseur, concentré sur son écran, ne sembla même pas remarquer leur intimité nouvelle. Il faisait défiler les caractéristiques des voiliers de l'Armada. Année de construction, propriétaire, largeur, tirant d'eau, surface de voilure, vitesse de déplacement, port de construction, port d'attache… Ils prirent le temps de tout détailler. Rien ne leur sauta à l'esprit.

Ils firent ensuite défiler l'immense banque de photographies d'Olivier Levasseur, des centaines de clichés, splendides, des figures de proue, des sculptures de bois, des écussons brodés. Ils se régalèrent d'un diaporama de toutes sortes de croix, d'ancres, de sirènes hollandaises, de dragons indonésiens… mais rien de ce qu'ils cherchaient !

— Et les marins ? demanda Maline sans renoncer. Vous avez une liste des marins ?

— Oui, soupira Olivier. Je l'ai récupéré auprès du service des douanes et des ambassades. Mais il y en a près de dix mille …

Maline fit la grimace :

— Commençons au moins par ceux du Cuauhtémoc !

Les noms défilèrent, avec des dates de naissance, les lieux de naissance, les nationalités.

Rien, rien n'évoquait les quatre animaux.

La colombe.

Le tigre.

Le crocodile.

Le requin.

Ils fixaient l'écran depuis plus d'une demi-heure sans avoir avancé d'un pouce ! Maline en avait des crampes. Elle perdait patience : il lui fallait prendre les choses en main ! Soit renverser cet apollon dans le canapé et lui déchirer son tee-shirt avec les dents, soit trouver une nouvelle idée pour faire avancer l'enquête.

Elle arracha soudain l'ordinateur portable des genoux de Levasseur, le referma et le posa par terre.

Olivier Levasseur, surpris, allait protester.

— On n'arrivera à rien comme cela, Olivier. Il faut prendre le problème à l'envers. Il faut partir des tatouages !

Maline changea brusquement de position.

D'un mouvement souple, elle se mit à genoux sur le canapé, perpendiculairement à Olivier Levasseur. Elle se trouvait désormais plus haute que lui. Il se retourna vers elle. Cette fois-ci, il avait vraiment son décolleté dans le nez. Maline le savait généreux, légèrement bronzé en ce début juillet, joliment mis en valeur dans un mini soutien-gorge en dentelle blanche qu'Olivier ne pouvait pas éviter de remarquer. La position qu'elle avait adoptée, à genoux sur le canapé, avait impudiquement fait remonter sa robe le long de ses cuisses, ne cachant plus que sa petite culotte, et encore... Avec un peu d'effort, le chargé de communication pouvait vérifier que les sous-vêtements de Maline étaient parfaitement coordonnés.

Maline posa sa main sur la cuisse du Réunionnais, espérant éventuellement qu'il en fasse de même avec la sienne.

Troisième salve.

Olivier Levasseur ne broncha pas, mais la gratifia d'un regard d'émeraude qui donna envie à Maline de l'embrasser à pleine bouche. Ce type était-il seulement conscient de son pouvoir de séduction ? Maline se reconcentra, difficilement, sur l'enquête :

— On va s'y prendre autrement, Olivier ! C'est bien vrai que vous parlez une dizaine de langues ?

Olivier Levasseur confirma d'un sourire « clooneysien ».

— O.K., partons de l'hypothèse que ces marins sont de nationalités différentes. Essayons de traduire le nom de ces animaux tatoués dans les différentes langues des principaux pays présents sur l'Armada, on verra bien ce que cela donne.

Pendant plus d'un quart d'heure, Levasseur essaya de traduire les mots colombe, requin, crocodile, tigre dans différentes langues usuelles. Cela ne donna rien. Cependant, Maline ne s'avouait pas vaincue. Elle posa une seconde main sur les cuisses musclées de Levasseur, installant presque ses genoux nus sur ses jambes.

Quatrième salve.

— O.K., on continue, je suis certaine qu'on est sur la

bonne voie. On va essayer en traduisant des associations d'idées. Commençons par la colombe, c'est sans doute le plus simple. A quoi peut bien faire penser la colombe… L'amour ?

— La paix, corrigea Levasseur avec un sourire entendu.

Maline s'approcha encore et positionna son sein à quelques centimètres de la bouche du bellâtre :

— J'aurais préféré que vous me traduisiez le mot amour dans toutes les langues… Mais allons-y pour la paix.

Olivier Levasseur ne perdit rien du spectacle, mais n'esquissa pas le moindre geste et commença une jolie récitation.

Peace… Frieden… Paz…Pace… Vrede… Mir.

Mir ?

Leurs regards se croisèrent, électriques, complices.

Mir signifiait paix, en russe !

Mais le Mir était également le plus grand trois-mâts de l'Armada. Ils avaient trouvés !

Un des quatre marins qu'ils recherchaient était matelot sur le voilier russe, sans aucun doute.

Ils avaient identifié un second marin !

— Vous êtes un génie, Olivier !

Maline se pencha brusquement en avant, comme une sprinteuse au coup de feu, et posa un baiser sur la joue du Réunionnais. Peut-être même aussi sur un coin de lèvre.

Maline ne laissa pas le temps à Levasseur de réagir. Elle se releva vivement. Elle ne pouvait pas tenir beaucoup plus longtemps dans sa position impudique. Elle sentait monter des crampes dans ses cuisses. Olivier se leva à son tour.

Tout en tournant dans l'appartement, ils continuèrent un long moment à jouer au jeu des associations d'idées, sans rien trouver de plus. Maline cherchait une nouvelle piste, mais plus rien ne venait.

— Vous avez des livres, ici aussi ? fit-elle en désespoir de cause.

— Des dizaines… Sur la marine, la voile, les ports du monde… Vous voulez vraiment vous attaquer à cela ?

Olivier Levasseur s'aperçut seulement à ce moment-là qu'un bouton de la robe de Maline venait de sauter. Impossible désormais de rater la dentelle du charmant soutien-gorge.

— J'ai toute la nuit…

Cinquième salve.

Avec autorité, Maline attrapa une pile de livres et s'installa à la table du salon, semblant se désintéresser momentanément du chargé de communication. Surpris par l'attitude studieuse de Maline, Olivier Levasseur se sentit contraint de faire de même. A peine, un quart d'heure plus tard, Maline décréta que lire sur la table du salon était véritablement trop inconfortable.

Olivier Levasseur vit avec des yeux éberlués la jeune journaliste prendre sa pile de livres sous le bras… Et se diriger vers sa chambre !

— Je ne peux pas lire plus d'un quart d'heure autre part que dans un lit, lança Maline du sourire le plus coquin qu'elle put.

Elle entra dans la tanière.

— Ne vous inquiétez pas, je suis sûre que votre garçonnière est mieux rangée que mon studio.

Elle lança les livres sur le lit. Olivier Levasseur s'avança de quelques pas vers elle.

Souple. Racé. Elégant.

— Je vous appelle dès que j'ai trouvé quelque chose, fit la diablesse en refermant derrière elle la porte de la chambre.

Sixième salve.

***

Un quart d'heure plus tard, Maline piquait du nez sur son livre Les plus grands ports du monde. Elle se serait bien enfouie nue sous les draps de soie du lit d'Olivier Levasseur. Elle regarda la porte de la chambre qui la séparait du beau Réunionnais... Et qui restait toujours désespérément fermée.

Qu'est-ce qu'il fichait ?

Il n'avait rien compris ?

Elle ne lui plaisait pas ? Dans ce cas, il n'avait qu'à le dire franchement !

Il était timide ? Tu parles, et le coup de la serviette de bain hier !

Il voulait jouer à plus malin qu'elle ? Faire monter le désir, encore ? Oui, bien entendu…

Maline bailla.

D'accord pour faire monter le désir… Mais il fallait qu'il se dépêche…

Elle tourna une nouvelle page, sans conviction.

Surabaya. Deuxième ville d'Indonésie. Trois millions d'habitants. Un des principaux ports d'Asie du Sud-Est. Une reproduction du blason bleu et or de la ville attira soudain l'attention de Maline : autour d'une colonne de pierre, une sorte de crocodile semblait combattre un requin ! Brusquement réveillée, Maline détailla l'explication : en javanais, suro voulait dire requin et buaya, crocodile.

Requin-crocodile. L'origine du nom Sura-baya.

Maline fit immédiatement le rapprochement : l'un des trois-mâts les plus populaires de l'Armada était le Duwaruci, un navire-école indonésien dont le port d'attache était… Surabaya !

Elle se fit la réflexion, amusée, qu'ils auraient gagné du temps si son beau polyglotte avait su parler javanais. Nul n'est parfait…

Elle continua sa lecture.

La légende racontait que ces deux animaux s'étaient battus pour devenir l'animal le plus puissant de la région.

Le crocodile et le requin ne représentaient donc pas deux marins différents, mais un seul ! Une seule et même main, sur le livre d'or de l'église de Villequier, avait signé de ces deux animaux ! La confrérie n'était en réalité composée que de quatre marins.

Aquilero, l'aigle.

Un marin du Mir, la colombe.

Un marin du Duwaruci, à la fois crocodile et requin.

Restait le tigre… Il s'agissait sans doute du géant blond de l'église, le motard qu'ils avaient raté de peu. Il n'avait ni le type russe, ni le type indonésien.

Il était le seul qu'elle pouvait reconnaître… Et le seul dont Maline ne connaissait pas encore la nationalité.

Maline adorait ce moment, dans une enquête, où soudainement le fil se démêlait. Elle se sentait parfaitement réveillée, maintenant. Du pied, elle envoya valser hors du lit les épais volumes. Elle s'étira comme une chatte sur les draps de soie. Sa jambe nue s'échappa de sa robe. Du bout du pied, elle poussa latéralement sur la porte de la chambre pour l'ouvrir.

Du salon, Olivier Levasseur ne vit d'abord de Maline qu'une jambe, nue, impudique, puis la robe de la belle, ouverte.

Septième et ultime salve.

33
Inspection sanitaire

19h07, quai Boisguilbert, Rouen

Il y avait déjà une impressionnante file d'attente devant le Surcouf. Des personnes âgées. Cinq hôtesses, toutes coiffées du même béret de matelot bleu à pompon rouge, tentaient, au pas de course, de vérifier des cartons d'invitation et d'agripper les croisiéristes grisonnants pour les faire monter sur le pont.

Les inspecteurs Ovide Stepanu et Jérémy Mezenguel dépassèrent quelques invités pour s'approcher de l'embarcadère. Jérémy Mezenguel interpella une hôtesse, grande et filiforme. Elle passa devant l'inspecteur stagiaire en coup de vent, armée d'un stylo et d'un bloc notes, le regardant à peine.

Mezenguel continua de mâchonner son chewing-gum et sortit avec nonchalance sa carte de police. Lorsque la fille repassa, elle leva les yeux et s'arrêta net.

— Inspecteur Jérémy Mezenguel ! Voici l'inspecteur Ovide Stepanu. Nous souhaiterions voir votre capitaine.

Dans les instants qui suivirent, un mouvement de panique dérégla brutalement l'organisation de la fourmilière. Le capitaine sortit vers eux. Il avait une cinquantaine d'années, un catogan de jeune premier et l'arrogance des rusés qui connaissent les ficelles pour gagner de l'argent.

— Patrick Baudouin. Je suis le capitaine du Surcouf. J'espère que c'est urgent. Parce que j'ai sur le pont cent dix petits vieux à promener, nourrir, abreuver et coucher avant dix heures du soir. Alors je suis un peu charrette.

L'inspecteur Mezenguel sortit un mandat de perquisition. Le juge avait finalement accepté de le signer une heure plus tôt.

Baudouin regarda le document avec un air ahuri.

Vous êtes des inspecteurs sanitaires ? C'est dingue ! Vos collègues sont déjà passés avant-hier. Tout est O.K., j'ai les papiers. La chaîne du froid et tout le reste... Le bateau est nickel.

Jérémy Mezenguel leva la main :

— Stop là captain ! On est de vrais inspecteurs, de la police judiciaire, avec de vrais flingues et de vraies menottes. On vient pas pour la chaîne du froid. On veut juste que tu nous ouvres tes frigos !

— C'est juste une routine, ajouta Ovide Stepanu pour apparaître un peu plus conciliant.

Patrick Baudouin soupira et leur fit signe de le suivre. Ils montèrent sur le pont, descendirent d'un étage, jusque dans l'arrière cuisine. Ils se retrouvèrent face à cinq immenses congélateurs.

— La nuit, demanda Stepanu, tout cela est bouclé ?

— Bien entendu, répondit le capitaine comme si c'était une évidence. Sous cadenas et sous alarme. Aucun risque ! On est obligé, à cause des assurances. Et puis de toutes les façons, j'ai pas envie que le premier type venu vienne se servir chez moi. J'en ai pour plus de dix mille euros de bouffe, là-dedans !

— Vous n'avez pas constaté d'effraction ces derniers jours ? continua Ovide.

— Non... Rien. Rien du tout.

Soudain, le visage de Baudouin s'éclaira :

— O.K., je comprends. Vous venez à cause du cadavre du Mexicain qu'on a retrouvé devant le bateau ! Ça s'est passé la nuit, on n'a rien vu, rien entendu. Personne n'a pu se cacher chez moi, je peux vous l'assurer, tout est bouclé, la nuit.

Pendant la tirade du capitaine, Ovide Stepanu avait ouvert une mallette en aluminium. Il confia une paire de gants à Mezenguel, en enfila lui-même une autre et attrapa une petite lampe torche.

— O.K., Capitaine Baudouin, on va devoir faire notre travail.

Les inspecteurs ouvrirent chacun un congélateur et commencèrent une inspection minutieuse.

Le capitaine les regardait avec une panique croissante :

— Vous cherchez quoi au juste ? Vous êtes vraiment de la criminelle, pas de la sanitaire ?

Ou bien Baudouin était sincère, ou bien il jouait très bien la comédie.

— Y a pas de cadavre découpé en morceau là-dedans, crut-il bon d'ajouter.

Ou bien il était con !

C'est dans le quatrième congélateur, après avoir soulevé un énième kilo de viande congelée, qu'Ovide Stepanu repéra les cheveux, tout au fond.

Un intense sourire dévoila ses dents noires. Il appela son partenaire. Ils se munirent d'un attirail sophistiqué de pinceaux, pinces à épiler et éprouvettes. Chaque poil et chaque cheveu, une dizaine au total, se retrouva enfermé précieusement dans une éprouvette de verre, elle-même calée dans la mousse capitonnée de la valise en aluminium.

Sous le regard incrédule du capitaine et de la plupart des hôtesses, les deux inspecteurs quittèrent le bateau, sans un mot de plus. Patrick Baudouin resta une longue minute silencieux, semblant réfléchir à ce qui venait de se passer.

Il constata que l'ensemble de son équipe, en particulier les cinq jeunes femmes, délaissant leurs hôtes grisonnants, l'interrogeaient du regard :

— Et alors ! hurla-t-il, on ne va pas en faire une pendule pour trois poils de cul ! Ils vont pas fermer le rafiot pour ça ! Allez, au boulot les filles, vous voyez pas que papy et mamy ont les crocs !

Il regarda disparaître les inspecteurs au bout du quai en marmonnant entre ses dents :

— Je le savais bien qu'ils étaient de la sanitaire…

***

Un grand camion blanc, très long, d'apparence banale, était garé sur la file du bus du mont Riboudet, à un endroit pourtant strictement interdit. Trois policiers, en uniforme, montaient la garde devant le véhicule. Les inspecteurs Stepanu et Mezenguel s'approchèrent. Un individu en blouse blanche sortit de l'arrière du véhicule.

— Inspecteurs. Vous avez les échantillons ?

Stepanu acquiesça et lui confia la mallette en aluminium. L'homme en blouse blanche allait remonter dans le camion.

— On peut entrer, pour voir ? demanda presque timidement Stepanu.

L'homme en blouse blanche le regarda avec un sourire indulgent.

— Vous n'êtes jamais entrés dans un L.A.M.A.S, inspecteurs ?

Stepanu et Mezenguel répondirent par la négative.

— Ce n'est pas étonnant, remarquez. Il n'y a que trois Laboratoires Mobiles d'Analyses Scientifiques en France. Celui-ci est le plus perfectionné… On est arrivé à midi, le ministre a donné le feu vert hier soir, avant la capture de votre toxicomane. L'Armada, c'est devenu un vrai enjeu national, avec vos millions de touristes. Ça valait le coup selon lui de déplacer le labo ambulant. Remarquez, il est fait pour ça !

Les inspecteurs entrèrent dans le L.A.M.A.S. L'intérieur du camion était compartimenté comme le modèle réduit d'un laboratoire scientifique. Cinq personnes, toutes en blouses blanches, s'affairaient autour d'écrans d'ordinateurs.

Mezenguel siffla, impressionné.

— Et depuis ce camion, vous pouvez tout faire ?

— Oui, répondit l'homme en blouse blanche. Autopsies, balistique, biométrie, empreintes digitales, test ADN, et je vous en passe… Le tout avec le top de la technologie de pointe.

Ovide Stepanu laissa son regard courir sur l'étonnant laboratoire.

— Et pour notre test ADN, cela va prendre combien de temps ?

— Pour comparer deux cheveux, les échantillons que vous venez de nous amener avec le profil ADN de Mungaray, vous connaissez le protocole, inspecteur. Lorsqu'on a une amorce, comme c'est le cas ici, la recherche des réactions de séquence prend à peine dix minutes. Le point le plus long du protocole est la lecture du résultat. Mais avec ce type de matériel, on n'a plus besoin de pratiquer le séquençage à la main : c'est ce qui prenait plusieurs heures. Avec les séquenceurs automatiques, maintenant, il y en a pour quelques minutes. Vous aurez des premiers résultats dans vingt minutes ! Mais ils ne seront fiables qu'à 99%... Pour un résultat officiel, il faudra attendre demain…

Mezenguel siffla encore une fois. Ovide Stepanu aimait bien, en règle générale, travailler à l'ancienne.

Mais là, il était bluffé !

***

Tout juste dix-huit minutes plus tard, l'inspecteur Stepanu sortit son téléphone portable :

— Allo, Gustave ? C'est Ovide.

— Alors ?

— Bingo ! Je sors du L.A.M.A.S. Ils ont fait les premiers tests ADN. Ils sont formels, à 99%. Les cheveux que l'on a retrouvés dans le congélateur du Surcouf sont bien ceux de Mungaray ! Le cadavre du marin mexicain, après avoir été poignardé, a été planqué dans le congélo de ce bateau-promenade ! Vous savez ce que cela signifie, patron ? La nuit du crime, Nicolas Neufville était en train de discuter avec le capitaine du Surcouf, Patrick Baudouin. Quelques minutes plus tard, le cadavre de Mungaray a été planqué dans le congélo du Surcouf. C'est évident. Le jeune Mungaray a vu ou entendu un truc qu'il n'aurait pas dû. Ils l'ont buté, ils l'ont planqué où ils ont pu et s'en sont débarrassés au petit matin sur les quais déserts.

— Devant le bateau… Ce n'est pas bien malin…

— Je sais. Ils ont peut-être été dérangés. Ils n'ont peut-être pas eu le choix…

— Il t'a semblé comment, le capitaine du Surcouf ?

— Sincère. Bizarrement, il avait l'air surpris que l'on débarque. S'il n'y avait pas toutes ces preuves sous mon nez, je dirais qu'il n'y est pour rien. Mais il m'a redit que tout était bouclé sous alarme, la nuit. Aucune effraction ! Il n'y a pas d'autres versions possibles, Gustave. On ne peut tout de même pas imaginer que quelqu'un poignarde Mungaray, prenne le risque de rentrer par effraction sur le Surcouf, dissimule le cadavre dans un congélateur, ressorte le cadavre trois heures plus tard, le dépose sur les quais et efface toute trace d'effraction…

— Tu as raison Ovide, admit le commissaire. Et je vois encore moins Daniel Lovichi faire ça ! Je sens plutôt que cette affaire se resserre dangereusement autour de Nicolas Neufville…

— Ouais… Peut-être. Mais on n'a fouillé que dans une direction, aujourd'hui. On n'a pas eu le temps d'avancer beaucoup sur la deuxième piste, la question des tatouages, la marque au fer rouge, les messages en espagnol. Tu connais ma théorie sur la chasse-partie, le complot de pirates anarchistes.

— Ovide, fit la voix du commissaire Paturel, c'est moi qui vais jouer les trouble-fêtes, ou les rabat-joie, comme tu veux, mais admets que pour la piste du Surcouf et de Nicolas Neufville, on commence à avoir des preuves beaucoup plus concrètes… On ne peut pas tenir les deux pistes à la fois, Ovide.

— A voir. Si tu veux mon avis, un avis optimiste, pour une fois, je crois qu'il y a forcément un moment où ces deux pistes vont se rejoindre.

34
Chambre 25

20h39, hôtel de Bourgtheroulde

Maline se blottissait dans les bras musclés d'Olivier. Sa main caressait doucement sa peau cuivrée. Elle n'osait pas bouger, de peur qu'il ne retire sa main posée sur son sein.

Elle était bien. Elle aurait voulu arrêter le temps.

Olivier avait été un amant parfait. Faire l'amour dans des draps de soie une expérience nouvelle… et délicieuse.

Cela valait toutes les nuits de noces qu'elle n'aurait jamais.

Maline se pressa plus fort contre le torse large. Sa main descendit, un peu. Pour une fois qu'elle tenait un homme qui lui plaisait vraiment, elle n'allait pas le laisser dormir ! Visiblement, Olivier n'en avait pas envie non plus. Il frissonna de plaisir au contact des doigts audacieux de Maline.

Le téléphone sonna à cet instant précis !

Maline ne s'en soucia pas, ce n'était pas le sien, elle avait eu le réflexe de couper son portable. Ses doigts continuèrent leur exploration. Elle sentit Olivier désireux de se lever, d'aller répondre.

Elle accentua sa pression.

— Ne réponds pas…

Maline embrassa la peau de son ventre plat. Elle adorait.

— C'est peut-être important, il faut que j'y aille…

— Chut…

Sa langue descendit, ses doigts s'enhardirent.

Elle essaya encore de retenir Olivier. C'était elle contre la sonnerie du téléphone !

La lutte était inégale.

Olivier se leva pour répondre.

Boudeuse, Maline se réfugia sous les draps. Elle adorait le grain de la soie sur sa peau. Elle contempla l'admirable paire de fesses qui s'éloignait d'elle, sans doute pour aller répondre à l'une des personnes les plus importantes de l'Armada… Un PDG ou un député.

Nu comme un ver.

— Oui. Allo ?

Olivier revenait déjà vers elle. Il lui faisait face. La seule partie couverte de son corps était son oreille droite, par un téléphone sans fil. Maline apprécia le spectacle. Il ne perdait rien pour attendre quand il aurait raccroché !

Olivier Levasseur posa son magnétique regard vert sur Maline, un regard qui soudain n'avait plus rien de coquin.

— Vous souhaitez parler à mademoiselle Abruzze ? Non, elle n'est pas occupée. Je vous la passe.

Le chargé de relations presse tendit le combiné à une Maline stupéfaite.

— Oui ? fit la journaliste.

— Maline ? c'est Oreste. Qu'est-ce que vous fichez ? Je vous attends depuis une heure, je vous cherche partout !

— Oreste ? Qu'est-ce qui se passe ? Il est arrivé quelque chose ?

La voix du jeune journaliste parut étonnée.

— Rien. Rien de grave, à part que nous avions rendez-vous à mon hôtel, au Vieux Carré. Vous m'aviez dit que vous passeriez…

Maline hésita entre la crise de fou rire et une envie folle de balancer le téléphone à travers la pièce.

— Et c'est pour cela que vous m'appelez, Oreste ? Ici ?

— Votre portable ne répondait pas. J'ai appelé Christian, au SeinoMarin. Il m'a indiqué que vous étiez peut-être chez cet Olivier Levasseur. J'ai tenté ma chance.

Maline se leva, tournant en rond dans la pièce. Elle se retint de ne pas insulter ce crampon. Oreste insista, pourtant, d'une voix pressante :

— Maline, vous comptez arriver quand ? J'ai… J'ai vraiment faim. Je vous attends ou…

— Vous pouvez commander !

Elle raccrocha.

Quel emmerdeur !

Elle entra dans le salon, cherchant Olivier.

Une partie de cache-cache dans le grand appartement ?

Pas vraiment.

Olivier s'était rhabillé. Jean et tee-shirt. Penché sur son ordinateur, il consultait ses e-mails.

— C'était… fit Maline cherchant ses mots. C'était un emmerdeur !

Olivier lui répondit sans même se tourner vers elle.

— J'ai cru comprendre… D'après ce qu'il m'a expliqué, tu avais rendez-vous pour dîner avec cet emmerdeur. Je suis désolé de t'avoir mise en retard, Maline.

— C'est un gamin. Il n'a rien compris.

— J'ai cru comprendre qu'il t'attendait.

Maline avait envie de craquer, de pleurer comme une petite fille. Olivier Levasseur posa enfin sur elle son regard de laser. Maline se souvint alors seulement qu'elle était entièrement nue, le téléphone à la main.

Olivier la contempla, sans baisser le regard :

— Tu es magnifique, Maline. Tu es une fille pleine de charme. Mais nous sommes des grandes personnes, non ? Des grandes personnes très occupées. Va rejoindre ce garçon qui t'attend. On trouvera bien un moyen de se croiser demain ? De se surprendre ? C'est beaucoup plus amusant comme cela, non ?

— Oui, s'entendit dire Maline, avec un goût amer dans la bouche.

Elle avait l'impression cruelle qu'il la mettait, poliment mais fermement, dehors.

Qu'avait-il de si important à faire, ce soir ?

Oui, la pintade était bel et bien passée à la casserole.

***

La morsure de la fraîcheur de la nuit lui fit regretter un peu plus encore la chaleur du corps du beau Réunionnais.

Maline allait s'y rendre, au Vieux Carré !

Elle allait lui expliquer les bonnes manières, à ce jeune crétin d'Oreste Armano-Baudry

«Rodéo» ? avait dit Christian Decultot en lui confiant la « garde » de son filleul.

Il allait voir !

Elle traversa d'un pas pressé le vieux Rouen. Tout en marchant, la colère retombait un peu. La plénitude de l'heure qu'elle venait de passer avec Olivier Levasseur reprenait le dessus. La frustration se dissipait. Oreste Armano-Baudry n'y était finalement pas pour grand-chose, Olivier Levasseur avait sauté bien rapidement sur l'occasion pour se rhabiller. Après tout, il avait eu ce qu'il voulait… Elle !

Maline, pourtant, n'avait pas cette impression. Il lui semblait plutôt que le chargé de communication était pressé de la voir partir… parce qu'il avait autre chose à faire, ce soir !

— Tu dis cela pour te rassurer ma vieille, se dit Maline intérieurement. Ne te fais pas d'illusion. Tu n'es pas près de rejouer à cache-cache avec lui sous les draps.

Elle marchait rue du Gros-Horloge. Il lui sembla que la fameuse rue piétonne n'avait jamais été aussi noire de monde à une telle heure de la soirée.

Elle essaya d'oublier ses ébats et de se concentrer sur l'enquête. Elle possédait désormais une somme d'informations considérable ! Vraisemblablement, la police n'avait pas avancé autant qu'elle. Difficile de savoir quel rapport pouvait avoir cette sorte de confrérie de marins avec le meurtre de Mungaray, mais il y en avait forcément un, au moins indirect.

Elle pensa à cette feuille arrachée, le livre d'or de l'église de Villequier, ce rendez-vous, ce soir, à 1h30, à la chapelle.

Quelle chapelle ?

Qu'allait-il se passer ?

Qu'allaient-ils dire, faire, projeter ?

L'idée d'une sorte de secte, d'un complot ou de quelque chose approchant la taraudait. Dans tous les cas, il était trop tard pour ce soir, mais elle se fit la promesse de tout raconter, dès le lendemain matin, au commissaire Paturel. Pour l'instant, l'urgence, c'était d'empêcher Oreste d'écrire n'importe quoi dans l'édition du Monde du lendemain….

Et de lui faire bouffer sa cravate !

Maline laissa sur sa droite la façade éclairée du palais de justice. Une centaine de mètres plus loin, rue Ganterie, elle arrivait au Vieux Carré.

Elle comprit l'impatience d'Oreste Armano-Baudry !

Le Vieux Carré était sans aucun doute l'hôtel-restaurant le plus romantique de Rouen. Le restaurant de l'hôtel était installé dans un délicieux patio de verdure, une cour intérieure pavée, fleurie et éclairée avec goût, entièrement fermée par une splendide bâtisse à colombages ocre. Dans le patio étaient installées une dizaine de petites tables rondes et des sièges bas en rotin.

Deux sièges par table, bien entendu.

Le Vieux Carré était le rendez-vous idéal des couples amoureux. Rien ne manquait. Ni les bougies sur les tables, ni le champagne en seau, ni le discret fond musical jazzy. Chaque table était occupée de couples de tout âge, et sans doute de toute nationalité.

Chaque table, sauf une !

En plein milieu.

Oreste Armano-Baudry mangeait seul une superbe assiette de fruits de mer. Sa bouteille de vin blanc n'était pas moins vide que celle des couples aux autres tables. La bougie donnait une coloration un peu rougie à ses yeux clairs.

Maline hésita entre le fou rire et la compassion. Oreste Armano-Baudry lui avait réservé la meilleure table ! Il lui avait préparé avec soin le plus romantique des dîners aux chandelles. Et il attendait seul à sa table depuis plus d'une heure. Un tel lapin, cela n'avait pas dû lui arriver souvent à ce gamin !

Maline s'avança, sourit. Oreste avait fait un effort pour se vieillir. Costume sombre, cheveux et traits un peu tirés.

— C'est moi, fit-elle avec un grand sourire, en tirant une chaise devant lui.

Regard mi-désespéré, mi-en colère.

— Vous m'aviez dit de commander. Je ne vous ai pas attendu…

— Vous avez bien fait Oreste, je n'ai pas faim. Vous êtes très en valeur ce soir, Oreste.

Le regard vira franchement sur le désespéré !

— Ne vous fatiguez pas, Maline. Je suis ridicule. Tout le monde m'observe depuis plus d'une heure, les serveurs me matent comme une bête curieuse, se demandant si je suis cocu, puceau ou homosexuel.

— Ou peut-être même les trois à la fois ? fit Maline pour tenter de le faire sourire.

— Si je vous dis qu'à Paris j'ai une meute de courtisanes qui rêveraient d'une telle invitation, vous me croyez, Maline ?

Maline pensa qu'Oreste parlait un peu trop fort et que les couples alentour, tout aussi amoureux qu'ils étaient, ne devaient pas perdre un miette de ses états d'âme.

— Je vous crois Oreste. Des courtisanes sûrement beaucoup plus jeunes et jolies que moi. Mais vous ne m'avez pas invitée, Oreste. Nous avions simplement un rendez-vous professionnel.

Oreste se servit un nouveau verre de gewürztraminer.

— Pour le professionnel, Maline, il faudra revenir demain. Je crois que j'ai un peu trop bu pour que Le Monde accepte une prose rédigée ce soir. Mais ne vous inquiétez pas, je suis un grand journaliste vous savez. Je travaille pour Le Monde. Je peux me débrouiller sans votre aide.

Maline essaya d'être claire :

— D'accord Oreste, vous êtes un grand garçon. Mais n'allez pas raconter n'importe quoi. N'allez pas briser, pour un scoop ou un bon mot, le rêve de milliers d'amoureux de l'Armada, qui bossent jour et nuit pour elle…

— Je connais mon travail Maline. Pourquoi êtes-vous toujours si dure avec moi ?

— C'est votre parrain, il m'a chargée de faire votre éducation…

Un silence s'installa quelques instants entre eux. Quelques tables se vidèrent. Oreste attrapa son Palm et avança le micro devant sa bouche :

— Maline, vous permettez que je prenne quelques notes ?

Maline acquiesça. Oreste parla lentement, fixant la journaliste.

— Cadre... Romantique. Stop. Vin… Divin. Stop. Maline… Sublime. Stop. Moral… Abyssal. Stop. Situation… Pénible. Non… Ridicule. Stop.

Maline, sans doute attendrie, dût trop sourire. Oreste se pencha vers elle, surjouant de ses yeux bleus :

— Répondez-moi sincèrement, Maline. Est-ce que je vous plais, au moins un peu ?

Son va-tout, pensa Maline. Tapis ! comme on dit au poker.

Maline savait qu'elle devait être franche. C'était le meilleur service à lui rendre. Taper fort pour fissurer un peu sa coquille de prétention :

— Vous êtes encore un enfant, Oreste. A mes yeux, au moins. Non Oreste, vous ne me plaisez pas…

Elle marqua un silence et enfonça le clou :

— Lorsque vous m'avez appelée, tout à l'heure, je faisais l'amour avec un autre homme.

Oreste encaissa. Sans un mot, il prit le temps de finir sa bouchée, de vider son verre. Il se leva et posa sa serviette sur la chaise en rotin :

— Je crois que je vais aller me coucher. Je crois que c'est ce que j'ai de mieux à faire, non ? Merci de la leçon, mademoiselle Abruzze. Demain matin, je vais sans doute vous haïr… Mais pour l'instant, bizarrement, vous continuez à me plaire. Terriblement même. Ne changez pas Maline. Restez différente.

Sans un autre mot, sans un autre regard, il entra dans l'hôtel, s'approcha de l'accueil.

— Chambre 25, demanda-t-il à une très jolie hôtesse brune à peau mate, sans lever sur elle ses yeux bleu délavé.

Oreste avait indiqué à l'hôtesse le numéro de sa chambre suffisamment fort pour que Maline entende. Ce petit coq n'avait décidément rien compris.

Elle le vit s'éloigner vers le fond du couloir et attendre devant l'ascenseur. Elle aperçut aussi sa main plonger dans sa poche, sortir un mouchoir, se le passer sur les yeux, discrètement.

L'ascenseur l'avala.

Oreste ne jouait plus la comédie. Maline pensa aux beaux yeux clairs, mouillés, du garçon.

Etait-elle son premier chagrin d'amour ?

Maline se sentait flattée, malgré tout. Elle sortait d'un désert affectif et sexuel de six mois, et dans la même soirée, un homme lui faisait la cour… et elle faisait l'amour avec un autre.

Elle avait un peu faim, finalement. Elle savait que le salon de thé du Vieux Carré était réputé : elle commanda un échantillon de pâtisseries.

Chambre 25 ?

Oreste était-il en train de pleurer dans sa chambre ? De la maudire ? D'assouvir son désir en pensant à elle ?

Il l'avait bien cherché, après tout.

Il méritait sa punition !

Maline se lécha les doigts, se délectant jusqu'au bout des délicieuses pâtisseries.

Chambre 25 ?

Après tout, ce jeune prétentieux était plutôt touchant. Avec son air de grand journaliste prêt à faire tourner le monde dans l'autre sens, il lui rappelait quelqu'un, quinze ans plus tôt. Une jeune journaliste sortie de la même école, qui ne s'appelait pas encore Maline à l'époque… Une jeune journaliste qui avait payé cher, très cher, son arrogance.

Ce jeune journaliste était plutôt mignon, aussi.

Maline décida de lever la punition.

Chambre 25 ?

Maline se leva, alla voir l'hôtesse d'accueil, qui était encore plus jolie de près.

Oreste avait vraiment de la merde dans les yeux !

Tant pis pour lui ! Tant mieux pour elle !

Maline demanda à l'hôtesse de lui passer la chambre 25.

Samedi 12 juillet 2008 :

Le sang du tigre

35
Mort à microcrédit

1h33, la chapelle Bleue, Caudebec-en-Caux

Paskah Supandji se faufila discrètement dans l'obscurité. Il se méfiait. Il n'avait pas confiance en ce rendez-vous, en pleine nuit, dans cet endroit inconnu.

La chapelle Bleue.

Il avait bien compris le message, il avait suivi strictement les instructions, dans ce petit village de Villequier. Les vers de Victor Hugo, la tombe gravée, le vitrail de l'église, le livre qu'il avait signé d'un crocodile et d'un requin, les symboles de sa ville, son port, Surabaya.

Paskah Supandji se fit la réflexion qu'à Villequier, c'était la première fois qu'il était rentré dans une église catholique. Dans son village, sur l'île de Java, il n'y avait que des mosquées et des temples bouddhistes.

Il avança encore dans le noir. La seule lueur était l'étrange lumière bleue de la chapelle, au-dessus de la Seine. Méfiant. Paskah Supandji avait appris ce qui était arrivé à Carlos Jésus Mungaray, Aquilero.

Il avait été poignardé.

Pourquoi ? Par qui ?

Il devait rester sur ses gardes. Leur projet attirait toutes les convoitises, c'est certain. Il épia les bruits de la nuit. Il avait des yeux de chat, sa mère le lui avait souvent dit. Sur le Duwaruci, c'est toujours lui qu'on appelait pour les vigies nocturnes. Si quelqu'un venait, il le verrait le premier.

Il fallait bien prendre des risques. Ce projet, c'était la chance de sa vie. Il s'était trouvé là au bon endroit et au bon moment, avec ces trois autres marins.

La chance de sa vie.

Il ne fallait pas la laisser passer.

Il pensa à son petit village de pêcheurs de Djuwana. A sa famille. Sa mère, ses grands-parents, ses frères et sœurs. Il savait déjà ce qu'il ferait du butin quand il l'aurait ramené chez lui. Il s'était renseigné à Surabaya, il avait même les plans. Son butin lui permettrait d'acheter une pêcherie, une vraie, une pêcherie industrielle. Ils pourraient saler le poisson, le conserver, le vendre plus loin, dans les villes. Sa mère, ses sœurs ne vivaient depuis des années que de microcrédits, quelques milliers de rupiah, une misère.

Un bruit dans son dos lui fit dresser l'oreille. Il devait être plus de la demie, maintenant. Les autres n'allaient pas tarder à arriver. Un frisson soudain lui monta jusqu'à la nuque. Il repensa à Aquilero poignardé. Le butin, ils n'étaient plus que trois à se le partager, maintenant. Ce n'est pas seulement une pêcherie qu'il pourrait offrir à sa famille, dans quelques semaines, c'est un village entier, avec des maisons, des toits, un hôpital.

Il rentrerait bientôt à Djuwana, riche.

Il fallait faire confiance aux deux autres. Il n'avait pas le choix. Aquilero était différent. Aquilero était un chien fou, incontrôlable. Il avait plongé dans la Seine, juste au bon endroit, devant tout le monde. Mais les deux autres étaient fiables. Ils avaient tous signé la chasse-partie, échangé leur sang, tatoué leur symbole respectif sur l'épaule. Ils étaient liés !

Pourquoi douter ?

Parce qu'Aquilero était mort poignardé !

Pour le faire taire ? Qui pouvait en avoir le cran ? Le russe, Sergueï ? Non, cela ne lui ressemblait pas. Il n'était pas un tueur.

Morten ? Paskah hésitait… Il était le plus violent d'entre eux c'est certain. Mais ils étaient tous liés par la chasse-partie. Aucun d'entre eux n'aurait enfreint le contrat. Il garantissait la solidarité entre eux, le partage égal du butin.

Paskah Supandji, aux aguets, entendit un léger bruit, sur le gravier, sur sa droite. Il se recula, scrutant l'obscurité. Sa main se posa sur son couteau, le long de sa cuisse.

Il chuchota :

— Sergueï ? Morten ?

Un nouveau bruit de gravier, à sa droite, fut la seule réponse. Il fit sauter la lanière de sécurité de son couteau. Il se retourna lentement vers le bruit.

Il avait des yeux de chat ! Si quelqu'un s'approchait, il serait le plus rapide. Il était agile, il savait se servir d'un couteau. Il scruta la pénombre devant lui.

Il n'y avait personne, juste la lueur bleue de cette chapelle.

Paskah Supandji ne pensa pas que le bruit de gravier, sur sa droite, pouvait provenir d'autres graviers, lancés dans l'obscurité par une ombre… derrière lui.

Paskah Supandji avait des yeux de chat, mais pas dans le dos.

Le matelot indonésien poussa un cri rauque lorsque le poignard s'enfonça dans le bas de son omoplate et lui entailla le cœur. D'un geste désespéré, il se retourna et lança son couteau devant lui.

Il toucha son agresseur, au bras.

Du sang gicla. Par terre, sur lui.

L'agresseur recula.

Paskah se redressa avec l'énergie du désespoir et essaya de porter un second coup, mais son bras refusa de lui obéir.

Sa poitrine explosait.

Ses doigts, à leur tour, ne répondirent plus, s'ouvrirent un par un, malgré lui.

Son couteau tomba dans le gravier.

Ses yeux de chat se brouillèrent.

Il ne vit pas le visage de son meurtrier qui avançait vers lui. Il ressentit simplement la douleur, atroce, d'une lame qui s'enfonçait dans son cœur.

Le petit village de pêcheurs de Djuwana ne verrait jamais s'ériger de pêcherie industrielle ou d'hôpital. Sa mère et ses sœurs continueraient de vivre de microcrédits.

Un de plus pour financer la tombe de Paskah.

36
Rendez-vous (mortel) à la chapelle

1h37, Brasserie Paul, place de la Cathédrale

A la terrasse de la Brasserie Paul, place de la cathédrale, Maline et Oreste commandèrent deux autres bières. Tout à l'heure, au Vieux Carré, lorsque Maline avait rappelé la chambre 25, elle n'avait pas laissé le choix à Oreste :

— Allez, sortez de votre trou. On déboule ! Je vous emmène faire la tournée des bars ! Copain-copine, vous êtes prévenu ! Et vous laissez votre Palm dans la chambre !

Le journaliste ne s'était pas fait prier. Maline lui avait servi de guide dans le Rouen nocturne. Ils n'avaient pas pu échouer au Libertalia, c'était le soir de fermeture du bar. De plus, la principale attraction de l'établissement, Ramphastos, convalescent, n'avait sans doute pas encore réintégré sa place réservée. Ils avaient donc terminé leur ronde place de la Cathédrale, et Oreste avait pu apprécier, en boucle, le spectacle des illuminations sur la façade de la cathédrale de Rouen, des teintes impressionnistes de Monet aux pixels modernes des cubistes.

Maline avait finalement passé une soirée agréable. Oreste ne manquait pas d'humour, dans son genre. Maline restait néanmoins sur ses gardes. Le journaliste avait accepté le contrat copain-copine, mais ne pouvait s'empêcher de chercher à poser des regards appuyés sur ce que Maline pensait avoir de plus séduisant : ses yeux, son sourire, ses jambes, le galbe de ses seins dans sa robe, heureusement plus boutonnée que dans l'appartement d'Olivier Levasseur.

Oreste tenta sa chance :

— Je repense à ce que vous m'avez dit cet après-midi, ce poème d'Arthur Rimbaud, Maline, qui parle d'une joue dont la peau ressemble au velours d'une pêche, de la moue enfantine d'une lèvre… Je ne vous ai pas répondu tout à l'heure. Je peux vous le dire maintenant, Maline. Cela vous décrit à ravir…

Il avança une main vers sa joue, comme pour vérifier la texture du velours.

Maline attrapa sa main au vol :

— Doucement Oreste. Vous vous souvenez, copain-copine ! Je vous préviens, j'ai en ce moment un amant super musclé… Et puis entre nous, le côté Arthur Rimbaud ne vous va pas trop. Un peu trop banal comme poète, non ?

Oreste rit franchement :

— O.K. Maline, je vous laisse tranquille. Copain-copine. Mais à une seule condition !

— Laquelle ?

Vous me racontez comment vous êtes passée de Libération au SeinoMarin.

Maline sentit le piège se refermer :

— Vous ne lâchez jamais ? Pourquoi vous le raconterais-je ? On ne se connaît que depuis hier. Presque personne, même parmi mes proches, n'est au courant…

— Peut-être parce que vous ne me connaissez pas, justement. Il est toujours plus facile de se confier à un inconnu, non ? Surtout un inconnu qui vous ressemble. Même école, même ambition, même début de carrière…

— Pourquoi voulez-vous savoir, Oreste ? Cela va foutre en l'air la soirée…

— Moi, j'ai plutôt l'impression que c'est votre vie qui a été foutue en l'air. Racontez-moi. Au moins pour m'éviter de faire la même connerie que vous ! Sur pas mal de points, je suis un petit con assez obtus... Mais sur ce point-là, je pense que je peux vous comprendre. Essayez, au moins.

Maline soupira.

Cela faisait des années quelle n'avait pas parlé de son passé... Et il ne s'était pas passé un jour sans quelle y pense !

Oreste avait raison.

Elle était comme lui, à cette époque. Il pourrait comprendre, et peut-être même éviter de tomber dans le même piège qu'elle.

La fatigue, le trop plein d'émotions eurent raison de la résistance de Maline.

Elle céda.

— Vous l'aurez voulu Oreste... Mais ne m'interrompez pas, pas avant que j'aie terminé ! J'avais vingt-sept ans alors, j'étais journaliste à Libération depuis trois ans, grand reporter, j'avais déjà couvert plus d'une dizaine de conflits dans le monde. A ce moment-là, je me trouvais au Mali pour les élections présidentielles. Tout se passait bien, aucune tension, le Mali est la plus sage démocratie d'Afrique, la routine. Et puis, entre les deux tours, quelques journalistes revinrent du nord du Mali, de la région de Mopti, dans le delta intérieur du Niger. Il y avait eu une inondation terrible, brutale, qui avait fait une dizaine de morts, mais surtout anéanti des villages, des milliers d'habitations sur des dizaines d'hectares. C'était une catastrophe banale à l'échelle de la planète, pas un journal télévisé occidental n'aurait repris cette information. Mais, moi, j'étais juste à côté ! Je pouvais alerter le monde, utiliser cette inondation, ces images de désolation, comme exemple, comme levier, pour parler du sous-développement et de tout le reste. Vous voyez ce que je veux dire... Les journalistes maliens qui avaient observé l'inondation sur place avaient ramené à Bamako des photos, des films, des témoignages. Il y avait largement de quoi alimenter mon article pour Libération. C'étaient de bons professionnels, il y a au moins vingt journaux francophones indépendants au Mali. Mais moi, je voulais plus, je voulais ressentir personnellement la détresse des gens, la ressentir pour pouvoir la retranscrire, la transmettre au monde. Aller là-bas, pour sauver l'humanité, armée de mon stylo. Quelle connerie ! Les journalistes maliens m'ont dissuadée. Il était dangereux de chercher à atterrir à Mopti à cause des intempéries. Pourquoi se rendre sur place ? Qu'allais-je faire de plus qu'eux ? Ils revenaient de Mopti, ils pouvaient répondre à toutes mes questions. J'ai insisté, j'avais le pouvoir pour moi, le prestige, l'argent, l'autorité, même du haut de mes vingt-sept ans. On a décollé pour Mopti dans la journée, un vol spécial payé par Libération, avec un photographe et trois autres journalistes. Un vol de deux heures. La piste d'atterrissage de Mopti n'était plus qu'un champ de boue. Les roues de l'avion se sont plantées dès que l'on a touché le sol et l'avion est parti en tonneau. Sur les six passagers, dont le pilote, quatre sont morts sur le coup. Nous ne fûmes que deux rescapés, éjectés dans la gadoue juste avant le crash. Quatre morts, dont la seule cause était mon arrogance.

Maline souffla un instant. Son regard se perdit dans les dentelles flamboyantes des pierres taillées de la cathédrale.

Elle continua :

— Ce n'est pas tout. Je vivais avec quelqu'un, au Mali, un jeune homme dont j'étais amoureuse. Fatou. Il dirigeait le centre culturel francophone de Bamako. Une rencontre comme une évidence. Vous vivrez cela un jour aussi, Oreste. Fatou Keita était le fils aîné d'une grande famille malienne, son père dirigeait un journal très influent de Bamako, l'Essor, ses deux frères cadets étaient également journalistes. Le père et les deux frères de Fatou étaient les trois journalistes avec moi dans l'avion, ils me faisaient confiance, ils m'ont suivie. Ils sont morts tous les trois dans le crash. Après l'accident je suis presque directement retournée à Paris. Je n'ai jamais revu Fatou. J'ai démissionné de Libération quelques semaines plus tard.

J'ai zoné plus d'un an et demi avant que Christian Decultot ne me récupère en miettes. Voilà Oreste, vous savez tout.

***

Ils gardèrent le silence longtemps, puis se promenèrent longuement dans les rues piétonnes de Rouen, échangeant à peine quelques mots. Ils n'étaient pas très loin de la rue Eau-de-Robec quand le téléphone portable de Maline sonna. C'était Christian Decultot.

Le rédacteur en chef parla d'une voix essoufflée, proche de la panique :

— Allo, Maline ? Je viens d'avoir une info du commissariat. On vient de retrouver un second marin de l'Armada assassiné ! A Caudebec-en-Caux, devant la chapelle Bleue, juste à côté de la Barre-y-Va. Toute la police est en train de foncer sur place !

La chapelle Bleue.

Maline toucha du bout de ses doigts, au fond de sa poche, la feuille arrachée au livre d'or de l'église de Villequier.

« R.V. à la chapelle – 1h30 ».

Un message écrit avec une encre noire, à l'exception d'un seul mot, chapelle, en bleu.

C'était évident, quand on savait.

Elle aurait pu savoir.

Oreste avait tout entendu, tout compris. Il secoua la journaliste avec énergie :

— Vous ne pouviez pas savoir, Maline ! Personne ne pouvait deviner ! Vous n'êtes pas responsable de la fatalité. C'est cela, Maline, la véritable arrogance, se sentir responsable de la fatalité. Secouez-vous Maline, il faut qu'on se rende à cette chapelle Bleue. Vous êtes sans doute la seule personne à pouvoir empêcher que la liste des assassinats ne s'allonge encore.

***

Après Caudebec-en-Caux, la Modus du SeinoMarin tourna à droite en direction d'une route étroite, au dessus de la Seine, menant à la chapelle Bleue et la Barre-y-Va. Maline et Oreste remarquèrent un grand camion blanc, très allongé, qui occupait la moitié de la route.

Ils durent se garer en bas de la côte et finirent le trajet à pied.

Le dispositif policier était impressionnant. Une dizaine de gyrophares illuminait la falaise de la Seine. Des dizaines d'hommes s'affairaient.

Un premier barrage de police, à trente mètres de la chapelle Bleue, les arrêta.

Maline et Oreste montrèrent leur carte de presse, mais rien n'y fit. Les ordres étaient formels.

Maline soupira, puis demanda au policier en faction, un flic bedonnant à l'air mal réveillé :

— Est-ce que le commissaire Paturel est arrivé ?

— Bien entendu. Mais ça m'étonnerait qu'il ait le temps de recevoir la presse pour l'instant !

— Allez lui demander, insista Maline d'une voix autoritaire. Dites que Maline Abruzze veut lui parler !

Le policier haussa les épaules. Il revint cinq bonnes minutes plus tard, traînant le pas.

— Il est désolé. Il dit que la zone est interdite à la presse, qu'il ne peut pas faire d'exception, même pour vous. Il vous demande d'attendre derrière la barrière. Il va passer tout à l'heure.

Maline n'avait aucune envie de rester dans la salle d'attente. Elle tira de sa poche la feuille déchirée du livre d'or de l'église de Villequier et la confia au flic fatigué :

— Allez porter cela au commissaire. Dites-lui que c'est de la part de Maline Abruzze. Il comprendra.

— Puisque je vous ai dit que…

— Allez porter cela au commissaire, bordel ! hurla Oreste.

Le flic ne souhaita pas affronter le regard d'Oreste

et repartit, la feuille à la main, grognant quelque chose comme « je n'ai pas que cela à foutre moi ».

Moins d'une minute plus tard, le commissaire Paturel surgissait, brandissant la page arrachée, hurlant :

— Où avez-vous trouvez ça ?

Maline ne révéla rien avant que Gustave Paturel ne les fasse entrer, elle et Oreste, sur les lieux du crime.

La lueur du vitrail bleu de la chapelle se confondait maintenant avec celle des gyrophares. De puissants spots halogènes éclairaient la scène du crime. La légère brume qui remontait du fleuve, une cinquantaine de mètres en contrebas, blanchie artificiellement par les lampes, donnait aux lieux une atmosphère de film d'horreur.

Maline raconta l'ensemble de son périple de la veille, ne négligeant aucun détail, y compris la poursuite perdue avec le motard. Le commissaire écouta, attentif. Lorsque Maline eut terminé son récit, il prit un air rassurant de père de famille :

— Joli travail, mademoiselle Abruzze. Ça va nous avancer. Je ne vais pas vous emmerder avec le fait que vous auriez pu nous apporter cette feuille hier soir. On est tellement débordés que jamais on n'aurait pensé à quadriller cette chapelle Bleue avant cette nuit.

Maline lui en fut reconnaissante. Paturel continua :

— Vous avez peut-être croisé l'assassin, hier, dans l'église de Villequier. Les types de la police scientifique vont pouvoir dresser un portrait-robot. Vous passerez tout à l'heure dans le camion.

— Vous aussi, ajouta-t-il en s'adressant à Oreste.

Oreste répondit par un sourire coincé. Le journaliste parisien ne disait rien, restait discrètement dans l'ombre, mais Maline savait d'expérience qu'il enregistrait chaque détail de la scène… Même s'il devait amèrement regretter d'avoir laissé son Palm dans sa chambre d'hôtel. Maline se demanda si elle n'avait pas fait entrer le loup dans la bergerie, et si toute cette affaire, dans ses détails les plus confidentiels, n'allait pas se retrouver dès ce soir à la une du plus grand journal de France...

Tant pis, ce n'était plus la priorité.

Il fallait qu'elle sache, elle aussi.

— Commissaire, qu'est-ce qui s'est passé ici, hier soir ? Vous me devez bien ça ?

Le commissaire prit un air gêné. Il devait coordonner l'enquête.

— Ne bougez pas, fit-il, je vous envoie tout de suite l'inspecteur Stepanu.

L'inspecteur Stepanu n'arriva que dix bonnes minutes plus tard, avec un air préoccupé de circonstance :

— Le commissaire m'a dit de tout vous raconter.

Il jeta un coup d'œil méfiant à Oreste Armano-Baudry.

Ce flic était un instinctif !

Maline lui indiqua qu'il pouvait parler devant Oreste. Elle n'avait pas le choix si elle voulait en savoir plus.

— Nous avons identifié la victime, commença Stepanu. L'homme avait ses papiers sur lui. Il s'agit d'un matelot indonésien du Dewaruci, Paskah Supandji. Il a été poignardé, avec le même type d'arme que celle qui a servi à tuer avant-hier le matelot mexicain, Mungaray.

— On a retrouvé l'arme du crime ?

— Non… Par contre, Paskah Supandji s'est défendu. Il était armé d'un couteau et il a touché son agresseur. On a des traces de sang de l'assassin sur le gravier, sur la main et le bras de Paskah Supandji. On a lancé les identifications ADN.

— Comment l'alerte a-t-elle été donnée ?

— La gardienne de la chapelle habite à côté. Elle est du genre insomniaque. Elle a entendu un cri vers 1h30, puis des bruits de lutte. Elle a prévenu la gendarmerie. Elle était là en moins de dix minutes. Paskah Supandji était déjà mort.

— Et…

Maline hésita à poser la question. Il y a certaines choses qu'elle n'était pas censée connaître.

Elle observa le spectacle irréel du grand méandre de Caudebec s'éclairer au rythme des gyrophares. Elle prit sa décision. Elle avait déjà assez tergiversé comme cela dans cette affaire. Sarah Berneval était assez maligne pour ne pas être soupçonnée d'être la taupe.

— Inspecteur, est-ce que Paskah Supandji était tatoué ? A-t-il été lui aussi marqué au fer rouge ?

Ovide Stepanu la regarda d'un œil soupçonneux. Cette information n'avait jamais été diffusée à la presse. Cela dit, il y a longtemps que cette Maline Abruzze avait une longueur d'avance sur eux. Le commissaire faisait confiance à cette fille, il lui avait donné l'ordre de tout lui dire :

— On ne peut rien vous cacher, décidément. Oui, Paskah Supandji avait, tatoués sur l'épaule cinq animaux, un aigle, une colombe, un tigre, un crocodile et un requin. Comme Mungaray. Il a également été marqué au fer rouge, du même symbole que Mungaray, la marque « M< ». Il y a juste un détail, un détail que nous n'expliquons pas…

Maline prit la parole d'une voix calme :

— Je suppose que cette fois-ci, il n'y avait pas une marque au fer rouge. Il y en avait deux ! Le requin et le crocodile ont été brûlés.

Le regard d'Ovide Stepanu se métamorphosa et devint brusquement inquisiteur.

Personne ne pouvait connaître ce détail… A part l'assassin lui-même ! Qui était cette fille ? Quel rôle jouait-elle exactement ?

Il allait intervenir lorsque Maline poursuivit :

— En javanais, suro signifie requin et buaya, crocodile. Surabaya est le port d'attache du Dewaruci, sur l'île de Java, en Indonésie. Les tatouages sont des symboles qui représentent le navire auquel les matelots appartiennent.

Ovide Stepanu ne sut pas quoi ajouter.

Etaient-ils incompétents à ce point dans la police ?

Dans ce cas, il fallait faire preuve d'humilité :

— Avez-vous identifié les deux autres ? Le tigre et la colombe ?

— Pour le tigre, aucune idée. Pour la colombe par contre, sachant que paix se traduit par mir en russe, on peut penser que l'un des deux matelots qui nous manquent est russe. Il est soit l'assassin… soit la prochaine victime…

Ovide Stepanu pensa que selon toute logique symbolique, l'assassin ne pouvait pas être la colombe et en déduisit que ce matelot russe du Mir courait sans doute un grand danger.

Il ne se doutait pas à quel point il avait raison !

37
Ligne de Mir

1h42, sous les étoiles

Sergueï Sokolov perdait son sang.

Il ouvrait grand les yeux, il voulait voir les étoiles.

Il n'y avait pourtant aucune étoile dans le ciel, juste l'obscurité : un ciel noir, pas même la lune.

Il se sentait tanguer. Son corps basculait doucement, de gauche à droite.

Il essaya de mieux respirer, mais c'était difficile. Il savait qu'il avait perdu connaissance. Il venait juste de se réveiller, il fallait qu'il reste éveillé maintenant.

Qu'il se force à rester éveillé.

Qu'il se force à respirer. Respirer, c'était vivre !

Les étoiles ! Les étoiles l'aideraient à rester éveillé.

Sergueï Sokolov essaya d'ouvrir les yeux plus grands encore, mais il ne voyait que le noir absolu.

Sa raison s'en allait !

Il avait de plus en plus froid, il sentait son corps se glacer. C'était cela, la mort, sans doute.

Non ! Il fallait respirer. Le tangage familier l'aidait, ce tangage qui le berçait, qui l'accompagnait chaque nuit, sur le bateau.

Non, ne pas s'endormir.

Combien de temps pourrait-il tenir, encore ? Que lui était-il arrivé ? Il ne se souvenait de rien, il n'avait rien vu, il avait juste ressenti la douleur atroce. Un poignard lui avait traversé le cœur.

Il n'avait plus la force de bouger, de parler.

Ce froid intense l'enveloppait.

Ouvrir les yeux. Il pouvait encore ouvrir les yeux.

Voir les étoiles.

Lorsqu'il avait dix ans, il était allé avec son père à Baïkonour voir les fusées décoller. Ce voyage avait marqué à jamais sa vie. Depuis l'âge de dix ans, depuis ce voyage, il rêvait d'être cosmonaute. Son père lui avait acheté une petite fusée Soyouz, la Soyouz T15, celle qui s'arrimait à la station Mir. Il l'avait posée sur sa table de chevet, à côté de son lit. Elle n'avait jamais bougé depuis. Il l'avait retrouvée, l'année dernière, la dernière fois qu'il était retourné au Kazakhstan.

La dernière fois qu'il avait vu ses parents.

Respirer, lentement. Ne pas penser à ce froid qui emplissait les poumons.

Ouvrir les yeux. Chercher les étoiles.

Il n'avait pas pu devenir cosmonaute, c'était trop difficile, trop cher, alors il était devenu matelot. Son père était tout de même fier de lui, il avait vu les yeux de son père briller l'année dernière, la dernière fois qu'il était retourné chez lui, au Kazakhstan, dans son bel uniforme de parade du Mir.

Ne pas laisser le froid entrer, chercher les étoiles.

Sur le pont du Mir, souvent, il regardait les étoiles, toute la nuit parfois.

Lorsque la mer le berçait de son tangage, comme ce soir, il rêvait en observant les étoiles.

Il avait toujours été un grand rêveur. Trop, lui disait son père.

Son père avait raison. Il n'aurait pas dû rêver, il aurait dû se méfier davantage. Ce poignard lui brûlait le cœur.

Le froid était en lui, maintenant.

Il s'en moquait, il était en uniforme de parade, son père lui souriait.

Il entrait dans sa chambre : la petite fusée Soyouz T15

sur la table de chevet était là. Il passait son doigt sur le métal lisse, il avait dix ans, il voulait devenir cosmonaute.

Il ferma la bouche, définitivement, pour que le froid ne puisse plus entrer en lui.

Ouvrir les yeux, seulement les yeux.

Il était bien.

Les étoiles s'ouvrirent dans le ciel, il les voyait maintenant.

Il volait, il allait même pouvoir les toucher.

Il était enfin un cosmonaute, il volait loin, au-delà des étoiles, plus loin qu'aucune fusée Soyouz T15 n'irait jamais, au cœur de l'infini glacé.

38
Méandre mort

2h24, la chapelle Bleue, Caudebec-en-Caux

Le commissaire Gustave Paturel écarta sans ménagement les policiers affairés à examiner d'éventuelles traces de pas sur le sol et s'avança vers l'inspecteur Stepanu. Il ne jeta pas un regard à Maline et Oreste, ne semblant même pas les remarquer. Il était sous le coup d'un choc violent. Il lança brusquement :

— On est dans la merde, Ovide. On vient de retrouver un autre marin assassiné !

Ovide encaissa la nouvelle. Maline et Oreste tendirent l'oreille. Le commissaire continua, d'une voix saccadée :

— Il a été assassiné à Rouen, sur les quais, sur le pont de son bateau, le Mir. La victime s'appelle Sergueï Sokolov, elle était de garde ce soir sur le Mir. Les passants, les autres marins du Mir, ont d'abord cru qu'il dormait, c'est pour cela que l'alerte n'a pas été donnée tout de suite.

— Ça s'est passé quand ? demanda immédiatement Stepanu.

Le commissaire prit une profonde inspiration. Il regarda les policiers s'affairer, la plupart n'étaient sans doute pas encore au courant de la seconde découverte macabre. Le commissaire hésitait.

Quelque chose n'allait pas.

Enfin, il se lança :

— Colette Cadinot est sur place. Mezenguel est introuvable pour l'instant. Enfin, on peut se débrouiller sans lui, ce n'est pas là le problème. Il y a un légiste, aussi, sur place. Il a déjà pu estimer assez précisément l'heure de la mort. Le légiste est formel, il est arrivé peu de temps après le décès, et Sergueï Sokolov a été vu vivant par les autres marins du Mir sur le pont, à 1h15, lors de sa ronde. Pour le légiste, il n'y aucun doute : le coup de couteau mortel a été porté au cœur entre 1h30 et 1h45.

La stupéfaction marqua le visage d'Ovide, Maline et Oreste.

Entre 1h30 et 1h45 !

Ils savaient tous que Paskah Supandji avait été assassiné ici à 1h30. Son corps avait été retrouvé par la gendarmerie de Caudebec-en-Caux à 1h40. Le corps était encore chaud. Le coup mortel venait d'être porté, moins d'un quart d'heure avant, les légistes n'avaient aucun doute.

Le commissaire se tourna vers le panorama de la Seine, comme pour s'adresser directement au fleuve.

— Vous avez compris cc que cela signifie, je n'ai pas besoin de vous faire un dessin. Un premier matelot, Paskah Supandji, est assassiné ici, à la chapelle Bleue, à Caudebec-en-Caux, à 1h30. Pendant le même temps, Sergueï Sokolov est poignardé sur le Mir, sur les quais de Rouen, également à 1h30. Les légistes se donnent au maximum une marge d'incertitude d'un quart d'heure. Sachant qu'il y a au bas mot quarante kilomètres entre Caudebec-en-Caux et Rouen, au minimum quarante minutes de route, une évidence s'impose.

Il prit une profonde inspiration :

— Nous n'avons pas affaire à un assassin... Nous avons affaire à deux tueurs différents !

Les policiers s'agitaient comme des fourmis avant l'orage. Maline semblait perdre pied. Tout se brouillait dans sa tête.

Deux assassins différents ? Qu'est-ce que cela pouvait bien signifier ? Les crimes n'étaient donc pas commis par un tueur isolé ? Ils étaient programmés, organisés, coordonnés ? Par qui, par combien de personnes ? Quand cette folie allait-elle prendre fin ?

L'inspecteur Stepanu, au contraire, gardait son calme, du moins il le laissait paraître. Il ne sembla pas particulièrement surpris. La piste de la chasse-partie, du complot pirate, s'ouvrait à nouveau, se déployait sur un océan de mystère.

Il aimait cela.

— Et le mode opératoire ? demanda Stepanu au commissaire. Il est le même pour l'assassinat de Sergueï Sokolov ?

— Rigoureusement le même, confirma le commissaire. Un coup de couteau en plein cœur. Inutile de te préciser que Sergueï Sokolov avait tatoués sur son épaule cinq animaux, le requin, le crocodile, l'aigle, le tigre et la colombe.

— Et la marque au fer rouge ?

Le commissaire sembla faire un effort de mémoire, ou se perdre dans ses pensées. Il prit un temps avant de répondre :

— C'est la seule différence avec les deux autres meurtres. Sergueï Sokolov a simplement été poignardé. Mais aucun tatouage sur lui n'a été brûlé…

Ovide Stepanu prit également le temps de réfléchir, regardant successivement Maline, Oreste et le commissaire. Il tira ses conclusions à haute voix :

— Le meurtrier a assassiné Sergueï Sokolov en pleine Armada. A plus d'une heure du matin, certes, les quais commencent à être plus clairsemés. Il était assez simple de passer devant le matelot en faction devant le Mir, de s'approcher, de le surprendre, de lui planter un couteau en plein cœur sur un quai quasi désert, de s'éloigner en laissant le matelot dans une position laissant penser qu'il dormait. Mais déshabiller le marin, se munir d'un tison chauffé au fer rouge, brûler la chair, était évidemment impossible, devant le Mir, sur des quais encore fréquentés !

Le commissaire Paturel semblait exténué :

— On est dans la merde, Ovide. Dès demain, la presse va se déchaîner. Ça va être l'exode pour les touristes sur les quais et la ruée pour les chaînes de télévision du monde entier. Putain, qu'est-ce que c'est que cette histoire ! Deux assassins ! Le même mode opératoire.

Ovide Stepanu ne cédait ni à la panique, ni au désespoir. Plus l'affaire s'embrouillait, prenait un tour sordide, plus il semblait à l'aise. Il en rajouta, même :

— Deux assassins, Gustave. Ou peut-être même davantage… Même mise en scène, même mode opératoire, sans vouloir jouer les trouble-fêtes, tout porte à penser que nous n'avons pas affaire à des meurtres isolés, mais à une organisation criminelle. On s'est trompé, Gustave, les tatouages ne représentent pas des matelots isolés, ils représentent des équipages. Le Cuauhtémoc, le Dewaruci, le Mir... Je me suis trompé. La chasse-partie a pu ne pas seulement être contractée entre quatre matelots. Elle a pu l'être entre tout un équipage, tout un équipage pirate… Combien ? Quelques dizaines d'hommes ? Davantage encore ?

Le commissaire s'avança d'un mètre, domina l'inspecteur Stepanu de toute sa corpulence, et expulsa une partie de sa tension :

— Fais pas chier, Ovide. Fais pas chier ce soir ! Fais pas chier avec tes théories à la con de secte de pirates anarchistes ! Deux tueurs sur les bras, c'est déjà bien assez, tu ne crois pas ? On va se concentrer sur ces deux meurtres, chercher les deux tueurs et tu joueras les « Cassandre » plus tard.

Ovide Stepanu ne se vexait jamais. Il avait parfaitement intégré le fameux syndrome de Cassandre, le syndrome de celui qui connaît la vérité mais qui est condamné à ce que personne ne le croie. En mettant en garde le commissaire, il avait fait son devoir. Il revint à des éléments plus concrets de l'enquête :

— O.K. Gustave. On verra ça plus tard. Revenons aux deux meurtres. On a pas mal d'éléments, ne l'oublions pas. Maline Abruzze a vu le visage d'un des membres de... Enfin disons d'un des coupables présumés. On a aussi des échantillons du sang d'un des deux meurtriers, celui de Paskah Supandji. On va pouvoir identifier son ADN. Ce n'est pas un fantôme !

Gustave Paturel enchaîna :

— Colette m'a dit qu'il y avait également du sang sur l'uniforme de Sergueï Sokolov, sur son cou et ses mains. D'après ce qu'elle m'a dit, elle n'avait pas l'impression que c'était le sang du marin russe. Les traces de sang laissaient penser que son meurtrier était blessé, qu'il avait perdu son sang en le frappant. De toutes les façons, ils ont lancé les analyses ADN, là-bas aussi.

Maline gardait le silence. Des camions de gendarmerie commençaient à repartir, sans sirènes, comme pour ne pas réveiller les voisins. Précaution inutile, tous les résidents proches étaient sur le pas de leur porte.

Elle enregistrait toutes les informations de l'enquête.

Deux assassins !

Lequel des deux tueurs était l'homme blond qu'ils avaient poursuivi hier ?

Etait-ce réellement l'un des deux tueurs, ou la prochaine victime ? Elle en doutait maintenant...

Une main se posa sur son épaule. L'inspecteur Stepanu lui jeta un regard doux :

— Mademoiselle Abruzze, vous voulez bien nous suivre dans le camion de la police scientifique ? Nous allons essayer de dresser un portrait-robot de l'homme que vous avez vu hier.

L'inspecteur lui lança un sourire amical de toutes ses dents pourries.

— Je viens avec elle, fit Oreste. Je l'ai croisé moi aussi.

Ils redescendirent la route. Maline jeta un coup d'œil vers le sombre méandre du fleuve, aussi sombre que ses pensées. La chapelle Bleue, comme toutes les chapelles des marins de la Seine, avait été élevée en remerciement à la vierge, pour un miracle, quelques vies sauvées lors d'une tempête.

Une chapelle pour quelques vies sauvées, mais pour combien d'épaves au fond de la Seine, de morts noyés, au fil des siècles, de cadavres au fond du fleuve ? Quelques plaques de marbre dans une église, pour combien de poussière d'os dans le lit du fleuve ?

Tous entrèrent dans le L.A.M.A.S, garé en bas de la côte de la Barre-y-Va. Oreste et Maline s'arrêtèrent, surpris par la surenchère de technologie concentrée dans le laboratoire scientifique mobile. Quatre policiers en blouse blanche s'affairaient sur des écrans d'ordinateurs. On avait tiré un rideau au fond du camion. Maline comprit qu'on devait déjà, derrière le rideau, être en train de pratiquer l'autopsie du corps de Paskah Supandji, à mois de trois mètres d'elle !

— Le camion n'est pas à nous, précisa le commissaire, faut pas croire ! C'est la police scientifique d'Ile-de-France qui nous le prête, pour l'occasion. Maintenant, je me dis qu'on aurait dû en demander deux !

Ils firent s'installer Maline et Oreste devant un large écran d'ordinateur. Un homme en blouse blanche, plutôt jeune et attentionné, qui ressemblait davantage à un ophtalmologue qu'à un flic, commença à s'occuper d'eux. Rapidement, malgré toute la patience du jeune policier, l'expérience se révéla infructueuse. Maline et plus encore Oreste, avaient à peine aperçu l'homme à la moto. Maline n'avait pas imprimé son visage dans sa mémoire, juste une couleur de cheveux, une taille. Ils aboutirent à un résultat très improbable, un portrait qui n'avait vraisemblablement aucune chance de s'approcher de la vérité, et encore moins de permettre à une tierce personne de reconnaître l'homme à partir de ce dessin morphologique.

Avec une infinie patience pourtant, l'ophtalmo-flic insistait. Maline se sentait épuisée, il était plus de trois heures du matin, elle n'arrivait plus à rien, elle n'arriverait à rien de mieux. Elle était en train de chercher un moyen poli pour demander au policier d'arrêter de la torturer, lorsqu'un des flics en blouse se leva avec un regard de possédé.

Il avait des lunettes en écaille et le teint grisâtre des poissons des profondeurs, sans doute pour avoir passé trop de temps dans son camion sans voir le soleil.

— Commissaire. Venez voir ça ! On a un sérieux problème !

Le commissaire, et tous les autres occupants du camion, s'approchèrent. Le scientifique jouait nerveusement avec ses lunettes en écaille. Il leur indiqua deux écrans plats d'ordinateur, posés côte à côte.

— Vous voyez, fit-il, sur l'écran de droite, c'est l'électrophorègramme, le profil ADN si vous préférez, du meurtrier de Paskah Supandji. Il provient du sang que l'on a recueilli sur les graviers et sur le corps de la victime. Si je veux être plus précis, il s'agit du sang frais de quelqu'un qui se trouvait sur les lieux du crime à l'heure de la mort de Paskah Supandji et qui a perdu son sang à côté et sur la victime. On a donc toutes les raisons de penser qu'il s'agit de l'assassin.

Tous visualisaient à l'écran une complexe série de courbes de quatre couleurs.

— Une série ADN ne se présente pas comme une série de lettres ? Demanda Oreste.

Maline soupira. Ce n'était pas le moment de jouer le journaliste chiant. Le scientifique aux lunettes d'écaille le toisa d'un air supérieur et expliqua sommairement, d'un air de professeur blasé par la médiocrité de ses élèves :

— La série de lettres, comme vous dites, ce sont les initiales des quatre nucléotides qui forment l'enchaînement de l'ADN : A pour adénine, G pour guanine, T pour thymine, C pour cytosine… Mais depuis les méthodes de séquençage automatique, on utilise ce qu'on appelle une chromatographie, des marqueurs fluorescents si vous préférez, adénine en bleu, thymine en vert, guanine en jaune, cytosine en rouge. On obtient un électrophorègramme, qui permet de lire beaucoup plus simplement les résultats et de comparer les ADN.

Il se pencha en avant et déplaça la flèche de la souris.

Donc ici, sur cet écran, vous avez l'électrophorègramme du meurtrier de Paskah Supandji.

Il réajusta ses lunettes, vira encore un peu plus vers le gris, et continua :

— L'équipe scientifique de Rouen vient de nous envoyer ses résultats par le net. Mêlé au sang de la victime, Sergueï Sokolov, ils ont retrouvé d'autres traces de sang, sur son uniforme, sa peau. Autour de la plaie aussi. Des traces de sang frais, là encore. Comme personne d'autre que son assassin n'a approché Sergueï Sokolov, alors qu'il était de garde devant le Mir, dans l'heure qui a précédé sa mort, nous avons toutes les raisons de penser là aussi qu'il s'agit du sang de son assassin.

Il fit glisser sa souris sur l'écran de gauche et continua la démonstration :

— Je vous rappelle que sur l'écran de droite, nous avons l'électrophorègramme du sang frais trouvé sur le lieu du crime, la chapelle Bleue à Caudebec-en-caux et à l'heure du crime, 1h30. Sur l'écran de gauche, nous avons l'électrophorègramme du sang frais versé à la même heure, entre 1h30 et 1h45, mais à quarante kilomètres de là, sur les quais de Rouen.

Tous eurent le même réflexe, comparer les deux écrans.

Le doute n'était pas permis.

Les ellipses fluorescentes de l'électrophorègramme étaient rigoureusement identiques !

— Nom de Dieu ! fit Ovide Stepanu

— Vous ne vous êtes pas planté de fichier ? demanda le commissaire.

— Non, répondit sobrement le scientifique.

D'un clic de souris, il fit glisser l'image de l'écran de gauche sur celle de l'écran de droite : les deux courbes se superposèrent, jusque dans le moindre détail.

— La bonne nouvelle, commissaire, continua le flic aux lunettes d'écaille, c'est que nous n'avons pas affaire à deux assassins différents. C'est le même individu qui a assassiné Paskah Supandji et Sergueï Sokolov ! La mauvaise, c'est que toute ma technologie ne peut expliquer comment cet individu a été capable de poignarder, à la même heure, un homme à Caudebec-en-Caux et un autre sur les quais de Rouen.

— Arrêtez vos conneries, hurla soudain Oreste. Un même type ne peut pas tuer deux personnes différentes, à deux endroits différents, exactement à la même heure !

L'inspecteur Ovide Stepanu fixait les deux écrans, fasciné :

— Apparemment, si !

39
Casse-tête pour un double meurtre

3h37, la chapelle Bleue, Caudebec-en-Caux

La fin de la nuit fut pénible. Maline et Oreste durent reprendre en détail leur déposition. Le commissaire les quitta plus tôt, partant en urgence sur les quais de Rouen. Il savait qu'il ne se coucherait pas de la nuit et que le lendemain, la journée allait être longue, très longue. L'annonce du double meurtre allait faire l'effet d'une bombe ! Il peinait à en imaginer les conséquences.

Vers un peu plus de quatre heures du matin, Oreste déposa Maline à son appartement, rue Saint-Romain, avant de retourner dormir seul au Vieux Carré.

Maline se sentait épuisée, mais n'avait pourtant pas envie de dormir. Une sorte d'excitation nerveuse agitait son cerveau. Elle ouvrit son ordinateur portable et pendant une demi-heure, consigna tous les éléments de cette histoire de fous. Lorsqu'elle eut fini, elle envoya le dossier en fichier attaché à l'adresse électronique personnelle de Christian Decultot. Il trouverait cela demain matin. Le SeinoMarin ne serait pas publié avant le mercredi suivant, mais son rédacteur en chef pourrait toujours se servir de ces informations pour des dépêches nationales, comme monnaie d'échange pour des groupes de presse, des radios ou télés. Dans le déluge médiatique qui allait déferler sur l'Armada le lendemain, Christian Decultot serait peut-être un de ceux qui pourraient lutter contre la spirale de panique.

Elle se jeta sur son lit, enfin.

Par quelques contorsions reptiliennes, elle fit glisser ses vêtements, ses sous-vêtements et resta nue sous le ciel de sa lucarne, allongée sur les draps. Il lui semblait que son corps avait conservé la mémoire des caresses d'Olivier Levasseur, que ses seins étaient encore un peu douloureux d'avoir été trop pétris, que ses cuisses ressentaient encore la chaleur du souffle d'une bouche avide.

C'était il y a quelques heures. Une éternité.

Qu'avait fait Olivier, ce soir ? Etait-il déjà au courant de l'ouragan médiatique qui allait s'abattre sur l'Armada, le lendemain ; qu'il allait devoir l'affronter seul, pour maintenir le cap, coûte que coûte, comme le pilote à la barre pendant le tempête ?

Rituel obligé, elle consulta les messages de son téléphone portable.

Son père, pour une fois, n'en avait laissé aucun. Elle en fut presque déçue.

Elle tourna encore dans le lit de longues minutes.

Irrémédiablement, son esprit ne pouvait se détacher plus de quelques minutes de cette escalade meurtrière.

Cette affaire n'avait aucun sens. Cette histoire de double meurtre impossible tenait de la pure folie. Bien entendu, elle connaissait les scénarios des meilleurs thrillers, elle connaissait la solution classique à ce type d'énigme, des Rivières pourpres à Maléfices, lorsque les analyses ADN se heurtent à une telle impasse : les enquêteurs ont affaire à des jumeaux, qui possèdent exactement les mêmes empreintes digitales et le même séquençage d'ADN. Un artifice scénaristique aussi invraisemblable qu'éculé !

Il y avait forcément une autre façon d'expliquer l'énigme, de résoudre l'équation en posant dans le bon ordre toutes les inconnues.

Sa dernière pensée en s'endormant fut qu'au moins, le

lendemain matin, son rédacteur en chef, compréhensif, allait la laisser dormir sans la réveiller par un coup de téléphone intempestif.

***

Il était près de 5 heures du matin, et Sarah Berneval peinait à prendre en notes toutes les instructions du commissaire Paturel.

Comme la moitié du commissariat, elle avait été réveillée en pleine nuit.

— Je n'en ai rien à foutre, hurlait le commissaire Paturel à une dizaine de subalternes, vous me collez autant d'hommes qu'il le faut, mais je veux que les bandes de toutes les caméras fixes de l'Armada aient été visionnées avant demain matin. Je veux aussi trouver par quel moyen il est possible de se rendre de Caudebec-en-caux à Rouen, ou l'inverse, en moins d'un quart d'heure, alors vous allez me trouver un hélicoptère et il va me faire le trajet en sortant son chronomètre. Je veux aussi savoir s'il existe un moyen de se poser en pleine nuit en hélico à proximité de l'Armada sans que personne ne le remarque. Vous allez également me réveiller un passionné de motonautisme. Avec les 24 heures motonautiques de Rouen, ça ne manque pas dans la région. Vous me trouvez le meilleur, celui qui a le bateau le plus puissant et vous me le collez dans l'eau avec sa Formule 1 flottante. Il paraît que ces trucs-là vont jusqu'à 240 kilomètres-heure ! Caudebec-en-Caux - Rouen en un quart d'heure, c'est peut-être possible...

Juste en face, un téléphone portable collé à l'oreille, l'inspectrice Colette Cadinot regardait le commissaire avec des yeux désolés, comme si tout ce qu'il exigeait tenait de la démence.

Le commissaire explosa :

— Evite en plus de me regarder comme si je devenais dingue, Colette ! Si tu as une meilleure idée pour expliquer comment ce type a pu réaliser son double meurtre, je suis preneur !

Elle n'en avait aucune.

Sarah Berneval tendit à nouveau son téléphone au commissaire :

— Quoi ? hurla encore le commissaire. Ne venez pas me dire qu'en plus, vous n'avez pas réussi à trouver de baby-sitter pour mes gosses lorsqu'ils vont se réveiller ! Sinon, j'envoie un fourgon et je les amène dans votre bureau, Sarah. Et je mets trois plantons à jouer aux gendarmes et aux voleurs avec eux. Au point où l'on en est…

Sarah Berneval se contenta de répondre par un visage professionnel, sans émotion visible :

— Vos enfants sont entre de bonnes mains commissaire. Une certaine Gwendoline… Une perle… Enfin… Il ne s'agit pas de cela.

Elle tendit encore le téléphone :

— C'est l'avocat de Daniel Lovichi. Il exige que son client soit immédiatement remis en liberté.

40
Le naufrage du Télémaque

Tard dans la nuit, quelque part dans l'agglomération rouennaise

L'homme rentra en silence et alla directement se laver les mains et le bras. Le sang coula dans l'évier.

— C'est grave ? demanda une voix féminine.

— Non, ce n'est rien. C'est superficiel. Ce salopard de marin indonésien était sur ses gardes…

Il marqua un long silence :

— Mais la police dispose de mon ADN, maintenant…

— Ils n'ont aucune raison de te soupçonner, tu le sais bien. Ne bouge pas, je vais désinfecter la plaie.

Le contact de l'alcool sur la plaie fit grimacer l'homme :

— Tu as raison. La malédiction s'est accomplie cette nuit, c'était le principal. Les flics vont tourner en rond pendant un bon moment avant de comprendre notre double meurtre. Cela va nous laisser le temps de tout terminer aujourd'hui. Il reste un dernier témoin à éliminer.

— Tu as sommeil ? demanda la voix féminine.

— Non… Pas encore.

Le bras bandé, l'homme s'installa dans le canapé blanc. La femme se pencha sous la table du salon, ouvrit le tiroir. Sa main attrapa un DVD :

— Le Télémaque ? C'est de circonstance, non ?

L'homme sourit. La main féminine mit en route le DVD et actionna la télécommande.

***

L'immense écran s'ouvrit sur un magnifique cloître Renaissance.

Au centre du cloître, un buffet était dressé, et une foule assez compacte, vêtue avec beaucoup d'élégance se pressait autour. Au-dessus du cloître, des lettres rouges sur une grande banderole : « Cloître des pénitents. “Exposition Mémoires et protection de la Seine”. Agence régionale de l'Environnement de Haute-Normandie. 10-13 mai 2001 ».

Le film bougeait beaucoup, comme s'il était tourné en caméra cachée.

Un individu barbu et bedonnant, dont l'accoutrement négligé tranchait avec la distinction de l'assemblée, s'approcha d'un groupe de trois femmes d'un âge certain, qui tenaient toutes un verre de champagne à la main. Les bijoux qu'elles arboraient donnaient une idée assez précise de la classe sociale à laquelle elles appartenaient.

On reconnaissait en l'homme barbu Pierre Poulizac, Ramphastos. Il se lança à l'abordage du groupe de femmes.

— Je vois, mesdames, que vous avez sorti vos plus beaux bijoux… Ils sont du plus bel éclat dans cet écrin Renaissance, vous ne trouvez pas ?

Les trois femmes, surprises, hésitèrent un instant sur la conduite à tenir devant l'opportun :

— Monsieur ?

— Pierre Poulizac. Mais mes amis m'appellent Ramphastos. Pirate en retraite, pour vous servir. Vous n'avez donc plus rien à craindre pour vos bijoux, mes belles dames.

Une des trois femmes éclata de rire et les deux autres durent suivre. Ramphastos n'était pas très beau à voir, mais il avait une voix de velours et sa conversation avait toutes les chances de rompre la monotonie oisive des belles dames. Ramphastos observa d'un œil expert les joncs d'or et les boucles d'oreilles de ses auditrices.

— Lepage, sans aucun doute. Encore aujourd'hui la

plus grande bijouterie de Rouen... Savez-vous mesdames qu'en 1663, le jeune orfèvre rouennais, Lepage, a ciselé une couronne d'or pour un rajah des Indes avec lequel le port de Rouen commerçait. La couronne est-elle arrivée à bon port ? Qu'est-elle devenue ? Nul ne le sait... Voyez mes belles dames, vous n'avez rien à craindre de moi. Je suis un pirate cultivé. Il y a longtemps que les pirates ne sont plus de dangereux anarchistes révolutionnaires.

Il se rapprocha de celle qui avait ri aux éclats à la première réplique, une blonde fanée encore habillée avec un soupçon de fantaisie, qui lorsqu'elle était jeune, dans ce type de réception, devait attirer autour d'elle un essaim de courtisans. Ramphastos lui souffla sa mauvaise haleine dans la nuque :

— Je ne voudrais pas vous effrayer, ma belle, mais en d'autres temps, on aurait tranché sans hésiter un aussi joli cou pour pouvoir dérober votre collier sans même ouvrir le fermoir.

Elle frissonna délicieusement. Les deux autres gloussèrent, un peu jalouses.

— Savez-vous, mesdames, ce que sont devenus tous les joyaux de la Couronne de France sous la Révolution? Les bijoux de la noblesse de France, de la cour de Versailles ?

Il attrapa sur le plateau d'un serveur qui passait une nouvelle coupe de champagne et trois toasts qu'il goba presque sans mâcher.

Il s'approcha à nouveau et chuchota sur le ton de la confidence :

— Le roi Louis XVI les a chargés sur un bateau ! En novembre 1789, il a rempli les cales d'un brick, le Télémaque, avec ordre de lui faire discrètement descendre la Seine. On sait maintenant que les cales renfermaient deux millions cinq cent mille francs en louis, confiés par des nobles émigrés qui n'avaient pas pu emporter leur bien, plus toute l'orfèvrerie, les œuvres d'art, et les reliques des abbayes du Bassin parisien que l'on avait pu sauver. Sans parler bien entendu de la fortune personnelle du roi de France, tout le contenu du garde-meuble royal que les sans-culottes ne retrouvèrent jamais.

Un nouveau serveur passa auprès d'eux sans même que les trois femmes ne le remarquent, passionnées qu'elles étaient par le récit. Ramphastos ne se gêna pas par contre pour délester le jeune homme d'une partie substantielle de sa charge.

— Et ensuite ? fit la plus hardie des trois bourgeoises.

— Le Télémaque partit de Rouen la nuit de la Saint-Sylvestre. Officiellement, il se rendait à Brest pour livrer du suif et des clous. Le capitaine avait reçu une enveloppe qu'il n'avait le droit d'ouvrir qu'une fois passé le cap de la Hève. Parvenu à Quillebeuf, le capitaine du bateau, un certain Quemin, amarra solidement le Télémaque au port pour éviter le mascaret. Pourtant, dans la nuit, le mascaret fut si violent qu'il emporta le Télémaque. Après avoir un temps échoué sur un banc de sable, le brick coula cent mètres plus loin, au milieu de la Seine.

— Et le trésor ? chuchota une auditrice osant affronter d'un peu plus près l'odeur fauve du vieux pirate.

— Officiellement, on ne retrouva dans les cales de l'épave que du suif, des clous, du bois et de l'huile pour le compte du Roi. Le capitaine Quemin mourut un 1836, à 82 ans, sans jamais rien révéler de son secret.

Une des femmes fit mine d'être déçue :

— Tout cela pour ça, alors, du suif et des clous ! Il n'y a sans doute jamais rien eu d'autre dans les cales du Télémaque.

Ramphastos afficha un sourire démoniaque en saisissant au vol une troisième coupe de champagne :

— Peut-être bien, madame. Peut-être bien. Mais tout le monde ne pense pas comme vous. En 1818, Louis XVIII, frère du roi guillotiné, tenta officiellement de renflouer l'épave. En 1837, le sieur de Magny essaya de remonter le Télémaque sans succès. En 1841, un Anglais nommé Taylor effectua des sondages et découvrit des morceaux d'or et d'argent, avant de prendre mystérieusement la fuite. Enfin et surtout, en 1939, deux Français, Crétois et Laffite, lancèrent une expédition scientifique de grande ampleur, à l'aide d'un scaphandrier. Ils remontèrent un bijou en or et une caisse remplie de monnaies d'or et d'argent. En 1940, on crut avoir retrouvé la proue du Télémaque, mais rapidement, on dut déchanter. Un spécialiste hollandais de la recherche d'épaves, Verloop, certifia que les fragments découverts ne provenaient pas du Télémaque. Selon lui, le navire serait désormais enterré près du phare de la Roque, dans le Marais Vernier, sous un polder asséché en 1880.

Une des femmes, assez grande, se redressa et toisa Ramphastos :

— Qu'est-ce qui nous prouve que vous nous racontez la vérité, monsieur le pirate ? Y a-t-il la moindre preuve de ce que vous avancez ?

— Oh vous savez, il n'y a pas grand mystère dans ce que je viens de vous raconter. Prenez par exemple le scaphandrier qui a remonté les pièces d'or en 1939, il est tout simplement exposé dans le Musée maritime de Rouen, sur les quais ! La vraie histoire est souvent peu connue… On manque de conteurs de nos jours. Et puis, je ne vous ai raconté que la surface des choses… J'ai aussi une théorie personnelle. Ce mystère du Télémaque peut aussi être abordé en prenant davantage de profondeur.

Il s'approcha de la plus espiègle des auditrices et lorgna sans vergogne dans son décolleté. La sexagénaire en fut rouge de plaisir. Ramphastos chuchota :

— Quelques années après le naufrage du Télémaque, un Américain, Robert Fulton, proposa au Directoire, vers 1800, de tester pour la première fois à Rouen, au Havre et en vallée de Seine son invention.

— Laquelle ? gloussa la femme en posant une main pudique sur sa gorge.

Ramphastos se rapprocha encore d'elle, admirant peut-être davantage le collier d'or à son cou que la gorge flétrie. Il chuchota :

— Robert Fulton testa à Rouen et au large de Quillebeuf, pour la première fois au monde, un sous-marin ! Un sous-marin qu'il baptisa le Nautilus, soixante-dix ans avant Jules Verne !

41
L'heure du profileur

7h13, 13, rue Saint-Romain, Rouen

Maline dormait depuis à peine trois heures lorsque son téléphone lui explosa les tympans.

Maline était allongée sur le ventre. Sa main tâtonna mécaniquement sur la table de chevet. Elle appuya sur la touche verte et posa l'appareil sur les draps, à proximité de son oreille, sans même se retourner.

— Allo, Maline. C'est Christian. Tu es là ?

Grognement.

— O.K., tu es là ! Je viens de lire le mail que tu m'as envoyé cette nuit. Merci ! Nom de Dieu, c'est un cyclone qui s'abat sur nous, il va falloir serrer les rangs. Bon, je ne vais pas te refaire le film, tu as joué dedans, je vais à l'essentiel. J'ai une information pour toi, moi aussi. Le commissaire Paturel sera à la gare de Rouen pour le train de 7h59. Ils dépêchent de Paris une pointure, un spécialiste, tu vois ce que je veux dire, le genre profileur, spécialiste de la traque des tueurs en série. Un crac, comme dans les films, un certain Joe Roblin. Il arrive à Rouen, incognito, mais je compte sur toi pour lui assurer un accueil aussi discret qu'efficace…

Soupirs.

— Allez Maline. Debout. Tu dormiras mieux lorsque l'Armada aura mis les voiles. Encore bravo pour toutes tes infos. Bon, tu as bien noté. Gare de Rouen, 7h59.

Ronflement.

— Eh oh, secoue-toi ma vieille ! Il faut choisir ! La nuit de folie avec le bel Olivier Levasseur, la tournée des bars avec mon filleul, la grasse matinée… ou ton enquête !

Clac.

Bip Bip Bip.

***

Avant de refermer la porte de son appartement, Maline lança un regard morne sur les grands yeux rieurs de Fatou, quelque part en Afrique à cet instant. Ailleurs. Loin de toute cette agitation.

Elle avait les cheveux encore mouillés de sa douche trop rapide et dans la bouche un mauvais goût de Red Bull englouti trop rapidement.

L'air frais du matin réveilla un peu Maline, mais il lui semblait que toute la ville déserte avait la gueule de bois. Elle remonta tranquillement la rue Jeanne-d'Arc. L'effort de ses jambes pour gravir la pente la revigora, ses muscles reprenaient vie.

Christian allait le lui payer cher quand tout serait fini !

Elle entra dans la gare. L'immense hall était pratiquement désert. La grande pendule indiquait 7h47 : une nouvelle fois, elle était en avance. Elle reconnut tout de suite le commissaire Paturel. Il lui tournait le dos, occupé à observer l'étrange fresque qui ornait le mur de la gare : une vision naïve du port de Rouen figurant une agitation désordonnée de bateaux de part et d'autre des deux rives de la capitale normande. Cette vaste peinture murale, devant laquelle elle était passée des centaines de fois sans la remarquer, ne sembla pas un présage rassurant pour Marine.

Elle se planta derrière Paturel :

— Bonjour commissaire.

Gustave Paturel se retourna surpris. Son visage fatigué s'ouvrit d'un large sourire quand il reconnut Maline :

— Mademoiselle Abruzze ! Déjà debout ? Remarquez, moi, vous voyez, je n'ai pas dormi de la nuit !

Il continua d'observer le tableau :

— Vous l'aviez déjà remarqué, avant, ce tableau du port de Rouen ? Non, n'est-ce pas ? Pas plus que moi ?

Il prit Maline par l'épaule d'un geste paternel :

— Je ne vous demande pas ce que vous faites ici. Vous êtes là pour la même raison que moi je suppose. Votre rédacteur en chef, qui a des oreilles jusqu'à Paris, a dû déjà vous prévenir.

Il emmena Maline vers le point presse tout en continuant de parler :

— Ils nous envoient du renfort ! Une super star du quai des Orfèvres à ce qu'il paraît. Un type qui va se mettre dans la peau du tueur en série, sentir sa psychologie profonde, le renifler, vous voyez ce que je veux dire. Ici à Rouen, on a dû dépasser notre seuil d'incompétence, je suppose. Il nous reste deux minutes, vous pouvez me rendre un service, Maline ?

Ils entrèrent dans le point presse. Aucun journal ne titrait encore sur le double crime de la nuit précédente. Tous avaient bouclé avant minuit. Mais nul doute que dès à présent, quelques dizaines d'équipes de reporters, réveillés aux aurores, devaient dépasser la limite de vitesse autorisée sur l'autoroute A13 pour pouvoir assurer sur place, dans les éditions matinales, les premiers directs sur le triple meurtre de l'Armada.

— Vous savez à quoi j'ai occupé ma nuit, Maline ? Des trucs de dingue comme je n'en avais jamais faits au cours de ma carrière. J'ai commandé un hélicoptère, qui a fait une dizaine de fois l'aller-retour Rouen-Caudebec. Le bilan est sans appel. Impossible en un quart d'heure de décoller et d'atterrir entre les deux lieux du crime, encore moins sans être repéré…

— On s'en serait douté, non ?

Il regarda Maline d'un air las :

— Vous êtes toutes les mêmes, à me prendre pour un fou, mais incapables de me fournir la moindre autre explication rationnelle.

— Je ne vais pas vous faire le coup des jumeaux…

— Non, ne me le faites pas. Cela dit, Ovide Stepanu a tout de même tenu à vérifier si dans l'ensemble des équipages de l'Armada, plus de dix mille matelots, il n'y avait pas de frères jumeaux.

— Et alors ?

— Il n'y en a pas. Ça a pris trois heures à un flic. J'ai également fait sortir de son lit Eric Palinski !

— Le triple vainqueur des 24 heures motonautiques ? s'étonna Maline en lançant des yeux ronds.

— Oui, il a fait Caudebec-Rouen pied au plancher. Vingt-trois minutes ! Sans compter le temps de rejoindre la Seine du haut de la chapelle Bleue. Ça ne passe pas non plus !

— Et un catamaran F1 avec un moteur de 2 500 cm^2 au milieu des voiliers, cela n'est pas très discret pour un tueur ! Remarquez, le tueur est peut-être justement Eric Palinski. Et il a levé le pied quand vous lui avez demandé de faire le test.

Gustave Paturel éclata de rire :

— Excellent !

Il amena une Maline étonnée vers le coin souvenir de l'espace presse. Il y avait là quelques peluches, des maquettes de bateaux, de la porcelaine de Rouen.

— Il faut que vous m'aidiez, Maline. J'ai un problème. Je voudrais envoyer un cadeau à mes gosses. Je devais passer mes vacances avec eux et je ne les ai pas vus depuis près de trois jours. Alors je voudrais profiter de ces quelques minutes où je suis là pour leur faire porter par un taxi une surprise qu'ils trouveront à leur réveil. Je ne sais même pas quelle tête à la baby-sitter, il paraît qu'ils en changent toutes les cinq heures… La dernière s'appelerait Gwendoline. C'est dingue, non ?

Maline regarda le commissaire avec une infinie tendresse. Elle l'aimait bien. Il valait tous les profileurs du monde.

— Ils ont quel âge ?

— Léa, 8 et Hugo 6… Je n'ai aucune idée… Vous savez ce qui pourrait faire plaisir à un gamin parmi toutes ces cochonneries ?

Maline secoua négativement la tête.

Tant pis, fit le commissaire.

Il regarda sa montre :

— Ce Roblin ne va pas tarder à arriver. En plus, il paraît que c'est un jeunot. Moi j'avoue que la psychologie des tueurs, je suis un peu dépassé. Stepanu est plus fort que moi pour ça. Je suis un primaire, genre flic têtu qui finit par avoir raison à l'usure. Cela dit, c'est pas la psychologie qui va expliquer comment un type a pu commettre deux crimes à la même heure, à deux endroits différents !

— On est certain que c'est le même tueur ?

— Oui, les tests ADN ont été confirmés. Les spécialistes ont même travaillé sur le coup de poignard. Ils ont reconstitué virtuellement, en trois dimensions, la force, l'orientation, l'intensité du coup. Selon eux, c'est le même homme qui a frappé les deux fois. Il y a mieux encore. Ils ont examiné la plaie de Paskah Supandji, la victime de la chapelle Bleue. Elle contenait, à la fois du sang du tueur, et du sang de Sergueï Sokolov, le marin trouvé assassiné sur le Mir. Du sang de Sergueï Sokolov que l'on a retrouvé jusqu'à une profondeur de quinze centimètres de l'entaille dans la chair de Paskah Supandji. Vous voyez ce que cela signifie, Maline ? C'est la même arme, le même poignard, qui a frappé Sergueï Sokolov à 1h30 sur les quais de Rouen et Paskah Supandji à 1h30 à Caudebec. Le sang de la première victime était encore frais sur la lame lorsqu'elle a servi à frapper la seconde, à quarante kilomètres de là !

Maline fixait, sans même les voir, les quelques produits dérivés de l'Armada que vendait la boutique de la presse. Drapeaux, posters, autocollants…

— Il doit pourtant bien y avoir une putain d'explication

rationnelle, pesta le commissaire. On n'est pas dans la quatrième dimension !

Maline évita de répondre au commissaire.

Ne pas chercher à réfléchir, ne pas devenir fou, attendre, l'explication viendrait, forcément, en son temps.

Elle se pencha vers les produits dérivés de l'Armada et attrapa deux paires de jumelles colorées, deux grandes banderoles sur lesquelles il était inscrit bienvenue dans toutes les langues du monde, et deux petits appareils photos jetables.

Elle fourra le tout dans les bras du commissaire, stupéfait.

— Faites porter tout ceci à Léa et Hugo. Vous ajouterez une petite carte pour leur dire qu'ils commencent à apprendre par cœur le nom des bateaux de l'Armada et les drapeaux des pays, parce que quand vous les emmènerez pique-niquer sur les bords de la Seine, le 14 juillet, lundi prochain, vous voulez qu'ils soient prêts à ne pas perdre une miette du spectacle !

Gustave Paturel sentit une boule monter dans sa gorge. Deux larmes se formèrent au coin de ses yeux creusés :

— Vous croyez, Maline, vous croyez vraiment que c'est une bonne idée ?

Maline tenta elle aussi de réprimer des larmes d'émotion :

— On ne va pas laisser ce tueur foutre en l'air ce moment que vos gosses rêvent de passer avec vous depuis des mois, commissaire ? On ne va pas le laisser foutre en l'air notre rêve à tous ?

Elle regarda le commissaire droit dans les yeux, comme pour lui donner une confiance qu'elle n'avait pas elle-même :

— On va le coincer, commissaire. On va le coincer avant lundi, avant la grande parade.

***

Maline et le commissaire Paturel commençaient à se rendre vers les quais, quand une voix féminine annonça dans le hall de la gare que le train en provenance de Paris avait un quart d'heure de retard. Ils en profitèrent pour aller prendre un café. Serré !

Le commissaire Paturel consulta une nouvelle fois sa montre :

— J'espère que le train ne va pas avoir trop de retard. L'association de l'Armada a convoqué une conférence de presse à 9 heures. A l'espace des Marégraphes, sur les quais. Tout le monde sera là ! Je dois faire le point sur l'enquête ! Putain, je ne sais pas ce que je vais pouvoir leur raconter pour calmer le jeu, et j'ai pourtant l'impression que je vais faire salle comble. Je n'ai jamais parlé devant autant de journalistes. Enfin, je verrai bien… Je vais laisser le chef d'orchestre gérer, cet Olivier Levasseur, il paraît que c'est un pro…

Maline frissonna.

Paturel se tourna vers la journaliste :

— Vous en pensez, quoi, vous, de ce Levasseur ?

La question désarçonna Maline. Elle s'étouffa et le café lui remonta dans les cloisons nasales :

— Heu… Hum… Je ne sais pas trop… Il a l'air… Heu… Compétent…

— Mouais, fit le commissaire. Sans faire de la psychologie de profileur, ce type-là m'a l'air beaucoup trop propre sur lui pour être honnête. Enfin bon, on ne va pas se mettre à soupçonner tout le monde, non ? Une chose est sûre, c'est que ce n'est pas avec sa gueule d'ange qu'il va calmer l'hystérie dans la salle.

Le commissaire vida d'un trait son café :

— Allons voir ce crâne d'œuf…

Il tira de sa serviette un petit carton sur lequel il était inscrit Joe Roblin et ajouta :

— Ma secrétaire adore le travail manuel.

La foule bruyante et colorée du train de Paris se déversa

dans le hall. Les arrivants n'étaient pour la plupart pas encore au courant du drame qui s'était joué dans la nuit, hormis sans doute une petite élite de journalistes initiés.

Lorsque la foule disparut, il ne resta qu'un homme pour faire face au commissaire.

Joe Roblin, sans aucun doute.

Joe Roblin avait une trentaine d'années. On ne pouvait le manquer. Il avait une allure d'échassier avec de très longues jambes jusqu'au bas desquelles son pantalon avait du mal à descendre, dévoilant d'étranges chaussettes noires à tête de mort. A l'autre extrémité de l'échassier, en partant du haut, on observait successivement des cheveux de corbeaux hirsutes, des yeux sombres qui ne semblaient regarder nulle part ailleurs qu'en lui-même, un grand pull noir de laine sans forme, incongru par cette chaleur.

Il ébouriffa encore un peu plus ses cheveux de jais.

C'était ça, la star des stars ?

— Joe Roblin ? fit le commissaire

Paturel tendit une main ferme que Roblin serra mollement. Tous les doigts du profileur portaient une grosse bague d'argent aux motifs cabalistiques divers.

— Je suis le commissaire Paturel. Bienvenue en enfer ! Vous avez reçu le dossier qu'on vous a envoyé par e-mail ?

Le regard de Joe Roblin s'égarait partout, sauf dans la direction du commissaire.

— Heu, quand ?

— Cette nuit !

Joe Roblin fit des yeux de hibou :

— Bah alors non. Je n'ai pas lu d'e-mail cette nuit. Cette nuit, je… je dormais…

Maline sentit le commissaire au bord de l'explosion. Elle-même tentait de réfréner la montée d'un puissant fou rire, résultat conjugué de sa nervosité, de son manque de sommeil, et l'enthousiasme débordant du traqueur de serial killer. Elle avait l'impression de se retrouver face à un type qui aurait passé la nuit devant sa console vidéo, à s'inventer un double fictif dans un jeu de morts vivants.

Le commissaire fit les présentations :

— Joe, je vous présente Maline Abruzze. Elle est journaliste au SeinoMarin et a été impliquée d'assez près dans cette affaire. Je vous propose que l'on s'installe quelque part et que l'on fasse un point rapide de la situation tous les trois. Je crois que les heures qui vont suivre vont être décisives.

Roblin regarda Maline avec l'attention d'un croque-mort qui prend les mesures d'un corps avant d'assembler le cercueil. Il se concentra de longues secondes avant de demander au commissaire :

— Savez-vous s'il y a des toilettes dans la gare ?

42
Panique sur les quais

8h45, espace des Marégraphes

Maline était restée un quart d'heure à discuter avec le commissaire et le profileur. Difficile de savoir si ce Joe Roblin cachait son jeu ou non. En tous les cas, la collaboration étroite avec le commissaire risquait fort de faire des étincelles. Elle avait décidé de se diriger à pied vers l'espace des Marégraphes. Le commissaire devait de son côté déposer Joe Roblin au commissariat avant de se rendre à son tour à la conférence de presse.

En descendant la rue Jeanne-d'Arc, Maline s'étonna de l'intense activité des employés municipaux. On installait en travers de la rue, tous les cinquante mètres, fanions et banderoles. Maline fit un effort de mémoire : c'est vrai, on était le 12 juillet, le jour prévu pour la parade des marins en ville ! Plusieurs milliers de marins allaient défiler dans les rues de Rouen, au son des fanfares de plus d'une vingtaine de pays. Maline se souvint que lors des Armadas précédentes, la parade des équipages dans les rues de Rouen tenait autant du défilé militaire que du carnaval, dans un joyeux mélange de costumes, de langues et de musiques. Visiblement, le défilé n'avait pas été annulé. C'était sans doute la bonne solution, la meilleure façon de rendre hommage aux trois victimes.

Pourtant, Maline, en arrivant sur les quais de la Seine, remarqua que d'autres employés étaient au contraire chargés de mettre en berne les drapeaux français, européens, normands, et de toutes les autres nationalités qui flottaient habituellement sur les ponts et sur les bords du fleuve. Cette année, le défilé tiendrait davantage du cortège funèbre que du carnaval…

Une marche sous haute surveillance, constata aussi Maline.

Plus d'une dizaine de camions de CRS étaient alignés le long des quais.

Maline arriva en vue de l'espace des Marégraphes. Les anciens hangars Eiffel avaient été rénovés depuis un an en un lieu de réception mêlant harmonieusement, entre modernité et tradition, fer, brique, bois et verre. Maline se fit la réflexion quelle était rarement venue à pied jusqu'ici. En longeant la Seine, elle observa les trois fameux marégraphes, les tours chargées d'indiquer aux navires la hauteur d'eau disponible.

L'un des marégraphes, magnifiquement restauré dans un jeu de briques multicolores, jouxtait la salle de réception. Ellc l'admira un instant lorsque son regard fut attiré par une plaque de marbre gravée sur le marégraphe. Elle s'approcha et lut :

« Ici, en Seine devant Bapaume, du 24 au 31 juillet 1800, Robert Fulton procéda à la première expérience de navigation sous-marine sur un navire insubmersible, le Nautilus, construit à Rouen sur ses plans ».

Le Nautilus ? Le premier sous-marin ? Testé à Rouen dans la Seine ?

Elle n'avait jamais entendu parler auparavant de cette histoire. Pourtant, la plaque sur le marégraphe semblait ancienne…

Elle regarda un instant l'eau grise du fleuve, toute proche. Elle se fit la réflexion qu'en plus de l'hélicoptère et du catamaran F1, le commissaire Paturel avait négligé l'hypothèse d'un déplacement en sous-marin entre Caudebec-en-Caux et les quais de Rouen. Cela pouvait expliquer l'absence complète de témoins… à condition bien entendu de trouver un sous-marin fonçant sous l'eau à plus de 250 kilomètres heure !

Elle se secoua. Tout ceci tenait de la science-fiction.

Il faisait déjà trop chaud, ce matin. Elle n'avait enfilé qu'une robe légère et se sentait déjà poisseuse. La fatigue sans doute. La peur aussi. Et une sorte d'amertume indicible.

Elle ne cessait de penser à ce géant blond, ce fugitif, le suspect numéro un, dont chaque flic de Rouen avait un portrait-robot dans la poche, un portrait-robot grossier, inutile, car elle n'avait pas été capable de se rappeler son visage.

Elle marcha quelques mètres et entra enfin dans la salle de réception de l'espace des Marégraphes. Un brouhaha immense succéda au silence des quais.

Il y avait du monde. Du beau monde.

Maline connaissait au moins un tiers des journalistes de la salle, ce qui signifiait que les deux autres tiers couvraient la conférence pour des médias nationaux ou étrangers. Maline compta plusieurs dizaines de caméras et presque autant de micros posés sur la table de la tribune.

Il s'agissait d'une tribune improvisée, une simple table en bois. Maline y reconnut la plupart des protagonistes : Olivier Levasseur était sobrement vêtu d'un costume sombre. Il avait également chaussé des lunettes de vue qui atténuaient un peu l'intensité de son regard. Sa prestance tranchait avec la fatigue évidente du commissaire Paturel, assis à sa gauche, les yeux rivés sur son téléphone, visiblement impatient que la conférence débute. Tout au bout de la tribune, à côté du député-maire et du vice-président de la Chambre de commerce, Maline reconnut également le général Sudoku, peu à l'aise dans cet exercice, jetant des regards inquiets à sa mère, assise au premier rang, à quelques chaises de l'homme d'affaires Nicolas Neufville. Lui aussi était donc là ! Il y avait aussi beaucoup de policiers, à toutes les issues. Maline reconnut les inspecteurs Ovide Stepanu et Colette Cadinot.

Maline cherchait à trouver une place assise, mais peinait à avancer, car diverses relations, rencontrées il y a plus ou moins longtemps, tenaient à la saluer et à échanger quelques mots. Aucun n'était réellement au courant des événements, aucun n'avait vécu de l'intérieur le drame de ces dernières heures, ils n'avaient aucune idée de ce qui était en train de se jouer. La plupart semblaient tout à fait ravis de se retrouver là.

Au milieu des rangées de sièges, une silhouette se leva et lui adressa un grand signe de main. Maline reconnut Oreste Armano-Baudry. Il lui avait gardé une place à côté de lui. Maline n'eut pas le choix, elle se faufila jusqu'à lui dans les rangs de chaises.

Immédiatement, Oreste lui parut anormalement sûr de lui. Son regard bleu clair avait repris sa dureté habituelle. Il semblait à la fois trop excité et trop empressé auprès de Maline. Il avait par contre le teint frais d'un garçon qui a dormi toute la nuit comme un bébé. La faculté de récupération était un privilège de la jeunesse que Maline regrettait de plus en plus.

A la tribune, on tapota sur un micro et le brouhaha cessa progressivement. Olivier Levasseur s'exprima le premier, très professionnel. Il présenta ses condoléances aux familles des marins et aux équipages, et précisa avec compassion mais fermeté qu'en hommage aux victimes, le programme de l'Armada ne serait pas modifié.

Show must go on, pensa Maline.

Olivier avait été parfait, sobre, sensible, crédible.

Un grand professionnel.

Oreste se pencha vers elle :

— C'est avec lui que tu as couché ?

Quel con !

Et il la tutoyait, maintenant ?

— Avec lui, entre autres…

Oreste insista :

— T'as raison, beau mec !

Le président de l'Armada parlait à son tour, les officiels allaient se succéder, tenant tous le même discours compassé mais rassurant.

Oreste se pencha une nouvelle fois vers Maline.

Il n'allait donc pas la lâcher !

— Tiens, lis ça, fit le journaliste en lui tendant un papier.

— C'est quoi ?

— Mon article pour Le Monde.

Le vice-président de la Chambre de commerce s'était lancé dans un discours trop long et complètement hors sujet sur l'avenir du port. Ou bien il noyait délibérément le poisson. Le niveau sonore de la salle remonta, sensiblement. Les journalistes n'attendaient qu'une chose, l'intervention du commissaire Paturel, pour pouvoir le bombarder de questions.

Maline en profita pour parcourir le texte d'Oreste. Le journaliste parisien révélait toute l'affaire jusque dans ses moindres détails. Il poursuivait sa démonstration en mettant clairement en cause la police, l'accusant de dissimulation. Il concluait par l'affirmation qu'il n'y avait pas un tueur sur l'Armada, mais plusieurs, organisés, déterminés ; sans doute une entreprise terroriste internationale, profitant de dizaines de nationalités présentes sur les quais pour fomenter un attentat à l'occasion de cette manifestation populaire.

Maline se tourna vers Oreste, furieuse :

— Tu ne vas pas écrire cela. Cela va être la panique !

Leurs voisins se retournèrent vers eux avec des grands « chuttt ». Ils n'y prêtèrent aucune attention.

— Et alors, répliqua Oreste, notre rôle, c'est d'informer, non ?

— Pas de raconter n'importe quoi ! Complots. Terrorisme. Attentat. C'est du pur sensationnalisme pour vendre ton article de merde et tirer toute la couverture à toi ! Je t'interdis de publier cela !

Oreste Armano-Baudry avait retrouvé la raideur dominatrice de la veille, lorsque Maline l'avait croisé pour la première fois à la sortie du train.

— Ce n'est pas la peine de t'énerver pour cela, Maline. De toutes les façons, j'ai envoyé l'article au Monde ce matin. Il est sûrement déjà en train d'être mis en page en ce moment.

— Téléphone pour annuler !

— Plutôt crever !

Maline sentait qu'elle allait faire bouffer son article au jeune journaliste lorsque son téléphone sonna. Des dizaines d'yeux courroucés se tournèrent vers elle.

A la tribune, c'était au tour des élus de prendre le micro.

***

Maline bouscula une rangée de chaises et monta sur la mezzanine de l'espace des Marégraphes pour répondre :

— Mademoiselle Abruzze ?

— Oui.

— C'est Ramphastos.

Elle avait tout de suite reconnu sa voix inimitable.

Qu'est-ce que le vieux conteur pirate pouvait bien lui vouloir ?

— Je viens d'apprendre pour les deux marins. Le Russe et l'Indonésien. Leur assassinat. Il faut qu'on se voie, mademoiselle Abruzze. J'ai des choses à vous dire.

— Quelles sortes de choses ?

— Des choses qui pourraient peut-être stopper l'hémorragie, si vous voyez ce que je veux dire, sauver quelques vies…

— O.K. On se voit quand vous voulez, je suis dispo…

— Ce soir, vous pouvez ? A ce moment-là, je serai suffisamment bourré pour vous parler et pas encore trop pour raconter n'importe quoi.

Ce soir ?

Maline fut déçue.

Il lui fallait davantage d'informations, tout de suite.

— Dites m'en plus…

Ramphastos ne répondit pas.

Maline regarda devant elle : de la mezzanine de l'espace des Marégraphes, la vue sur la Seine et les quais était somptueuse. Un poste de surveillance idéal. Maline insista :

— Si vous savez des choses qui peuvent sauver des vies, mieux vaut parler tout de suite, mieux vaut en informer la police !

Le rire gras de Ramphastos secoua le téléphone.

— Attention, mademoiselle Abruzze, vous m'avez fait bonne impression l'autre soir, vous m'avez peut-être même sauvé la vie, mais ne poussez pas le bouchon. N'allez pas demander à un pirate de parler aux flics !

— Il s'agit de vies à sauver, Ramphastos.

— Quarante ans d'anarchisme, mademoiselle Abruzze, à côté de marins malais, maltais, chinois, capverdiens, iraniens, chiliens… A combattre toutes les marines nationales du monde, tous les uniformes et tous les drapeaux autres que le noir. Tu parles peut-être à un poivrot, ma jolie, mais un poivrot qui n'a pas encore renié tous ses idéaux ! La seule chose qu'il lui reste !

Maline ne voulait pas le perdre. Elle fit rapidement machine arrière.

— O.K. O.K. On fait sans les flics. Je viens seule. Où ?

— Au Libertalia, ça me semble l'endroit approprié…

Il partit dans un nouveau rire gras. Contrairement à ce qu'il avait dit, il semblait déjà avoir bu.

— Je peux venir avant, si vous voulez. Tout de suite même…

— Du calme, ma mignonne. C'est encore moi le capitaine, c'est moi qui tient la barre. Rendez-vous au Libertalia, à 18 heures. D'ici là, ne vas pas jouer à la conne, ne dis rien à la police, et surtout, écoute-moi bien, ne cherche pas à t'approcher trop près de la vérité. Attends ce soir. Il ne faut pas, surtout pas, chercher à tout savoir sans avoir été préparée, sans connaître ce qui est en jeu. Ceux qui se croient plus forts, qui ne respectent pas les règles, la malédiction, la punition s'abat sur eux. Ecoute-moi bien jeune fille, si tu veux tout arrêter, éviter le prochain meurtre, il faut t'en remettre à moi, ce soir… Au Libertalia. 18 heures. D'ici là, ne bouge pas un cil !

Il raccrocha. De son esplanade, Maline regarda un instant la foule compacte qui se pressait déjà autour des voiliers. Pour le moment, l'affluence n'avait pas baissé. Au contraire. Les meurtres avaient peut-être encore davantage suscité la curiosité des touristes.

Jusqu'à quand ? Quand la curiosité un peu malsaine allait-elle laisser place à la panique ?

Maline se demanda ce qu'elle devait penser de l'appel de Ramphastos : était-ce le délire d'un ivrogne ? Etait-ce un piège ? Devait-elle en parler à la police ? Devait-elle attendre ce soir ? Ramphastos était-il un ivrogne inoffensif ou un dangereux anarchiste ?

Tout allait trop vite.

Comment faire les bons choix ?

Dans l'immédiat, Maline prit la décision de ne pas parler à la police. Ramphastos ne parlerait qu'à elle et ne lui parlerait même plus du tout si elle mouchardait. Attendre ce soir… 18 heures. Cela allait venir vite.

Mais d'ici là, contrairement aux conseils du vieil ivrogne à propos de cette malédiction, elle comptait bien s'approcher le plus possible de la vérité !

***

Maline revint dans la salle. On était passé aux choses sérieuses. Le commissaire Paturel, ruisselant, expliquait et réexpliquait les méthodes de la police, l'ampleur des forces déployées, les avancées, heure par heure, de la police scientifique. Il n'était pas très convaincant. Les journalistes posaient des questions par rafales. Le commissaire ne cherchait même plus à les esquiver, mais ne donnait aucune réponse.

Maline bouscula à nouveau la rangée de chaises devant elle et retourna s'asseoir près d'Oreste. Le journaliste parisien semblait jubiler de la longueur d'avance qu'il possédait sur tous les autres reporters. Le commissaire n'avait abordé aucun des points cruciaux de l'affaire.

Dans la salle, un nouveau journaliste se leva pour prendre la parole. Maline le connaissait, il s'agissait de l'animateur d'une radio très locale destinée principalement à un public d'adolescents. Elle le savait à peu près capable de tout dans le domaine de la provocation potache. Pourtant, en l'occurrence, l'animateur adoptait un ton catastrophé :

— J'ai entendu dire qu'on a retrouvé un autre cadavre de marin, ce matin, sur les quais rive gauche, à côté des silos.

Toutes les personnalités de la tribune blêmirent.

La panique gagna la salle comme une traînée de poudre.

Un nouveau meurtre ?

Le provocateur agita un magnétophone : il enregistrait toutes les réactions de la salle. Il profita de l'effet de surprise pour continuer :

— Un cadavre à côté des silos. Je crois qu'on a affaire à un « céréale killer » !

Il y eut quelques rires, qu'une bronca de protestation couvrit. Le jeune provocateur s'en fichait, il tenait son effet qu'il repasserait en boucle sur sa radio locale. Paturel, d'un signe de tête, indiqua à deux policiers de sortir manu militari le comique. Après cet intermède, de nouvelles questions fusèrent, sérieuses, mais toujours très éloignées de la réalité.

Heureusement !

Soudain, ce que Maline craignait depuis le début de la conférence de presse se produisit.

Oreste se leva.

Il toisa la salle comme une rock star toise son public.

Maline n'eut pas le temps de réagir, mais au regard déterminé d'Oreste, elle sut qu'il n'avait pas pu résister. La gloire, les interviews des télévisions du monde entier, reprises dans des centaines de journaux, sur le net et dans la presse, son nom apparaissant, brusquement dans toutes les bouches qui comptent, qui font l'information, qui font les opinions, tout ceci était à portée de main, à cet instant.

Il suffisait qu'il raconte ce qu'il savait.

L'Armada était une immense caisse de résonance.

Un formidable tremplin pour sa carrière naissante.

Son article dans Le Monde, dans quelques heures, n'en serait que plus attendu. Son intervention orale ne serait qu'un teasing.

Le commissaire Paturel, en voyant Oreste Armano-Baudry se lever, comprit que la conférence de presse allait mal tourner. Mais il était trop tard !

Oreste commença d'une voix posée ne traduisant aucune appréhension.

— Oreste Armano-Baudry. Du Monde. Monsieur le commissaire, je crois que vous ne dites pas la vérité. A vrai dire, je ne le crois pas, je le sais…

Dans les deux minutes qui suivirent, Oreste révéla absolument tout ce qu'il savait, insistant sur les aspects les plus sordides, et orientant toutes ses conclusions vers l'hypothèse de l'organisation criminelle terroriste, dont on ne connaissait ni l'importance, ni le but, mais dont on savait qu'elle n'hésitait pas à tuer les témoins gênants, pour mettre à exécution son plan.

Oreste Armano-Baudry n'eut pas à affronter les foudres d'un Olivier Levasseur qui avait retiré ses lunettes et semblait prêt à le fusiller au laser vert de ses yeux, d'un commissaire Paturel au bord de l'implosion, d'un général Sudoku qui tordait nerveusement ses phalanges. Son téléphone portable sonna et il quitta la salle en s'excusant.

Cet appel était prémédité, il faisait partie de la mise en scène, Maline en était certaine.

Le journaliste s'excusa en demandant aux personnes devant lui de se pousser, se retourna une dernière fois vers Maline en lui lançant un clin d'œil qu'il souhaita peut-être complice, puis sortit, le portable à la main.

Maline n'osait plus lever les yeux. C'est elle qui avait fait entrer le loup dans la bergerie, hier soir.

A peine Oreste Armano-Baudry sorti, une forêt de doigts se leva.

Olivier Levasseur tenta de calmer le jeu en indiquant que l'on allait répondre à toutes les questions, une par une, que le commissaire allait tout expliquer.

Hélas pour le chargé de relations presse, au même moment, le téléphone portable du commissaire sonna !

— Excusez-moi, fit le commissaire Paturel, confus.

Il se leva et s'éloigna, faisant d'un mouvement de tête signe à l'inspectrice Colette Cadinot de prendre sa place en tribune.

C'était visiblement important.

Pourtant, l'esquive involontaire du commissaire Paturel fut ponctuée de sifflets et de rires goguenards dans la salle. Olivier Levasseur allait reprendre la main et définir le tour de prise de paroles lorsque Colette Cadinot se leva à la tribune.

Droite. Déterminée.

— Messieurs les journalistes, je vous prie de ne pas tenir compte de cette histoire absurde d'organisation criminelle terroriste. Nous avons les preuves formelles, les plus scientifiques, que nous avons affaire à un meurtrier, et un seul. Nous avons des témoins oculaires de ce meurtrier, nous avons établi un portrait-robot, qui a été diffusé à l'ensemble de la police, qui n'a jamais été déployée en plus grand nombre sur le territoire de l'agglomération. Nous connaissons de plus son profil génétique. Ce suspect est blessé, nous savons qu'il est le dernier représentant d'un groupe de quatre associés, et qu'il a tué ses trois complices. Tout risque d'autre meurtre sur l'Armada est donc écarté. Nous sommes néanmoins en présence d'un criminel en fuite, dangereux mais recherché. Il est sans doute déjà loin de l'agglomération rouennaise, mais il ne saurait nous échapper longtemps. Je n'ai rien d'autre à ajouter. Je vous remercie. Je pense que nous avons tous du travail. Vous pourrez trouver en sortant des photocopies du portrait-robot du suspect ainsi que le numéro vert à appeler en cas d'urgence.

Les voisins de Maline ne parurent pas convaincus du discours de l'inspectrice Colette Cadinot, et ils semblaient assez représentatifs de l'opinion générale de la salle. On grogna, on protesta, mais au final on se résigna assez vite, car l'inspectrice Cadinot n'était pas du genre à revenir sur sa décision, et tout le monde l'avait compris.

Sous les remerciements polis d'Olivier Levasseur, la salle se vida rapidement. Effectivement, tous les journalistes avaient beaucoup de travail.

Maline tenta de se frayer un chemin jusqu'à la tribune. Le général Sudoku, qui n'avait pas dit un mot, était en grande conversation avec une dizaine de personnes, sans doute des bénévoles responsables des commissions de l'Armada. Olivier Levasseur discutait pour sa part avec Nicolas Neufville, qui lui non plus n'avait pas dit un mot pendant la conférence de presse. Que pouvait bien encore raconter cet homme d'affaires au chargé de relations presse de l'Armada ?

Maline s'approchait encore de la tribune, en direction d'Olivier Levasseur, lorsque l'inspecteur Ovide Stepanu l'intercepta :

— Sympathique, votre ami journaliste. Pas du tout le genre à cracher dans la soupe…

— Désolée, j'ai mal évalué la situation, hier soir.

— Il me semble, oui ! Remarquez, c'est un peu ma faute

aussi. La thèse du complot organisé, d'une chasse-partie anarchiste, c'est la mienne depuis le début. Mais là, votre ami journaliste a poussé le bouchon un peu loin.

Maline eut envie de préciser que ce n'était pas son ami, mais à quoi bon ?

— Le commissaire est parti ? se contenta-t-elle de demander.

— Oui, on a signalé votre motard blond, rive gauche, à Grand-Quevilly. Il coordonne la recherche avec le stagiaire, Jérémy Mezenguel. Il peut, il est en forme, ce Mezenguel, il est le seul qui ait dormi toute la nuit. Il n'a pas entendu son téléphone ce con !

— On a repéré le motard blond ? demanda Maline d'une voix pleine d'espoir.

— Oui… C'est seulement la dix-septième fois depuis ce matin… Depuis la diffusion du portrait-robot, il ne fait pas bon être grand, blond et se balader à moto dans Rouen.

Maline, déçue, laissa Ovide Stepanu. Elle voulait parler à Olivier, au moins un instant, mais il était toujours occupé avec Neufville. Sous les ordres de Sudoku, des bénévoles rangeaient toutes les chaises et les empilaient dans un coin.

Maline observa Olivier Levasseur quelques dizaines de mètres devant eux. Elle repensa aux mots du commissaire ce matin.

Trop propre sur lui, trop pour être honnête.

Oui, elle voyait bien ce qu'il voulait dire. Olivier Levasseur possédait un exaspérant contrôle de lui-même, en toute circonstance. C'est sans doute ce qui attirait Maline chez lui, la curiosité, l'envie de découvrir qui était l'homme lorsqu'il perdait le contrôle.

Et aussi une envie folle de refaire l'amour avec lui.

Maline avait enfilé ce matin une robe à fleurs échancrée, légère. Elle aurait aimé qu'il lui jette un regard, au moins. Mais il était tout à son job.

Il sembla à Maline qu'Olivier Levasseur allait tourner la tête vers elle lorsque son téléphone portable sonna à nouveau. Elle jura mais décrocha tout de même.

— Oui ?

— Maline Abruzze. Ici Joe Roblin. Ce matin, à la gare, vous vous souvenez ?

— Comment oublier…

— J'aimerais vous parler.

Décidemment, c'était la journée des rendez-vous !

— Quand ?

Le profileur répondit brusquement, comme animé par l'urgence.

— Tout de suite !

— Où ?

— L'aître Saint-Maclou, ça vous va ? Dans quinze minutes ?

— Vous avez du nouveau ?

— Plus que cela ! J'ai la solution pour le double meurtre… Mais ce n'est pas le plus important ! Le plus important, pour l'instant, c'est votre sécurité personnelle…

43
La traque

9h41, Théâtre des Arts

Le groupe de cinq C.R.S. passa devant le Théâtre des Arts, matraques à la cuisse. L'un des hommes tenait un molosse en laisse.

Morten Nordraak descendit prudemment quelques marches vers le Métrobus. Néanmoins, derrière ses lunettes de soleil, il savait qu'il ne risquait rien. Ce portrait-robot diffusé partout, dans la presse et sur les murs, ne lui ressemblait pas, il était beaucoup trop flou, personne ne pouvait le reconnaître avec ce croquis grossier. Les seules indications précises étaient sa taille et ses cheveux blonds.

Il sourit.

Ses cheveux blonds étaient eux aussi dissimulés sous une casquette kaki : une précaution presque inutile, ils n'allaient pas arrêter tous les types blonds de la ville !

Il avait eu de la chance, hier, la journaliste n'avait fait que l'apercevoir, à Villequier. Ils avaient bien failli le coincer sur cette route le long de la Seine. Mais maintenant, il était tranquille, il ne craignait plus rien.

Il allait pouvoir agir. Il était seul désormais.

Seul pour le butin, c'est ce qui pouvait arriver de mieux, après tout.

Mais il allait devoir être méfiant, extrêmement méfiant. Malin aussi.

Surgir là où on ne l'attendait pas.

Morten Nordraak se dissimula un peu derrière la statue

de Pierre Corneille. Il observa l'alignement des voiliers sur la Seine, et au bout, l'espace des Marégraphes. Une foule de journalistes, de flics, de tout ce que l'Armada compte de gens importants, venait de sortir du hangar. Il savait que la journaliste était là, elle aussi. Elle était forcément là, elle allait sortir, comme les autres.

Elle était la seule à pouvoir l'identifier. Le type n'avait même pas levé les yeux sur lui, dans l'église.

Cette fille représentait le seul danger.

Elle l'avait vu, à Villequier. En plus, elle n'était pas là par hasard. Elle avait compris, déchiffré leurs codes. Elle était la seule à s'être autant approchée de la vérité. Oui, cette fille était le seul véritable danger !

Mais il lui fallait réfléchir, ne pas agir dans la précipitation. Jusqu'à présent, il avait été le plus malin. On ne se retrouve pas le dernier, seul face au butin, sans être malin.

De son poste d'observation, derrière ses lunettes, sous sa casquette, il était invisible, méconnaissable.

Pas elle !

Il la vit s'avancer. Elle marchait d'un pas pressé le long de la Seine. Un joli petit lot. Le tissu de sa robe qui se collait à chaque pas faisait ressortir ses fesses et ses seins. Il n'avait pas vraiment eu le temps de la détailler dans l'église de Villequier. Elle passa sans même regarder dans sa direction, à une cinquantaine de mètres.

Il suivit Maline des yeux jusqu'à ce qu'elle s'éloigne.

Elle représentait le seul danger. Un danger bien plus réel que ces centaines de flics à ses trousses, sans aucun indice.

Elle seule l'avait vu, lui, le tigre.

Elle seule pouvait comprendre, découvrir son nom, l'identifier.

44
Cortège funèbre, danse macabre

9h42, rues de Rouen, aître Saint-Maclou

Maline marchait d'un pas pressé dans les rues de Rouen.

Que lui voulait ce Joe Roblin ? Pourquoi lui donner rendez-vous à l'aître Saint-Maclou ?

En remontant la rue de la République, elle aperçut près de l'hôtel de ville le défilé des équipages qui se mettait en route. Il y avait une foule considérable sur le passage du cortège, encadrée par un impressionnant dispositif de police. Maline remarqua qu'on avait également installé des caméras de surveillance tout au long du parcours.

Espéraient-ils vraiment repérer le fugitif avec ces caméras ? A l'aide de ce portrait-robot minable ?

Un adagio, joué uniquement par les cuivres de la fanfare, donna le signal du début de la procession. La musique, qui n'avait rien de militaire, résonna comme une complainte en hommage aux trois jeunes marins tombés en Normandie, à des milliers de kilomètres de chez eux. Les Mexicains du Cuauhtémoc ouvraient le défilé, suivis de l'équipage du Mir puis de celui du Dewaruci. Un jeune cadet portait un drapeau en berne. Tous arboraient un brassard noir.

L'émotion était palpable, jusque dans le regard des touristes sur les trottoirs.

Maline laissa le défilé et tourna rue Martainville,

vers l'aître Saint-Maclou. Quelques minutes plus tard, elle entrait dans la cour intérieure de l'actuelle école des Beaux-Arts de Rouen. Il y a longtemps qu'elle n'était pas venue, mais elle connaissait l'histoire étrange de ce lieu, fondé en pleine épidémie de peste pour servir de cimetière à l'église Saint-Maclou. Plus qu'un cimetière, le lieu devint, pendant des siècles, un immense charnier. Faute de place, les galeries des maisons à colombages entourant la cour servirent à leur tour d'ossuaires.

Désormais, le visiteur pressé ne voyait de ce cloître qu'un espace paisible, ombragé, ceint de bâtisses médiévales à colombages. Un regard plus attentif faisait naître immanquablement un sentiment de mal-être. Toutes les boiseries de la cour était décorées de sculptures macabres, de têtes de mort, de crânes, de tibias enchâssés dans d'étranges mises en scènes mortifères, de faux, de pioches et d'autres outils de fossoyeurs faisant l'objet de cultes morbides.

Maline repéra facilement Joe Roblin. Sa longue silhouette noire semblait fascinée par l'examen de la colonne d'une des maisons à colombages. Il entendit venir Maline et se tourna vers elle, lui désignant la colonne de bois :

— C'est envoûtant ! Cette danse macabre est sculptée dans la cour sur trente et un piliers. Sur chaque pilier, la mort entraîne dans sa danse un personnage, quelle que soit sa condition sociale, pape, roi ou mendiant. C'est l'un des plus beaux exemples de danse macabre au monde. J'en avais entendu parler, bien entendu, mais je ne l'avais jamais vu. Ce squelette hideux qui emporte trente et une personnes dans la mort, une à chaque pilier, c'est presque une enquête policière !

Maline était fatiguée et mal à l'aise. Elle le coupa.

— C'est pour me parler de ce serial killer médiéval que vous m'avez demandé de venir ?

Joe Roblin fit comme s'il n'avait pas entendu :

— J'adore ce lieu ! On peut le prendre pour une halte tranquille et plus on est attentif, plus on y découvre des détails horribles. Comme ces marins assassinés, sous les lampions de la fête populaire, non ? Comme nous tous ? Si on gratte la vie d'un type qui a l'air bien tranquille, que croyez-vous que l'on trouve ?

Maline soupira :

— Quai des Orfèvres, dans votre domaine, vous êtes vraiment une pointure ou bien il n'y avait plus que vous ?

Roblin sourit franchement. Cela ne devait pas lui arriver souvent.

— O.K., Maline. Vous avez raison, on va entrer dans le vif du sujet et revenir à notre affaire. En plus de la psychologie, j'ai une formation d'historien, donc les symboles, je les connais, je ne les néglige pas… Les symboles, la piraterie et le reste, ont tous leur importance dans cette affaire. Mais le plus important, ici, c'est que nous avons affaire à un meurtrier manipulateur, qui joue au chat et à la souris depuis le début, qui place les indices et les coupables qu'il veut, quand il le veut. Il possède toujours une longueur d'avance. Il contrôle. Il ne commettra pas de faute, il n'en a pas commis. Tous les faits que nous avons face à nous ne sont que des faux-semblants, des trompe-l'œil, laissés volontairement sur notre route. Il nous faut réfléchir autrement, sans partir des faits que le meurtrier a mis sur notre chemin.

Ils marchaient dans la cour. Le regard de Roblin déviait sans cesse vers les sculptures macabres de bois. Pas une fois il n'avait eu un regard pour les courbes bronzées de Maline.

— D'accord, fit Maline. Je veux bien vous suivre. Mais les faits sont les faits. Non ? Le double meurtre d'hier par exemple, commis par le même assassin, à la même heure, à quarante kilomètres de distance ?

— Pour ce problème particulier, et lui seul. La solution est un peu différente. Elle est mathématique. L'équation de ce double meurtre n'est pas dure à poser.

Maline commençait à être très agacée par ce monsieur réponse à tout.

— Vraiment, fit-elle d'un ton ironique. Une simple équation ?

— Oui. Mais une nouvelle fois, ce n'est pas le plus important. C'est un leurre, pour détourner notre attention. Mais bon, puisque vous ne m'écouterez pas avant que je vous aie éclairée… Je vous le dis, une simple équation. Il suffit de bien poser le problème. Nous sommes en face de trois vérités. Trois axiomes : les deux marins sont tués à la même heure ; les deux marins sont tués par la même personne ; les deux marins sont tués dans deux endroits différents. Vous êtes d'accord ? Une de ces trois affirmations est obligatoirement fausse. Au moins une des trois ! Donc supposons que deux de ces affirmations soient vraies et que la solution consiste à trouver celle qui est fausse. On peut poser alors trois combinaisons, trois combinaisons seulement : les deux marins sont tués à la même heure par le même assassin, mais au même endroit ; les deux marins sont tués à la même heure dans deux endroits différents, mais par deux assassins différents ; les deux marins sont tués par le même assassin à deux endroits différents, mais pas à la même heure. Partant de là, il suffit d'éliminer les combinaisons impossibles, et il n'en reste logiquement plus qu'une seule. Alors, tout s'éclaire, simplement…

— Et alors ?

— Et alors ? Vous n'avez rien écouté, Maline ? Trois combinaisons ! Compte tenu de ce que l'on sait, une seule est possible ! C'est enfantin.

Il se retourna vers un tibia sculpté qui lui sembla beaucoup plus sexy que la cuisse nue de Maline.

Est-ce que ce type baratinait ? En tous les cas, il n'était pas disposé à en dire plus. Sa façon de raisonner était sans doute la bonne, mais pour l'instant, il ne l'avait pas plus éclairée sur ce double meurtre impossible. C'était enfantin, avait-il dit. Mais Maline avait l'esprit trop embrouillé. Il lui aurait fallu une feuille de papier pour poser ces axiomes, mettre des faits en face. Joe Roblin se retourna enfin vers la journaliste :

— Ne vous torturez pas la tête, mademoiselle Abruzze. Le plus important n'est pas de percer les tours de passe-passe de ce magicien, c'est de comprendre sa routine, son raisonnement, pourquoi il a besoin d'une telle mise en scène ? Ce qu'il cherche, ce qu'il veut nous montrer, nous cacher. Le comprendre pour anticiper…

— La psychologie du tueur ! C'est bien cela votre spécialité. Alors, qu'en pensez-vous ?

Roblin posa brusquement sa main sur le bras nu de Maline.

Elle frissonna. Il avait des ongles rongés jusqu'au sang et des brûlures aux avant-bras.

— Nous y voilà, Maline ! Il y a un problème, une contradiction, bien plus troublante que celle de ce double meurtre impossible. Nous avons affaire à une double psychologie. D'un côté, il y a dans ces meurtres quelque chose qui relève de la punition, du châtiment. C'est évident. Les trois marins ont été punis. Ils n'ont pas respecté un code d'honneur, un rituel, ils ont enfreint une règle.

Maline repensa à cette histoire de punition, de malédiction évoquée par Ramphastos.

— Mais d'un autre côté, continua Roblin, tout prouve que ces trois marins étaient liés, cherchaient la même chose, étaient complices : ils ont le même âge, le même profil psychologique, la même vie familiale, les mêmes tatouages…

— Vous avez enquêté sur la vie de chaque victime ?

— Oui. C'est le b.a.-ba. Bref, ils sont complices, ils cherchent le même but, et il est certain que le meurtrier recherche également ce but, qu'il possède la même motivation…

— Je ne comprends pas. Où est le paradoxe ? C'est un pacte, la fameuse chasse-partie entre pirates. Quatre complices, ils partagent un secret, un magot. L'un des quatre tue les trois autres pour avoir le gâteau pour lui tout seul…

Roblin s'arrêta. Ses ongles rongés explorèrent les cavités d'un crâne sculpté dans une poutre.

— J'adore vraiment cet endroit ! J'en profite ! La P.J. a tendance à m'envoyer un peu partout en France pour résoudre ce genre de crimes. Après-demain, lorsque j'aurai résolu cette affaire, je ne sais pas où je serai...

Il se tourna vers Maline et lui serra à nouveau le bras avec les moignons qui lui servaient de doigts :

— Ecoutez-moi, mademoiselle Abruzze, vous ne comprenez pas... Ce n'est pas qu'une histoire de magot. Il y a autre chose. Une morale, des valeurs. Ce que je veux dire, c'est que le meurtrier souffre de troubles dissociatifs, une forme de schizophrénie. Il punit ses victimes pour un crime qu'il commet lui-même. Je vais essayer de mieux m'expliquer. J'ai l'impression que ces marins poignardés cherchaient une vérité, étaient animés par une quête ?

— Un trésor ?

— Si vous voulez, pour simplifier. Ils sont guidés, pour cela, par quelqu'un, soit l'un des quatre, soit un autre, qui se pose comme le gardien de cette vérité... mais qui la cherche lui-même....

— Donc, s'il allait au bout du raisonnement, il devrait se punir lui-même...

Roblin s'illumina :

— Exactement ! C'est en cela qu'il est schizophrène. Il tue au nom d'une valeur qu'il ne respecte pas pour lui-même. Logiquement, ce dilemme doit générer une profonde angoisse chez le meurtrier. C'est ce sentiment qu'il faut exploiter, qui pourra lui faire commettre la faute...

— Mouais.

Maline n'était qu'à moitié convaincue. Roblin allait à nouveau se retourner et examiner un squelette quelconque lorsque Maline le rattrapa à son tour par le bras, sans ménagement.

— Par ici ! Pourquoi le meurtrier ne tuerait-il pas les marins, non pas parce qu'ils cherchent la vérité, mais simplement parce qu'ils parlent trop, risquent de révéler des secrets ? Le meurtrier peut se poser simplement comme le gardien de ce secret…

— C'est la même chose ! Il est le gardien de ce secret, mais il cherche également à le percer. Il le protège mais il le convoite en même temps. En quelque sorte, il souhaite le garder pour lui seul. Je vais faire une métaphore. On est un peu dans le cas d'un soupirant timide, qui désire une femme sans oser la toucher, mais qui néanmoins cultive un sentiment de jalousie obsessionnel envers tous les autres soupirants.

Maline commençait à comprendre où le profileur voulait en venir :

— O.K. Je vois mieux… Mais maintenant que vous avez dressé le profil psychologique du tueur, ça nous avance à quoi ?

— Ça nous renseigne sur le meurtrier ! J'ai l'intime conviction qu'il a subi un traumatisme dans sa vie, un traumatisme qu'il a chargé de symboles, de codes. A travers ces crimes, il expie une faute, une responsabilité.

Roblin resta à nouveau en arrêt devant la danse macabre d'un pilier. La mort entraînait un enfant dans sa ronde ! Maline pensa que Joe Roblin avait tout à fait le profil du type traumatisé qu'il venait de décrire, un profil de psychopathe qui a finalement basculé du bon côté, celui de la police…

Du moins elle l'espérait.

Roblin continua :

— Le profil psychologique peut aussi nous servir à le piéger, au moment où il le faudra. N'oublions pas que tout est lié à l'Armada. Il veut gagner du temps, brouiller les pistes. Il a pris des risques, il a commis des meurtres presque en public. Il agit dans l'urgence, comme s'il souhaitait que la vérité ne soit pas découverte avant le départ des bateaux. La clé est sans doute liée à la marine, la Seine, son histoire, la piraterie. Les quais doivent fourmiller d'indices. L'Armada est sans doute une chance unique pour avancer, aller au bout de cette quête. Quand nous saurons ce qu'il cherche à cacher, alors, il deviendra vulnérable, nous pourrons le piéger… J'espère simplement que nous ne comprendrons pas trop tard. J'ai la conviction que tout va s'accélérer dans les heures qui viennent. Le meurtrier cherche à colmater un barrage qui menace de céder. A tuer pour cela tous ceux qui chercheront à approcher trop près de la vérité, au nom d'un système de valeur, de morale, de rite que seul le meurtrier connaît…

— Vous êtes vraiment persuadé qu'il n'y a qu'un meurtrier ?

— Un seul, oui. Je sais que certains penchent pour la théorie de la secte, du complot. Non, pour ma part, je sens qu'il n'y a qu'une seule personne derrière tout ça… Une seule… Machiavélique…

— Peut-être votre déformation de chasseur de serial killer…

— Peut-être…

Maline était tout de même impressionnée par ce type. Il avait pris connaissance du dossier depuis à peine une heure, du moins s'il ne les avait pas bluffés, et semblait déjà mieux le maîtriser qu'eux. Malgré elle, Maline jeta un regard vers un alignement d'os brisés. Ils étaient désormais seuls dans l'aître, tous les autres touristes étaient sortis.

— Joe, pourquoi avoir voulu me parler ? Vous ne m'avez rien demandé. Vous ne m'avez rien appris de concret.

— De concret non, d'important, oui. Vous pouvez me croire. Mais vous avez raison, je voulais vous voir pour autre chose.

Le malaise grandit. Maline prit conscience que ses pas remuaient la poussière d'un sol sur lequel, pendant des siècles, on avait entassé des cadavres.

— Je voulais vous prévenir, Maline… Vous mettre en garde.

— Quoi ? répondit la journaliste d'une voix troublée.

— Je suis parvenu à cette conclusion : tous ceux qui sont susceptibles de découvrir la vérité, de la diffuser, seront en danger dans les heures qui viennent, avant la fin de l'Armada.

Maline se sentait nauséeuse. Dépassée. Fatiguée. Des milliers de corps s'étaient décomposés sous ses pas. L'air qu'elle respirait était celui d'un charnier.

— Donc moi aussi, je serais menacée ? parvint-elle à demander.

— Vous surtout ! Vous êtes la plus proche de la vérité. Villequier, c'est votre découverte ! Le meurtrier le sait. Le meurtrier possède une position centrale dans cette histoire. Il est au courant de beaucoup de choses, de beaucoup trop. Ecoutez-moi, Maline. Dans les heures qui viennent, ne restez pas seule ! N'acceptez pas de rendez-vous isolés, même de la part de personnes en qui vous avez confiance ! C'est pour cela que je voulais vous voir, Maline. Pour vous mettre en garde…

Maline, désormais, ne voyait que les détails macabres de ce cloître. Ainsi, elle était en danger. Ce profileur l'avait fait venir ici pour la mettre en garde, l'inciter à la prudence, l'effrayer.

— Pour me foutre la frousse, côté mise en scène, c'est assez réussi, articula-t-elle.

— J'ai hésité longtemps avec le cimetière Monumental !

Il n'y avait aucune ironie dans la réponse de Roblin. Maline en frissonna :

— Je suis la prochaine sur la liste, alors ?

— Seulement si vous cherchez à jouer le coup en solo, si vous vous laissez happer par la lumière de la vérité… Vous êtes prévenue. Vous êtes dans l'œil du tueur !

Maline pensa au rendez-vous de ce soir, 18 heures, au Libertalia, avec Ramphastos. Ramphastos aurait très bien pu correspondre au profil de psychopathe-gourou que Joe Roblin venait de définir. Mais elle avait rendez-vous dans un lieu public, en plein jour !

Il n'y avait aucun danger.

Joe Roblin s'éloigna, enfonçant dans ses oreilles le casque d'un lecteur MP3.

Quelle musique un type aussi barré pouvait-il écouter ?

Requiem ? Opéras wagnériens ? Techno assourdissante ?

Maline éprouvait désormais un besoin pressant de quitter cet endroit macabre. En sortant, avant de passer sous le porche en bois, sur sa gauche, elle ne put s'empêcher de regarder le squelette, bien réel celui-là, d'un chat, mort, exposé dans la vitrine. Elle connaissait la sinistre histoire : c'était le squelette d'un chat emmuré vivant, des siècles auparavant, sans doute pour conjurer le mauvais sort, endiguer l'épidémie de mort. Un chat, sans doute noir.

Croiser ce cadavre de chat, était-ce ou non mauvais présage ?

L'aiderait-il à conjurer le sort, aujourd'hui ?

Comment savoir ?

Dans l'immédiat, il ne lui inspirait qu'un profond dégoût.

Une fois dans la rue, Maline, malgré elle, ne put s'empêcher de repenser aux recommandations de Roblin.

Ne pas rester seule.

Le meurtrier la connaissait, la recherchait, peut-être.

Elle dépassa les terrasses de la rue Martainville. Elle entendait les échos lointains du défilé. La fanfare mexicaine jouait une sorte de samba lente, un rythme à donner des cafards dans les jambes.

45
Chasse aux blonds

11h23, commissariat de Rouen,
9, rue Brisout-de-Barneville

En entrant en trombe dans le commissariat, Gustave Paturel eut une très bonne surprise.

Les collègues étaient en train d'interroger à l'accueil un type blond, cheveux courts, plus d'un mètre quatre-vingts, un casque de moto au bras.

Ils l'avaient coincé !

Enfin une bonne nouvelle ?

Le commissaire s'avança.

Dans la salle d'attente du commissariat, sur sa droite, plus de quinze types blonds, cheveux courts, plus d'un mètre quatre-vingts, un casque de moto au bras, attendaient leur tour.

— Qu'est-ce que c'est que ce bordel ? hurla le commissaire.

— On vérifie, fit placidement un agent. On nous en amène cinq à l'heure, et on vérifie !

On allait vérifier l'alibi, le tatouage sur l'épaule et l'ADN de tous les blonds de plus d'un mètre quatre-vingts ?

Il continua sa marche pressée et salua en coup de vent sa secrétaire, Sarah Berneval.

— Sarah, vous avez vu Joe Roblin, le profileur ? En théorie, ce type est censé nous aider !

— Il est sorti tout à l'heure.

— Il a dit ce qu'il allait faire ?

— Non... Profiler je suppose.

Le commissaire Paturel poussa un juron et continua son inspection. Il entra dans le central vidéo. Une dizaine d'agents observait avec attention les caméras placées tout au long du parcours du défilé des équipages.

— Trois cents CRS, marmonna Paturel entre ses dents. Trente caméras vidéo. S'il se passe encore quelque chose, putain, ce ne sera pas faute d'avoir essayé de l'empêcher. Ouvrez l'œil, les gars !

Il regarda un instant le mur d'écran, qui permettait d'observer en direct la foule dans les points stratégiques de Rouen.

— J'aurais dû mettre aussi une caméra chez moi, grogna le commissaire en sortant. Comme cela, au moins, j'aurais pu voir mes gosses !

Il pénétra dans une autre salle. Une immense carte de la basse Seine était posée sur la table. Des traits reliaient Caudebec-en-Caux à Rouen. Deux agents, ainsi que l'inspecteur Ovide Stepanu, travaillaient autour.

— Bonjour messieurs. Alors, à part la téléportation, la plus puissante police scientifique de France n'a toujours pas d'explication rationnelle ? Catapultage ? Montgolfière ? C'est silencieux, une montgolfière, pas rapide, mais c'est discret !

— Passe tes nerfs sur quelqu'un d'autre, Gustave, répondit Stepanu. Tu as pensé à ma proposition ?

— Faire foutre tous les marins de l'Armada torse nu pour compter ceux qui ont un tatouage de tigre sur l'épaule ? Je comprends l'idée, Ovide, mais excuse-moi pour une fois de jouer les rabat-joie : négocier avec plus de vingt ambassades différentes, cela va prendre du temps. En plus, je te rappelle qu'il s'agit principalement de militaires. Jamais on n'aura l'autorisation avant la parade de la

Seine lundi et le départ des marins. Donc prendre l'ADN des marins, il faut encore moins y penser !

— Dommage…

— Ouais, dommage… Tous les marins de l'Armada à poil pour compter les tatoués, dix mille chippendales sur les quais de Rouen, cela aurait fait un tabac ! Bon, je continue la tournée des popotes.

Sans décélérer, il s'enfila à nouveau dans le couloir et entra dans le bureau de l'inspectrice Colette Cadinot.

— Alors ? La piste Nicolas Neufville, promenade sur le Surcouf, Mexicain dans le congélo, cela donne quoi ?

— On a fait des recherches sur le capitaine du Surcouf, Patrick Baudouin. Rien à signaler. Dans l'année, il sillonne la Rance, Dinan-Dinard, Dinard-Dinan, dans tous les sens. Je sais bien que l'on a la preuve que Mungaray a séjourné dans le congélateur de son arrière-cuisine, mais tu crois que cela suffit pour une garde à vue ?

— Au point où on en est. Tu envoies deux agents l'embarquer. Au moins, on lui fera un test ADN.

Le commissaire marqua un temps d'arrêt :

— Non, envoie directement un fourgon. Tu embarques tout le personnel du Surcouf, avec les cuistots et les serveuses. Epilation gratuite et don du sang obligatoire pour tout le monde. N'importe lequel pourrait avoir accès au congélateur ! On va ratisser large, à défaut d'autre chose. Et sur la CYRFAN SARL, la boîte qui se fait des bénéfices monstrueux sur le dos des capitaines, on a réussi à savoir qui se cache derrière ?

— Rien de neuf. Le service juridique est dessus. Mais ça bloque !

Le commissaire jura à nouveau :

— Tant pis pour le service juridique. On va la jouer à l'ancienne ! Colette, pendant que tu y es, tu vas m'envoyer un deuxième fourgon sur les quais et m'embarquer les six capitaines dont les bateaux-promenades ont été loués par la CYRFAN. Vous me les cuisinez tous séparément. On verra bien si aucun n'a jamais entendu parler de Nicolas Neufville !

L'inspectrice Cadinot regarda son patron avec étonnement :

— T'as bouffé du lion, toi, aujourd'hui !

— Je viens d'avoir mes gosses au téléphone. Ils sont super heureux. On va pique-niquer ensemble lundi à Duclair en regardant passer les voiliers ! Donc tu vois, c'est pas du lion que j'aimerais bouffer, c'est du tigre !

— Et pour Nicolas Neufville, on fait quoi ? demanda l'inspectrice.

Paturel tiqua :

— C'est un peu plus compliqué ! Je ne me vois pas lui demander de me donner un poil de cul pour faire une analyse ADN !

Colette Cadinot sourit, ce qui était plutôt rare face à ce type d'allusion vulgaire. Elle sortit d'un tiroir un verre enveloppé dans un sac plastique.

— Tout à l'heure, à l'espace des Marégraphes, lors de la conférence de presse, quand je suis passée à la tribune, je crois bien que Nicolas Neufville a oublié son verre sur la table… Je crois bien qu'il a bu dedans et même laissé un peu de salive.

Paturel regarda l'inspectrice, sidéré :

— Tu as fait ça, Colette !

Colette Cadinot se rengorgea, visiblement fière de son audace.

— Tu es certaine de ne pas t'être trompée de verre, Colette ? Il y avait du gratin, à la tribune.

46
Rendez-vous au Libertalia

13h18, square Verdrel

Morten Nordraak regardait le cygne blanc allonger le cou pour attraper les morceaux de pain que lui lançait une petite fille de cinq ans.

La petite fille lui rappelait sa sœur, Lena. La dernière fois qu'il l'avait vue, elle devait avoir cet âge-là, cinq ans environ. Maintenant, elle devait bien en avoir seize. Elle devait être une vraie jeune fille. Il ne l'avait jamais revue. Il avait fait trop de conneries, quand il était jeune, il n'avait pas fréquenté les bonnes personnes, il n'avait pas eu de chance, il s'était fait prendre trop tôt.

Après, cela avait été l'engrenage. Prison. Centre de redressement. Prison.

La Marine nationale avait été une porte de sortie inespérée. On lui avait fait confiance, pour la première fois, on lui avait donné un uniforme. Il n'avait pas dix-huit ans lorsqu'il s'était engagé.

Et alors, à ce moment-là, il rencontra les bonnes personnes. Presque aussitôt.

Du moins, il l'avait cru. Il avait cru que les autres étaient fiables.

Ne pouvait-il compter que sur lui-même ? Sa vie n'était-elle qu'une fuite ? Reverrait-il Lena, un jour ? Reviendrait-il au village avant qu'elle se marie, pour lui offrir la plus belle des noces qu'on n'ait jamais vue ?

Oui, il reviendrait, avec le butin. Il l'avait bien mérité !

Il fallait qu'il tienne bon. Encore deux jours ! Tenir

aujourd'hui et demain, dimanche. Après, il se fondrait à nouveau dans l'équipage, quitterait la France.

Il aurait gagné.

Morten Nordraak s'assura que personne ne le regardait, qu'il n'y avait pas de caméra de surveillance dans le square, et tira un morceau de papier quadrillé de sa poche.

« R.V. Libertalia. 18 heures. Marine Abruzze sera là. Exécution de la malédiction du jarl. Ramphastos. »

Il le replia aussitôt, méfiant.

On lui servait la journaliste sur un plateau ! C'était presque trop beau pour être vrai.

Il avait toujours fait confiance à ce vieux Ramphastos, avait-il eu raison finalement ? Ramphastos aussi le connaissait, savait qui il était.

C'était difficile de penser que le vieux Ramphastos puisse trahir. Il avait servi des années le drapeau noir, il connaissait des marins dans les ports du monde entier. C'était un type de confiance, un pur, un des derniers ! Mais il devait se méfier de tout le monde…

Morten Nordraak regardait toujours la fillette et le cygne.

La pureté…

Cela ne dure qu'un temps. Quelques années, et encore…

Ramphastos n'était plus qu'un vieil ivrogne, sans doute prêt à trahir tous ses idéaux pour ne jamais mourir de soif. Lui aussi pouvait l'identifier. Ils étaient deux, en fait, à pouvoir le reconnaître, cette journaliste, Maline Abruzze et Ramphastos.

Les deux devaient se rencontrer à 18 heures !

Si c'était un piège, il n'allait pas tomber stupidement dedans. Si cela n'en était pas un, il n'aurait fait que prendre ses précautions, Ramphastos pourrait comprendre.

D'une façon ou d'une autre, la malédiction s'appliquerait, c'était certain.

Elle s'était déjà appliquée.

Il serait présent au rendez-vous à 18 heures.

A sa façon.

47
Place 32

13h27, espace du Palais

Maline déjeuna d'un kebab dans le centre-ville, sur l'esplanade de l'espace du Palais, à la terrasse de l'Echiquier. Instinctivement elle ne s'éloignait pas des lieux publics et des rues fréquentées. Ce n'était pas très difficile, pour ce dernier week-end de l'Armada, la ville faisait le plein. Les terrasses étaient bondées. L'affaire du double meurtre ne semblait pas avoir changé le quotidien des habitants et des visiteurs.

Machinalement, Maline consulta la messagerie de son téléphone portable. Elle avait un message, un seul, laissé par Oreste Armano-Baudry. Sa voix était joyeuse, triomphante. Il indiquait qu'il était bien rentré à Paris par le premier train, qu'ils étaient tous enthousiasmés par son article à la rédaction du Monde, qu'ils lui réservaient une place de choix à la une, et que son rédacteur en chef aimerait beaucoup, mais vraiment beaucoup, publier une interview exclusive de la fabuleuse Maline Abruzze. Oreste laissait ses coordonnées personnelles et celles du rédacteur en chef, mais il fallait qu'elle se dépêche, ils étaient en plein bouclage.

Maline raccrocha son portable avec violence et supprima le message.

Quel connard !

Il n'avait décidément rien compris !

Elle prit le temps de picorer la salade et les crudités

de son kebab, observant l'esplanade ensoleillée. Maline repensait aux recommandations de Joe Roblin, au rendez-vous avec Ramphastos, dans quelques heures. Ramphastos pouvait-il être impliqué dans cette affaire ? C'était stupide ! Le coupable était ce géant blond recherché par toutes les polices.

Ramphastos n'était qu'un pirate nostalgique, un ivrogne incapable d'être le cerveau d'une quelconque organisation, encore moins un tueur. Joe Roblin avait l'air sûr de lui : selon son analyse, il n'y avait qu'un tueur. Pouvait-on penser que Ramphastos joue à ce point la comédie ?

Certes, c'est lui qui le premier avait parlé de cette histoire de malédiction. Il haïssait l'Armada, et de plus, s'était fait exclure de cette organisation. La mise en scène macabre des crimes pouvait avoir ce but : mettre le bazar dans l'Armada, semer la panique ! Cela pourrait fort bien ressembler aux méthodes de ce vieil anarchiste…

Mais que penser alors de l'agression de Daniel Lovichi ? Un règlement de compte avec un complice ? Un hasard malheureux ? Une autre mise en scène avec un comparse bien payé ? Une mise en scène dont elle était le témoin !

Ou… L'hypothèse était plus vraisemblable encore. Une mise en scène dont elle devait être la victime. La vraie, l'agression sur Ramphastos n'était qu'un leurre pour l'attirer dans une ruelle sombre. Daniel Lovichi avait entre les mains l'arme du crime de Mungaray et connaissait Ramphastos. Tout pouvait s'expliquer ! Il exécutait les basses œuvres de Ramphastos. Les cinq mille euros dans la poche de Ramphastos n'étaient pas le mobile de la pseudo-agression, ils étaient le montant du contrat que devait recevoir Lovichi après l'avoir tuée. Voici pourquoi Ramphastos avait refusé de révéler d'où venait l'argent et à quoi il devait servir !

Depuis le début de cette affaire, on ne parlait que de piraterie. Sans aucun doute, Ramphastos avait le profil du coupable idéal. Le rendez-vous de ce soir n'était-il qu'un piège, alors ? Devait-elle alerter la police ?

Maline avala son kebab à pleines dents et réfléchit.

Que risquait-elle à se rendre dans un bar bondé en plein jour ? Si elle alertait la police, jamais le vieux pirate ne parlerait. Elle se sentait devenir folle, elle aussi, aussi folle que ce profileur sorti d'un film de série Z. Ses raisonnements ne menaient à rien. Ramphastos n'était qu'un vieil ivrogne et le coupable, le quatrième marin, le motard, le tigre, était sans doute déjà loin de Rouen.

Maline regarda sa montre. Elle avait plus de cinq heures avant le rendez-vous. Que faire ? Rentrer chez-elle ? Dormir un peu ? Elle en avait besoin.

Ce Roblin lui avait tout de même fichu la trouille avec ses délires. Elle n'avait aucune envie de se retrouver seule, même chez elle.

Un lieu public, jusqu'à six heures ? Un cinéma ? Les magasins ?

Maline réfléchit en terminant son kebab. Elle s'arrêta sur une idée beaucoup plus instructive. Elle était à deux pas de la Bibliothèque municipale et les vieux rayons ne devaient pas manquer de livres sur l'histoire de la Seine et de ses mystères.

***

Elle traversa l'esplanade Marcel-Duchamp devant le musée des Beaux-Arts, jetant un coup d'œil vers le square Verdrel, juste en face. Ce petit îlot de verdure était pris d'assaut par les familles terrassées par la canicule !

Quelques mètres plus loin, elle montait le majestueux escalier de marbre de la bibliothèque. La fraîcheur et le silence des vieilles pierres lui firent du bien. En pénétrant dans la bibliothèque, elle fut surprise : il y avait du monde !

Des étudiants en histoire, des personnes âgées se cultivant, des généalogistes amateurs… Quelques dizaines de personnes se passionnant pour le passé, indifférentes au présent, à l'abri du vacarme extérieur.

Maline ne savait pas trop par quoi commencer. Sur un ordinateur en libre accès, elle consulta le catalogue de la bibliothèque. Elle opta pour une recherche par mots-clés : elle ne trouva rien à « pirates en Seine ». Elle élargit alors la recherche à « marine en Seine ».

Une liste de plus d'une cinquantaine de titres apparut. Elle essaya de sélectionner les cinq références qui lui parurent les plus importantes. Elle retint trois numéros de la revue Mémoire de Seine, le bulletin du Musée maritime de Rouen, et deux ouvrages généraux sur l'histoire du fleuve.

Après plus d'une heure de recherches, Maline commençait à mieux maîtriser les références. Outre l'incroyable richesse de l'histoire de la navigation en Seine, Maline se rendit compte que Ramphastos était très souvent cité dans les articles, notamment entre 1979 et 1993. Elle finit même par trouver plusieurs articles rédigés par Ramphastos lui-même : des histoires de marins troussées d'une plume alerte, à l'image de ses qualités orales de conteur.

Elle trouva même un détail étonnant : l'un des ouvrages, qui parlait du naufrage du Télémaque à Quillebeuf, au large du Marais Vernier, était dédié « à ma fille ». Elle ignorait que Ramphastos avait une fille. Les marins avaient des femmes dans chaque port… Ils devaient bien aussi y laisser parfois une descendance !

Au bout de deux heures de recherches, elle commença à avoir l'impression de tourner en rond. Elle ne trouvait aucune référence à cette malédiction de Rollon dont Ramphastos avait commencé à lui parler, rien non plus sur la symbolique du tigre. Ses recherches se cantonnaient à un inventaire d'histoires de grands navigateurs partis de Rouen, destins plus extraordinaires les uns que les autres : Cavelier de La Salle, Verrazzane, Béthencourt, Charcot…

Après une nouvelle recherche informatique, plus approfondie encore, elle se rendit à l'accueil pour commander une nouvelle série de livres, plus centrée sur l'histoire de la piraterie. Une fille un peu sévère, à laquelle il était difficile de donner un âge, lui répondit qu'un des ouvrages n'était pas disponible.

Il était déjà emprunté !

Maline s'étonna :

— Mais je croyais que tous ces ouvrages étaient exclus du prêt ?

— Ils le sont, répondit la documentaliste.

— Mais…

— Simplement, une autre personne est en train de les consulter dans la salle.

Elle baissa les yeux pour consulter ses fiches :

— Place 32 !

Maline resta stupéfaite : une autre personne s'intéressait à la piraterie, en ce moment même, dans cette bibliothèque !

Place 32.

Elle leva les yeux. La place 32 devait se trouver un peu plus loin, derrière une haute étagère de chêne. Elle avança.

Effectivement, la place 32 était occupée.

Lui ?

48
En toute discrétion…

16h09, tunnel sous la Grand'Mare

La Subaru Impreza WRX hurlait dans le tunnel de la Grand'Mare, toutes sirènes dehors. Le commissaire Gustave Paturel se cramponnait :

— Tu es obligé de foncer comme ça ?

Une main sur le volant, l'autre à la portière, l'inspecteur stagiaire Jérémy Mezenguel affichait un sourire hilare :

— J'adore ça boss, j'adore trop, j'ai passé le concours de flic rien que pour ça !

Les lumières du tunnel défilaient. Les voitures sur la file de droite semblaient rouler au ralenti dans le rétroviseur de la Subaru.

— Surtout dans les tunnels, ajouta Mezenguel. On se croirait dans un jeu vidéo !

Paturel soupira :

— Loupe pas la sortie ! Première à droite après le tunnel, direction Saint-Martin du Vivier.

— O.K. Vous prenez un gros risque, sur ce coup-là, commissaire… Non ?

— Quel gros risque ? On a quatre capitaines sur six qui nous ont avoué que derrière la CYRFAN se dissimulait Nicolas Neufville, que lorsqu'ils ont découverts le prix où la CYRFAN vendait ses prestations à ses clients, par rapport au prix où cette société avait loué leurs bateaux-promenades et leur équipage, ils avaient vu rouge. Qu'ils ont essayé de négocier un intéressement aux bénéfices avec la CYRFAN, une rallonge, et qu'en guise de réponse, Nicolas Neufville leur a envoyé quelques gros bras pour les calmer. La plupart n'ont pas insisté, leur bateau, c'est leur gagne-pain, ils se sont généralement endettés jusqu'à l'os pour se le payer. Ils se sont contentés des miettes distribuées par Neufville. D'après ce qu'il a fini par nous avouer, seul Patrick Baudouin, le capitaine du Surcouf, a un peu insisté, a voulu faire pression, a menacé de reprendre ses cliques et ses claques avec son bateau et de tout laisser en plan, y compris les clients, si la CYRFAN ne rallongeait pas la mise. Nicolas Neufville s'est déplacé lui-même, la nuit du jeudi 10 juillet, pour expliquer au capitaine Baudouin qu'il ne devait pas faire trop de vagues s'il voulait que le Surcouf reparte de Rouen à peu près en état de remonter la Rance après le 14 juillet. C'est si fragile, ces bateaux-croisières, des petits bijoux tout en verre… Alors Jérémy, les preuves, on les a. Cela s'appelle de la prise illégale d'intérêt, et en poussant un peu, du chantage !

Ils sortirent du tunnel et la sirène hurla de plus belle.

— Tu ne veux pas couper ton truc, on ne s'entend pas !

Il ne fut pas sûr que Mezenguel ait entendu. Celui-ci continuait à crier :

— O.K. pour le chantage, la menace sur les capitaines de bateaux-promenades, mais il a gagné quoi avec cette embrouille ? cent mille euros, trois cent mille euros maxi ? Vous allez pas aller loin avec ça !

Paturel se pencha, coupa la sirène et hurla tout de même :

— Ça me permet de l'inculper ! De l'embarquer pour un motif quelconque. Une fois au trou, on le travaillera, on vérifiera ses alibis, on le fera craquer…

— Je croyais que ce n'était pas son ADN, sur le verre ?

— Pas un mot sur ça, bordel ! C'est vrai que son ADN n'est pas celui du double meurtrier, mais il peut avoir des hommes de main !

— Des jumeaux !

— Ouais, des jumeaux, c'est pas con ! Ça devient même un débouché professionnel important pour les jumeaux : tueurs fouteurs de merde dans les tests ADN !

La Subaru Impreza se rabattit brusquement sur la file de droite.

Ce stagiaire conduisait vraiment comme un taré ! En plus, Jérémy Mezenguel tournait la tête vers le commissaire pour lui parler :

— Les petites combines de Neufville n'ont peut-être rien à voir avec le meurtre ?

— Regarde ta route, bordel ! Y a tout de même le cadavre de Mungaray qui a passé deux heures dans le congélo du Surcouf ! Mais même s'il n'est pas un meurtrier, coincer une ordure, crois-moi, ça défoule ! Et puis ça va occuper un peu les journalistes. Putain tourne ! C'est là !

La Subaru Impreza dérapa et dans un concert de klaxons, quitta l'A28 direction Saint-Martin-du-Vivier. Ils roulèrent quelques centaines de mètres.

— Plutôt chicos, par ici, fit Mezenguel.

— La commune la plus riche de l'agglomération, il paraît, et on se rend dans le quartier le plus riche de la commune la plus riche, le Vallon-aux-moines. Tout droit…

A plus de quatre-vingts kilomètres-heure en pleine agglomération, Mezenguel coupa au plus court les ronds-points, décolla deux roues sur un ralentisseur et s'engagea pied au plancher dans la descente vers la vallée du Robec.

Le commissaire soupira :

— Je suis un peu surbooké en ce moment, mais je ne suis pas à cinq minutes.

Les pneus crissèrent.

— A gauche ! hurla le commissaire. La chaumière en face !

Mezenguel remit la sirène en route.

La Subaru Impreza s'engagea dans un adorable petit lotissement, à flanc de vallée, où d'immenses chaumières étaient posées dans des grands parcs arborés sans barrières.

Tondu frais.

Mezenguel fit gicler les graviers sous ses pneus dans le sentier, presque sans ralentir et se gara sur la pelouse en pilant brutalement, ravageant un mètre et demi de gazon.

Il coupa enfin la sirène.

— Vous vouliez du spectaculaire, boss. Une arrestation qui ne passe pas inaperçue !

Paturel soupira à nouveau.

Devant eux, sur la terrasse ensoleillée, une famille était attablée.

Paturel fit l'inventaire. Orangeade, magazine, jeux de sociétés. Deux grands adolescents. Une femme très élégante, élancée. Une vieille, avec un chapeau de paille, qui dormait, à l'ombre, dans un fauteuil large et creux.

Tous, sauf la grand-mère, regardaient stupéfaits l'intrusion subite de la Subaru Impreza. Nicolas Neufville aussi, ou alors il simulait bien.

Le commissaire Paturel s'avança, prit une voix calme mais expliqua clairement que Nicolas Neufville devait les suivre, qu'ils avaient une demande de garde à vue dûment signée par le juge... mais qu'il ne s'agissait que d'un interrogatoire de routine, rien de grave, qu'il serait de retour sans doute bientôt.

Toute la sainte famille ne bronchait pas, attendant la réaction de l'homme d'affaires.

Paturel se doutait que dans le Vallon-aux-moines, derrière les haies de thuyas, de troènes ou de charmille normande, une foule discrète de voisins épiait la scène.

— Je suppose que je n'ai pas le choix ? fit Nicolas Neufville.

Le commissaire hocha la tête.

La grand-mère n'avait toujours pas ouvert un œil, la fine et élancée madame Neufville semblait presque plus inquiète par les regards des voisins que par l'arrestation de son mari.

Mezenguel était resté en arrière, une fesse sur le capot de la Subaru, à mâchouiller un chewing-gum, sous le regard admiratif des deux adolescents. Il ne lui manquait plus que les Ray-Ban et le stetson.

Nicolas Neufville se retourna vers sa femme :

— Chérie ! appelle Henri tout de suite.

— Henri Lagarde, précisa-t-il au commissaire... Mon avocat, je pense que vous le connaissez... Il est plutôt réputé sur la place. Pour ma part, je n'ai pas l'honneur de connaître votre nom, mais je pense que vous êtes en train de faire une immense connerie !

Le commissaire Paturel n'était pas loin de penser la même chose. Mais tout le problème était de ne pas le laisser paraître.

49
La Buse !

16h15, Bibliothèque municipale de Rouen

Place 32 !

Qu'est-ce qu'il faisait là ?

Le général Sudoku releva à peine la tête en voyant Maline s'avancer.

Maline avait dû passer dix fois devant lui sans le remarquer, dissimulé derrière ses piles de livres.

Enfin, Sudoku détourna les yeux de son ouvrage. Ses maigres cheveux jaunes se dressaient de chaque côté de sa tête, comme ceux d'un savant fou de bande dessinée :

— Vous vous intéressez beaucoup aux histoires de pirates, à ce que je vois, mademoiselle Abruzze.

— Nous sommes quelques-uns dans ce cas, non…

Maline et Sudoku s'évaluaient, un peu méfiants, un peu complices.

Sudoku brisa la glace :

— Je crois que nous possédons la même curiosité et que nous avons eu tous les deux la même idée. Vous avez trouvé quelque chose ?

— Beaucoup d'informations que j'ignorais, répondit Maline, mais rien qui puisse me renseigner davantage sur le meurtrier, ses motifs, la malédiction, la marque au fer rouge et le reste… et vous ?

— Pas mieux ! Presque rien.

Il marqua un temps de respiration

— Enfin si, tout de même, un détail étonnant, du moins pour qui s'intéresse aux pirates…

— Quoi ? questionna Maline, piquée au vif.

— Je peux vous faire confiance ?

Elle se pencha et colla son décolleté bronzé à la hauteur des livres que consultaient Sudoku.

— A vous de voir…

Avec un peu d'attention, Sudoku pouvait repérer si Maline portait ou non un soutien-gorge.

— Regardez, fit Sudoku en louchant à la fois sur le livre et sur les seins de Maline.

Elle n'en portait pas !

Sudoku essaya de se concentrer à nouveau sur sa lecture. Il tenait devant lui un volumineux livre de piraterie, datant sans doute du siècle dernier, en maroquin rouge, à tranche dorée et à illustrations flamboyantes. Il le fit glisser vers Maline, galamment, pour quelle n'ait pas besoin de changer de position.

Maline lut le titre en haut de la double page.

La Buse.

Sur la page de droite était dessiné le portrait en noir et blanc d'un pirate au visage fin, à la fois racé et élégant. Sur la page de gauche était reproduit un étrange cryptogramme dans une langue que Maline ne connaissait pas.

— La Buse ? Qui est-ce ?

— La Buse ! Le pirate français le plus célèbre. Il est surtout connu à cause de son cryptogramme, cette page codée qu'il lança à la foule le jour de sa pendaison, en hurlant ses mots : « Mon trésor à qui résoudra l'énigme »… La Buse avait effectivement constitué un butin considérable au cours de sa carrière, que l'on ne retrouva jamais. Le cryptogramme n'a jamais été résolu, même si beaucoup de personnes ont consacré toute leur vie à la recherche de ce trésor, la résolution du cryptogramme, et si internet regorge de sites qui développent des hypothèses qui vont des plus sérieuses aux plus farfelues à propos de ce pirate.

— Passionnant, admit Maline. Mais quel est le rapport entre ce pirate et la Seine ? La Buse était normand ?

— Non, sourit Sudoku, aucun rapport avec la Normandie.

Maline haussa les épaules et se releva, à la grande déception de Sudoku. Le général leva un instant les yeux puis les détourna. Il passa une main hésitante dans ses cheveux pour essayer de les aplatir, sans succès. Il toussota et continua, ménageant ses effets :

— Non, il n'était pas normand… Il était réunionnais ! Regardez Maline, tournez la page. Regardez quel est le véritable nom de La Buse !

Maline se pencha à nouveau, pour le plus grand bonheur de Sudoku.

Pas pour le sien.

Elle lut.

Son cœur s'accéléra. La coïncidence était trop énorme.

Elle relut encore.

Le véritable nom de La Buse, ce pirate du XVIIIe, était Olivier Levasseur.

— Mon Dieu, cria Maline, blanche.

Aux tables voisines, des visages surgirent des piles de livres en exigeant le silence d'un « chuttt » autoritaire.

Maline chercha à se reprendre, comprendre. Il fallait sauver les apparences, essayer d'en savoir plus.

Maline se tourna vers Sudoku en essayant de paraître le plus naturelle possible :

— Il… Il porte le même nom que le chargé de relations presse de l'Armada ! Vous croyez que cela pourrait être un… Un hasard ?

Sudoku afficha une sorte de sourire sadique et répondit d'une voix peu inquiétante :

— On sait tous que ce chargé de communication est réunionnais… La coïncidence est troublante, surtout au moment où tout le monde semble s'intéresser à la piraterie, aux trésors, à l'anarchisme... Mais de toutes les façons, une chose est sûre, notre Olivier Levasseur n'est pas La Buse réincarnée… Au mieux, ou au pire, il est un de ses descendants… Qu'est-ce que cela change ?

Maline tenta de conserver un air détaché, non affecté :

— Merci du tuyau, conclut-elle d'une voix néanmoins hésitante.

Elle retourna à sa place, déboussolée.

Ses pensées s'affolaient.

L'utopie de Libertalia avait été fondée à Madagascar, tout près de la Réunion. Le géant blond, le tigre, regardait à Villequier un vitrail représentant une scène de piraterie ! Ramphastos était un pirate, il le revendiquait !

Et maintenant, Olivier Levasseur lui-même était le descendant de La Buse. Olivier Levasseur avait lui aussi un rapport direct avec la piraterie !

Des pensées démentes lui venaient à l'esprit. Et s'ils étaient tous de mèche, tous liés par un même serment pirate ?

Elle essaya de se replonger dans ses lectures, mais la concentration lui faisait défaut.

A peu près une heure plus tard, son téléphone sonna.

« Chuttt ».

Un message !

Maline baissa la tête, honteuse et lut le SMS.

C'était Olivier Levasseur !

Comme une préméditation, comme un coup bien monté.

« T'es où ? Suis dispo. Et toi ? »

Le message plongea à nouveau Maline dans un abîme de suppositions. Elle n'allait tout de même pas se mettre à soupçonner Olivier Levasseur à cause d'une homonymie, parce qu'il portait le même nom qu'un pirate, mort depuis plus de deux cents ans !

Est-ce qu'elle devenait folle ? C'est avec des théories aussi stupides qu'on finissait vieille fille.

Pourtant, elle se souvenait des conseils de Roblin.

Tout allait se jouer dans les prochaines heures, ne faire confiance à personne, se méfier, ne pas accepter de rendez-vous…

Seule…

Mais dans un lieu public ?

Elle n'allait pas se mettre à soupçonner tout le monde ! Pourquoi pas Sudoku, pendant qu'elle y était ? Il consultait des livres de pirates, c'est lui qui l'avait envoyée chez Ramphastos, le premier soir, lui seul avait pu prévenir Olivier à l'instant… Pourquoi Sudoku ne serait-il pas dans cette bibliothèque… en train de l'espionner ?

Avec un peu d'imagination, tout le monde pouvait être l'assassin ! Alors pourquoi davantage Olivier Levasseur ?

Parce que… Parce que… Le commissaire Paturel ne le sentait pas non plus, ce chargé de relations presse. Parce qu'hier soir, il l'avait mise dehors pour rester seul, quelques heures avant le double crime !

Maline se prit la tête entre les mains. Cinq minutes plus tard, elle avait pris sa décision.

Accepter… Dans un lieu public où elle ne craindrait rien !

Elle envoya le message

« O.K. Espace du Palais. 17h15 ».

Le petit « cling » du message qui part provoqua un nouveau grand « chutttt » dans la studieuse bibliothèque.

Maline se dit qu'il était temps pour elle aussi de partir.

***

Maline attendait dans la galerie commerçante couverte de l'espace du Palais. Au milieu de la foule impressionnante de touristes à la recherche de la fraîcheur de l'air climatisé, il ne pouvait pas lui arriver grand-chose. Au pied de l'Escalator, entre les boutiques de modes luxueuses, elle avança vers la librairie.

Ils avaient déjà reçu l'édition du Monde.

La une était sans ambiguïté :

« Folie meurtrière sur l'Armada de Rouen. Ce que l'on vous cache ».

Maline allait entrer dans la librairie, puis se reprit. Elle n'allait pas donner un euro pour ce torchon rédigé par Oreste Armano-Baudry ! Elle se consola en constatant que la plupart des passants, notamment les jeunes qui passaient en groupes, ne jetaient même pas un seul coup d'œil à la manchette agressive. Elle savait pourtant que cet article n'était qu'un des éléments d'un engrenage, d'une bombe à retardement qui allait exploser, bientôt sans doute.

Et si Oreste Armano-Baudry avait raison ? Et si la bonne solution, c'était de se mettre à crier à cette foule inconsciente qu'il fallait fuir, fuir la Seine, le plus vite possible. Et si c'était cela, son métier de journaliste ? Prévenir…

Son téléphone sonna, la coupant net dans ses réflexions. C'était Olivier.

— Maline. Tu es où ?

Maline répondit d'une voix hésitante ;

— Olivier ? Je suis dans la galerie, en face de la FNAC.

— O.K., je suis là. Je suis garé au parking du Palais. Je monte. On se rejoint ? Ascenseur du milieu !

Aucun sous-entendu dans sa voix, aucun piège apparent, Maline se retourna et avança d'une trentaine de mètres vers les trois grands ascenseurs qui menaient un étage plus bas à l'immense parking souterrain qui s'étendait sous une bonne partie de la vieille ville.

Une quinzaine d'autres personnes attendait à côté d'elle, les bras chargés de paquets. L'ascenseur de droite s'ouvrit le premier. Il était large, spacieux, il engloutit au moins dix personnes plus les paquets.

Celui de gauche s'ouvrit à son tour et les cinq dernières personnes s'engouffrèrent.

Cling !

Maline se retrouva seule, une seconde, devant les trois portes d'acier.

Cling !

Une lumière rouge à côté de la porte du centre s'éclaira

La porte s'ouvrit.

Olivier était dans l'ascenseur, seul.

— Monte !

Maline lança un dernier coup d'œil désespéré autour d'elle. Personne. Puis fit un pas en avant.

Comment faire autrement ?

La porte de l'ascenseur se referma derrière elle.

Cling !

Seuls.

Olivier portait une ample chemise écrue à manches longues, sortie de son pantalon.

Il se tenait au fond de l'ascenseur, à plus d'un mètre d'elle.

L'ascenseur descendit.

Moins d'une seconde.

Il s'arrêta, brusquement.

Olivier tenait le doigt appuyé sur un bouton rouge, qui apparemment possédait le pouvoir de stopper immédiatement la course d'un ascenseur.

Un sentiment affolant, mélange indissociable de panique et d'excitation, saisit Maline.

50
L'abordage

17h16, ascenseur de l'espace du Palais

Olivier regardait Maline avec un regard pénétrant. En temps normal, Maline aurait adoré la situation.

Un amant qui bloque l'ascenseur.

La passion pressée des corps.

Se rajuster et sortir comme si de rien n'était, sous le regard suspicieux d'inconnus.

Mais elle n'était peut-être qu'une petite gourde qui allait finir poignardée dans l'ascenseur de l'espace du Palais, alors que tout le monde l'avait pourtant mise en garde.

— Qu'est-ce qu'il y a Maline ? fit la voix mielleuse d'Olivier. Ça ne va pas ?

Maline savait que le meurtrier avait été blessé au bras par Paskah Supandji… Elle se redressa, essaya d'adopter le visage d'une maîtresse-femme et ordonna d'une voix qu'elle aurait voulu plus rauque :

— Retire ta chemise, Olivier !

Levasseur, après un court instant d'étonnement, accepta de jouer le jeu avec délice. Sans prononcer un mot, il ôta lentement sa chemise, dévoilant son torse large et bombé.

Il n'était pas blessé au bras !

Maline se sentit un peu rassurée… mais elle savait que le meurtrier poignardait ses victimes, qu'il portait donc une arme !

Sa voix descendit encore dans les graves :

— Retire ton pantalon, Olivier.

Le pantalon tomba.

Olivier Levasseur ne portait pas de poignard, ni rien d'autre sous son pantalon.

Un immense miroir faisait office de paroi au fond de l'ascenseur. Maline put vérifier, avec une vue panoramique à 360 degrés, que le beau Réunionnais n'avait pas d'autre arme que son corps de rêve.

Il posa son regard sur elle.

Si c'était un piège, il était trop tard.

Elle était prise.

Maline s'avança d'un mètre, respirant la peau de son amant, sans la toucher.

Lentement, elle leva ses mains, jusqu'à la hauteur de ses épaules, d'un geste gracieux de danseuse comme si elle était menacée par une arme. Toujours aussi délicatement, ses doigts se refermèrent sur ses deux paumes, à l'exception de ses deux index.

Ses deux longs doigts avancèrent vers ses épaules nues et passèrent sous les bretelles de la robe à fleurs. D'un mouvement lent, les doigts soulevèrent les deux fines bretelles de la robe, juste un peu, quelques centimètres.

Puis soudain les deux doigts se replièrent.

La robe tomba d'un coup, sans bruit.

Minuscule tissu.

Maline avança.

Le contact de la pointe de ses seins sur les pectoraux de l'homme électrisa son corps jusqu'à la plus infime portion de sa chair.

***

Morten Nordraak se posta rue des Boucheries Saint-Ouen, dans le prolongement de la rue du Père-Adam. Il était un peu loin mais il pouvait tout de même surveiller les entrées et les sorties du Libertalia. Il avait aussi sa longue-vue dans sa poche, c'était souvent très utile, autant qu'un couteau.

De son poste d'observation, il ne craignait pas qu'on le repère. Il alluma une cigarette, sans cesser de jeter des regards prudents autour de lui. Se faire interpeller par une patrouille serait stupide, mais à condition de repérer leur présence suffisamment à l'avance, il ne courait aucun risque.

Il fixa à nouveau la porte du Libertalia.

Il s'approcherait tout à l'heure, discrètement, quand la journaliste serait là.

***

Maline refit surface, place du marché aux fleurs, une demi-heure plus tard.

Légère.

Rouen était la plus belle ville du monde !

Après l'amour.

Le beau Réunionnais après un dernier baiser sur les lèvres, était reparti, laissant juste un parfum de vide dans l'espace clos de l'ascenseur.

Il avait rendez-vous lui aussi à 18 heures.

Son job !

Débordé.

Beau, libre et débordé.

Arrière-arrière-arrière-petit-fils de pirate, peut-être. Et alors ? Ça lui allait plutôt bien, cette descendance mystérieuse. Jamais désormais, Maline ne pourrait entrer dans l'espace du Palais, prendre l'ascenseur, sans revoir le film de leurs ébats en écran géant, dans le miroir du fond. Maline ne s'était aperçue qu'en sortant qu'il n'y avait pas de plafond à la cage d'ascenseur et que n'importe qui, en se penchant un peu, aurait pu les surprendre.

Cela ajouta, rétrospectivement, encore un peu à son émoi.

Son corps frissonnait encore. Elle marchait mécaniquement vers le Libertalia. Elle y serait dans quelques minutes. Il fallait qu'elle reprenne ses esprits, qu'elle retrouve sa vigilance, rapidement.

Ce double crime, ces menaces de mort, lui semblaient soudainement lointaines, comme un mauvais rêve. Il fallait qu'elle se secoue. Il s'agissait peut-être d'un piège, on l'avait suffisamment mise en garde.

Elle y était. La statue de la Liberté proposait toujours des consommations dans la rue, juste devant le Libertalia. Elle entra. Elle ne fut qu'à moitié rassurée. Il y avait à peine cinq clients dans le bar, deux couples, et Ramphastos, à sa place habituelle.

Le barman la reconnut et la salua. Il était seul. La majorité des clients, et donc également la serveuse sexy, ne devaient arriver qu'à la nuit tombante.

La douce musique brésilienne, la couleur bois et émeraude du décor, la calme fréquentation, rendaient le lieu paisible.

Si c'était un piège, il était bien dissimulé.

Maline alla directement s'installer près de Ramphastos. A vue de nez, et c'était le cas de le dire, il était déjà saoul. S'il simulait, alors, il était un acteur exceptionnel. Il ne sembla la reconnaître que lorsqu'elle fut sous sa barbe.

Maline avait davantage envie d'un café que d'une bière ou d'un rhum, mais elle commanda tout de même une pression, comme pour rassurer Ramphastos. Elle prit soin de s'asseoir non pas en face, comme l'autre soir, mais à côté de lui, dos au mur. Elle voyait ainsi l'ensemble du bar et une bonne partie de la rue, par la porte et les grandes fenêtres vitrées.

On ne pouvait pas la prendre en traître !

De toutes les façons, elle se sentait de plus en plus rassurée, dans ce bar tranquille, à côté de cet ivrogne déjà presque incapable de se lever.

Lui, le cerveau d'un complot anarchiste ? L'hypothèse apparaissait de plus en plus improbable.

— T'as rien dit aux flics, hein ? éructa Ramphastos.

— Non, fit Maline.

— C'est bon, je te crois, t'as l'air sincère.

— Je le suis.

— Ouais, ouais. On dit ça…

Il vida sa bière et en recommanda une. En faisait-il de trop ?

Comment savoir.

— Vous deviez me parler de la malédiction, commença Maline.

— Ah, la malédiction, hurla presque Ramphastos.

Les deux couples se retournèrent, mi-amusés, mi-inquiets. Le barman amena la bière et fit signe de la main à Ramphastos de parler moins fort. Sans vraiment insister, il devait avoir l'habitude. Ramphastos faisait presque partie du décor de son bar, au même titre que les palmiers en plastique et que les perroquets en bois. Certains clients, assis trop près de Ramphastos, avaient dû avoir plus d'une fois la surprise de le voir bouger : mon Dieu, ce n'était pas la statue de cire d'un pirate !

Maline reprit de sa voix la plus douce :

— Oui. La malédiction. A propos des trois marins de l'Armada qui sont décédés.

— Ouais… J'ai entendu ça. Trois gamins poignardés… Après tout, bien fait pour eux !

Maline sursauta. Le vieux pirate continua :

— Trois gamins cupides ! Sans cervelle, qui n'ont rien compris, qui voulaient le butin, pour eux, pour eux seuls… Pour se servir et repartir chez eux les mains pleines ! Les jeunes ne comprennent plus rien à la piraterie… Ils ne pensent qu'aux pièces d'or. Comme s'il n'y avait qu'à se servir !

Il souleva quelques instants son lourd corps et frappa sur la table :

— Quels cons !

Son corps s'effondra à nouveau sur la chaise. Il vida sa bière d'un trait.

Que savait-il ? Affabulait-il ou connaissait-il réellement

le mobile du triple crime ? Comment le faire parler, il était déjà ivre…

Maline avança prudemment :

— Ils ont mérité de subir la malédiction. Mais qui…

Le regard de Maline se figea soudain.

Elle avait vu un fantôme.

Dans le reflet du zinc du bar, mêlé au visage couronné de la statue de la Liberté, Maline avait aperçu le visage du fugitif, le tigre. Elle le reconnut immédiatement, malgré ses lunettes de soleil et ses cheveux dissimulés sous une casquette kaki.

Maline se pencha un peu et se tourna vers l'entrée du bar. Dans l'encadrement de la porte de verre, dehors, discrètement posté entre l'angle du Libertalia et la pancarte en carton, elle reconnut, cette fois-ci distinctement, le visage de l'inconnu de Villequier.

Le regard du tigre se tourna en même temps vers elle.

Lui aussi l'avait identifiée.

Dans l'instant qui suivit, il recula de quelques mètres et disparut du champ de vision de la journaliste. Sans davantage réfléchir, Maline repoussa la table, le tabouret devant elle et se précipita à sa poursuite.

La table bascula.

Le barman poussa un juron.

Maline n'eut pas le temps de faire un pas de plus.

Dans l'instant qui suivit, une détonation fit voler en éclats la vitre du bar.

Instinctivement, Maline plongea vers la table renversée. Les rares autres clients en firent autant.

Seul le patron du bar resta debout, vociférant derrière son zinc :

— Bandes de salopards. Vous allez…

— Nom de Dieu, couchez-vous ! hurla Maline.

Un deuxième coup de feu retentit.

Puis un troisième, puis plus rien.

Maline attendit quelques secondes qui lui semblèrent

interminables. Un des deux couples finit par se relever. Maline, à son tour, fit de même, prudente.

On entendait simplement une respiration sourde, un gémissement, derrière le bar.

— J'appelle les flics, fit une voix.

Maline déplaça la table et les chaises renversées et se pencha derrière le comptoir : le barman était assis, un bras en sang, blanc comme un linge. Il répétait mécaniquement :

— Les enculés, mon bar ; les enculés, mon bar…

— Il est mort, lança une voix féminine derrière Maline.

Maline se retourna.

Une jeune fille, la figure crevassée d'effroi, accompagnée de son petit ami qui détournait les yeux, se penchait sur le corps de Ramphastos.

— Il… Il est mort.

Maline se rapprocha.

Ramphastos ne respirait plus.

Une balle avait traversé le cœur du vieux pirate.

La malédiction s'était encore appliquée, mais pas avec un poignard cette fois-ci.

***

La jeune fille, qui visiblement possédait quelques notions de secourisme, pratiqua les premiers soins au patron de bar. La plaie saignait beaucoup, il allait falloir extraire la balle, mais seul le bras était touché. Le tenancier observait les yeux emplis de colère son bar dévasté. Il avait changé de couplet et marmonnait mécaniquement :

— Les salauds, qui va payer ? Les salauds, qui va payer ?…

Il est vrai que le bar ressemblait maintenant à un vaisseau pirate après l'abordage : vitres brisées, drapeaux de pirates en lambeaux, tonneaux renversés, poussière…

Une patrouille de proximité parvint sur les lieux de la fusillade moins de trois minutes plus tard. Les agents avaient à peine commencé l'inspection et l'interrogatoire lorsque le commissaire Gustave Paturel surgit à son tour dans le Libertalia, accompagné d'une dizaine d'autres policiers.

Il constata l'étendue des dégâts, puis se tourna vers Maline, rassuré qu'elle soit indemne.

— Mademoiselle Abruzze… Toujours dans les bons coups !

— Ramphastos est mort…

L'ambiance glauque du bar pirate dévasté avait quelque chose de surréaliste. Paturel se concentra d'abord sur le meurtrier en fuite. Maline et les autre clients firent ce qu'ils purent pour décrire ce qu'ils avaient vu : un jean, un tee-shirt blanc, des lunettes de soleil, une casquette kaki…

Paturel avait laissé l'inspecteur Stepanu coordonner la traque, pendant que l'inspectrice Colette Cadinot était restée au commissariat, chargée de poursuivre l'interrogatoire de Nicolas Neufville, qu'il avait dû laisser en plan.

— Tant pis Ovide, cria le commissaire Paturel dans un talkie-walkie, on boucle tout le centre-ville de Rouen, on intercepte en aveugle et on regarde le tatouage sur l'épaule. J'ai cinq cents hommes dans les rues de Rouen. On va l'avoir !

Maline n'y croyait pas. Il y avait plusieurs centaines de milliers de visiteurs dans Rouen ce week-end. Il était impossible de le coincer tant qu'on ne savait pas qui était cet homme, tant que l'on n'aurait pas d'autre description qu'une silhouette fuyante : sa tenue vestimentaire était, elle aussi, bien banale, un jean, un tee-shirt blanc, des lunettes de soleil, une casquette kaki, et il pouvait en changer…

Des agents, sans doute des scientifiques, se penchaient sur le corps de Ramphastos.

Maline éprouvait une peine indicible pour le vieux pirate. Et dire qu'elle l'avait soupçonné ! Il faisait partie de ces personnalités qui appartiennent à une autre époque, de ces personnages uniques dont on a cassé le moule. S'il existait un paradis pour les pirates, quel qu'il soit, un panthéon sur lequel flotte le pavillon noir ou un tripot dans les nuages, Pierre Poulizac, dit Ramphastos, dernier pirate de la Seine, y méritait sa place.

— Il n'a pas souffert, souffla doucement le commissaire Paturel dans son dos. La mort a été immédiate. Le vieux pirate s'est endormi sans se rendre compte de rien.

Le commissaire montra à Maline un impact de balle dans la table renversée.

— Il y a eu trois tirs, expliqua-t-il. L'un a touché mortellement Ramphastos. L'autre a blessé le patron du bar au bras. Le troisième vous a raté de peu, Maline.

La journaliste vit avec une angoisse rétrospective que la balle fichée dans la table avait dû passer à moins de vingt centimètres de son oreille.

— Il a voulu éliminer tous les témoins, analysa Paturel. Ramphastos en priorité. Puis ceux qui l'ont écouté. Vous Maline… et le patron du bar, qui pouvait avoir entendu des bribes de conversation. Maline, Ramphastos vous a-t-il dit quelque chose d'important ce soir ?

Maline se força à réfléchir.

— Non rien, je ne crois pas, il n'a pas eu le temps…

— Réfléchissez bien...

— Il allait me parler de la malédiction. L'autre soir, il m'avait déjà parlé de la malédiction de Rollon. Mais il n'a pas eu le temps…

Paturel se pinça les lèvres :

— Réfléchissez encore, Maline. Je reviens.

Gustave Paturel se dirigea vers le propriétaire de l'établissement. Le barman, maintenant assis sur une chaise, le bras bandé, continuait de promener son regard sur les dégâts dans son établissement, marmonnant des injures.

Ce type énervait Maline. Ce commerçant n'éprouvait-il aucun sentiment pour Ramphastos, son client, son meilleur client peut-être ? Ramphastos était-il à ce point devenu pour lui un simple élément du décor, ayant désormais presque moins de valeur que ces chaises renversées ou cette vitrine brisée ?

Le commissaire Paturel emmena le patron du bar un peu à l'écart. Le médecin avait recommandé la prudence, mais il était en état de répondre à quelques questions avant d'être dirigé vers l'hôpital.

Il s'appelait Serge Voranger, et, non, il ne voyait pas pourquoi on avait assassiné cet ivrogne. Il n'avait pas connu Ramphastos à la période où il était encore un conteur célèbre, son bar n'était pas ouvert à l'époque. Il n'avait d'image de Ramphastos que celle d'un ivrogne ayant échoué dans son bar lui rappelant l'ambiance de la piraterie. Un ivrogne qui occupait presque en permanence une place dans son bar, qui ne payait qu'un verre sur deux et qu'il était le plus souvent obligé de mettre physiquement dehors, qui avait même fini par se faire tuer dans son bar, le samedi soir de l'Armada en plus, le soir de son plus gros chiffre d'affaires potentiel !

Paturel laissa Serge Voranger à son état léthargique, qui semblait davantage provoqué par la vandalisation de son gagne-pain que par sa blessure. Le Libertalia était maintenant occupé par une dizaine d'agents de la police scientifique. La rue du Père-Adam était également coupée : le moindre centimètre carré de trottoir était passé au peigne fin. La seule chose dont Gustave Paturel était certain, c'est que le Libertalia n'ouvrirait pas ce soir !

En ce qui concernait le tigre, on ne disposait toujours d'aucun élément nouveau pour l'identifier.

— Putain, hurla le commissaire, il y aurait bien une solution, passer dans la rue avec des haut-parleurs et demander à tous les passants de retirer leur chemise ! Le seul avec une ménagerie tatouée sur l'épaule sera notre homme !

Il pensa sérieusement un instant qu'une telle méthode pouvait fonctionner, mais il se sentait beaucoup trop fatigué pour contacter le préfet et le convaincre d'une telle entreprise ! Si dans son malheur, il avait eu affaire à une meurtrière en fuite avec un tigre tatoué sur le sein gauche, il aurait peut-être été plus motivé !

Il regarda avec désir la collection de vieux rhums derrière le comptoir. Une envie terrible de s'en servir un verre plein le taraudait.

Il n'eut pas le temps de lutter contre la tentation : la porte du Libertalia, ou plutôt ce qu'il en restait, s'ouvrit. La haute carcasse de Joe Roblin, le profileur, assombrit le bar.

— Commissaire, fit-il d'une voix essoufflée. Je vous cherchais. J'ai le tigre !

— Vous avez coincé l'assassin, hurla le commissaire. Vous savez où il est ?

— Pas encore, mais je sais d'où il vient !

51
Retraite anticipée

18h15, commissariat de Rouen,
9, rue Brisout-de-Barneville

Dans le bureau du commissaire Paturel, l'homme d'affaires Nicolas Neufville conservait sa morgue dédaigneuse. Debout dans un coin de la pièce, l'inspecteur stagiaire Jérémy Mezenguel jouait les méchants, genre Guy Marchand dans Garde à vue, mais cela n'impressionnait nullement l'homme d'affaires, qui en avait vu d'autres et regardait sa montre avec impatience.

Nicolas Neufville avait admis presque aussitôt qu'il était l'actionnaire majoritaire de la CYRFAN SARL. Il était rusé, il savait qu'il y avait plusieurs témoignages de capitaines qui confirmaient ce lien et qu'un jour ou l'autre, la police fiscale remonterait la piste de la CYRFAN. Lorsque l'inspectrice Colette Cadinot lui avait lancé l'accusation de prise illégale d'intérêt à la figure, il avait paru presque rassuré.

— Ce n'est que cela ? Qu'y a-t-il d'illégal à vendre des prestations au juste prix du marché ? Je n'ai pas forcé ces capitaines à signer… C'est moi qui ai pris tous les risques pour commercialiser leur rafiot. Quant aux prétendues menaces, au chantage, encore faudrait-il le prouver… Et au pire, que peut-il m'arriver ? Avoir fait peur à quelques marins irresponsables qui menaçaient de me laisser en plan avec mes clients ? Mon Dieu… Je tremble. Je ne vais tout de même pas faire de la tôle pour cela !

L'inspectrice Cadinot avait essayé de le coincer autrement :

— Et la nuit du 9 juillet, face au Surcouf, la nuit du meurtre de Mungaray, comment expliquez-vous votre présence sur les lieux du crime ?

— Je discutais, je négociais. Je soupçonnais, à juste titre d'ailleurs, le capitaine du Surcouf de me dissimuler une partie de son chiffre d'affaires, de travailler au noir dans mon dos !

— Vous négociiez à deux heures du matin ?

Nicolas Neufville afficha un sourire carnassier :

— Vous savez, il ne faut pas être fonctionnaire pour tenir un commerce sur les quais pendant l'Armada. C'est plutôt des journées de vingt heures... Et puis, je pense que vous comprendrez que je ne souhaitais pas mettre le capitaine du Surcouf dans l'embarras en parlant de notre affaire en public et que je préférais donc attendre les heures creuses.

L'inspectrice Cadinot bouillait intérieurement. Elle le faisait patienter depuis de longues minutes, lorsque Sarah Berneval lui passa un téléphone sans fil.

C'était Henri Lagarde, l'avocat de Nicolas Neufville :

— Inspectrice Colette Cadinot, fit la policière.

— Je préférerais parler au commissaire Paturel, répondit l'avocat Lagarde d'une voix méprisante.

— Il n'est pas là ! Il a été appelé pour une urgence. Je le remplace.

— O.K. Peu importe après tout. Sachez que je ne comprends vraiment pas votre jeu. Mettre mon client en garde à vue pour une banale histoire de bénéfices, parfaitement légaux d'ailleurs, est absurde ! Vous n'avez vraiment rien d'autre à faire en ce moment ? J'espère que vous n'avez pas échafaudé l'idée stupéfiante de mettre sur le dos de mon client les crimes des trois marins de l'Armada. Vous auriez pu trouver un bouc émissaire à la peau moins coriace ! En tous les cas, sachez qu'hier soir, mon client dînait chez Arnaud Cottereau, le patron de la plus grande entreprise de travaux publics de la rive gauche, en compagnie de deux autres couples. Je tiens leur témoignage à votre disposition. Vous préférez peut-être que je vous le faxe dans l'heure ? Bien, je crois que j'ai été clair, je vous fais confiance pour relâcher mon client immédiatement !

Colette Cadinot lui raccrocha pratiquement au nez :

— Excusez-moi, on m'appelle sur une autre ligne !

C'était vrai !

Sarah Berneval lui tendit un autre téléphone. C'était le commissaire Paturel :

— Colette ? Juste deux mots, je suis sur le feu ! Pierre Poulizac, Ramphastos, vient d'être abattu au Libertalia ! Etant donné que Nicolas Neufville était en garde à vue chez nous au moment du carnage, ça lui fait un putain d'alibi !

***

Au regard de l'inspectrice Colette Cadinot lorsqu'elle revint dans le bureau, Nicolas Neufville comprit qu'il avait gagné la partie.

— Vous avez eu mon avocat au téléphone ? jubila l'homme d'affaires. Vous venez de vous rendre compte que vous avez commis une belle boulette ! Il est un peu tard !

Il toisa l'inspectrice d'un regard intransigeant et insinua avec la froideur d'un serpent :

— Au fait, c'est vrai ce que j'ai appris. Le commissaire Paturel va bientôt nous quitter ? Je ne sais plus trop pourquoi ? Mutation à Bar-le Duc ? Retraite anticipée ? Quel dommage. Vous étiez au courant ?

Colette Cadinot sentit que Jérémy Mezenguel avait envie de jouer les cow-boys. Elle intervint la première. Elle se tint debout devant l'homme d'affaires et commença d'une voix doucereuse :

— Oui… Je crois que le commissaire voulait davantage

s'occuper de ses enfants. Aller les chercher à l'école, leur raconter des histoires, jouer avec eux aux gendarmes et aux voleurs. C'est formidable, la retraite anticipée lorsque l'on a eu des enfants tard.

Elle mitrailla Neufville du regard :

— Tandis que vous, ils sont déjà grands vos enfants. Un père en tôle pour magouille, même pour deux jours, l'image paternelle en prend un coup ! Ah, vous n'êtes pas au courant, on va vous garder ici deux jours. Pas pour meurtre, pour tentative d'intimidation envers un tiers et menacc sur un bien privé ! Et vos voisins, qu'est-ce qu'ils vont en penser ? Ça va faire jaser dans le Vallon-aux-moines, non ? Votre femme ne va plus oser mettre le nez dehors.

Neufville faillit se lever de sa chaise mais Colette Cadinot posa une main ferme sur son épaule :

— Vous parviendrez sans doute à faire enterrer cette affaire, je vous fais confiance. Mais pour vous, l'Armada, c'est fini. Ce sont des purs, eux, les bénévoles, les mécènes, les élus. L'Armada c'est leur bébé, faut pas y toucher... C'est même le bébé de tous les Rouennais... Quand ils apprendront votre petite combine, vous pensez qu'ils vont oublier ? Pchitt, la carrière politique, la mairie de Rouen...

La pression de la main de l'inspectrice se fit plus forte sur l'épaule de l'homme d'affaires, annihilant toute velléité de réplique.

— Vous ne me croyez pas ? Nous disposons dans l'agglomération de quelques journalistes locaux assez doués. J'en connais même quelques uns qui ne vous portent pas particulièrement dans leur cœur, au SeinoMarin par exemple... Allez deux jours, c'est pas long, à côté du temps que vous allez passer à vous ennuyer dans votre vie maintenant...

Pendant que l'inspectrice sortait, Jérémy Mezenguel en rajouta une couche :

— Et rien ne prouve que les marins poignardés, ce n'est pas vous. Des tueurs à gages pour éliminer des témoins gênants, ça s'est déjà vu !

Lorsque la porte fut fermée et qu'il se retrouva seul, Nicolas Neufville enfouit sa tête entre ses mains.

Dans le couloir, Jérémy Mezenguel complimenta l'inspectrice :

— Jolie sortie. Pleine de panache. Rien à dire !

— Ouais… mais si on ne trouve pas le vrai coupable, on est dans la merde !

52
Gothique informatique

18h30, le Libertalia, rue du Père-Adam

Joe Roblin regarda autour de lui le spectacle du Libertalia dévasté et demanda d'une voix forte :

— C'est un espace Wi-Fi ici ?

— Ouais, répondit le propriétaire du Libertalia d'une voix déprimée. S'ils ne me l'ont pas foutu en l'air…

— O.K., je m'installe.

Le profileur apostropha un policier qui devait avoir le double de son âge :

— On s'installe là. Qu'on ne nous dérange pas !

Joe Roblin sortit de son sac un ordinateur portable extraplat et le posa sur un tonneau. Maline et le commissaire Paturel s'approchèrent.

— On est obligé de faire ça là ? demanda Paturel.

— Pas de temps à perdre ! Il paraît qu'ils m'ont trouvé une autre affaire de crime à résoudre du côté de Gap. Je ne suis pas sûr de passer la nuit à Rouen ! Je préfèrerais tout régler ce soir.

Maline crut que le commissaire Paturel allait étrangler le profileur.

— En plus, ajouta Roblin, ici, j'aime bien l'ambiance.

Il jeta un coup d'œil aux sabres accrochés au mur, aux crânes sur les étagères, à la vitrine brisée…

— Surtout la nouvelle déco !

L'humour noir de Roblin ne fit même pas sourire

Maline. Un homme venait de mourir sous ses yeux ! Un homme a qui elle parlait quelques secondes auparavant.

Roblin alluma son portable. Le fond d'écran apparut. Il représentait Le cri, le fameux tableau du peintre norvégien Munch et son célèbre visage tordu de douleur qui inspira le masque de Scream…

Ce profileur est un grand malade, pensa Maline. Roblin tapa quelques mots-clés sur un moteur de recherche.

— Comme je vous disais, continua Roblin, j'ai fini par trouver le tigre…

Maline remarqua que chaque mot que tapait Roblin sur son clavier s'inscrivait sur l'écran… en lettres gothiques…

Oui, ce type était peut-être un génie, mais un génie malade !

— J'ai galéré longtemps, raconta Roblin, pour trouver quelle ville, quel port, quel bateau pouvaient correspondre à un tigre. Je cherchais une destination exotique, ou bien un pays colonial, qui aurait un rapport avec l'Inde, l'Asie du Sud-Est, la Birmanie… Mais rien ne collait. J'ai fini par trouver sur internet. Eh oui, dans le fond des entrailles d'internet. Le gouffre insondable… Je m'y suis plongé, j'en suis remonté. La ville du tigre, qui pouvait l'imaginer, c'est… Oslo !

Maline et Paturel se regardèrent incrédules.

— Le Christian Radich, murmura Maline. Le fugitif est norvégien, il est matelot sur le Christian Radich !

— Eh oui… Oslo, continua Roblin. Quelle ironie ! Je l'ai cherché pendant des heures dans les tréfonds du net alors que la solution, c'était la ville que j'avais sur mon fond d'écran ! Le fjord d'Oslo en feu, peint par Munch, vu de la colline d'Ekeberg !

— Pourquoi Oslo ? grogna le commissaire Paturel, sceptique. Il y a des tigres en Norvège ?

Joe Roblin cliqua sur un fichier.

Ils se penchèrent vers l'écran et purent lire un court texte : « L'écrivain Bjørnstjerne Bjørnson, vers 1870, qualifia Oslo de “ville des tigres” (Tigerstaden). Depuis, ce nom est devenu quasiment officiel, au point que la célébration du millénaire de la ville vit l’édification d’une série de sculptures de tigres autour de l’hôtel de ville.»

Le visage du commissaire Paturel, sans rancune, s’éclaira enfin :

— Bien joué Roblin ! Ça colle ! Le fugitif est un grand blond, tout à fait le type norvégien ! Ils ne sont pas des milliers, sur le Christian Radich ! On le tient !

Le commissaire allait saisir son téléphone lorsque Maline doucha l’ambiance :

— Il y a un truc qui cloche !

— Comment ça ? fit Roblin, surpris.

Maline lâcha, pesant ses mots :

— Le Christian Radich n’était pas sur l’Armada il y a cinq ans !

— Et alors ? s’interrogea le commissaire. Quel est le problème ?

— On sait que les trois autres marins étaient à Rouen il y a cinq ans. Le Cuauhtémoc, le Mir et le Dewaruci participèrent à l’Armada 2003. Pas le Christian Radich ! On est à peu près certain que Mungaray, Supandji et Sokolov se sont rencontrés à Rouen en 2003. Ils ont signé une chasse-partie, se sont mutuellement unis par le même tatouage, ont échafaudé leur plan, ont gardé contact par code, se sont donné rendez-vous cinq ans plus tard ! Mais le Christian Radich, le voilier dont le port d’attache est Oslo, n’était pas là en 2003 !

— Nom de Dieu, vous avez raison, fit le commissaire.

Roblin donna de rage un violent coup de pied dans le tonneau. L’ordinateur portable tangua dangereusement.

— Hells Shit ! jura Joe Roblin. Oslo ! La ville du tigre. Ça collait pourtant ! Ce grand blond, un Norvégien…

Maline posa sa main sur le tonneau et le stabilisa. Elle cria presque :

Attendez ! Il y a une autre solution. Une solution qui

pourrait nous simplifier encore davantage la tâche. Si je me souviens bien, il y avait deux autres voiliers norvégiens sur l'Armada en 2003. Le Statsraad Lehmkuhl, le voilier de Bergen, un vieil habitué qui a fait toutes les Armadas depuis 1989, et si mes souvenirs sont bons, il y avait aussi le Sorlandet, de Kristiansand, qui a dû faire au moins trois Armadas.

— Quelle mémoire ! s'étonna Roblin. Vous avez un faible pour les marins norvégiens ?

Maline ne releva pas. Elle n'était pas d'humeur à plaisanter. Un tueur était en cavale dans les rues de Rouen, un tueur qui avait assassiné un homme devant ses yeux, qui l'avait ratée de peu. Elle poursuivit son raisonnement :

— Si notre fugitif est norvégien, originaire d'Oslo, il peut être venu en 2003 sur le Statsraad Lehmkuhl ou le Sorlandet. Il a rencontré alors Mungaray, Supandji et Sokolov, s'est attribué le tigre comme emblème et est revenu cette année sur le Christian Radich, le voilier d'Oslo, Tigerstaden !

— Si je vous suis, s'écria Roblin, cela pourrait nous simplifier la vie : le seul marin qui appartient au Christian Radich en 2008 et qui appartenait au Statsraad machin truc ou au Sorlandet en 2003, serait à coup sûr l'homme que nous recherchons !

Gustave Paturel ne les suivait plus, il semblait vouloir agir tout de suite.

— Ça va prendre des heures, soupira-t-il. Il va falloir croiser tous les fichiers, il sera loin quand on l'aura identifié, vous ne pensez pas que…

Ni Maline, ni Roblin ne l'écoutaient.

Le profileur avait commencé à cliquer sur différents fichiers, des fichiers que Maline connaissait ! Elle les avait déjà consultés avec Olivier Levasseur.

Joe Roblin avait sur son disque dur les listes des dix mille marins de l'Armada.

— Où avez-vous eu ces fichiers ? demanda Maline avec peut-être un peu d'agressivité.

— Holà ! Mollo ! On se calme ! Je suis passé par la voix officielle… Mister Armada en personne… Le bel Olivier Levasseur… J'ai eu le droit de pénétrer dans son appartement douillet…

Roblin se retourna vers Maline, agita ses doigts bagués et lui glissa sur le ton de la confidence :

— Quel bel homme ce Levasseur ! Et il m'a reçu dans sa chambre en plus. Vous qui devez sentir ces choses-là, mademoiselle Abruzze, vous croyez que j'ai ma chance ?

— Aucune ! cria Maline par réflexe, stupéfaite.

— Tant pis, fit Roblin. De toutes les façons, même s'il est gay, ça n'aurait pas collé entre nous, je ne le vois pas aimer les trucs sadomaso.

Ce Joe Roblin était-il sérieux ou bien s'amusait-il comme un gamin jouant un personnage ?

— En insistant un peu, continua le profileur, Levasseur m'a tout de même dévoilé son disque dur et j'ai pu introduire ma clé… Il m'a confié tous ses fichiers, tous les marins de l'Armada depuis 1989.

— Bon, ouvrez-moi ces fichiers, fit Maline, que les dernières réflexions de ce connard de Roblin mettaient mal à l'aise.

Roblin cliqua sur un dossier Armada 2008, puis le dossier Christian Radich : une liste impressionnante de noms défila sur un tableau Excel.

— Le bordel, siffla Paturel, visiblement dépassé par la technique.

Toujours aussi rapides, les doigts bagués de Roblin cliquèrent sur le dossier Armada 2003, puis il ouvrit les dossiers Statsraad Lehmkuhl et Sorlandet. Deux nouvelles listes de noms apparurent. D'un clic, il réduisit les fenêtres des trois tableaux Excel et les plaça en vis-à-vis. Il fit dérouler le menu outils du tableur, puis macros complémentaires. Il cocha utilitaire d'analyse puis automatisation. Une nouvelle fenêtre apparut dans laquelle il tapa une courte macrocommande… en lettres gothiques !

La seconde suivante, un nom, un seul, apparut en surbrillance, le seul présent à la fois dans le tableau du Christian Radich et du Statsraad Lehmkuhl.

Morten Nordraak

Matelot norvégien sur le Statsraad Lehmkuhl en 2003 et sur le Christian Radich en 2008.

Roblin fit craquer ses doigts, comme un pianiste virtuose après une sonate.

— Prodigieux, fit sincèrement le commissaire Paturel. Si seulement cela pouvait être lui ! J'abuse peut-être, mais quelque part dans un coin, vous n'avez pas sa photo par hasard ? Puisqu'on a Maline Abruzze sous la main, elle pourrait l'identifier.

— Désolé, fit Roblin. Il n'y a pas de fichiers de photos des marins sur l'Armada, juste des listes de noms ! Mais si jamais ce Morten Nordraak est fiché, possède un casier judiciaire, on a peut-être une chance, les Scandinaves ont un rapport à la confidentialité informatique très différent du nôtre.

— Vous allez vous connecter d'ici à des fichiers policiers norvégiens ?

— D'ici ou d'ailleurs, qu'est-ce que ça change ?

Quelques bruits dans le Libertalia firent sursauter Maline. Deux infirmiers essayaient d'emmener le patron du Libertalia au CHU pour lui extraire la balle du bras. Le barman protestait, indiquant qu'il irait le lendemain matin, mais que ce soir, il voulait tout de même ouvrir son bar. Sous la pression des deux infirmiers, d'un médecin et de trois agents de police, il finit par entendre raison, non sans protester entre ses lèvres :

— Qui va s'occuper de mon bar ? Qui va s'occuper de mon bar ?

Pendant ce temps, Roblin était entré sur le site de la police judiciaire norvégienne.

— Ne me dites pas que vous avez un code d'accès ! s'étonna Paturel.

— Pas un accès total, fit Roblin, juste une consultation. Je suis une sorte de membre privilégié, un abonné si vous préférez, on est quelques-uns comme ça dans chaque Etat membre de l'Union européenne. C'est l'un des avantages du marché unique, on a accès au grand catalogue des délinquants du Vieux Continent… Si notre Nordraak est fiché en Norvège, on va bientôt le savoir…

Les bagues argentées aux doigts de Roblin exécutèrent une danse macabre à une telle vitesse qu'il était impossible de retenir le moindre code que le profileur saisissait, même penché à côté de lui. De longs listings apparurent, contenant des lettres aussi exotiques que des o barrés en diagonale ou des a surmontés d'un rond.

— Ne me dites pas que vous lisez le norvégien, en plus…

— Non ! admit Roblin. Mais il n'y a pas besoin de maîtriser la langue, on a un nom et on cherche une photo.

Il descendit dans le fichier et tapa le nom.

Morten Nordraak.

L'universel sablier apparut.

Internet travaillait. Lentement

— Il est si long que cela, s'étonna Paturel, le fichier des criminels norvégiens ?

— Faut croire, ou bien c'est la liaison Wi-Fi qui est merdique…

Moins d'une minute plus tard, le sablier disparut, laissant place à un nom, Morten Nordraak, et à sa droite, sur un quart de l'écran, une photo.

Maline étouffa un juron :

— C'est lui !

Sans aucun doute, c'était la photographie du motard qu'elle avait croisé dans l'église de Villequier.

— Pourquoi est-il fiché en Norvège ? demanda le commissaire.

— Aucune idée, je vous l'ai dit, je ne lis pas le norvégien…

— On s'en fiche ! On fonce.

Le commissaire bondit sur son téléphone.

— Roblin, balancez-moi cette photo à toutes les adresses électroniques des commissariats et des gendarmeries de la région. On ne bosse plus avec un pseudo-portrait-robot, on va bosser avec cette photo ! On a une longueur d'avance ! Avec de la chance, Nordraak va avoir pris confiance et ne va pas se méfier. On peut le cueillir comme une fleur ! Il ne va pas nous faire le coup de la téléportation deux fois !

Le commissaire s'éloigna pour distribuer ses ordres. Joe Roblin était en train d'inonder la toile de photographies de ce Morten Nordraak.

Maline se sentit soudain seule, inutile.

Elle regarda la place qu'occupait Ramphastos au Libertalia.

Vide !

Vide pour toujours.

Combien d'histoires, d'aventures, de récits se perdaient à jamais avec la disparition de Ramphastos ?

Avait-il eu le temps de tout transmettre, de tout raconter, de partager les immenses connaissances qu'il avait dû accumuler toute sa vie, de l'autre bout du monde aux rives de la Seine ?

Une fenêtre s'ouvrit dans l'esprit fatigué de Maline. Comme un courant d'air.

Et si elle venait d'emboîter les dernières pièces du puzzle ?

Et si la solution était beaucoup plus simple qu'on ne pensait ?

Elle se tourna vers le tonneau de Roblin et posa sa main sur les bagues du profileur.

— Ne débranche pas ta borne informatique. Tu crois qu'avec tes doigts de fée tu peux me trouver l'adresse à Rouen de Ramphastos, Pierre Poulizac si tu préfères ?

53
Cul-de-sac

19h05, place de la Cathédrale

Morten Nordraak marchait presque tranquillement place de la Cathédrale. Il se savait recherché, mais prenait soin de toujours rester dans la foule, de se mêler à des groupes, de se dissimuler derrière des couples. Toutes les rues de Rouen étaient noires de monde ! Comment quelques centaines de policiers pouvaient-elles le repérer ?

Les flics n'avaient aucun indice, à part sa taille et sa couleur de cheveux ! Les clients du Libertalia avaient dû témoigner, mais depuis, il avait changé de tee-shirt, troqué sa casquette contre un bandana.

Non, sauf incroyable malchance, il passerait à travers les mailles du filet ! Il pourrait traverser Rouen en se fondant dans la foule et rentrerait tranquillement sur le Christian Radich. Une fois sur le voilier, il pourrait faire le point, réfléchir, attendre demain.

Ou bien se lancer dans une dernière tentative. Il pouvait encore se servir de la moto, même si cela devenait très risqué. En dehors de Rouen, ça l'était moins.

Plus qu'une journée.

Lundi, il serait loin.

Tant pis s'il ne repartait pas les poches pleines d'or.

Au moins, il était vivant et libre.

Il repéra un groupe d'une vingtaine de policiers, place de la Calende, qui se dirigeait dans sa direction. Depuis quelques heures, il avait appris à rester naturel, sans détourner la tête, sans avoir peur. Se déplacer simplement, repérer un groupe d'hommes, assez grands, se mêler à eux. Ne pas rester isolé, c'était la seule règle, puisqu'ils ne pouvaient pas le reconnaître.

A l'angle de la place, un groupe de pseudo-chanteurs péruviens soufflait dans des flûtes de pan devant un public assez dense. Une couverture idéale ! Morten Nordraak se faufila dans l'assistance.

Il suffisait d'attendre que la patrouille passe.

Malgré son expérience, Morten Nordraak ne put néanmoins s'empêcher de jeter des coups d'œil discrets vers les policiers qui s'approchaient. Il ne risquait rien, il n'était pas le seul à les observer. Les vingt flics armés jusqu'aux dents ne passaient pas inaperçus !

Soudain, un frisson parcourut Nordraak, comme si on lui avait passé un glaçon sur la nuque. Fugitivement, ce flic l'avait dévisagé ! Son regard avait scanné avec indifférence la foule d'aficionados… et s'était arrêté sur lui.

Pas plus de deux secondes, certes.

Mais Nordraak l'avait immédiatement senti.

Ce flic l'avait reconnu !

C'était impossible, ce portrait-robot ne lui ressemblait pas…

Et pourtant ! Ce même flic qui l'avait dévisagé se laissait petit à petit décrocher de la patrouille… et attrapait son talkie-walkie !

Nordraak s'extirpa du cercle de mélomanes sud-américains et s'engagea dans la rue du Gros-Horloge. Il slaloma d'un pas rapide dans la foule qui se bousculait, sans ordre, dans l'artère la plus fréquentée de Rouen.

Ne pas céder à la panique. Ne pas courir. Rester naturel.

Ils ne peuvent pas me reconnaître !

Malgré lui, il se retourna, ralentissant sa marche. Un corpulent touriste arrivant en sens inverse, le bouscula, s'excusa dans une langue étrangère, et repartit.

Nordraak ne lui prêta aucune attention.

Dans son dos, les policiers se déployaient !

Les vingt policiers avançaient rue du Gros-Horloge sur une même ligne, chacun espacé de moins d'un mètre. Comme un filet tendu, filtrant les passants.

Ils l'avaient repéré, c'était une certitude maintenant.

Nordraak pensait rapidement : si les flics dans son dos ne se pressaient pas, ne se lançaient pas à sa poursuite, c'est donc qu'ils voulaient simplement lui couper toute retraite, c'est donc qu'ils savaient qu'il n'y avait pas d'issue pour lui devant.

Sa grande taille lui permit d'observer le bout de la rue, par-dessus la foule. Face à lui, à moins de cent mètres, une autre patrouille de policiers, également alignée sur toute la largeur de la rue piétonne, s'avançait vers lui.

Ils l'avaient repéré, rabattu dans cette rue, piégé.

Aucune issue, aucune retraite.

Il n'avait plus le temps de se demander par quel miracle les flics l'avaient repéré, il n'était plus temps de calculer, il fallait juste faire appel à son instinct de survie.

Il n'avait qu'une certitude. Les flics ne tireraient pas ! La foule était trop dense. C'est pour cela qu'ils l'avaient ainsi piégé, pris en tenaille, pour se jeter sur lui à quarante, sans avoir à sortir la moindre arme.

Nordraak regarda de part et d'autre de la rue du Gros-Horloge. La plupart des magasins commençaient à fermer. Ils n'étaient de toutes les façons que des culs-de-sac qui rendraient encore plus facile la tâche des policiers. Depuis ces quelques jours où il tournait dans Rouen, il avait eu le temps de connaître la ville. Mieux que ces policiers, peut-être.

Connaître ses pièges. Et ses raccourcis !

Brusquement, il bouscula devant lui un gosse de sept ans qui en laissa s'envoler son ballon de baudruche et un touriste asiatique qui tentait de prendre sa belle en photo devant le Gros-Horloge. Il s'arc-bouta sur ses jambes et sprinta, écartant les passants comme s'il repoussait des épis dans un champ de maïs.

Il entendit dans son dos le coup de sifflet, signal évident que quarante flics se mettaient à courir à ses trousses. Il ne releva pas la tête.

Il fallait qu'il entre dans le magasin, le premier, avant eux.

Alors, il aurait une chance.

***

— Il est entré dans le Monoprix, hurla Joël Willig, le brigadier coordonnant l'opération. Il est coincé, mais faites attention, il est armé !

Moins de dix secondes plus tard, une trentaine de policiers, devant les yeux effarés des clients, investissaient le Monoprix. Les dix autres bloquaient, rue du Gros-Horloge, toutes les issues. Les policiers se déployèrent, arme au poing, inspectant méthodiquement chaque rayon, invitant les derniers clients à sortir, sans panique. Nordraak était pris, c'était juste une question de temps, de méthode.

La ligne de policiers continuait d'avancer, inspectant chaque mètre carré, fouillant méthodiquement les cabines d'essayages, de Photomatons. Les caissières du Monoprix et les chefs de rayon, terrorisés, ne comprenaient pas ce qui se passait, si ce n'est qu'il valait mieux ne pas bouger et ne pas poser de questions.

— Bordel, il n'a pas pu s'envoler, pesta un jeune agent.

Ils cherchèrent encore de longues minutes. Joël Willig sentait que quelque chose lui échappait. Ils auraient déjà dû le repérer. Ce supermarché n'était pas si vaste. Ils étaient trente.

Sans lâcher son talkie-walkie, il cria à l'attention des caissières apeurées à leur poste :

— A part la rue du Gros-Horloge, il n'y a pas d'autres issues ?

La caissière la plus à gauche du magasin leva un doigt

timide plus qu'elle ne répondit, et désigna une direction sur sa gauche…

— Nom de Dieu, hurla Willig.

Vingt policiers se précipitèrent dans la direction du doigt tendu, vers le recoin à gauche du magasin, derrière le rayon boulangerie. Ils poussèrent à la volée la porte de sortie et pointèrent leurs armes.

Un couple âgé, occupé à charger des packs d'eau minérale dans leur 205, les regardèrent, médusés.

A part le couple de retraités, le petit parking d'une dizaine de places, raccourci peu connu des Rouennais permettant de rejoindre la rue aux Ours en coupant par le Monoprix, était vide.

Joël Willig entendit, déjà lointain, le bruit du moteur d'une moto qui s'éloignait.

— Le salopard avait prévu son coup, pesta-t-il.

Résigné, il porta lentement le talkie-walkie à sa bouche :

— Inspecteur Stepanu ? C'est Willig. On l'a perdu !

54
Le secret de Ramphastos

20h12, place de la Rougemare

— Poussez-vous !

Le commissaire Gustave Paturel prenait deux mètres d'élan. Il avait momentanément confié à Maline Abruzze son talkie-walkie et son téléphone portable qui lui permettaient de rester en contact permanent avec l'ensemble des forces de police déployées dans l'agglomération. Le commissaire recula encore d'un mètre, puis se propulsa en avant et enfonça la porte d'un coup d'épaule.

Deux verrous sautèrent. La porte céda dans un fracas assourdissant, s'ouvrant sur l'appartement de Ramphastos.

— Mon Dieu ! s'écria Maline.

— Qu'est-ce que c'est que ce bordel ? fit Roblin, impressionné.

L'appartement de Ramphastos était une jungle !

Il était impossible de distinguer la moindre pièce, une végétation luxuriante avait pris possession des murs, des sols, des plafonds. Maline n'en reconnaissait que quelques-unes, hibiscus, bougainvillées, palmiers, bambous, passiflores...

Les plantes rampaient le long des plinthes, s'immisçaient sous le papier peint en ruine ou le linoléum décollé. La nature avait pris le dessus.

Combien de temps avait-il fallu à Ramphastos pour obtenir ce résultat ? Plusieurs années ?

Maline se souvenait que les plantes tropicales, les bambous, différentes sortes de lianes, pouvaient pousser à une vitesse record, dans des conditions favorables : soleil et humidité. L'appartement de Ramphastos se situait au dernier étage ; sous les combles, des Velux s'ouvraient directement sur le ciel : il devait rapidement faire une chaleur étouffante dans ces pièces. Quant à l'humidité, on percevait dès le pas de la porte la moiteur du lieu et une odeur insupportable de moisissure.

Joe Roblin entra le premier, surpris.

— C'est un fou, fit Paturel en pénétrant à son tour. Une jungle en plein Rouen ! Il va falloir y aller à la machette !

Pour progresser dans l'appartement, il fallait écarter les branches, s'accroupir sous la canopée, l'étage supérieur d'une végétation tropicale, qui s'était formée sous les combles lumineux de l'appartement mansardé, réduisant la hauteur de circulation à moins d'un mètre cinquante.

Maline avança également. Les poils urticants d'une sorte de taro aux feuilles tombantes, larges comme des oreilles d'éléphant, frôlèrent ses bras nus.

Elle poussa un cri d'effroi.

Entrer dans cette jungle ?

Maline savait qu'il existait aussi des malades qui conservaient chez eux des animaux tropicaux, toutes sortes de reptiles ou d'araignées. Ramphastos pouvait bien être de ce genre-là, en plus.

Joe Roblin progressait plus rapidement. Il avançait dans le vestibule. Ses cheveux ébouriffés se mêlaient aux feuilles et lianes au-dessus de sa tête, mais il ne semblait pas s'en soucier. Paturel le suivait, méfiant.

Maline avança à son tour de quelques mètres. Elle progressait très lentement, n'osant poser nulle part ses mains. Elle avait l'impression que chaque liane tortueuse sous ses yeux terrifiés dissimulait un serpent tropical. L'odeur de moisissure était atroce. Ramphastos devait laisser l'eau s'écouler toute la journée.

Une fois passé le vestibule, la végétation était un peu

moins dense. Roblin donna un puissant coup de pied dans une porte entrouverte. La porte revint presque immédiatement à sa place originelle, retenue par le ressort des branches derrière elle. Roblin poussa la porte de tout son poids et entra tout de même. Dans la chambre, il n'y avait aucun lit ou de meuble de rangement, les habits gisaient à même le sol, mêlés à une couche de poussière rouge qui provenait de pots de terres éventrés par des racines trop à l'étroit, échappées de leur prison. Les racines ocre, comme des tentacules visqueux, progressaient sous la moquette spongieuse.

Cloué à deux murs dans un angle de la pièce, un hamac devait servir de lit à Ramphastos. Sous le hamac, quelques dizaines de bouteilles vides gisaient, elles aussi recouvertes d'une sorte de lierre humide.

Joe Roblin rebroussa chemin. Maline n'avait pas fait trois mètres dans l'appartement. Elle croisa les yeux possédés du profileur :

— Une maison de fou, murmura Roblin. J'adore…

Ils ne purent rester longtemps dans la cuisine tellement l'odeur de puanteur était insupportable. De l'évier au plan de travail, tout était moisi, comme si on avait laissé s'écouler l'eau sans l'éponger pendant des mois entiers.

— Le séjour doit être là-bas, fit Roblin en désignant la dernière pièce qu'ils n'avaient pas visitée.

Le commissaire Paturel, énervé, arrachait nerveusement les plantes qui gênaient sa progression.

Soudain, Maline hurla.

Sa tête partit en arrière. Une tige insidieuse s'était entortillée dans ses cheveux. Un instant, elle crut qu'une araignée géante courait sur son crâne.

Elle arracha la tige en trépignant de rage et d'angoisse.

— Méfiez-vous, commenta Roblin. C'est un brugmansia, l'huacacachu pour les Indiens d'Amérique du Sud, la plante de la tombe, la plante sacrée qui permet d'entrer en contact avec les morts… fortement hallucinogène. Ne vous léchez pas les doigts !

Maline frotta avec rage ses mains sur sa courte robe. Elle sentait le contact permanent des feuilles sur ses cuisses et ses bras nus, comme des milliers d'insectes courant sur son épiderme. Tout son corps devenait poisseux. Devant elle, le commissaire suait lui aussi à grosses gouttes.

Comment Roblin pouvait-il supporter son pull noir en laine ?

Enfin, ils parvinrent dans le salon. C'était la pièce la moins mansardée, la canopée se situait à plus d'un mètre quatre-vingts au-dessus de leur tête, formant une sorte de clairière équatoriale. Il y avait là une table, deux chaises, des dizaines de bouteilles vides, des boîtes de conserve, beaucoup de livres, plus ou moins moisis.

Mais surtout, leur regard fut attiré par un grand coffre de bois, au milieu de la pièce.

— Il va falloir l'ouvrir au sabre, commenta Roblin.

Maline avait l'impression de plus en plus angoissante de profaner un lieu sacré.

Elle repensait à ces récits de malédiction.

N'avait-elle pas été inconsciente de suggérer aux deux hommes de visiter l'appartement de Ramphastos ? De penser que Ramphastos y dissimulait peut-être la clé de cette histoire de malédiction, le but de la chasse-partie de ces quatre matelots ?

Joe Roblin n'avait pas ces scrupules, il était déjà arc-bouté sur le coffre.

— Vous pariez sur quoi, fit Roblin. Pièces d'or ? Rubis ? Diamants ? Vieux squelette ? Cadavre pas encore putréfié ? Une charogne et quelques milliers de larves ?

Gustave Paturel arracha nerveusement une large feuille tropicale et s'épongea le front avec :

— Magnez-vous, Roblin, on n'est pas au cirque !

Roblin ouvrit le coffre.

Maline ferma les yeux.

Avait-elle vu juste ?

Le visage de Joe Roblin s'éclaira d'un large sourire. Le commissaire s'avança d'un pas.

Le trésor de Ramphastos !

Maline ouvrit les yeux sur le coffre béant.

Dans la malle s'entassaient des dizaines de livres, de carnets, de feuilles, de dessins…

Roblin en saisit quelques-uns et les fit passer à Paturel et Maline.

Tous traitaient du même sujet. La piraterie, et plus particulièrement de la piraterie normande.

Maline s'approcha encore, lâcha le livre qu'elle avait entre les mains et se pencha dans le coffre. Elle repéra un cahier.

Des notes de Ramphastos ?

Elle ouvrit le cahier : toutes les pages étaient noircies d'une belle écriture déliée, comme lorsqu'on écrivait encore à la plume, une écriture de grand-mère. Elle se laissa happer par les premières pages. Ramphastos y racontait une histoire de piraterie normande dont Maline avait lu quelques lignes à la bibliothèque municipale, Jean Fleury, de Vatteville-la-Rue. Mais la somme des détails révélés par Ramphastos était sans commune mesure avec tout ce que Maline avait pu lire jusqu'à présent.

Elle accéléra sa lecture, faisant défiler les pages devant ses yeux embués d'émotion.

Ramphastos avait consacré sa vie à une passion, une seule : les légendes de la vallée de la Seine.

Joe Roblin, délaissant déjà le coffre, était reparti à l'exploration d'autres recoins dissimulés sous la végétation luxuriante. Maline et Paturel se plongeaient à l'inverse dans le détail des cahiers.

Après quelques longues minutes, le talkie-walkie de Gustave Paturel grésilla. Le commissaire le porta à son oreille. Progressivement, son visage se remplit de colère démonstrative :

— Comment ça, vous l'avez perdu ? Vous aviez la

photo ! Il devait y avoir un flic tous les dix mètres ! Nom de Dieu, vous êtes des incapables ! Il ne fallait pas qu'il sorte de Rouen !

Le commissaire raccrocha et regarda Maline et Roblin d'un air désolé :

— Ils l'ont perdu. Ils avaient repéré Nordraak place de la Cathédrale, mais ils l'ont perdu, il s'est enfui à moto. On a mis en place de nouveaux barrages... Dans toute la région, sur cent kilomètres... Mais je n'aime pas ça. Il fallait le coincer dans le premier cercle, Rouen intra-muros, au moment où l'on bénéficiait de l'effet de surprise ! Maintenant, il peut être n'importe où et il va se méfier. Je vais aussi faire fouiller à fond le Christian Radich, transformer son navire en souricière, mais il ne sera pas assez stupide pour y revenir. Le tigre va aller se cacher dans une tanière quelconque et il n'est pas près d'en sortir !

Maline analysa, pensive, les dernières paroles du commissaire.

Le tigre, tapi dans sa tanière, insaisissable, désormais.

Elle se replongea quelques secondes dans le récit de Ramphastos.

Une idée folle lui venait, aussi folle que géniale.

Elle lut encore quelques lignes puis releva la tête, dévisageant longuement Joe Roblin et Gustave Paturel, avec une évidente pointe de fierté dans le regard :

— Messieurs, qu'est-ce que vous penseriez si je vous disais que j'ai trouvé ? Que je sais où est dissimulé le butin des pirates de la Seine !

55
Nécrorama

22h28, commissariat de Rouen,
9, rue Brisout-de-Barneville

Le commissaire Paturel tournait en rond dans le couloir. Il attendait désespérément un appel, une bonne nouvelle, enfin ! Une gendarmerie quelconque qui aurait coincé Morten Nordraak dans un barrage sur un route départementale. Mais au fond de lui, il ne se faisait aucune illusion ! Morten Nordraak, le tigre, leur avait filé entre les doigts ! Ils avaient laissé passer leur chance.

Il regarda sa montre. Ovide Stepanu, Colette Cadinot et Jérémy Mezenguel attendaient à côté de lui, de plus en plus énervés, dans le couloir.

Joe Roblin les avait convoqués à 22h15 précises.

Comme des gamins !

Roblin devait repartir dans la soirée, dans le sud de la France. Il allait tout leur expliquer, avait-il dit. Après, il sautait dans un taxi.

Ce jeune trou du cul se prenait pour Hercule Poirot. Il leur avait sans doute préparé en plus une mise en scène morbide dont il avait le secret. Depuis plus d'une heure, il était enfermé dans la « salle grise » !

Le commissaire Paturel pensa qu'il avait bien fait de ne pas demander à Maline Abruzze de venir assister à ce qui pourrait bien se transformer en une humiliation suprême pour tout le commissariat de Rouen, si Joe Roblin ne bluffait pas. En ce moment, elle s'affairait au SeinoMarin, elle peaufinait son fameux plan !

Enfin, la porte s'ouvrit. Tout le staff du commissaire entra dans la pièce que Joe Roblin avait obscurcie. Ils s'installèrent autour de la table. Joe Roblin, debout devant eux, tenait dans une main un petit rayon laser qui promenait un point rouge sur les murs sombres et dans l'autre la souris sans fil de son ordinateur portable. Un doigt bagué se replia sur la souris.

Le vidéoprojecteur relié à son ordinateur agrandit, sur tout le mur de la salle, l'écran du portable.

Le commissaire Paturel n'en revenait pas ! Ce jeune détraqué de profileur leur avait préparé une présentation power point, au cas où l'équipe de ce commissariat de province aurait été à ce point demeurée pour ne pas comprendre ses explications tordues avec des mots normaux !

Le commissaire Gustave Paturel se sentait dépassé. Qui avait parlé de retraite anticipée ? Cette ordure de Nicolas Neufville, qui croupissait en ce moment dans sa cellule, Colette le lui avait rapporté. Il n'avait peut-être pas tort, finalement. Quitte à regarder un écran géant, autant que ce soit au cinéma avec ses gosses…

— Merci messieurs, commença Joe Roblin d'une voix enjouée. Désolé de vous presser, mais comme vous le savez, je repars à Paris ce soir. Je suis attendu à Gap demain matin, une sombre histoire de randonneurs retrouvés déchiquetés. Enfin bon, on verra ça après… Pour gagner du temps et être plus clair, je vous ai préparé un diaporama.

Son doigt bagué cliqua.

Une première diapositive s'afficha, en lettres gothiques, rouges :

Le mobile !

Paturel soupira. Ce type était fou ! Il était pourtant obligé de l'écouter :

— En ce qui concerne le mobile, commença le profileur, je n'ai pas de révélations à vous faire ! Nous connaissons maintenant l'histoire. Nous sommes en juillet 2003, à Rouen, pendant l'Armada. Quatre jeunes matelots, à peine majeurs, vont se rencontrer : Carlos Jésus Aquileras Mungaray, Paskah Supandji, Sergueï Sokolov, Morten Nordraak.

Roblin cliqua et les quatre photographies des quatre marins s'affichèrent. Il continua :

— Qu'est-ce qui les rapproche ? Comment naît une telle association ? Difficile à dire mais ils ont sans doute en commun le goût pour les histoires de piraterie, des trésors et autres légendes. Les quatre jeunes matelots signent entre eux une chasse-partie, une alliance qu'ils entérinent en se tatouant mutuellement sur l'épaule les emblèmes respectifs de leur port d'attache. Ils se donnent cinq ans pour remplir leur mission, vraisemblablement trouver les indices d'un fabuleux butin dissimulé dans les méandres de la Seine. Ils communiquent entre eux par code. Ils se sont donné rendez-vous à Rouen, lors de l'Armada 2008, pour récupérer le butin et se le partager.

Il cliqua. Une vue générale de l'Armada 2008 apparut.

— Mais lors de l'Armada 2008, tout ne se passe pas comme prévu. J'ai longtemps été troublé par cette histoire de malédiction, de quête mystique, de morale pirate… En réalité, si j'examine la personnalité des quatre marins, en particulier celle de Morten Nordraak, je pense tout simplement que le seul mobile est la cupidité, l'appât du gain ! Au moment de se partager le butin, la chasse-partie va voler en éclats, l'un des quatre va trahir les trois autres. Mungaray est un flambeur, il parle trop, il n'est pas fiable. Sokolov est un rêveur, il ne se méfie pas assez. Supandji est le plus malin, il est honnête, mais son rêve de fortune l'aveugle. Ils sont tous les trois des proies idéales pour Morten Nordraak !

L'inspectrice Colette Cadinot se leva, énervée :

— Nous aussi, on est pressé Roblin. Tout cela, on le sait déjà ! Si vous en veniez aux meurtres ?

Comme pour répondre, le profileur appuya sur sa souris. La photographie du cadavre de Mungaray sur les quais s'afficha.

Colette Cadinot se rassit, esquissant une grimace.

— Mungaray est le plus bavard. Il faut le tuer le premier ! Tout semble nous indiquer que Nordraak a bénéficié de la complicité d'une jeune fille, cette fameuse jeune fille blonde que l'on n'a jamais retrouvée. Nordraak poignarde Mungaray. Puisqu'il est prouvé que le cadavre de Mungaray a été dissimulé dans la chambre froide du Surcouf, on peut légitimement penser que la complice de Nordraak est serveuse sur ce bateau-promenade. Morten Nordraak se débarrasse ensuite de l'arme du crime à proximité d'un SDF toxicomane, Daniel Lovichi, qui fera pour quelques heures office de coupable idéal. Par vengeance, par folie, ou simplement pour brouiller les pistes, il marque sa victime au fer rouge. Il faut savoir que Morten Nordraak est originaire du nord de la Norvège, et que les Samis, le peuple indigène lapon norvégien, marque encore les rennes au fer rouge… Fin du premier épisode !

Le profileur se tut quelques secondes, comme pour laisser son auditoire respirer, puis cliqua une nouvelle fois.

Les clichés des corps assassinés de Paskah Supandji et de Sergueï Sokolov s'affichèrent, accompagnés du titre, rouge et gothique : Le double meurtre.

Ovide Stepanu et Jérémy Mezenguel souriaient franchement devant la mise en scène macabre. A l'inverse, Gustave Paturel et Colette Cadinot semblaient au bord de la crise de nerfs.

— Voici le moment tant attendu, continua Roblin. Le double meurtre ! Nous savons que Morten Nordraak a assassiné Paskah Supandji et Sergueï Sokolov… Mais comment ? C'est l'instant où je joue ma réputation, n'est-ce pas chers collègues ? Comme je l'ai dit à quelques-uns qui ne m'ont pas pris au sérieux, la solution est mathématique ! Nous sommes simplement face à trois vérités, trois axiomes : le même tueur, la même heure, deux lieux différents. L'une des trois affirmations est obligatoirement fausse. Laquelle ? Le premier axiome, les deux crimes ont été commis par le même individu, peut-il être réfuté ?

Il cliqua et les électrophorègrammes de l'ADN du sang trouvé sur Supandji et Sokolov, rigoureusement identiques, apparurent.

— Faisons confiance à la science ! L'ADN ne ment pas ! Même séquence ADN dans les deux cas, nous n'avons donc affaire qu'à un seul tueur ! Passons alors au deuxième axiome : les deux crimes ont été commis à la même heure…

Il cliqua à nouveau et le vidéoprojecteur projeta sur le mur les cadavres de Supandji et de Sokolov, allongés sur la table d'autopsie, les corps déchiquetés devant un médecin légiste affairé.

On entendit clairement l'inspectrice Cadinot marmonner des propos indignés.

— Les médecins légistes sont formels, continua Joe Roblin sans s'en préoccuper. Paskah Supandji et Sergueï Sokolov sont tous les deux morts entre 1h30 et 1h45. Là encore, faisons confiance à la science ! Va-t-on soupçonner les légistes de se tromper, de mentir ? Non, bien entendu ! Il faut donc nécessairement admettre que c'est le troisième axiome, les deux meurtres ont été commis à deux endroits différents, qui est faux ! Vous m'excuserez la tautologie : les deux crimes ont donc été commis au même endroit !

La carte de la vallée de la Seine apparut au nouveau clic.

— Partons donc de cette déduction implacable. Les deux meurtres ont été commis au même endroit ! La nouvelle question logique est : oui, mais à quel endroit ? La réponse, en fait, ne pose pas vraiment de problème. Une voisine a été témoin de l'agression de Supandji à la chapelle Bleue, elle prévient la gendarmerie qui arrive moins de dix minutes plus tard sur les lieux, le corps de Supandji est encore chaud, il vient d'être tué. On est donc certain que le double meurtre a été commis à la chapelle Bleue de Caudebec-en-Caux, ou très près. Tout devient alors très simple : Sergueï Sokolov n'était donc pas à 1h30 sur le pont du Mir, à Rouen, mais à la chapelle Bleue, à Caudebec-en-Caux, puisqu'il y a été assassiné en même temps que Paskah Supandji. Si on y réfléchit, il n'y a rien de plus logique, puisqu'il avait rendez-vous à la chapelle Bleue ! Il avait signé, d'une colombe, sur le livre d'or de l'église de Villequier. C'est la version officielle qui était étrange, et pourtant, personne ne s'en est étonné : Sergueï Sokolov ne devait pas, logiquement, être sur le pont du Mir à 1h30, il avait rendez-vous ailleurs ! En réalité, Sergueï Sokolov s'est donc comme prévu rendu à la Chapelle Bleue, le piège tendu par Morten Nordraak, pour y être assassiné, quelques minutes avant Supandji !

Aucun des policiers dans la salle n'osa interrompre Joe Roblin. Tout s'expliquait avec une étonnante simplicité. La suite n'était désormais pas difficile à deviner.

Comment avaient-ils pu ne pas y penser ?

Roblin cliqua à nouveau et une somptueuse photographie nocturne du Mir s'étala sur le mur. Un matelot russe en uniforme gardait l'entrée du voilier.

Roblin continua, triomphant :

— Je pensais qu'à ce moment-là, quelqu'un allait me rétorquer : « Sergueï Sokolov ne pouvait pas être à Caudebec-en-Caux, il était de garde sur le Mir ! ». Je pense donc que vous avez déjà tous compris l'évidence… Sergueï Sokolov commença sa garde sur le Mir, puis, sans doute vers 0h45, quelqu'un d'autre le remplaça discrètement, pour qu'il puisse se rendre à son rendez-vous secret.

Roblin pointa son petit laser rouge sur la silhouette du marin russe devant le Mir.

— Regardez ce matelot en uniforme : qui ressemble plus à un marin en uniforme qu'un autre marin en uniforme ? A condition de baisser sa casquette sur ses yeux, de remonter un peu son col de chemise, de se tenir éloigné des autres marins, qui de toutes les façons ne monteront pas sur le pont à cette heure tardive, le tour est joué ! Souvenez-vous de l'analyse des légistes : « Comme personne d'autre que son assassin n'a approché Sergueï Sokolov, alors qu'il était de garde devant le Mir, dans l'heure qui a précédé sa mort, nous avons toutes les raisons de penser là aussi qu'il s'agit du sang de son assassin ».

Le commissaire regarda Colette Cadinot d'un air désespéré.

Comment avaient-ils pu être aussi aveugles ?

Paturel fixa la carte de la vallée de la Seine et repensa avec une honte rétrospective à l'hélicoptère, le catamaran F1 et toutes les autres invraisemblables solutions qu'il avait mobilisées.

Ce jeune trou du cul, en plus, allait les enfoncer jusqu'au bout !

— Donc, continua Roblin sur le même rythme, Nordraak assassine Supandji et Sokolov à la chapelle Bleue. Nordraak les surprend dans l'obscurité, mais Supandji le blesse, et la gendarmerie va arriver sur les lieux d'une minute à l'autre. Son plan est alors d'une simplicité évidente. Il dissimule le cadavre de Sokolov dans son véhicule, pendant que son complice, sur le Mir, celui qui a pris la place de Sergueï Sokolov, fait semblant de s'endormir sur le pont du voilier russe. A la chapelle Bleue, l'alerte est donnée, on découvre le marin indonésien assassiné, toute la police de la région converge vers Caudebec-en-Caux. Nordraak pendant ce temps roule tranquillement dans l'autre sens vers les quais de Rouen, le second cadavre dans le coffre. Commissaire, vous l'avez peut-être même croisé !

Petit con ! pensa Paturel.

Visiblement très amusé, Joe Roblin poursuivit sa démonstration :

— Nordraak arrive sur les quais de Rouen. Le plus difficile a sans doute été de se rendre jusqu'au Mir avec le cadavre de Sergueï Sokolov sans se faire repérer. Mais il est possible de se garer discrètement assez près du Mir, derrière les stands. Nordraak est un géant, Sokolov plutôt fin, un marin portant jusqu'à son bateau un autre qui titube n'est pas une scène rare. Peut-être même que tout simplement, il a attendu le bon moment, celui où il n'y avait plus de passants devant le Mir, à plus de deux heures du matin, c'est possible. Une fois devant le Mir, le complice qui simule le sommeil laisse sa place au véritable cadavre. L'échange a dû prendre moins d'une seconde. Le tour est joué ! Les deux complices peuvent s'éloigner. A partir de ce moment-là, rapidement, un passant va forcément se rendre compte que le marin russe devant le pont du Mir dort dans une position bien étrange et que du sang coule de sa veste… L'alerte est donnée. Il est 2h17 ! Souvenez-vous commissaire, inspectrice, vos premiers échanges, ils sont consignés dans le procès-verbal, « Les passants, les autres marins du Mir, ont d'abord cru qu'il dormait, c'est pour cela que l'alerte n'a pas été donnée tout de suite ».

Paturel et Cadinot se regardèrent à nouveau, consternés.

Ce profileur avait raison sur toute la ligne !

Un désir incontrôlable de voir ce génie prétentieux foutre le camp montait en eux. Ce profileur n'avait pas son train à prendre ? Des gendarmes de Gap à aller ridiculiser ?

Joe Roblin continua pourtant son numéro :

— Pas de téléportation, donc ! Pas de tueurs à gages jumeaux ! Il suffisait pour Morten Nordraak d'avoir un complice jouant un double jeu : Sergueï Sokolov devait avoir suffisamment confiance en ce complice pour qu'il accepte qu'il soit son remplaçant sur le Mir pendant son rendez-vous à la chapelle Bleue. On sait que Morten Nordraak avait pour complice cette fille blonde qui attira Mungaray en dehors de la Cantina ! Il est logique de penser que le deuxième marin du Mir soit la même complice, cette fille blonde !

Il pointa à nouveau son laser rouge sur le marin en uniforme devant le Mir.

— De nuit, sous une casquette, en uniforme, qui peut affirmer que ce marin russe n'est pas une femme ? Ensuite, le reste, nous sommes tous au courant ! Morten Nordraak élimine le dernier témoin, Ramphastos, sans doute parce qu'il est à l'origine de certaines informations sur le butin, et tente par la même occasion d'en faire de même avec ceux qui l'ont approché, Maline Abruzze et le patron du Libertalia. Je crois que vous en savez maintenant autant que moi…

Joe Roblin cliqua sur l'item mettre fin au diaporama.

Le visage horrifié du Cri de Munch, sur le fond d'écran du portable du profileur, s'afficha soudain. L'image était saisissante. Roblin pointa son laser rouge sur le haut du tableau, indiquant la vision délirante du fjord d'Oslo sous un ciel en feu.

— Voila messieurs. A vous de jouer maintenant, à vous d'attraper le tigre avant qu'il ne retourne à Oslo dans son port d'attache. Il ne vous sera pas difficile de mettre sous les verrous sa complice, elle est certainement serveuse ou hôtesse sur le Surcouf, ou possède au moins un lien étroit avec ce bateau-promenade. Mais pour faire sortir le tigre de sa tanière, je crois que l'idée de Maline Abruzze, comme toujours, est excellente !

Comme s'il avait pensé à programmer cet ultime détail, au moment même où Joe Roblin prononça ses derniers mots, le ciel de Rouen s'embrasa de mille feux, dans une explosion de lumière et une immense clameur populaire.

23h15.

De la « salle grise » du commissariat, la vue sur le feu d'artifice de l'Armada était imprenable.

56
Coup de poker

23h37, rue Eau-de-Robec, siège du SeinoMarin

Christian Decultot salua le commissaire Paturel d'une main ferme :

— Bonjour commissaire, on m'a beaucoup parlé de vous.

— Je vous ai beaucoup lu, répondit Paturel d'un ton chaleureux.

— On va passer dans mon bureau ? Maline nous attend. Merci de vous être déplacé.

Paturel pénétra dans le spacieux bureau. Il remarqua immédiatement les photos dans les cadres au fond de la pièce, Christian Decultot posant avec David Douillet, Tony Parker, Paul Vatine.

Ça l'épata ! Voila le métier qu'il fallait faire si on voulait être un héros aux yeux de ses enfants… journaliste, pas flic !

Maline se retourna et lança un sourire radieux au commissaire. Elle s'était changée depuis l'exploration de l'appartement de Ramphastos. Elle avait troqué sa robe légère contre un jean serré et une ample chemise jaune paille. Le commissaire la trouva moins sexy que quelques heures auparavant, mais beaucoup plus belle.

Sûre d'elle !

Christian proposa au commissaire Paturel de s'asseoir. Une fois qu'ils furent tous les trois installés, Maline exposa son plan, calmement, en détail. Quand elle eut terminé, le commissaire Paturel ne put s'empêcher de se relever.

Il tournait en rond dans la pièce :

— Vous me foutez dans la merde, Maline. Déjà que ce Joe Roblin nous a tous collé la honte. Si ça foire…

— C'est pourtant la seule solution, argumenta Maline. Il faut prendre une décision rapidement ! C'est ce soir ou jamais. Demain, il sera trop tard ! Il faudra au moins 24 heures pour obtenir les autorisations. On ne pourra pas organiser tout cela avant lundi matin, à l'aurore, juste avant la parade.

On sentait les deux hémisphères du cerveau du commissaire se livrer à une impitoyable partie de ping-pong.

Y aller ou pas ?

Tenter le tout pour le tout ou se dégonfler !

Finalement, le commissaire se tourna vers Christian Decultot :

— Et vous qui êtes un professionnel, vous en pensez quoi de cette idée à la con ?

— Sincèrement ?

— Je préfèrerais…

— Alors sincèrement… Ça ne peut marcher qu'à une condition : il faut mettre le paquet ! Il faut que ce soit énorme !

Ça ne rassurait pas du tout le commissaire, au contraire :

— Vous entendez quoi par énorme ?

— Le séisme, le tremblement de terre, le tsunami médiatique ! J'ai conservé beaucoup de relations dans la presse, les télés et les radios nationales. Si je balance l'information, dans moins d'une heure, le scoop peut commencer à passer en boucle. Vous pensez, en plein mois de juillet, ils vont se jeter là-dessus comme des morts de faim. « La découverte des carnets secrets d'un vieux marin assassiné, le décryptage de ses messages codés, le repérage de l'emplacement exact d'un trésor dans le méandre de la Seine, au large de La Bouille ».

Maline se retourna vers le commissaire :

— Commissaire, vous voyez, on peut se charger du volet « marketing »... Mais pour le volet « opérationnel », c'est à vous de jouer.

Paturel lança un regard inquiet vers Decultot.

— Et un volet opérationnel énorme, pour vous, ce serait quoi ?

— Eh bien... Envoyer à La Bouille lundi matin une armée de policiers, de gendarmes, de CRS... Mais surtout, il vous faut rassembler le plus gros bataillon de plongeurs jamais vu. Les plongeurs de la police et de la gendarmerie, bien entendu, mais il faudrait faire appel aussi aux clubs de plongée de la région, aux amateurs brevetés qui pratiquent librement... Bref, à tous ceux qui possèdent chez eux des palmes et des bouteilles. L'objectif serait de rassembler le maximum de monde pour pouvoir fouiller le moindre mètre carré du fond de la Seine !

Maline enchaîna, enthousiaste :

— Pour Morten Nordraak, l'appât sera énorme, tellement énorme qu'il ne pourra pas résister. La découverte des cahiers secrets de Ramphastos, plus de cent plongeurs au fond de la Seine. Il voudra voir par lui-même. Ce trésor, c'est sa vie, c'est sa quête. Il a tué quatre fois pour cela ! C'est ce qui donne un sens à tous ses actes. Alors même s'il flaire le piège, même s'il prend toutes ses précautions... il viendra. Il sortira de sa tanière ! Seule l'odeur de ce butin peut le faire sortir de sa tanière.

Christian Decultot se leva, confiant :

— N'est-elle pas convaincante, commissaire, notre petite Maline ?

— Si, admit le commissaire. Vous avez raison. Si on met le paquet, la presse, l'armée, un régiment d'hommes-grenouilles, des scientifiques, des secouristes, le préfet, la DDE, et j'en oublie sans doute... Alors, je vous suis, ça peut marcher !

Decultot donna une tape amicale dans le dos du commissaire.

La grande opération était lancée !

Tous les plongeurs de Normandie dans la Seine sous la surveillance des forces de l'ordre.

Pourtant, le commissaire, malgré la décision qu'il venait de prendre, ne semblait toujours pas libéré.

— Eh bien, commissaire ? fit Decultot. Vous avez pris la bonne décision ! Qu'est-ce qui vous chagrine encore ?

Le commissaire ne répondit pas tout de suite. Il regarda longtemps le portrait de Christian Decultot sur le Haute-Normandie de Paul Vatine.

Soudain, il explosa :

— Dans votre plan, ce qui me chagrine, comme vous dites, c'est très simple… Nous savons tous les trois qu'il n'y a aucune trace de trésor en Seine dans les carnets de Ramphastos, que toute cette gigantesque mise en scène est complètement bidon ! Que vous me demandez de jouer un coup de poker phénoménal, de jouer « tapis » alors que nous n'avons strictement rien dans notre main.

***

— Il a marché, jubila Maline lorsque le commissaire fut sortit. Il nous a suivis !

— Faut reconnaître qu'il a des couilles ! admit Decultot. On est en train de monter le plus beau bidonnage médiatico-policier que j'ai vu depuis longtemps. Je vais me faire un plaisir de communiquer ce pseudo-scoop à quelques pseudo-amis bien placés qui ont toujours regardé mon petit journal provincial avec beaucoup de condescendance. Rira bien qui rira le dernier…

— Je peux te demander un service, Christian ?

— Quoi ?

— Tu me laisses Le Monde !

***

— Allo, Oreste, je te réveille ?

— Maline ? Maline Abruzze ? Bien sûr que non, tu ne me réveilles pas. Mais j'étais persuadé que plus jamais tu n'oserais reparler à un jaune de mon espèce. Où en êtes-vous, à Rouen ?

— Tout le monde est barricadé, à cause de ton article bien entendu. Plus personne n'ose sortir dans les rues. On en est au niveau 17 du plan Vigipirate, le précédent record, après le 11 septembre 2001, était de 3…

— Sérieusement ?

— Sérieusement, ton article a fait un flop ! Une heure après sa sortie, on a identifié le coupable. Il a agi seul. Il n'y a pas de complot, pas de terroristes…

— Ce n'était qu'une hypothèse, répondit Oreste avec un peu de déception dans la voix. Tu le sais comme moi… C'est pour me dire cela que tu m'as appelé ?

— Non. J'ai un service à te demander.

— Un service ?

Au ton de la voix d'Oreste Armano-Baudry, Maline sentit qu'il se méfiait. Elle mit donc toute sa force de conviction en lui narrant l'histoire du trésor de La Bouille, des carnets secrets de Ramphastos…

— Tu es vraiment sûre de ton coup, Maline ?

— Certaine ! Le Monde possède un avantage énorme. La plongée à La Bouille aura lieu lundi 14 juillet, très tôt, à partir de six heures du matin, juste avant la grande parade. Vous serez le seul journal à pouvoir donner des détails ! Pour les autres, il est trop tard, ils ont déjà bouclé. Ils ne pourront pas parler du trésor ! Et demain matin, quand les journaux paraîtront, on aura plongé et on sera déjà remonté.

Elle sentait qu'Oreste hésitait encore :

— Maline, pourquoi tu me fais ce cadeau-là ?

— J'ai besoin de toi, nuance. De ton journal plutôt, le seul journal du soir ! Je t'envoie toutes les informations demain… Tu vas me faire l'article du siècle !

Elle marqua un silence calculé :

— Tout le monde a droit à une deuxième chance…

Elle raccrocha. Oreste Armano-Baudry avait mordu à l'hameçon.

C'était bon signe.

Elle se réjouissait à l'avance de la série d'informations ésotériques farfelues qu'elle allait devoir inventer le lendemain pour alimenter un article qui, une fois la vérité connue, ridiculiserait Oreste Armano-Baudry devant toute sa prestigieuse rédaction !

***

— Tu devrais aller te coucher, Maline, fit Christian Decultot. Tu es crevée !

— Tu es certain qu'il ne reste plus personne à prévenir ?

— Si… Mais on verra cela demain. On ne plongera que lundi matin, tu le sais. On a tout le temps demain.

— Il reste qui, à prévenir ?

— Va te coucher, je t'ai dit !

— Qui ?

— Toute l'association de l'Armada, par exemple. On verra ça demain. Va te coucher !

— L'association de l'Armada ? Le président ? Les bénévoles ? Le… Le chargé de relations presse aussi, non ? C'est important de le convaincre, non, le chargé de relations avec la presse ? C'est nous, la presse, non ? Il ne faut pas perdre de temps.

Maline fit pétiller son regard :

— Dès cette nuit, ce serait bien, non ? Tu crois que son bureau à l'hôtel de Bourgtheroulde est encore ouvert à cette heure ?

Christian Decultot roula de gros yeux faussement courroucés. Maline lui répondit par un sourire coquin sans ambiguïté :

— C'est toi qui m'as demandé d'aller me coucher !

Lundi 14 juillet 2008 :

La malédiction du jarl

57
Sang famille

5h45, La Bouille

Le soleil se levait doucement sur le méandre de La Bouille, commençant à agacer la cime boisée des falaises de La Londe. Plein est, le terminal conteneur de l'avant-port de Rouen se nimbait d'une clarté orangée : vue de La Bouille, la lumière du matin sur les centaines de conteneurs empilés dans un désordre apparent donnait l'image d'immenses jouets de constructions qu'un enfant de géant aurait abandonnés avant de s'endormir.

L'angle serré du méandre ne permettait pas de voir plus loin que quelques kilomètres, mais chacun savait que d'ici quelques heures les grands voiliers surgiraient, juste devant la colonne Napoléon qui commandait l'entrée du port sur la rive droite.

Le petit village de La Bouille se réveillait à peine. Les rideaux de fer des galeries de peintures dans les petites rues pavées du village étaient encore baissés, les chaises et tables des terrasses des restaurants cossus face à la Seine étaient toujours enchaînées, les rideaux des fenêtres des hôtels, avec pleine vue sur le fleuve, étaient encore tirés.

Les amoureux pouvaient encore profiter de quelques heures d'intimité avant d'ouvrir leur fenêtre sur le spectacle romantique de la parade en Seine.

La torpeur du village contrastait avec l'agitation du bord de Seine, à l'entrée du village, près du bac. Le grand parking de terre et le terrain de football avaient été, en quelques heures, transformés en quartier général d'une gigantesque opération scientifico-policière. La moitié du parking était occupée par des fourgons de pompiers, de CRS ou de clubs de plongée sous-marine.

Au plus près du fleuve, un linéaire de plus de vingt mètres de bureaux, bungalows, sanitaires et baraques de chantier avait été installé dans la nuit. Sous le regard des forces de l'ordre, des dizaines de plongeurs enfilaient des combinaisons de Néoprène dans toutes les nuances fluorescentes possibles. Sans les palmes et les lourdes bouteilles d'oxygène, la scène aurait pu ressembler au départ matinal d'un triathlon.

Cent treize plongeurs, exactement. L'inspectrice Colette Cadinot avait été chargée de constituer la liste, d'examiner chaque nom, de collecter les informations les plus précises. Il ne devait y avoir aucune possibilité de passer entre les mailles serrées du filet tendu.

A l'exception des riverains, aucun touriste ne pouvait avoir accès au site. Le cordon sanitaire avait été étendu à plusieurs kilomètres, bloquant les principales routes d'accès à La Bouille par Moulineaux, Saint-Ouen-de-Thouberville, Caumont. Pourtant, dans les villages alentour, les forces de l'ordre, malgré l'heure matinale, peinaient à repousser les visiteurs, doublement attirés par la parade des voiliers et la machine médiatique qui s'était emballée depuis hier : un fabuleux trésor avait été localisé au fond de la Seine, au large de La Bouille !

Le dispositif devait être suffisamment dissuasif pour éloigner les curieux, mais suffisamment lâche, sur près de dix kilomètres, pour permettre à un visiteur particulièrement curieux et discret de s'approcher, notamment par les falaises et la forêt de La Londe.

C'était le pari de cette prodigieuse souricière : attirer Morten Nordraak au plus près des chercheurs d'or, le laisser entrer et refermer le piège sur lui. Un réseau de surveillance de la zone, aussi invisible que systématique, avait été mis en place. Sur la rive droite de la Seine, sous les ordres de l'inspecteur Ovide Stepanu, des dizaines de télescopes et téléobjectifs étaient braqués sur la rive d'en face, guettant le moindre mouvement suspect dans un rayon de dix kilomètres. Tous les points hauts de Sahurs, églises, moulins, ou châteaux de Marbeuf, Tremauville et Soquence avaient été mobilisés. Un dispositif plus ambitieux encore était mis en place rive droite. Outre les visibles forces de l'ordre dans les villages et sur les routes, des services spéciaux d'intervention étaient postés dans des lieux stratégiques, pavillons isolés, fermes, cabanes, prêts à bondir au moindre signal. L'inspecteur Jérémy Mezenguel, chargé de la coordination dans la forêt de La Londe, pouvait également compter sur des tireurs d'élite positionnés sur quelques promontoires, dont le donjon en ruine du château Robert-le-Diable.

Sur la berge, le commissaire Gustave Paturel ne quittait pas son talkie-walkie. Il avait passé la journée d'hier à obtenir toutes les autorisations administratives, à réquisitionner des moyens et des hommes : dans la plus totale précipitation, il lui avait fallu convaincre des hauts fonctionnaires peu motivés qu'il était vital de lancer cette opération avant le départ des grands voiliers !

Le plus grand pari de sa carrière !

Ils n'étaient pas plus de dix à savoir que toute cette opération n'était qu'une mise en scène destinée à piéger l'ennemi public numéro un : lui, Maline Abruzze et Christian Decultot, le préfet, le ministre de l'Intérieur et sans doute une poignée d'autres hauts fonctionnaires.

Debout à côté du commissaire Paturel, Maline Abruzze n'en menait pas large non plus. Elle était à l'origine de toute cette mascarade. C'était son idée ! Maintenant, devant l'ampleur des moyens mis en place, elle doutait…

Nordraak mordrait-il à l'hameçon ?

Le tigre allait-il sortir ?

Etait-il déjà là, quelque part, à les observer ?

Devant elle, des dizaines de plongeurs passaient, presque tous jeunes et sportifs, excités à l'idée de cette chasse au trésor. Maline s'en voulait également pour cela, mentir à ces dizaines de passionnés... Elle imaginait leur déception, dans quelques heures, quand on leur annoncerait qu'ils avaient participé malgré eux à un canular, qu'on les avait manipulés, qu'on s'était servi d'eux pour attirer un tueur !

Même Olivier Levasseur n'était pas au courant.

Christian Decultot avait été très ferme, il fallait mettre le moins de personnes possibles dans la confidence ! Le chargé de relations presse croyait donc sincèrement qu'un trésor dormait au fond de la Seine, indiqué par les plans de Ramphastos, et avait fait hier une remarquable conférence dans ce sens devant des journalistes du monde entier.

Quelle allait être sa réaction lorsqu'il allait découvrir lui aussi, dans quelques heures, que Maline ne lui avait fait aucune confidence, même sur l'oreiller de soie... Qu'elle l'avait trompé comme les autres ! Car le bel Olivier n'était pas le moins excité des chasseurs de trésor ! Il avait tenu à participer lui-même aux opérations de plongée. Il était un plongeur expérimenté, il avait exploré toutes les mers du monde, notamment son océan Indien natal. Il avait fini par lui avouer, sous les draps, que lorsqu'il était arrivé en métropole, pour lancer sa carrière de communiquant international, il avait troqué son imprononçable nom d'origine malgache pour un patronyme plus français : le nom de ce pirate enterré à quelques kilomètres de chez lui, Olivier Levasseur, lui avait semblé pouvoir faire parfaitement l'affaire !

Pour l'heure, son bel amant avait donc moulé son corps dans une combinaison de plongée et rêvait sans doute d'être le premier à crier « j'ai trouvé ».

Il n'y avait pourtant rien à trouver !

Sauf le tigre !

Le commissaire glissa un regard impatient à Maline, coupant son talkie-walkie :

— J'espère qu'il va se pointer, le serial killer. Parce que tout le merdier qu'on va trouver au fond de la Seine, on va avoir du mal à faire passer cela pour un trésor.

5h45.

Un coup de sifflet lança l'exploration. Par groupes de huit, sous les ordres du brigadier responsable habituellement des opérations de sauvetage en Seine, les plongeurs entrèrent dans l'eau grise du fleuve. Des rotations précises entre plongeurs et un quadrillage strict étaient programmés. Si Nordraak avait infiltré un complice, rien ne devait lui laisser penser que l'opération n'était pas crédible.

6 heures.

Une deuxième rotation de plongeurs s'enfonça dans le fleuve. Le talkie-walkie du commissaire grésillait dans le vide. Maline entendait simplement quelques échanges, brefs, entre Paturel, Stepanu et Mezenguel.

Toujours rien ?

Toujours rien !

6 h15.

Tous les plongeurs avaient au moins une fois exploré le fond vaseux de la Seine, mais tous semblaient disposés à y retourner avec une motivation qui rendait Maline de plus en plus mal à l'aise.

Nordraak n'allait pas venir !

Il n'était peut-être déjà même plus dans la région.

Il y avait bien eu depuis le début de l'opération quelques fausses alertes, des chasseurs de trésor en herbe qui, malgré les interdictions, avaient voulu s'approcher. C'était le but, la souricière ne devait pas être hermétique !

Elle devait laisser croire à Morten Nordraak qu'il avait sa chance.

6h20.

Maline ne tenait plus. Cette mascarade était grotesque !

Elle évitait de regarder le commissaire Paturel.

Ils avaient joué gros, trop gros !

6h22.

Gustave Paturel garda l'air le plus naturel possible lorsqu'il monta le talkie-walkie jusqu'à son oreille.

— Il est là, annonça simplement l'inspecteur Ovide Stepanu. Juste au-dessus de vous, dans la forêt de La Londe. Coordonnées Lambert II, étendue 2484,3-498,7. Altitude 66 mètres. Ne vous retournez pas, il vous observe.

Le commissaire savait que les logiciels de GPS et les modèles numériques de terrain permettaient de donner une localisation extrêmement précise aux forces d'intervention dissimulées dans la forêt de La Londe.

Paturel fit un effort surhumain pour ne rien laisser paraître de son excitation.

— Ovide ? Tu me confirmes l'identification ?

Cinq longues secondes s'écoulèrent.

Ne pas se retourner, rester naturel.

— Identification confirmée ! fit enfin la voix de l'inspecteur.

— Mezenguel, enchaîna le commissaire, interception !

***

— Interception, hurla l'inspecteur Jérémy Mezenguel dans son talkie-walkie. 2484,3-498,7. 66 mètres.

Mezenguel savait qu'il avait des hommes postés à moins de cinquante mètres en contrebas de la position signalée. De son poste d'observation, en haut du château du Rouvray, au bout de ses jumelles, Jérémy Mezenguel pouvait parfaitement suivre la scène. Avec les coordonnées GPS et MNT, il put repérer lui aussi Morten Nordraak.

Le fugitif s'était rasé le crâne, portait les habits discrets d'un touriste égaré…

Mais c'était lui !

Le groupe d'intervention, neuf hommes, bondit de la cabane, cinquante mètres sous la cache de Nordraak. Immédiatement, le Norvégien les repéra ! Le fugitif avait peu d'avance, mais il se mit à courir avec une rage désespérée, remontant la pente en direction des ruines de Robert-le-Diable.

Les neuf policiers se précipitèrent derrière lui, moins de trente mètres en contrebas désormais.

Mezenguel savait que Morten Nordraak n'avait aucune chance ! La forêt était bouclée. Quel que soit l'endroit où Nordraak se dirigerait, il tomberait dans la tenaille. En plus, à n'importe quel instant, d'un seul mot, feu, il pouvait le faire abattre par un des tireurs d'élite. Nordraak courait d'ailleurs en direction de celui posté en haut du donjon de Robert-le-Diable, pile dans sa ligne de mire.

Mais il avait ordre de le prendre vivant… Si possible.

La pente de la falaise de La Londe était excessivement raide. Nordraak s'essoufflait et ralentissait. Les policiers seraient sur lui d'une seconde à l'autre.

Les jumelles de Jérémy Mezenguel balayaient la forêt.

— Merde ! hurla soudain l'inspecteur.

Un groupe de quatre marcheurs descendait la falaise en traversant la forêt, moins de quarante mètres au-dessus de Nordraak. Une famille trop curieuse passée entre les mailles de la police, une mère, deux enfants de moins de dix ans, un homme portant une glacière quelques mètres derrière eux.

L'angoisse de la bavure fit frémir d'horreur l'inspecteur stagiaire. En un instant, il imagina le carnage !

Quelle décision prendre ?

Ses jumelles pénétraient dans la chair de son visage. Le premier policier sous Nordraak était encore à dix mètres de lui !

Encore un effort, vite, vous le tenez !

Les jumelles remontèrent entre les arbres.

Au-dessus, le gamin de six ans prenait de l'avance sur sa sœur et dévalait le sentier en sautillant.

Moins de trente mètres au-dessus de Nordraak.

Bordel ! Plaquez-moi ce tueur au sol !

Le matelot norvégien souffla une nouvelle fois, épuisé par sa course, s'appuyant à un arbre.

Il abandonnait la partie ?

On le tenait ! Les collègues seraient les premiers sur lui.

Les jumelles de Mezenguel se figèrent. Sortant de la poche du pantalon de Nordraak, il distingua nettement le canon d'une arme. Le métal brilla dans le soleil naissant.

Les collègues avaient-ils pu repérer l'arme ? Non, impossible.

Le gamin était à vingt mètres au-dessus de lui… Terrain dégagé. Cible idéale.

Bordel…

— Feu ! hurla Mezenguel dans son talkie-walkie au tireur d'élite juché sur le donjon en ruines du château Robert-le-Diable.

Le cœur de Morten Nordraak explosa dans l'instant qui suivit son ordre.

Le gosse de six ans s'arrêta brusquement, à quatre mètres du corps de l'homme qui venait de s'effondrer devant lui dans une mare de sang.

La longue-vue de Nordraak, que Mezenguel avait pris pour le canon d'une arme, roula, quelques mètres, jusqu'au pied du premier agent du groupe d'intervention, un peu en contrebas. Deux autres agents s'occupèrent d'éloigner les deux enfants du sinistre spectacle. Un quatrième se pencha sur le corps sans vie, dégrafa la chemise et dénuda l'épaule : cinq tatouages, dont un tigre.

Il confirma :

— C'était bien Nordraak.

Il n'était pas armé.

***

Le commissaire Paturel reçut la confirmation dans les instants qui suivirent. Maline et l'inspectrice Cadinot, debout à côté de Paturel, furent les premières informées :

— C'est fini, dit sobrement Paturel. Ils ont abattu Morten Nordraak près des ruines de Robert-le-Diable.

Tous ressentirent un sentiment profond de soulagement, mais aussi une forme de vacuité, qui contrastait avec l'agitation autour d'eux. Les fouilles continuaient avec la même intensité, inutiles désormais.

— Bravo Maline, fit doucement Paturel. C'était votre idée ! On l'a coincé ! Au dernier moment, quelques heures avant la parade. Vous êtes une fée… Je vais l'avoir, mon pique-nique au bord de la Seine avec mes gosses !

— Je vous l'avais promis, fit Maline d'une voix douce.

L'enthousiasme du commissaire n'était pourtant pas démonstratif. L'inspectrice Cadinot le remarqua :

— Vous avez l'air presque déçu, commissaire.

— Déçu ? Non… C'est la pression qui retombe… J'aurais préféré prendre Morten Nordraak vivant, aussi… Mais on aura le temps de voir tout ça par la suite. L'ennemi public numéro un est hors d'état de nuire, c'est le principal…

Une clameur leur fit lever les yeux.

Le bac revenait de Sahurs et allait accoster à La Bouille. A son bord, l'inspecteur Ovide Stepanu et une trentaine d'agents de police se congratulaient dans une liesse communicative.

Ils posèrent le pied à La Bouille comme les libérateurs d'un pays occupé.

— On l'a eu ! hurlaient des hommes enthousiastes. Ça a fonctionné ! On a gagné !

Le commissaire monta à sa bouche un porte-voix et ordonna :

— C'est bon. On arrête. On remballe. Place à la parade !

La surprise des plongeurs laissa bientôt place à la stupeur. Le bouche-à-oreille fonctionna. Un à un, ils se rendaient compte qu'il n'y avait aucun trésor dans le fond sableux de la Seine, qu'ils avaient simplement été utilisés comme leurre. Leur déception était tempérée par l'information du jour : le fugitif avait été abattu dans la forêt de La Londe… Un peu grâce à eux.

Il régnait une joyeuse cacophonie sur les rives de la Seine, entre le bac qui clapotait, les plongeurs qui s'extirpaient de leur combinaison en discutant avec leurs voisins à la recherche de nouvelles fiables, les policiers qui avaient baissé la garde.

Maline se sentait étrangement indifférente à ces démonstrations festives. Elle ressentait avant tout un grand vide. Sans doute le poids des quatre dernières nuits sans sommeil, de la tension nerveuse brusquement retombée, trop brusquement. Tout s'était parfaitement déroulé pourtant, comme prévu. Tous les protagonistes de ce drame étaient morts. La police avait gagné. L'affaire était bouclée…

Alors, d'où venait ce sentiment d'inachevé, cette impression de manque, de doute ?

Elle était sans doute trop fatiguée pour apprécier ce dénouement heureux. Elle en prendrait la pleine mesure dans les heures, dans les jours qui allaient suivre.

Cette sordide affaire était terminée, il fallait qu'elle la sorte de sa tête !

Après tout ce n'était pas difficile…

Un souffle d'air chassa les derniers nuages gris de son esprit.

Olivier Levasseur sortait à son tour de l'eau trouble du fleuve. Il avait ouvert sa combinaison, qui retombait sur ses cuisses comme une jupe. Torse nu, ruisselant, les cheveux collés, Maline frissonna, le trouvant aussi désirable que le jour où elle l'avait vu pour la première fois vêtu d'une simple serviette de bain.

Le Réunionnais lui lança un grand sourire et vint la rejoindre :

— Alors, petite cachottière, il paraît que l'on devait servir de petit-déjeuner pour le tigre et tu ne m'as rien dit ? Tu m'as laissé m'enflammer comme un gamin sur cette histoire de trésor !

Maline rougit. Olivier ne lui en voulait visiblement pas ! Il devait être lui aussi rassuré par l'annonce de la mort de Morten Nordraak : le dernier danger pour l'Armada était écarté, tout rentrait dans l'ordre, juste à temps.

Maline passa une main amoureuse dans le bas du dos d'Olivier :

— Tu n'as rien compris... J'ai monté tout ce stratagème uniquement pour te voir sortir torse nu de la Seine et enfiler tes attributs dans une combinaison moulante.

Olivier lui rendit sa caresse :

— Je comprends, petite coquine… Mais alors que tu peux m'avoir pour toi toute seule, tu avais besoin d'une centaine de plongeurs pour cela ?

Maline fut prise à son propre piège. Olivier continua sur le ton de la plaisanterie :

— Tu n'as pas dû t'embêter pendant que j'étais sous l'eau. Ce va-et-vient incessant d'hommes dans leur combinaison moulante !

— Toi non plus, répondit Maline en cherchant une réplique, tout en accentuant sa caresse. Il n'y a pas que des plongeurs je te signale ! Il y a aussi quelques jolies petites plongeuses… Tu n'as pas dû t'embêter sous l'eau.

— Tu parles… Sous l'eau grise de la Seine ! Et j'étais occupé à chercher ta saleté de trésor !

— Menteur !

Elle pinça doucement la peau tendre et cuivrée. Olivier Levasseur jeta un regard curieux aux quelques plongeuses qui sortaient de l'eau, rangeaient le matériel ou se séchaient. Certaines avaient roulé leur combinaison sur leur ventre plat, affichant simplement le haut d'un bikini sur leur peau bronzée ; d'autres, adeptes du monokini, ouvraient simplement la fermeture Eclair de leur combinaison jusqu'à mi-nombril.

Les yeux du Réunionnais s'arrêtèrent pourtant sur une fille en particulier.

— Remarque, maintenant que tu me le dis…

Maline pinça à nouveau, plus fort.

— Où ça ?

Le regard provocateur d'Olivier s'orienta vers une silhouette qui leur tournait le dos, occupée à s'extraire de sa combinaison, près d'un bungalow de chantier.

— Aïe… La fille là-bas !

— Laquelle ? Que je la tue !

— Aïe… La fille, près du bungalow. Tu ne peux pas la manquer, c'est pas banal, elle est en train d'enfiler un bonnet !

Maline la repéra enfin.

Une fille aux longs cheveux blonds, sans doute par crainte du léger vent frais du matin, cherchait à dissimuler ses cheveux dans un étonnant bonnet de laine écru à fleurs mauves, visiblement un peu petit pour elle.

— Beau petit cul, ajouta Olivier.

Il devait avoir un côté sadomaso, finalement, il devait aimer se faire pincer. Maline ne se priva pas. Oliver Levasseur grimaça pour la forme, éclata de rire et regarda ailleurs.

Maline, elle, ne pouvait détourner son regard.

Ce n'était pas de la jalousie, cela n'avait rien à voir. C'était cette ridicule réflexion « beau petit cul ».

Elle l'avait déjà entendue, dans un autre contexte, il n'y a pas si longtemps… Maline fixa le corps effectivement superbe de la fille, même si elle ne voyait d'elle que le dos.

Un signal d'alarme résonnait en elle.

Une sirène interne intimant à toutes les synapses de son cerveau de se connecter, comme si toutes les pièces du puzzle des événements des derniers jours avaient été éparpillées par terre et qu'il fallait qu'elle les emboîte à nouveau, dans l'instant, autrement.

La fille tourna son visage de trois quarts.

Maline faillit défaillir. Toutes ses synapses se connectèrent en même temps, faisant exploser la vérité sous son crâne.

Mon Dieu !

C'était comme si un rideau s'était ouvert devant ses

yeux, dévoilant une nouvelle scène, invraisemblable et pourtant évidente.

Ils avaient été trompés, tous, depuis le début !

Le profileur Joe Roblin et ses déductions flamboyantes n'avait été qu'un pantin aux mains d'un marionnettiste démoniaque. Il s'était fait manipuler comme un gamin !

Il y a quelques minutes, ils avaient abattu un innocent !

Morten Nordraak n'avait jamais tué personne !

Le véritable tueur était vivant, libre et puissant, plus que jamais.

Désormais, Maline savait qui il était.

58
L’anneau d’or de Rollon

6h01, quelque part dans l’agglomération rouennaise

L’homme, assis dans le canapé blanc, ne parvenait pas à se concentrer sur l’écran plasma.

Tout se jouait en ce moment même, sur les rives de la Seine, autour de La Bouille, et lui restait là, loin, inutile. Bien entendu, cette histoire de trésor au fond de la Seine sentait le piège, le coup monté par la police, un coup bien monté d’ailleurs, ils avaient mis les moyens !

Il s’agissait d’un coup monté pour attirer Nordraak, le matelot norvégien allait se jeter dans la gueule du loup. Il n’était pas bien malin, il en avait fait ce qu’il avait voulu, depuis trois jours. Avec de la chance, il allait même se faire abattre ! C’était possible, la police était sans doute sur les dents, tout le monde prenait Morten Nordraak pour l’ennemi public numéro un.

Quelle ironie !

Un matelot qui n’avait jamais porté d’arme sur lui, qui avait juste un passé de voleur à la tire, en Norvège, lorsqu’il était mineur, avant de s’engager dans la Marine.

Pour une fois, la police s’était montrée habile. Ils allaient prendre Morten Nordraak. Nordraak était un coupable idéal, il porterait le chapeau pour les autres crimes. Si par chance, il était abattu, tout serait parfait. Le Norvégien méritait bien de subir la malédiction, autant que les trois autres !

L'Armada prenait fin, dans quelques heures, tout pourrait recommencer comme avant, mieux qu'avant, même.

L'homme regarda à nouveau sa montre. Cette histoire de trésor trouvé au fond de la Seine, à La Bouille, l'obsédait. Bien entendu, c'était du bluff ! Il n'y avait rien dans les carnets de Ramphastos… Il voulait s'en convaincre… mais ne pouvait chasser le doute.

Et si c'était tout de même la vérité ? Si la police ne bluffait pas ? Si les carnets de Ramphastos avaient vraiment livré des secrets qu'il ne connaissait pas ?

L'homme essaya de se rassurer.

Marine était sur place !

Elle, personne ne la soupçonnerait. Qui pouvait la reconnaître ? Ni Mungaray, ni Sokolov, ni Ramphastos ! Elle devait l'appeler dès qu'elle aurait du neuf. Ils avaient adopté le meilleur plan : Marine s'assurait sur place que cette histoire de trésor était bien une invention de la police et lui restait dans l'ombre, afin qu'on ne le reconnaisse pas. Sa présence à La Bouille aurait éveillé les soupçons.

Il regarda encore sa montre.

Que l'attente allait être longue.

L'étui d'un DVD traînait encore sur la table du salon. On pouvait lire Libertalia – 5 juillet 2003. Il s'obligea à se concentrer sur le film, sur le grand écran encastré dans le mur.

On découvrait le plan fixe d'une caméra de surveillance. On reconnaissait le décor intérieur du Libertalia. Il devait être assez tard, car il n'y avait plus que cinq clients. A une table étaient assis quatre marins : on identifiait Carlos Jésus Aquileras Mungaray, Paskah Supandji, Sergueï Sokolov, Morten Nordraak. Ils étaient très jeunes, à peine dix-huit ans. Tous les quatre écoutaient, comme des dévots écoutant les paroles d'un prêtre, un cinquième marin, beaucoup plus vieux qu'eux, Ramphastos.

L'homme sur le canapé siffla entre ses dents :

— Dire que tout a commencé lors de cette soirée maudite !

Ramphastos parlait à voix très haute, en anglais. Malgré la mauvaise qualité du film, on entendait distinctement ses paroles. Aucun autre marin ne s'exprimait, tous semblaient écouter la voix d'un prophète.

— Ce fut le début de la fin, criait Ramphastos. Le début de la fin de la piraterie, ici, dans la vallée de la Seine, le jour où Rollon accepta d'arrêter les pillages contre une couronne et une terre, la Normandie. Rollon était un capitaine de pirates, un seigneur, un jarl, comme on dit dans les contrées du Nord. Rollon est devenu le premier jarl de Normandie ! Mais les Vikings restaient un peuple de pirates ! Craints dans le monde entier, même des empires ! Savez-vous ce que fit alors Rollon ?

Aucun des quatre matelots ne répondit. Par contre, l'un deux, Mungaray, recommanda à boire pour Ramphastos. Ce n'était manifestement pas le premier verre ! Comme une Shéhérazade ivrogne, son verre ne serait définitivement vide que lorsqu'il aurait raconté sa dernière histoire. Certain d'être abreuvé, Ramphastos continua :

— Rollon suspendit à un arbre, pendant trois ans, dans la forêt de Roumare, un anneau d'or ! Sans aucune surveillance, avec la simple interdiction à quiconque de le voler. Vous rendez-vous compte ? Le jarl, l'ancien pilleur, défiait ainsi tous les pirates vikings !

— Personne ne vola l'anneau ? demanda enfin le jeune Morten Nordraak.

— Selon la seule histoire officielle, répondit mystérieusement Ramphastos, celle des mémoires de Dudon de Saint-Quentin, l'anneau resta suspendu trois ans, dans la forêt, près d'une mare. Le nom du lieu en porte encore le souvenir, la mare de Rollon, Roumare. Pendant trois ans, personne n'osa le voler ! Les Vikings n'étaient donc plus un peuple de pirates. Rollon, le jarl, avait imposé son autorité… Il avait gagné ! Il fut à la fois le dernier jarl et le premier duc de Normandie...

Ramphastos laissa un silence avant de lancer :

— Mais la véritable histoire est différente…

Les quatre marins étaient suspendus aux lèvres de Ramphastos. Il prit le temps de vider sa bière et continua :

— Ce que nul n'a jamais su, c'est qu'un jeune viking osa défier le jarl ! Il vola l'anneau, une nuit sans étoiles. Dès le lendemain, Rollon remplaça l'anneau volé par un autre identique, personne ne sut jamais rien de cette profanation, mais Rollon fit également secrètement rechercher le voleur. Après trois mois de poursuites, le jeune Viking fut pris et torturé, un peu au-dessus de Lillebonne. Rollon voulait savoir où il avait caché son anneau d'or, s'il existait encore des Vikings pirates en vallée de Seine, où ces Vikings dissimulaient leur butin ! Le jeune Viking se laissa torturer pendant onze jours sans rien révéler. Lorsque Rollon le fit brûler vif, dans la forêt de Roumare, à l'endroit même où il avait volé l'anneau d'or, le jeune viking lança sa terrible malédiction au jarl de Normandie. Tout individu qui chercherait à découvrir le butin des pirates de la vallée de la Seine serait maudit ! Jamais aucun jarl, roi ou empereur n'empêcherait les pirates, hommes libres, de régner sur le monde et de défier toutes les formes d'autorité. La cache, le butin des pirates de la vallée de la Seine continuerait à s'accumuler au fil des siècles, protégé à jamais, par la malédiction, de quiconque s'en approcherait pour le piller et non pour l'enrichir !

***

L'homme se leva, mit sur pause le film et éteignit la télévision.

Il avait visionné ce film des dizaines de fois depuis cinq ans. Ces quatre jeunes matelots avaient cru chaque parole de ce vieil ivrogne ! Au cours des siècles, combien de milliers de marins avaient été ainsi enrôlés un soir dans une taverne par un conteur habile et des litres de bière ? Combien de jeunes garçons crédules s'étaient retrouvés embarqués sur des tombeaux flottants pour avoir écouté les récits de voyages d'un vieux loup de mer ?

Ce soir-là, les quatre matelots qui s'étaient retrouvés par hasard dans ce bar face à Ramphastos avaient pris au pied de la lettre toutes les révélations du vieux marin. Ils avaient cru à ses récits, à leur chance, à leur fortune.

La destinée avait placé devant eux cet ivrogne trop bavard !

Pendant les heures qui avaient suivi, ils n'avaient dû penser qu'à cela, au butin, au fameux butin accumulé au cours des siècles par les pirates de la vallée de la Seine, protégé par la malédiction.

Avant de se séparer, quelques jours plus tard, les quatre matelots avaient sans doute juré entre eux de garder le secret, s'étaient tatoués mutuellement pour signer le pacte, la chasse-partie, s'étaient donné cinq ans pour rechercher les indices et avaient pris rendez-vous en 2008 pour se partager le butin en quatre parts égales.

Pauvres fous !

Avaient-ils seulement écouté Ramphastos ? La malédiction ? « Seul découvrira le butin celui qui cherche à le protéger, l'enrichir, pas le piller » !

Croyaient-ils réussir à trouver en une seule soirée ce que lui cherchait depuis plus de trente ans ?

Croyaient-t-ils être dignes en quelques jours de cette quête à laquelle il se préparait depuis si longtemps ?

L'homme regarda encore sa montre.

Pourquoi Marine ne l'appelait-elle pas ? S'était-il passé quelque chose ?

Non, il était encore trop tôt... Elle allait appeler, il fallait juste qu'il soit patient. Il se leva et alla vérifier si le téléphone était bien raccroché... Il l'était.

Il devait lutter contre cette envie irrésistible de se rendre sur place, d'aller voir par lui-même. Il savait qu'il était inutile de prendre des risques, maintenant.

Marine allait appeler.

59
Entre les mailles

6h24, berges de la Seine, La Bouille

La main de Maline tomba mollement le long de son corps. Olivier Levasseur, déçu de l'interruption inattendue de la caresse dans son dos, se retourna vers elle. Il perçut son regard bouleversé, mais n'eut pas le temps de questionner la journaliste :

— Excuse-moi, fit Maline d'une voix blanche. Je reviens tout de suite !

Maline venait de voir disparaître la fille blonde au bonnet de laine dans le bungalow de chantier. Elle ne devait pas la perdre de vue, à aucun prix !

Maline s'approcha, prudemment. Elle était encore à une cinquantaine de mètres du bungalow lorsqu'elle aperçut la jeune fille ressortir du bâtiment qui servait de vestiaire improvisé aux plongeurs. La fille tenait entre ses mains un petit sac à main de toile bleu clair.

Maline la suivit du regard.

Ne pas la perdre, ne pas se faire repérer.

La jeune fille s'éloignait un peu de l'épicentre de la cohue. Elle marcha quelques mètres sur la promenade le long de la Seine et lorsqu'elle fut suffisamment à l'abri des oreilles indiscrètes, sortit un téléphone portable. La conversation ne dura pas plus de trois minutes.

La fille raccrocha, rangea son téléphone dans le sac et rebroussa chemin. Maline, toujours attentive, mais dissimulée dans la foule des agents de police et des plongeurs occupés à faire place nette sur les lieux, observa la fille se rapprocher.

La fille entra à nouveau dans le bungalow, l'air le plus naturel du monde, et en ressortit quelques instants plus tard.

Sans le sac.

Elle réajusta machinalement son bonnet de laine duquel une mèche blonde s'échappait. Un étrange bonnet de laine, un peu ridicule, incongru sur sa silhouette élancée. A l'examen de son visage, la fille devait avoir une trentaine d'années, mais son corps supportait la comparaison avec ceux de filles de vingt ans. Maline vit la plongeuse empoigner avec une belle énergie une bouteille d'oxygène posée devant le baraquement, la caler fermement entre ses bras et sa poitrine et se diriger lentement avec sa lourde charge vers une remorque dans laquelle les plongeurs rangeaient le matériel, cent mètres plus loin.

Elle en avait au moins pour quelques minutes !

L'occasion était trop belle.

Sans davantage réfléchir, pendant que la fille lui tournait le dos et s'éloignait à pas lents, Maline se précipita vers le bungalow.

Elle entra.

Le bungalow était constitué d'une seule grande pièce. C'était visiblement le vestiaire féminin. Deux plongeuses, qui terminaient de se rhabiller, lui lancèrent un « salut » amical, celui de la complicité de ceux qui ne se connaissent pas mais viennent de produire ensemble le même effort physique.

Maline essaya de conserver l'air le plus naturel possible. Il n'y avait qu'une quinzaine de sacs dans le vestiaire, elle repéra presque immédiatement, en face d'elle, le petit sac à main bleu ciel. Elle traversa le vestiaire, suivie du regard par les deux plongeuses, et se pencha, sans hésiter, sur le sac à main.

— Je peux t'aider ? fit une voix dans son dos.

Un frisson glaça Maline.

Elle se retourna, lentement, saisie d'une terrible angoisse.

La question ne s'adressait pas à elle !

Une des plongeuses demandait simplement à l'autre de nouer dans son dos les bretelles d'un caraco. Les deux filles semblaient même avoir oublié sa présence. Maline, sans prendre le temps de souffler, se pencha à nouveau, ouvrit le sac à main, attrapa le téléphone portable et sortit en essayant de combiner une démarche naturelle avec son envie de s'éloigner le plus rapidement possible.

— Salut, fit la fille au caraco.

— Salut !

Maline ressortit du bungalow.

Elle tourna la tête : la jeune fille au bonnet progressait lentement et n'était pas encore parvenue à la remorque !

Elle ne se doutait de rien.

Maline traversa à nouveau l'agitation du parking où des dizaines d'agents de police rangeaient tout le matériel déployé. Elle s'éloigna d'une centaine de mètres, remontant vers l'église du village et la route départementale. Elle restait à portée de vue mais put sortir tranquillement le téléphone portable dérobé.

Elle avait son idée, toute simple, sans risque.

Ainsi, elle saurait !

En quelques touches, Maline entra dans le menu journal des appels et demanda le rappel du dernier numéro.

Une sonnerie. Une autre.

— Allo ?

Maline laissa venir.

— Allo, c'est toi Marine ?

Maline reconnut la voix. Elle ne s'était pas trompée !

Elle connaissait le meurtrier !

— Allo, Marine ? C'est toi ? Je ne t'entends pas ?

Maline ne voulait prendre aucun risque. Elle ne devait pas parler afin que son interlocuteur ne puisse pas l'identifier. Elle en savait assez désormais. Elle pouvait distinguer le commissaire Paturel, cent mètres plus bas, en grande conversation avec ses inspecteurs.

Elle allait raccrocher, les mettre au courant. Ils n'auraient ensuite qu'à cueillir les véritables criminels !

— Allo ? Ce n'est pas toi, Marine ? Qui est à l'appareil ?

Ne pas parler. Raccrocher !

— Qui êtes-vous ? Que me voulez-vous ? Répondez !

Raccrocher avant qu'il ne se méfie, qu'il ne file.

— Qui êtes-vous ?

Un silence. Puis la voix claqua, au moment même où Maline allait refermer le téléphone :

— Vous êtes Maline Abruzze ? Forcément… Vous étiez la seule à pouvoir reconnaître Marine ! J'aurais dû me méfier. Où est Marine ?

Maline encaissa le coup, mais garda le silence. Elle ne risquait rien, elle avait l'avantage, elle était en sécurité. La voix continua, parlant plus fort dans le téléphone :

— Où est Marine ?

Aucune réponse. La voix se calma, se fit inquiète :

— Vous avez prévenu la police ?

Silence.

— Non… Vous ne l'avez pas encore fait ! O.K., écoutez-moi, ne la prévenez pas, pas encore, je vais tout vous expliquer. Il faut qu'on se rencontre, où vous voulez, dans un endroit sans danger pour vous. Je vais tout vous expliquer. Mais ne parlez pas à la police, ne dénoncez pas ma fille à la police. Laissez-moi une chance de vous expliquer.

— O.K., fit Maline d'une voix sèche et rapide. Rendez-vous sur les quais de Rouen devant le Surcouf, à côté du Cuauhtémoc, dans une demi-heure. Venez seul !

Maline raccrocha.

Elle n'avait bien entendu aucune envie de se rendre à ce rendez-vous, de tomber dans ce piège grossier ! Elle allait prévenir la police, le commissaire était devant elle, à portée de vue. Avec de la chance, si le meurtrier était aussi paniqué qu'il le paraissait au téléphone, les flics n'auraient qu'à le cueillir comme une fleur devant le Surcouf.

Maline se sentit légère, fière.

Elle avait gagné !

Elle fit quelques pas vers le parking lorsque le téléphone portable sonna à nouveau.

Elle s'arrêta, surprise.

Par réflexe, elle décrocha.

C'était lui !

— Allo, Maline Abruzze ? C'est encore moi…

Dans l'intonation du meurtrier, la panique avait laissé place à un inquiétant timbre ironique.

Ne pas entrer dans le jeu, ne pas répondre !

— Excusez-moi Mademoiselle Abruzze, je manque à tous mes devoirs. Pour le rendez-vous au Cuauhtémoc, j'aurais pu vous proposer de vous emmener !

Maline ne dit toujours rien, méfiante. Où voulait-il en venir ? Maline devait tendre l'oreille, il y avait une sorte d'écho dans les paroles qu'elle entendait dans le téléphone. Le tueur continua sur le même ton :

— Ne soyez pas timide, on peut faire la route ensemble. C'est moi qui conduis ! Dites-moi où vous souhaitez que je passe vous prendre ?

Ce type la prenait pour une gourde !

Cet écho dans son oreille était de plus en plus net.

— Vous ne pouvez pas refuser ! fit encore la voix du tueur.

Maline fut soudain saisie d'effroi.

Elle n'avait pas entendu les derniers mots prononcés par le tueur dans l'écouteur de son téléphone… mais dans son dos !

L'instant suivant, elle sentit le canon d'un revolver se planter dans le bas de ses reins.

— Ne bougez pas, fit la voix. Pas un mot, pas un cri ! Vous savez comme moi que je ne bluffe pas, que je peux tuer, que je l'ai déjà fait.

Maline le savait. Elle tremblait, prise à son propre piège.

Son corps ne répondait plus.

Pourtant, la police était là, à cent mètres, des centaines de flics armés !

— Si vous tirez, fit Maline d'une voix qu'elle voulut assurée, vous ne vous en sortirez pas. Il y a des flics partout.

— Si je vous laisse filer, fit la voix dans son dos, je n'ai aucune chance. Marine non plus. Si je vous tue, il nous reste une petite chance… Je crois que vous n'avez encore rien dit à la police, alors suivez-moi, on quitte les lieux.

Maline regardait médusée les centaines de policiers devant elle. Si proches. Tous occupés à fêter leur triomphe. Un petit-déjeuner improvisé s'organisait sur les berges de la Seine, café et pain frais.

Pas un ne regardait dans sa direction.

— Suivez-moi, insista la voix dans son dos. Si vous faites un geste, si un flic se retourne vers nous et comprend, vous mourrez dans la seconde ! Ne jouez pas avec le feu, suivez-moi !

Maline lança un dernier regard désespéré vers le parking. Elle avait repéré les silhouettes tournées vers la Seine d'Olivier Levasseur, du commissaire Paturel, des inspecteurs. Mais elle n'espérait qu'une chose, maintenant : qu'ils ne se retournent pas !

Car alors, ce fou l'abattrait sur place. Elle en avait la certitude. Ses jambes peinaient à la porter, elle savait que si elle quittait ce lieu, ce tueur allait l'abattre quelque part, abandonner son corps dans un coin sordide. Pourtant, elle n'avait pas le choix.

— Je vous suis, fit Maline d'une voix presque inaudible.

Ils marchèrent quelques mètres vers la sortie de La Bouille. Le tueur se tenait toujours dans son dos, braquant son arme :

— J'ai longtemps hésité à venir, précisa l'homme.

Cette histoire de trésor trouvé dans les carnets secrets de Ramphastos ressemblait trop à un piège grossier. Mais la curiosité a été la plus forte, il a fallu que je vienne voir de moi-même, je n'ai pas pu attendre tranquillement chez moi le coup de téléphone de Marine. Lorsqu'elle m'a appelé, j'étais déjà dans la descente de La Bouille, les flics viennent de la rouvrir. Lorsque vous m'avez appelé, j'étais en train de me garer, j'ai fait simplement durer un peu la conversation pour vous repérer…

Maline se sentait stupide, des larmes de dépit montaient en elle. Elle avait eu toutes les cartes en main et s'était laissé berner stupidement.

Le tueur lui fit signe de s'arrêter. Au bord de la route, une petite camionnette Renault Kangoo frigorifique blanche était garée.

— Montez dans le frigo !

Maline tenta de réagir :

— Où m'emmenez-vous ?

Le canon du revolver s'enfonça un peu plus dans son dos et la voix du tueur se fit plus ironique encore :

— Je suis certain que cela va beaucoup vous plaire, mademoiselle Abruzze. Vous serez aux premières loges pour le départ de la parade. Un endroit où personne ne songera à vous chercher… Par contre, j'espère que vous n'avez pas le vertige ! Allez, montez là-dedans !

60
Café froid

6h57, berges de la Seine, La Bouille

Olivier Levasseur cherchait Maline des yeux.

« Je reviens tout de suite », avait-elle dit… Il y a plus de trente minutes.

Puis elle s'était évanouie dans la foule, Olivier l'avait perdue de vue, n'y avait pas prêté attention. Maintenant, il était inquiet.

Le chargé de relations presse apostropha le commissaire Paturel devant la table du petit-déjeuner improvisé :

— Maline a disparu !

Le commissaire Paturel avait encore la bouche pleine de miettes de croissant et la mine réjouie du salarié qui fête le départ en vacances. Il prit une pose amusée :

— Elle ne doit pas être loin. Avec plus de dix flics au mètre carré, il ne peut pas lui arriver grand-chose… Mais je crois que c'est une fille que vous allez avoir du mal à attacher à un piquet, Monsieur Levasseur.

L'humour de Gustave Paturel se perdit dans les yeux brouillés d'Olivier Levasseur :

— Je ne plaisante pas, commissaire. Je suis vraiment inquiet.

— Allons allons, Levasseur, vous êtes un grand garçon, Maline est une grande fille…

— Vous ne comprenez pas, commissaire. Tout à l'heure, quand elle m'a laissé, brusquement, sans raison, on aurait dit que ses yeux avaient vu un spectre.

L'instinct du flic se réveilla immédiatement chez Paturel. Le nouveau croissant s'arrêta à dix centimètres de sa bouche.

— Vous l'avez vu, ce spectre ? Il ressemblait à quoi ?

— Une fille… Une plongeuse qui enfilait un bonnet de laine sur sa tête. Je sais, ça à l'air ridicule mais…

Le commissaire d'un geste lui fit signe de se taire. Un sentiment de panique montait en lui. Nordraak avait une complice, la fameuse fille blonde qui avait entraîné Mungaray hors de la Cantina, pris la place de Sergueï Sokolov sur le Mir, une serveuse du Surcouf selon Joe Roblin. Ils avaient vérifié hier sur le Surcouf, aucune serveuse ne correspondait, c'était une impasse. Jusqu'à présent, même s'ils avaient exploré jusqu'au bout toutes les pistes possibles, il ne s'agissait que d'un personnage secondaire dans cette histoire, une fille que Morten Nordraak avait pu séduire, pas une tueuse…

Paturel empoigna Levasseur :

— Elle était comment cette fille ? Blonde ?

— Oui, bredouilla le Réunionnais.

— Plutôt bien foutue ? Surtout de dos ?

— Oui… Mais…

Le commissaire ne lui laissa pas le temps de répondre et continua :

— C'était il y a combien de temps ?

— Bien… Trente minutes environ.

— Putain !

Le commissaire Paturel se précipita vers les inspecteurs Stepanu et Cadinot, eux aussi occupés à déjeuner :

— Ovide, Colette, vous me prenez autant d'hommes que vous pouvez et vous me fouillez le coin, mètre par mètre. On recherche deux personnes. Maline Abruzze et une plongeuse, plutôt bien foutue, qui pourrait porter un bonnet de laine sur ses cheveux blonds.

Quelques dizaines de policiers allaient boire froid leur café… Ou ne pas le boire du tout…

Moins d'un quart d'heure plus tard, l'ensemble de la zone et des alentours avait été passé au peigne fin.

Rien !

Aucune trace de Maline ou de la fille au bonnet !

Le commissaire Paturel convoqua sa garde rapprochée dans un bungalow-bureau qui servait de central informatique pendant l'opération de La Bouille.

— Colette, demanda avec autorité le commissaire, c'est toi qui as coordonné le recrutement des plongeurs ? Combien y avait-il de femmes dans le groupe ?

Colette Cadinot n'eut pas besoin de consulter ses fichiers informatiques. Elle connaissait la réponse :

— On avait cent treize plongeurs, dont exactement dix-neuf femmes. Si la fille repérée sur le site était en tenue de plongée, c'est qu'elle avait une accréditation officielle, sinon elle n'aurait pas pu entrer. Elle est donc forcément sur ma liste !

L'inspectrice ouvrit un fichier sur l'ordinateur face à elle et continua :

— J'ai les âges et les adresses de toutes les plongeuses ! On a fait des recherches sur chacune, aussi rapidement que l'on a pu en une journée. Mais aucune n'avait le moindre rapport avec le Surcouf, j'ai vérifié.

— O.K., fit Paturel. Tu n'y es pour rien. C'était même le but de l'opération, l'attirer ici, on peut penser que l'on a réussi. Maintenant, il faut l'identifier ! Levasseur, pour vous qu'elle âge avait cette fille ?

Olivier Levasseur essaya de se concentrer :

— Je dirais la trentaine. Peut-être moins…

— O.K., fit le commissaire. Colette, tu m'élimines de ta liste toutes les plongeuses qui ont moins de vingt ans et plus de quarante. Il t'en reste combien ?

Colette Cadinot effectua les tris sur son tableur aussi rapidement qu'elle put :

— On descend à onze, répondit l'inspectrice.

— Colette, tu m'imprimes cette liste de onze noms. On boucle la zone et on recense toutes celles qui sont encore là. Vous me vérifiez les papiers d'identité. La plupart sont encore au petit-déjeuner, je suppose. Avec de la chance, la seule qui manquera sera notre fille !

La brutale incursion de la police dans l'ambiance champêtre et conviviale autour des berges de Seine provoqua la stupeur. Chaque rare femme, généralement galamment accompagnée, se retrouva brusquement encerclée par plusieurs agents de police.

A peine trois minutes plus tard, le commissaire Paturel avait sa réponse : parmi la liste de onze plongeuses, sept étaient encore sur place.

Gustave Paturel se pinça les lèvres.

— Il nous reste quatre noms ! C'est forcément une des quatre ! Vas-y Colette, détaille-nous la liste.

Colette Cadinot lut les détails qu'elle possédait :

— Carole Goncalves, 31 ans, 19, route des Roches à Orival, qui vient du club subaquatique de la région d'Elbeuf ; Sophie Bouvier, 24ans, 5, boulevard Clemenceau au Havre, qui vient du club de plongée Paul Eluard ; Marine Barbey, 35 ans, 12, rue d'Ecosse, de Normandie plongée ; Virginie Poussart, 25 ans, résidence du Panorama, Mont-Saint-Aignan, de l'A.S.U.R Université de Rouen.

Le commissaire Paturel regarda sa montre. Il n'hésita pas une seconde :

— Putain, on n'a pas le choix ! Si Maline Abruzze est en danger, il faut foncer. On lui doit bien ça ! On s'occupe d'une fille chacun. Colette tu te charges de retrouver cette Carole Goncalves, Jérémy, tu prends Sophie Bouvier, Ovide, tu t'occupes de Virginie Poussart et je me charge de Marine Barbey. On prend chacun trois agents avec nous. S'il n'y a personne aux adresses, on entre tout de même et on fouille ! Levasseur, vous gardez ouvert votre téléphone portable. Vous êtes le seul à pouvoir identifier avec certitude la fille, on va avoir besoin de vous.

La peau cuivrée du Réunionnais n'avait jamais été si blanche.

61
Entre ciel et Seine

6h59, quais de Rouen

La Renault Kangoo frigorifique blanc se gara sur les quais presque déserts de Rouen, près du Musée maritime. Maline vit brusquement la porte du camion frigorifique s'ouvrir et une arme se pointer sur elle.

— Retournez-vous !

Allait-il l'abattre ici, dans ce camion ? La peur la paralysait. Maline n'arrivait pas à organiser ses pensées, trouver une solution pour essayer de s'en sortir.

— Retournez-vous, insista la voix.

Maline se retourna vers le mur froid. Heureusement, le mode congélation à l'intérieur du véhicule n'était pas en route. Elle percevait la présence du tueur dans son dos.

Qu'allait-il faire ? Sa vie allait-elle s'arrêter là, dans ce fourgon, sur ces quais déserts ? La sueur ruisselait dans son dos.

— Donnez-moi vos poignets, ordonna la voix.

L'ordre soulagea Maline, il ne voulait pas en finir tout de suite. Elle tendit ses mains et sentit une corde entailler sa chair. L'homme liait ses mains dans son dos. Il serra la corde à l'aide d'un nœud marin complexe.

— Bien, avancez maintenant, doucement. Je reste derrière vous, on avance collés, comme des amoureux.

Il se plaqua à elle et ils avancèrent de quelques mètres. Les quais étaient toujours déserts. Devant eux, l'impressionnante pile blanche du pont Gustave Flaubert, haute de plus de quatre-vingts mètres, les dominait. Maline remarqua que la circulation était coupée : vraisemblablement, le double tablier du pont levant allait bientôt se soulever, pour laisser passer les trois-mâts. Le passage des voiliers sous le tablier du plus grand pont levant d'Europe, inauguré quelques semaines plus tôt, devait être la plus belle image de l'Armada 2008. Le tablier du pont se soulevait à l'horizontale, formant à son apogée, cinquante-cinq mètres, le plus somptueux des arcs de triomphe à la gloire de la marine.

Maline sentait le canon du revolver dans son dos.

Vivrait-elle assez longtemps pour ce spectacle ?

Que voulait son agresseur ? Qu'allait-il faire d'elle ?

— Reculez-vous un peu, fit l'homme.

Ils firent quelques pas en arrière et se dissimulèrent à l'angle du hangar le plus proche. L'homme approcha sa bouche de l'oreille de Maline :

— Le technicien du pont Flaubert va sortir de sa cabine, il va s'assurer qu'il n'y a personne sur le pont, la circulation est coupée déjà depuis trente minutes. Lorsqu'il aura terminé son inspection, il va retourner dans sa cabine et actionner le mécanisme de levage du tablier. Il s'écoulera un peu plus d'une minute entre le moment où le technicien tournera le dos au tablier et le moment où il commencera le levage. Au moment où je vous le dirai, vous avancerez avec moi ! Pas de faux mouvement !

Maline comprenait. La vue imprenable sur la parade, le vertige.

Ce fou allait l'emmener sur le pont Flaubert !

Tout en haut !

Pourquoi ?

Où voulait-il en venir ?

Quelques minutes plus tard, Maline vit un technicien avancer, contrôler que le pont était bien vide, puis retourner vers la cabine de commandement au bas de la pile.

— Maintenant, fit l'homme. Marchez vite !

Maline n'avait pas le choix. Au moins, la folle entreprise de ce criminel signifiait pour elle un sursis. Il aurait pu l'abattre depuis longtemps.

Maline jeta un regard autour d'elle, mais les alentours restaient désespérément vides. L'accès au pont Flaubert avait été coupé loin en aval. Ils franchirent la rambarde de béton de la route d'accès au pont et à pas rapides, légèrement accroupis, gagnèrent le tablier.

Ils marchaient à peine depuis quelques mètres au-dessus de la Seine lorsqu'elle sentit tout le poids de son agresseur sur elle. Il la plaqua au sol, la retenant à peine. Maline les mains attachées dans le dos, ne put protéger sa chute. Elle eut simplement le réflexe de pivoter et ce fut son épaule, et non son visage, qui heurta violemment le béton.

L'homme se coucha sur elle dans l'instant qui suivit, provoquant une douleur intense. Il chuchota :

— Pour être invisibles, on doit rester allongés au moins jusqu'à ce que le tablier se lève de vingt mètres. Ensuite, avec l'angle, si nous ne nous penchons pas trop près du bord, nous devenons invisible pour n'importe quel observateur sur la Seine ou sur les quais.

Il était fou !

Elle sentait son corps sur elle, le canon froid du revolver sur son cou.

Son épaule la faisait souffrir atrocement, mais elle était vivante.

Pour combien de temps encore ?

Le tablier décolla !

Les lourdes chaînes d'acier crissèrent.

Elle savait que le levage total du double tablier de 2 600 tonnes, pour atteindre sa hauteur maximale de cinquante-cinq mètres, prenait douze minutes.

Malgré la peur intense, Maline ne pouvait s'empêcher de se sentir troublée par les sensations qu'elle éprouvait. Cet immense socle de béton s'élevant horizontalement vers le ciel comme un gigantesque ascenseur, le vent qui progressivement gagnait en intensité et giflait son visage, ce ciel qui se rapprochait.

Elle tourna les yeux vers l'azur. Le câble d'acier de plus de six centimètres de diamètre s'enroulait autour du papillon de la pile, incroyablement proche maintenant, dégageant une force colossale.

Maline commençait à comprendre.

Il n'était pas si fou.

Si quelqu'un s'apercevait de sa disparition, qui pouvait avoir l'idée de venir la chercher, ici, sur le tablier levé du pont Flaubert ?

Le câble d'acier stoppa brusquement son lent effort, comme broyé dans une mâchoire gigantesque. Le tablier se stabilisa : il dominait donc la Seine de cinquante-cinq mètres.

L'homme se dégagea mais resta accroupi, pointant son arme sur elle :

— On va se lever, doucement. Si vous approchez trop près du bord en espérant que quelqu'un puisse vous apercevoir, je vous abats.

Pour se lever, les mains liées dans le dos, Maline dut s'appuyer sur ses coudes. Une douleur insupportable déchira à nouveau son épaule. L'homme n'esquissa pas un effort pour l'aider. Le vent fouettait le visage de Maline, comme sur une falaise en bord de mer.

Enfin, elle se tint debout.

L'espace de quelques secondes, elle oublia qu'un criminel la menaçait et que dans quelques minutes, il allait abandonner son cadavre sur cette stèle mortuaire céleste de 2 600 tonnes.

La vue de la Seine, du haut du tablier levé, juste au-dessus de la cime des mâts, était prodigieuse.

Elle offrait une parfaite symétrie entre les deux rives, les alignements de voiliers, l'agitation naissante sur les ponts des bateaux qui se préparaient au départ, les voiles que l'on commençait à hisser. Comme un extraordinaire film aux milliers de figurants. Le panorama embrassait, au-delà des quais, toute la ville de Rouen et son animation convergeant vers le fleuve.

Son agresseur afficha un sourire sadique :

— La plus belle vue de l'Armada, non ? Au plus beau moment ? Comme toujours, mademoiselle Abruzze, vous êtes là où il faut quand il le faut… Je vous envie mademoiselle Abruzze, peu de personnes au monde auront eu un aussi beau spectacle devant leurs yeux avant qu'ils ne se ferment à jamais.

Maline se retourna, agressive :

— Qu'allez-vous faire de moi ?

— Vous ne m'avez pas laissé le choix, depuis ce matin… J'ai longtemps hésité. Pas sur le fait de vous laisser la vie, je ne veux pas vous donner d'illusions, mais sur la manière de vous l'ôter. Au départ, j'avais l'idée de vous forcer à plonger… J'aimais beaucoup le symbole. Cinquante-cinq mètres, pas grand monde n'en réchapperait… Le record du monde de plongeon est de cinquante-quatre mètres ! Mais vous avez une étonnante faculté de survie, Maline. Et surtout, quelqu'un sur les quais ou sur un trois-mâts aurait pu remarquer votre chute. Je me serais retrouvé piégé en haut de ce tablier. Je vais donc être obligé d'utiliser une méthode plus banale, mais qui a fait ses preuves ces derniers temps, vous le reconnaîtrez. Il écarta un peu le pan de sa chemise : un poignard était accroché à sa ceinture.

Maline sentit son sang se glacer.

Elle n'imaginait pas perdre la vie, dans quelques secondes, sentir cette lame s'enfoncer dans son cœur. Pourtant, elle n'arrivait pas à détacher son regard de ce poignard.

Cet homme était fou, déterminé. Qui pourrait venir la secourir, ici ? Personne, personne ne pouvait être au courant ! Elle sentait à nouveau des larmes monter en elle, avec effort, elle se domina.

Tenir. Il fallait qu'elle tienne, encore, jusqu'au bout.

— Et… Et une fois que vous aurez abandonné mon corps ici, comment ferez-vous ?

L'ironie illumina une nouvelle fois le visage du tueur :

— Je pourrais vous répondre qu'à ce moment-là, cela ne vous regardera plus. Mais je pense tout simplement bénéficier toute la matinée de ce fabuleux spectacle du passage des voiliers sous le tablier, puis redescendre aussi discrètement que nous sommes montés. Vous vous êtes rendu compte que ce n'est pas bien difficile… J'avoue que je lirai les journaux de demain avec délectation : « L'incroyable mystère de la femme retrouvée poignardée au milieu du tablier levé, à cinquante-cinq mètres de haut ». Tuée par un ange ? Casse-tête encore plus intéressant pour la police que le double meurtre de la chapelle Bleue, non ?

Maline essayait de rassembler ses pensées. L'homme n'éprouverait aucune hésitation. Par contre, il n'était pas pressé, c'était son seul atout, il fallait donc qu'elle gagne du temps.

Coûte que coûte.

Pour entretenir l'espoir.

Elle fit mine de s'avancer un peu. Immédiatement, le revolver se braqua sur elle.

— Restez sur place !

— Si vous tirez, le bruit de la détonation vous fera repérer !

— Peut-être… Peut-être pas. Vous serez morte, vous n'en saurez jamais rien.

Maline n'avança pas plus, mais évalua le temps qu'il lui faudrait pour courir sur deux mètres et sauter par-dessus la balustrade du tablier.

Quelques secondes, il n'aurait peut-être pas le temps de tirer.

Mais elle se destinait alors à une mort tout aussi certaine, un plongeon de cinquante-cinq mètres, les mains attachées dans le dos. A cette hauteur, la surface de l'eau aurait la compacité d'un bloc de béton !

Et si c'était sa seule chance ?

Réfléchir, gagner du temps !

— Avant de mourir, demanda Maline, j'aimerais savoir quelle folie peut pousser quelqu'un à poignarder sauvagement trois matelots innocents...

— Ah, fit l'homme. La journaliste reprend le dessus. Ne pas mourir sans savoir... Je vais vous faire une faveur, je vais vous raconter une histoire, mademoiselle Abruzze. Nous avons le temps, non ? Asseyez-vous.

Maline, à contrecœur, dut s'asseoir. L'homme la tenait en joue :

— Il y a longtemps maintenant, près de vingt-cinq ans, j'étais comme ces jeunes matelots. Prétentieux, cupide, passionné par la recherche d'un butin qui devait faire ma richesse infinie. Piller une fortune qui m'attendait au fond de l'eau. Je n'avais que faire de ces histoires de malédiction, de dignité, de respect d'un butin accumulé pendant des siècles. Je me suis approché du trésor, jusqu'à le toucher presque, ma fille était à mes côtés, j'entraînais mes proches dans mon inconscience. Lorsque je suis remonté à la surface, ma femme n'était plus à mes côtés, elle baignait dans le sang, morte, quelques mètres plus loin!

— Comment cela ? fit Maline, stupéfaite.

— Ces connards de flics ont conclu à un accident de chasse dont le coupable n'a jamais été retrouvé. La fatalité, selon eux... La fatalité ! J'y ai pensé pendant des années. Qu'est-ce qui différencie la fatalité, la destinée, de la malédiction ? Du mauvais sort ? J'étais responsable de la mort de Muriel, j'avais attiré la fatalité sur elle. J'étais prévenu pourtant. La punition frappait ceux qui s'approchaient du butin sans le cœur pur, pour vouloir le piller, pas pour l'enrichir, le protéger.

J'étais prévenu, j'étais sourd.

Muriel est morte. Il a fallu qu'elle meure pour que je comprenne. Pour que l'on comprenne, Marine et moi.

Maline repensa aux paroles de Joe Roblin, à l'aître

Saint Maclou, la schizophrénie de l'assassin, « On est un peu dans le cas d'un soupirant timide, qui désire un femme sans oser la toucher, mais qui néanmoins cultive un sentiment de jalousie obsessionnel envers tous les autres soupirants ». Depuis la mort accidentelle de sa femme à l'occasion d'une expédition, il n'osait plus s'approcher de ce butin, ni même le désirer… Mais l'idée que quelqu'un d'autre puisse le découvrir, s'en approcher même, sans périr, lui était devenue insupportable.

Il avait perdu la raison !

Maline tenta de le pousser dans ses retranchements :

— Alors c'est seulement pour cela que vous avez tué ces trois matelots, et indirectement aussi Morten Nordraak ? Parce que vous ne supportiez pas qu'ils puissent trouver le butin avant vous…

Contrairement à ce que Maline espérait, l'homme ne s'énerva pas :

— Vous ne pouvez pas comprendre, mademoiselle Abruzze. Personne ne peut comprendre. Moi-même, il a fallu que ma femme soit sacrifiée pour que je comprenne. A vos yeux, je resterai un criminel qui tue parce qu'il ne veut pas partager une richesse colossale, la conserver pour lui seul… Vous ne pouvez pas comprendre autre chose que la cupidité, personne ne le peut, l'or n'a rien à voir là-dedans… La fortune non plus…

Maline repensait encore à la métaphore de Roblin. Il avait vu juste. Cet homme souffrait de pulsions refoulées, refusant d'admettre qu'il désirait ce butin, tuant par substitution, comme un sadique commet des crimes sexuels parce qu'il refoule son désir pour une femme. Elle essayait de réfléchir, prolonger la conversation, prolonger l'espoir.

Soudain, dans le silence de leur nid d'aigle, la sonnerie de son téléphone portable raisonna dans sa poche.

L'espoir ?

On s'était rendu compte de sa disparition ! Olivier avait donné l'alerte, on la recherchait. Maline ne pouvait pas répondre, les mains attachées dans le dos.

Son agresseur laissa sonner. Lorsqu'il entendit le son du message que l'on laisse sur le répondeur, il glissa sans hésitation une main dans la poche de pantalon de Maline et sortit le téléphone.

Qui la recherchait ? Olivier ? Christian Decultot ? Le commissaire Paturel ?

L'homme afficha un sourire sadique :

— Devinez qui vous appelle, mademoiselle Abruzze ? Non, vous ne devinerez pas !

Le sourire se fit plus démoniaque encore :

— C'est votre père ! Il vous signale que vos cousins bourguignons sont partis, un peu fâchés de ne pas vous avoir vue. Maintenant, au moins, vous aurez une bonne excuse pour ne jamais les revoir ! Par contre, votre père vous rappelle votre promesse : vous devez passer le chercher à Oissel ce matin pour l'emmener voir la parade de la Seine. Ce n'est pas très raisonnable cela, mademoiselle Abruzze... Faire des promesses que vous n'allez pas pouvoir tenir ! Ce n'est pas gentil pour votre vieux père. Allez… Ne vous en faites pas trop, il ne vous en voudra pas longtemps. Je suis sûr que lorsqu'il apprendra que l'on a retrouvé votre joli corps poignardé le matin de la parade, il comprendra…

Fermer les yeux. Courir. Plonger.

Mais le vent la clouait au sol.

Elle était comme paralysée, incapable du moindre geste.

62
L'écran des fantômes

7h23, 12, rue d'Ecosse

Le commissaire Paturel retint la main de l'agent de police qui allait appuyer sur l'interphone.

« Marine Barbey – 315 - troisième étage ».

— On va sonner chez quelqu'un d'autre pour se faire ouvrir la porte d'entrée, expliqua le commissaire, et monter directement au troisième étage. Je tiens à faire la surprise à cette Marine Barbey.

Les quatre policiers n'eurent aucun mal à se faire ouvrir la porte par une voisine. Ils montèrent l'étroit escalier de l'immeuble, 12, rue d'Ecosse. Un banal immeuble moderne récemment rénové. Le commissaire était sur ses gardes : il avait délibérément choisi, parmi les quatre suspectes, de s'occuper de cette Marine Barbey. Une intuition, une association d'idées, un rapprochement évident entre ces meurtres de matelots et ce prénom, Marine. Un rapprochement trop évident ? Pas forcément. Le commissaire ne croyait pas aux coïncidences.

Ils s'arrêtèrent. Il n'y avait aucun nom sur la porte 315.

Gustave Paturel frappa.

Quelques secondes plus tard, la porte s'ouvrit, retenue par une chaînette de sécurité :

— Marine Barbey ? Je suis le commissaire Gustave Paturel. Vous venez bien de participer à l'opération de plongée au large de La Bouille ? Nous aimerions vous poser quelques questions complémentaires.

— Il y a un problème ? demanda une voix féminine étonnée.

Ils avaient préparé l'argumentaire en route.

— Non, non. Il n'y a aucun problème. Nous pensons simplement que le criminel qui a été abattu, Morten Nordraak, pouvait avoir un ou plusieurs complices sur place. Nous avons une liste de suspects potentiels. Nous faisons le tour des témoins pour savoir si certains visages vous disent quelque chose.

La fille ne parut pas tout à fait convaincue, mais ouvrit néanmoins sa porte. Les quatre policiers entrèrent. Visiblement, Marine Barbey sortait de la douche : elle portait un épais peignoir de bain blanc sur lequel s'égouttaient encore ses longs cheveux blonds.

C'est elle, pensa Gustave Paturel.

Le peignoir masquait la silhouette réelle de Marine Barbey, mais elle correspondait parfaitement à la description : grande, blonde, fine.

— Excusez-moi, fit Marine Barbey. Je sors de la douche. Je viens de rentrer de La Bouille. Je me sentais affreusement sale. C'est la première fois que je plonge en Seine. Généralement, je plonge en piscine, ou en mer… Qu'est-ce que c'est que cette histoire de témoignage, inspecteur ?

— Commissaire... Voilà, l'agent Da Costa va vous montrer une série de photographies. Il faudra simplement nous dire si vous avez repéré un de ces individus ce matin dans le périmètre de sécurité.

— Pourquoi ne pas nous l'avoir demandé tout à l'heure ?

Paturel avait anticipé la question :

— A ce moment-là, nous n'avions pas encore l'information. Rassurez-vous, cela ne prendra que quelques minutes.

L'agent Da Costa sortit le trombinoscope des individus fichés dans la région qu'ils avaient pris avec eux par souci de crédibilité. Le plan était simple : pendant que l'agent Da Costa occupait Marine Barbey, Gustave Paturel et les autres agents examinaient discrètement l'appartement, dans l'espoir de trouver un indice, un élément quelconque permettant de relier cette fille au quadruple criminel. Attaquer frontalement Marine Barbey aurait été suicidaire : ils n'avaient aucune certitude qu'il s'agissait de la fille qu'ils recherchaient, et même si c'était elle, ils n'avaient pas le moindre preuve !

Marine Barbey se montra coopérative. Soit elle était sincère, soit elle entrait volontairement dans le jeu des policiers pour ne pas leur donner de prise. Da Costa faisait défiler les photos d'un vaste classeur en contenant plusieurs centaines. Le commissaire Paturel, pendant ce temps, tournait en rond dans l'appartement.

Rien ne dépassait. Ni bibelot, ni poussière, ni photos personnelles dans des cadres.

Aucun indice.

Le salon était simplement meublé d'une table sur laquelle Marine Barbey travaillait avec Da Costa, d'un canapé de cuir blanc, d'une table de salon et d'un très grand écran plasma encastré dans un mur. Sur les autres murs, seules quelques photographies neutres de paysages marins égayaient un peu la pièce.

Aucune aspérité ! Rien à quoi se raccrocher.

Il fallait trouver une idée. Il fallait tout d'abord avoir la certitude que Marine Barbey était bien la « fille au bonnet ».

Gustave Paturel toussota :

— Excusez-moi de vous déranger mademoiselle Barbey. Vous auriez un verre d'eau ?

Elle releva la tête en souriant, naturelle :

— Je vais vous chercher ça, commissaire.

Elle se leva et se dirigea vers la cuisine. Paturel fit glisser son téléphone portable dans sa paume. Pendant qu'elle levait la main pour prendre un verre sur une étagère, le commissaire arma d'un doigt le mode photo.

Marine Barbey lui tourna le dos quelques secondes pour remplir le verre à l'évier. Le commissaire visa, couvrant le léger son du déclenchement de la photo par une toux un peu forcée. Si Marine Barbey se rendit compte de quelque chose, elle ne le montra pas.

Elle tendit, accompagné d'un gracieux sourire, le verre d'eau au commissaire et retourna à la table examiner les portraits des pseudo-suspects. Gustave Paturel sortit de sa poche un comprimé d'aspirine et vida une partie du verre. D'ailleurs, il avait vraiment mal à la tête ! Sans même regarder son appareil, en quelques pressions sur les bonnes touches, il envoya la photographie sur la messagerie d'Olivier Levasseur. Il dissimula un sourire de satisfaction. Ce genre d'exploit technique n'était pas vraiment son fort.

Le commissaire Paturel tourna encore dans l'appartement, n'osant pas s'aventurer dans les autres pièces.

— Excusez-moi encore, mademoiselle Barbey, vous plongez souvent ?

— Pas aussi souvent que je voudrais… Je suis plutôt en recherche d'emploi en ce moment. Donc financièrement, la plongée…

Elle semblait parfaitement à l'aise… Mais elle mentait ! Cet appartement n'était qu'un décor, une façade, beaucoup trop lisse pour ne pas dissimuler quelque chose !

Dissimuler quoi ? Où chercher ?

Trois notes de musiques indiquèrent qu'il venait de recevoir un message sur son téléphone portable.

— Excusez-moi…

Gustave Paturel consulta le SMS.

C'était Olivier Levasseur, le message était bref. Clair.

« C'est elle ».

Le commissaire Gustave Paturel fit son possible pour masquer son émotion. Cette fille était donc la complice d'un homme qui avait assassiné quatre personnes ces trois derniers jours ! De son témoignage dépendait peut-être la vie d'une cinquième victime, Maline Abruzze. Paturel hésita quelques instants à jouer cartes sur table, à arrêter cette Marine Barbey, la menotter, fouiller l'appartement de fond en comble…

Mais ne risquait-il pas alors de tout perdre, de condamner définitivement Maline Abruzze ?

Cette fille semblait sûre d'elle. L'appartement pouvait parfaitement ne rien dissimuler de suspect. Sans preuve, elle ne craquerait pas, elle jouerait l'innocente accusée par erreur. Il aurait alors tout perdu. Il lui fallait trouver un angle d'attaque, un début d'indice, un levier quelconque… Son regard fit à nouveau le tour de la salle.

Rien !

Rien à part ces murs nus, ce canapé immaculé, cette table de salon, ce moderne écran plasma…

Rien…

Le regard du commissaire inspecta une nouvelle fois les rares tableaux, les meubles sans bibelot, et finit par accrocher l'affichage lumineux vert du lecteur DVD sous l'écran plasma.

Le lecteur était sur pause.

L'esprit de déduction du commissaire se mit en route. Cette fille regardait donc un DVD avant qu'ils arrivent ! Etrange, n'avait-elle pas dit qu'elle venait d'arriver de La Bouille, qu'elle sortait de la douche ? Pourquoi prendre le temps de regarder un DVD ? A moins qu'il n'ait déjà été sur pause avant qu'elle ne rentre…

Gustave Paturel fixa la télécommande sur le canapé blanc. C'était la seule chose qui traînait dans cette pièce trop bien rangée.

Qu'est-ce qu'il risquait après tout ?

Il avança, se pencha vers le canapé et d'un geste rapide, saisit la télécommande.

Immédiatement, le masque tomba.

Marine Barbey releva la tête et fixa le commissaire avec des yeux brusquement injectés de sang, comme si le policier avait touché à un objet sacré, comme s'il avait violé son intimité. Dans un élan désespéré, elle tenta de bondir en avant, mais l'agent Da Costa la ceintura.

C'était inutile. Il était trop tard. Le commissaire Gustave Paturel avait appuyé sur la touche play.

Sur l'écran géant, apparurent, dans le décor caractéristique du Libertalia, Carlos Jésus Aquileras Mungaray, Paskah Supandji, Sergueï Sokolov, Morten Nordraak et Ramphastos.

Bien vivants !

Cinq fantômes !

Comme si les cinq victimes sauvagement exécutées étaient revenues de l'au-delà pour accuser leur assassin !

Plus personne ne bougea dans la pièce. Da Costa maintenait solidement Marine Barbey sur sa chaise. Les quatre agents regardaient le film, cherchant à comprendre. Le film était quasiment muet, Ramphastos lui-même se taisait. Quelques minutes plus tard, la caméra fixe filma le départ des cinq marins, visiblement mécontents, mais poussés par le patron du bar pressé de fermer. La caméra fixa pendant quelques longues secondes les chaises vides, avant qu'une fille ne vienne les ranger.

Tous reconnurent Marine Barbey, plus jeune de quelques années. Elle commença à retourner les chaises sur les tables du bar. Le plan fixe de la caméra de surveillance semblait interminable.

C'était elle, pensa le commissaire Paturel. C'était elle, le dernier lien, la fameuse complice de Nordraak.

La serveuse du Libertalia !

Une serveuse, comme l'avait deviné Joe Roblin. Cette jeune serveuse avait tout entendu, ce soir-là, les fables de Ramphastos, les histoires de trésor, de pirates et de butin. Elle n'avait dû avoir aucun mal à s'intégrer ensuite à ce groupe de jeunes marins. Elle s'était sans doute amourachée de ce Morten Nordraak, était devenue sa complice, avait accepté pour lui de l'aider à éliminer les trois autres… ainsi que Ramphastos, le dernier témoin gênant, qu'elle surveillait tous les soirs… Mais Nordraak était mort maintenant. Marine Barbey était en état d'arrestation. Cette fois-ci, l'affaire était bel et bien bouclée ! Il ne restait plus qu'à faire avouer à cette folle ce qu'elle avait fait de Maline Abruzze !

Le commissaire souffla. Un instant seulement.

Dans les haut-parleurs de l'écran plasma, un violent bruit de porte claqua. Tous les regards se tournèrent à nouveau vers le film. Une voix masculine, hors du champ de la caméra, perça le silence du bar fermé :

— Nom de Dieu, ils sont enfin partis. Quel enfer ! Tu as entendu, Marine. Ce vieil ivrogne leur a tout dit ! Ils savent tout ! En un soir, ils savent tout du début à la fin. Tout est perdu ! Toutes ces années sont perdues.

Sur l'écran, la fine silhouette de Marine Barbey s'était figée. Elle lâcha la chaise qu'elle tenait et fixa la porte, en direction de la voix. Sa voix tremblait.

— Qu'est-ce que… Qu'est-ce qu'on va faire, papa ?

Sur l'écran, une ombre passa devant la caméra fixe. On ne voyait que son dos. Un corps masculin se pencha sur Marine, l'étreignant avec tendresse :

— Nous n'avons plus le choix, ma petite colombe. Nous devons protéger le butin, coûte que coûte. Nous n'avons plus d'autre solution. S'ils s'approchent trop du butin, nous devrons les éliminer. Tu le sais bien ma petite fille, nous devrons appliquer nous-mêmes la malédiction du jarl.

Le commissaire Gustave Paturel sentit le sol s'effondrer sous ses pieds. Il le comprenait maintenant seulement.

Morten Nordraak était innocent !

Le véritable meurtrier était libre et vivant. La lumière jaillissait trop tard. Maline Abruzze était en danger de mort, entre les mains d'un fou dangereux, dans les griffes de ce monstre dont le visage s'affichait sur cet écran géant. Un homme qui dans l'ombre leur avait joué la comédie depuis le premier meurtre.

C'était pourtant d'une telle évidence. Il était le plus proche témoin de Ramphastos, tous les jours, tous les soirs, depuis des années.

Serge Voranger, le patron du Libertalia.

Le commissaire Gustave Paturel, d'un geste déterminé, attrapa la télécommande, appuya sur la touche pause et se retourna vers Marine Barbey :

— Marine, où est votre père ?

63
Quai des adieux

7h31, pont Gustave Flaubert

Assise sur le tablier du pont Flaubert, Maline apercevait cinquante-cinq mètres plus bas l'agitation du départ des trois-mâts s'accentuer, en particulier sur le pont des bateaux. Des matelots s'affairaient aux quatre coins des voiliers, se hissaient sur les vergues, déployaient les grands-voiles avant et arrière.

Maline tordait son cou, espérant qu'un marin, juché sur la plate-forme d'une hune, tourne le regard vers elle. Mais les matelots étaient bien trop occupés pour regarder en direction du tablier levé, et même s'ils l'avaient fait, ils ne l'auraient pas vue.

Il fallait continuer de parler, le provoquer, pour se donner du temps.

Du temps pour retarder l'échéance, l'inéluctable échéance.

— On finira par vous retrouver, lâcha Maline. Quelqu'un, forcément, pensera à vous. Le Libertalia, la présence de Ramphastos, le bar à marins, vous étiez l'épicentre de toute cette histoire. Ramphastos a passé ses journées et ses soirées chez vous pendant des années, des milliers de soirées au total… Vous aussi, vous avez fini par croire aux légendes qu'il racontait si bien. Vous aussi, à force, vous vous êtes dit qu'il y avait bien une part de vérité, dans ces histoires. Exactement comme ces gamins de dix-huit ans que vous avez tués. Un jour ou l'autre, quelqu'un fera le rapprochement entre tous ces crimes, le Libertalia, et son propriétaire, Serge Voranger, devenu fou d'avoir trop écouté derrière son comptoir les confidences délirantes d'un loup de mer ivrogne !

Serge Voranger sembla touché. Il baissa légèrement le canon de son revolver.

— Je suis devenu fou, comme vous dites mademoiselle Abruzze, bien avant d'ouvrir le Libertalia... Mais c'est vrai qu'ouvrir ce bar à pirates a été une idée de génie. En quinze ans, jour après jour, soir après soir, mot après mot, le vieux Ramphastos m'a tout dit, tout raconté, tout ce qu'il savait. Chaque soir il devenait plus saoul, chaque soir il devenait moins cohérent, moins méfiant aussi. Je l'ai suivi pendant des années, mademoiselle Abruzze, je l'ai épié, filmé, écouté, questionné… J'ai eu le temps de faire le tri, de séparer la vérité des légendes, de chercher… Oui, mademoiselle Abruzze, le butin existe ! J'ai archivé la plus extraordinaire documentation possible sur ce butin, depuis trente ans. Nous sommes près d'aboutir, Marine et moi ! Un long travail, depuis des milliers de jours. J'ai les preuves maintenant. Je les ai là, elles ne me quittent jamais ! Trente ans de recherches.

Maline se demanda ce qu'il voulait dire par « J'ai les preuves, je les ai là, elle ne me quittent jamais ». Mais le patron du Libertalia continuait, exalté :

— Je suis le nouveau gardien du butin, mademoiselle Abruzze, dans la lignée des Fleury, des Verrazzane et des Idrisi, je suis le nouveau gardien, depuis que Ramphastos est mort. Cet ivrogne n'était plus digne de cette responsabilité, il parlait trop ! Les incrédules de votre espèce ne nous croirons jamais, mademoiselle Abruzze, mais le butin de la Seine existe, fabuleux… et la malédiction du jarl doit s'abattre sur ceux qui s'en approcheront.

— Ces quatre gamins ? Quatre gamins innocents…

— En une seule soirée ! En une seule soirée, ce vieil ivrogne leur a raconté les secrets les plus précieux ! Tous ces secrets révélés à quatre mousses à peine majeurs qui se trouvaient là par hasard un soir dans mon bar. Et bien entendu, ces gamins ont tout cru ! Ils n'ont pas laissé filer l'occasion. Ils l'ont fait boire, et boire encore, sous mon nez, je ne pouvais rien faire. Ramphastos leur disait tout ! Lorsque j'ai fini par les mettre dehors, je savais qu'ils n'allaient pas oublier. Je connais cette passion brûlante, cette soif de l'or, si courante chez les jeunes marins. Ils avaient attrapé l'épidémie, Ramphastos leur avait transmis. Heureusement, Marine a réussi à s'approcher de leur groupe, ils l'avaient remarquée au bar, ils ne se sont pas méfiés, elle avait les arguments pour se faire admettre d'un groupe de garçons. Elle les a entendus signer la chasse-partie, se tatouer, se promettre la solidarité, se partager les recherches, se donner rendez-vous cinq ans plus tard, lors de l'Armada suivante, pour récupérer le butin de la Seine. Ces quatre gamins pensaient trouver en cinq ans ce que j'avais mis une vie à accumuler ! J'étais le gardien, le seul. Ils n'étaient pas dignes. Je devais appliquer la malédiction, la même qui m'avait frappé, il y a plus de vingt-cinq ans…

La folie le gagnait.

Maline leva les yeux : il n'y avait devant elle que le ciel et le vent cinglant, comme s'ils se tenaient, seuls au monde, au milieu de l'océan.

Maline devait entretenir cette folie, le faire parler, l'entraîner plus loin encore, lui faire baisser sa vigilance, jouer sur sa schizophrénie mégalomaniaque :

— Pourquoi avoir tué le jeune mexicain, Mungaray ? Pourquoi l'avoir tué lui, en premier ?

— Il était le plus dangereux, répondit Voranger, le plus irresponsable ! Il avait plongé au large de Quillebeuf, sur le lieu même du naufrage du Télémaque, devant trois mille personnes. Il fallait l'arrêter! Marine l'a attiré hors de la Cantina, dans une rue déserte, rue du Champ-de-Foire-aux-Boissons. Il est mort sans comprendre, avant d'avoir eu le temps de toucher à ma fille.

— Et la marque au fer rouge ? C'était la marque de la malédiction du jarl ?

Serge Voranger afficha un sourire malfaisant.

— Disons que c'était une marque personnelle, un petit souvenir… Vous me croirez ou non, mademoiselle Abruzze, mais brûler ces jeunes inconscients comme du vulgaire bétail, avec la marque de Marais-Vernier, m'a fait un bien fou ! Comme une revanche, dompter la fatalité ! Et c'était techniquement assez simple : un tison, un chalumeau, le tout dissimulé dans la Kangoo, et le tour était joué. Le reste fut plus amusant. J'ai caché le corps de Mungaray dans mon véhicule frigorifique, pendant trois heures, puis je l'ai déposé au petit matin au pied du Cuauhtémoc, à côté du Surcouf, pendant ma tournée de livraisons. Personne ne remarque une camionnette qui livre sur les quais… C'est vrai que je n'ai plus de stand sur l'Armada, cette année, mais je continue à livrer des boissons à des relations professionnelles, par exemple aux stands sur les quais, aux bateaux-promenades, dont le Surcouf…

Serge Voranger se leva, menaçant toujours Maline de son arme. Il s'assura que personne ne pouvait le remarquer d'en bas et fit quelques pas sur le tablier, très excité :

— Le cadavre de Mungaray n'a jamais séjourné dans le congélateur du Surcouf. Il était dans mon fourgon ! On parle entre restaurateurs, je savais que cette crapule de Nicolas Neufville s'était comporté comme une ordure avec ces capitaines de bateaux-promenades, qu'il se faisait une fortune sur leur dos ; je savais aussi qu'il allait discrètement leur mettre la pression, tard dans la nuit, par exemple avec le capitaine du Surcouf, cette nuit-là. Je n'ai pas pu résister au plaisir, en livrant le matin du crime ma palette de canettes de bière, d'ajouter quelques cheveux de Mungaray au fond du congélateur. Avec le cadavre à quelques mètres et Neufville sur les lieux du crime, cela ne valait pas le coup de se priver ! Mademoiselle Abruzze, la première fois que vous êtes venue au Libertalia, j'ai essayé de vous mettre sur la piste de cette crapule de Neufville, vous vous souvenez ?

Maline se souvenait. Elle tira sur son coude, grimaça en tentant de faire abstraction de sa douleur à l'épaule, et commença à se lever.

— Restez assise, ordonna l'assassin, ou je tire !

Maline le fixa mais continua de se lever :

— Et alors ? Tirez ! Personne ne me voit ! Je me mets juste debout, pour marcher un peu, comme vous.

Voranger ne tira pas, mais la garda en joue, méfiant.

Maline eut le sentiment d'avoir gagné une petite, toute petite victoire. Face à elle, sur la rive gauche, elle bénéficiait d'une incroyable vue sur le terminal céréalier, dominant les silos, ces immenses blocs de béton déserts desquels aucun secours ne pouvait venir.

Il fallait continuer de le faire parler, gagner du temps, trouver une idée.

— Et Daniel Lovichi, le SDF, que vient-il faire dans cette histoire ?

— Il fallait que je me débarrasse de l'arme du crime. Je connaissais cette petite ordure, il fréquentait lui aussi le Libertalia, parfois. Personne n'a fait le rapprochement ! J'ai fait d'une pierre deux coups ! J'ai jeté le poignard sur son carton pendant qu'il dormait ! Je me débarrassais de l'arme du crime auprès d'un type qui pouvait passer pour un assassin pendant quelques jours. J'ai même fait d'une pierre trois coups, si vous me permettez l'expression. Je connaissais les habitudes de Lovichi, je me suis arrangé pour que Ramphastos compte ses billets devant lui… cinq mille euros. S'il agressait Ramphastos, mieux même, s'il le tuait avec l'arme du crime… Quel joli coup, non ? Mais vous êtes bêtement venue vous interposer ce soir-là, mademoiselle Abruzze. J'ai pourtant essayé de vous retenir en vous racontant ma vie, pour que Ramphastos parte seul sans votre protection ! Ce vieil ivrogne n'avait plus aucune notion des secrets, il allait vous révéler l'histoire de malédiction du jarl dès le premier soir ! Souvenez-vous, ce soir-là, si Marine n'avait pas fait tomber volontairement son plateau de bières et si je ne vous avais pas mis à la porte juste après, ce vieil ivrogne vous aurait tout dit !

Maline se souvenait maintenant. C'était évident ! Comment n'avait-elle pas pu tenir compte de tous ces indices convergents ?

— Comment saviez-vous, demanda Maline, pour les cinq mille euros ?

Serge Voranger se retourna, un sourire triomphant sur les lèvres :

— C'est moi qui les ai donnés à Ramphastos, à un moment où Lovichi n'était pas trop loin ! Il n'y a pas de hasard, il faut seulement le provoquer… Ramphastos avait gardé quelques relations dans le milieu de la Marine et de la contrebande, il me fournissait du rhum, première qualité, provenance directe des Mascareignes, la réserve du patron pour les clients fidèles… Tout ça payé au black, bien entendu. Jamais Ramphastos n'aurait parlé de ça aux flics !

Serge Voranger se tut quelques instants et regarda en aval du fleuve, vers le bassin Saint-Gervais, occupé de dizaines de yachts plus somptueux les uns que les autres. Il tournait le dos à Maline.

En profiter ? Courir ? Plonger ?

Les jambes de Maline étaient incapables de répondre, de la porter jusqu'au précipice, de basculer dans le vide. Le tueur se retourna brusquement, comme s'il devinait les intentions de Maline. La journaliste sentit à son regard qu'il perdait patience, qu'à un moment de plus en plus proche, il cesserait ce jeu sadique et éliminerait le dernier témoin.

Elle.

Le dernier témoin. La dernière confidente aussi. Maline évita de croiser son regard et plongea elle aussi dans le spectacle des plaisanciers du bassin en contrebas.

— Mais votre véritable plan, au-delà de ces diversions pour embrouiller la police, Neufville ou Lovichi, c'était de tuer trois des matelots, et de faire accuser le quatrième, Morten Nordraak, celui qui avait un casier judiciaire ?

Serge Voranger ne résista pas au plaisir de détailler son plan :

— Bien entendu… Joli plan, non ? Qui a parfaitement fonctionné. Je savais par Marine que les quatre marins communiquaient par code, qu'ils s'étaient donné rendez-vous à l'église de Villequier, puis à la chapelle Bleue. J'ai envoyé sur un téléphone portable volé quelques messages en espagnol sur le téléphone de Mungaray, pour donner des indices à la police, qu'elle finirait par décrypter une fois les matelots assassinés et Nordraak en cavale. Cela a fonctionné au-delà de mes espérances. Vous avez été un peu plus rapide que prévu à suivre le jeu de piste, mademoiselle Abruzze, mais là encore, il n'y avait aucun danger pour moi. Au contraire, vous m'avez rendu un sacré service ! Vous avez croisé Morten Nordraak à Villequier et vous avez fait de mon bouc émissaire un ennemi public numéro un ! Vous l'avez en plus suffisamment effrayé pour qu'il se méfie et ne se rende pas au rendez-vous de la chapelle Bleue, me laissant le champ libre.

Maline tourna son regard à 180 degrés. Des collines de Canteleu en face d'elle à celles le la côte Sainte-Catherine, en aval, quelqu'un pouvait-il la voir ? Etait-il possible de la distinguer de ces immeubles, à plusieurs kilomètres à vol d'oiseau. Non, bien entendu… Elle n'avait aucune chance, ce tueur dément s'était servi d'elle depuis le début, l'avait manipulée, comme tous les autres, la police, Joe Roblin !

Le tueur continuait, incapable de résister à la satisfaction de dévoiler sa machination :

— Marine a remplacé Sergueï Sokolov sur le pont du Mir. Un brave garçon rêveur, complètement dépassé par l'engrenage dans lequel il s'était fourré. Est-ce ma faute si ce garçon lunaire s'est retrouvé dans mon bar à écouter les contes de Ramphastos et s'est mis à les croire ? Est-ce ma faute ou celle de la fatalité ? Le poignarder sur le lieu de rendez-vous à la chapelle Bleue et le cacher dans la Kangoo n'a causé aucun problème. Paskah Supandji, l'Indonésien, était plus méfiant. Cet enfoiré m'a blessé au bras, j'ai fait trop de bruit. Une voisine a donné l'alerte, j'ai dû m'enfuir, laisser mon sang, mon ADN sur place, dans le gravier. Mais quelle importance après tout ? Qui pouvait me soupçonner ? Marine était recroquevillée sur le pont du Mir dans son uniforme russe, je l'ai récupérée quarante minutes plus tard et nous avons laissé discrètement le cadavre de Sokolov à sa place. J'avoue être assez fier de ma petite mise en scène improvisée… J'imagine à peine à quel point elle a dû laisser perplexe la police !

Maline pensait en elle-même, que le soir du double crime, elle avait cherché un bar avec Oreste Armano-Baudry et qu'elle avait découvert que le Libertalia était fermé ! Même pendant la semaine de l'Armada ! Comment avait-elle pu passer à côté d'un indice aussi évident ?

Serge Voranger continuait, triomphant :

— Morten Nordraak, accusé de trois crimes… Même innocent, il n'allait pas aller se livrer aux flics ! Il allait attendre sur le Christian Radich le départ de l'Armada en espérant ne pas se faire repérer avant. Le lendemain matin, Ramphastos vous a appelée pour vous donner rendez-vous. Mis au courant du double crime, dans un éclair de lucidité, il vous aurait avoué tout ce qu'il savait. Heureusement, ce vieux fou ne m'a jamais soupçonné. C'est du Libertalia qu'il vous a appelée, pour vous donner rendez-vous le soir à 18 heures ! Tout était alors en place pour la scène finale… La victime, Ramphastos, qu'il me fallait à tout prix faire taire avant qu'il ne dise tout ; le coupable idéal, Morten Nordraak, l'ennemi public en cavale ; le témoin, vous, Maline Abruzze. Vous m'avez vraiment été très utile dans cette affaire. Le reste fut très simple. J'ai fait remettre à Morten Nordraak, sur le Christian Radich un mot soi-disant signé de Ramphastos, lui donnant rendez-vous à 18 heures au Libertalia. Je savais qu'il se méfierait, mais qu'il viendrait. L'appât de l'or, comme toujours... Mademoiselle Abruzze, il vous a suffit de tourner votre regard vers Morten Nordraak, pour condamner Ramphastos. Marine, dissimulée dans un appartement inoccupé en face du Libertalia, l'a abattu sans hésiter. Par souci de crédibilité, elle m'a aussi visé au bras et a fait semblant de vous tirer dessus. Rassurez-vous Maline, nous avions besoin de votre témoignage, nous ne voulions pas votre mort.... Du moins pas à ce moment-là !

Maline repensa à la tuerie du Libertalia. De début à la fin, elle avait été manipulée, pour mieux témoigner, traquer et faire abattre un innocent !

L'histoire prenait fin...

Ne pas se taire pourtant, continuer à le faire parler...

— Il a dû lui falloir un sacré cran, à votre fille, pour tuer un homme de sang-froid et tirer sur son propre père...

Serge Voranger esquissa un sourire :

— Je n'avais aucun doute sur sa détermination... Elle aussi connaît la malédiction, en a été le témoin, le témoin direct. Elle n'a pas tremblé, elle n'a jamais tremblé. C'est ma fille, non ? Pour ma part, je me suis beaucoup amusé à jouer la comédie du patron de bar désespéré devant les dégâts ? C'était réussi, non ? Voilà, vous savez tout. Au pire, Morten Nordraak était accusé des quatre crimes, au mieux il était abattu par la police lors de sa cavale ! Les voiliers et les marins repartent, les secrets sont préservés... pour toujours. Je reste le seul gardien du butin... Même votre ultime chance, ce coup de bluff du trésor de La Bouille, s'est retourné contre vous ! Le coup était bien monté pourtant... Mais Morten Nordraak a été abattu... Et vous ne serez plus là non plus pour témoigner, mademoiselle Abruzze. Dommage... Pas de chance... Vous voyez, ce que je vous disais. La fatalité ! Il n'y a pas de hasard. Il faut être digne, pur, pour qu'elle soit de votre côté...

Parler encore, trouver autre chose.

Maline regarda à nouveau les quais de Rouen, les voiles des navires se déployaient dans le vent maintenant. La foule commençait à se presser sur les berges de la Seine. L'Amerigo Vespuci, peut-être le plus beau trois-mâts du monde, commençait ses manœuvres. Des matelots s'activaient aux amarres.

Trouver autre chose.

Quoi ?

Maline tenta une nouvelle fois de desserrer ses liens autour de ses poignets, dans son dos, sans y parvenir.

Tant pis, plonger !

Maline prit soudainement appui, de toutes ses forces, sur ses deux cuisses, ferma les yeux et se propulsa en avant. Elle sentit seulement qu'elle heurtait un obstacle, moins rigide, plus près que la balustrade.

La jambe de Serge Voranger ?

Elle bascula sur la dalle de béton, perdant l'équilibre sans pouvoir retenir sa chute. Son épaule endolorie encaissa une nouvelle fois le choc. La douleur la transperça, Maline crut qu'elle allait exploser dans l'impact. La journaliste roula quelques instants sur elle-même et termina allongée sur le dos.

Serge Voranger la dominait. La vision de ce tueur, debout au dessus d'elle, dans la perspective de l'immense pile du pont Flaubert, était surréaliste.

— Je crois que nous perdons patience tous les deux, mademoiselle Abruzze. Il est préférable pour tout le monde d'en finir… Si vous n'aviez pas eu cette idée stupide de dérober le téléphone portable de ma fille, nous n'en serions pas là… N'ayez aucun regret… Vous savez, la fatalité…

Le vent lui sifflait aux oreilles. Maline tenta de ramper sur le tablier de béton.

Dérisoire tentative.

Le tueur marchait au-dessus d'elle.

— Que préférez-vous Maline ? Que je vous bande les yeux ? Que je vous assomme avant ? Je suppose que vous n'avez pas trop envie de garder les yeux ouverts pendant que j'enfonce le poignard dans votre cœur ?

Maline rampa encore une cinquantaine de centimètres, terrifiée, incapable de répondre.

Elle ne pouvait pas mourir ainsi !

Serge Voranger attendit vainement une réponse. Il toisa encore la journaliste et lui donna brusquement un violent coup de pied dans les côtes.

Maline se tordit de douleur.

— Vous ne me facilitez pas la tâche, mademoiselle Abruzze ! Retournez-vous ! Agenouillez-vous et retournez-vous !

Maline ne bougea pas.

Deux autres coups de pied dans son ventre lui firent comprendre qu'elle n'avait pas d'autre choix. S'appuyant une nouvelle fois sur son épaule meurtrie, elle se releva sur les genoux.

Brisée.

Les mains liées dans le dos, agenouillée, Maline regarda une dernière fois son bourreau. Il se tenait deux mètres devant, les yeux presque désolés du crime qu'il allait commettre.

— Retournez-vous, mademoiselle Abruzze. Ne soyez pas stupide !

Maline sentit les dernières résistances en elle tomber.

Elle tourna lentement sur ses genoux, voyant doucement défiler devant ses yeux l'incroyable spectacle du bassin Saint-Gervais, du port désert rive gauche, des quais de la Seine… Le départ des bateaux pour la parade de la Seine. Le moment des adieux. Le moment, où les belles pleurent les marins qui partent.

Son regard fixa la dalle de béton, devant elle. L'esprit de Maline s'envola, loin. Le grain de béton devint flou, Maline ne voyait plus que du sable, du sable blanc se confondant avec cette dalle bétonnée.

Fatou. Où es-tu Fatou ?

L'ombre gigantesque, déformée par la perspective, se découpa sur le blanc laiteux du béton.

Dans son dos.
Un bras démesuré, prolongé d'un poignard, se leva.
Il allait s'abattre sur elle.
Maline ferma les yeux.
Sa dernière pensée fut pour Fatou.

64
Le dernier gardien du butin

8h05, pont Gustave-Flaubert

Les yeux fermés, agenouillée dans la position d'une condamnée, Maline entendit la voix céleste comme une intervention divine.

— Lâchez votre arme Voranger ! J'ai dix tireurs d'élite braqués sur vous ! Au moindre geste, on vous abat !

Dieu avait la même voix que le commissaire Gustave Paturel !

Maline ouvrit les yeux, ne vit rien.

— Deuxième avertissement Voranger. Lâchez votre arme. J'ai dix tireurs postés sur les silos, juste derrière vous. Vous êtes en plein dans leur ligne de mire.

Maline repéra enfin d'où venait la voix du commissaire : il était posté sur les quais de Rouen, face à la cabine de contrôle du pont Flaubert, et s'exprimait dans le haut-parleur d'un véhicule de police.

— Voranger. Nous tenons votre fille. Nous ne bluffons pas, sinon, nous ne serions pas là ! Lâchez votre arme immédiatement ou je donne l'ordre de vous abattre ?

Maline n'osait pas se retourner. A coup sûr, savoir que sa fille était entre les mains de la police avait dû l'ébranler. Mais Voranger était assez fou pour plonger sur elle, pour la poignarder dans sa chute, même criblé de balles.

La voix du commissaire Paturel tomba comme un couperet :

— Tant pis pour vous Voran…

Maline entendit le bruit clair d'un couteau qui tombe sur une dalle de béton. Elle bondit sur ses jambes et se retourna.

— Levez les mains, Voranger, fit à nouveau la voix du commissaire. Et approchez-vous de la balustrade.

Le tueur leva les mains et dévisagea Maline. Il savait que si le commissaire ne bluffait pas, il avait dans son dos, postés sur les silos du port, dix lunettes de fusils braquées sur lui.

— Il faut vous rendre Voranger, fit Maline d'une voix douce. Vous n'avez plus rien à gagner maintenant…

Serge Voranger afficha un étrange sourire et chuchota presque :

— Vous n'avez rien compris, mademoiselle Abruzze. Ma vie n'a aucune importance. Seul compte le butin. Ce secret millénaire nous dépasse tous, dépasse nos petites vies misérables… Je suis le gardien, mademoiselle Abruzze. Croyez-vous vraiment que je vais laisser tous ces secrets tomber entre les mains de la police ?

Serge Voranger leva ses mains plus haut encore, comme s'il voulait ostensiblement signifier qu'il se rendait. Il s'éloigna un peu de Maline et brusquement, fit un pas de côté et bascula dans le vide.

Il n'y eut pas un coup de feu.

Il n'y eut aucun bruit de corps qui tombe dans l'eau.

Maline se précipita sur le rebord du pont Flaubert.

Elle fut saisie d'un vertige.

Agenouillée, les yeux fermés, elle n'avait pas vu s'approcher l'Amerigo Vespuci. Le gigantesque trois-mâts italien passait à cet instant même sous l'arche du pont Flaubert. Maline eut l'impression que le grand mât arrière allait se briser sur le tablier du pont tellement il lui sembla proche.

Le tirant d'air était calculé au plus juste, le mât passa à moins de deux mètres sous le tablier.

La vision devant elle était surréaliste.

Serge Voranger n'avait pas renoncé ! Comme si son plan était prévu depuis longtemps, il avait sauté du tablier du pont levant au moment opportun.

Pas dans un vide de cinquante-cinq mètres.

Un saut d'à peine deux mètres, sur la vergue supérieure du mât de misaine de l'Amerigo Vespuci !

Serge Voranger, suspendu à plus de cinquante mètres, avait fermement enroulé ses bras autour de la poutre de bois, alors que ses jambes cherchaient à trouver un équilibre en prenant appui sur d'instables cordes du voilage couleur chanvre. L'Amerigo Vespuci, continuait sa progression majestueuse sans ralentir, sans visiblement se soucier de ce passager clandestin. Pourtant, sur le somptueux pont de parquet clair du vaisseau italien, les matelots s'agglutinaient, le nez en l'air, stupéfaits. Ils croyaient sans doute avoir affaire à un pari insensé !

Serge Voranger n'allait tout de même pas s'échapper ainsi ! Cela n'avait aucun sens. Cette ultime fuite était vouée à l'échec. Qu'espérait-il, désormais ?

Maline fixa le corps en équilibre de Serge Voranger. Même s'il s'éloignait lentement, il était pratiquement à sa hauteur.

Le tueur, dans sa position d'équilibriste, grimaçait terriblement.

Maline comprit.

Une tâche de sang noircissait la manche de sa chemise. La double blessure, infligée par Paskah Supandji et par sa propre fille s'était rouverte lors de la réception de son saut insensé ! Maline percevait maintenant nettement les espoirs désespérés de Voranger pour maintenir sa prise, pour ne pas lâcher, tomber, cinquante mètres plus bas.

Sans aide, il ne pourrait pas tenir ainsi longtemps.

Maline observa, décontenancée, l'agitation sur le pont de l'Amerigo Vespuci. Plusieurs matelots agiles se précipitaient déjà aux échelles de cordes. Passé le coup de la surprise, les marins réagissaient. Soudain un marin italien cria plus fort que les autres.

« Criminale ».

Une courte cohue régna sur le pont italien, les marins échangèrent des paroles rapides. Soudain, plus aucun marin ne bougea, mis à part les premiers matelots qui redescendirent des échelles de corde. La nouvelle avait dû courir de navires en navires, plus rapide qu'une traînée de poudre.

Le passager clandestin était l'assassin des trois jeunes marins dont ils avaient porté le deuil.

L'homme qui avait poignardé trois des leurs.

Plus d'une centaine de marins italiens, presque indifférents désormais, les bras ostensiblement croisés, levaient les yeux vers le haut du mât de misaine.

Serge Voranger ne prononça pas un mot. Ses jambes sous lui s'agitaient, à la recherche désespérée d'un appui. Il tint encore une minute, mais la douleur sur son visage montrait que l'effort ne serait plus supportable très longtemps. Soudain, son bras valide, le premier, lâcha sa prise. Sa main sembla arracher autour de son cou une sorte de collier.

Retenu par son seul bras blessé, Voranger sentit la poutre de bois verni lui échapper. Il fit un dernier effort pour agripper un cordage, mais il tombait trop vite.

Son corps se disloqua une première fois en heurtant la vergue médiane, pour tomber ensuite comme une pierre sur l'immaculé pont latté du voilier italien, cinquante mètres plus bas, éclaboussant de sang la barre de cuivre et de bois verni.

Les plus de trois cents marins du vaisseau formèrent rapidement un cercle autour du corps désarticulé. Un officier perça l'attroupement, dispersa les marins, les renvoyant chacun à leur tâche par des ordres qui ne souffraient d'aucune discussion. Il imposa à deux infortunés marins près de lui de porter le corps sans vie dans une cabine funéraire, et à un troisième, pas plus enthousiaste, de nettoyer le pont et la barre de cuivre.

***

Les deux marins italiens déposèrent le corps sans vie sur un lit, dans une cabine inoccupée. Le plus jeune des deux marins, à peine majeur, ne supporta pas plus longtemps la vue de ce corps déchiqueté, ce visage tuméfié, cette poupée molle aux os brisés qu'il avait dû porter et dont l'odeur de mort l'imprégnait déjà. Il courut vomir dans les toilettes dès que le cadavre fut jeté sur le lit.

Fabrizio Longini resta seul un instant face au cadavre.

Fabrizio venait d'une famille très croyante. Curieusement, il avait envie de faire une courte prière pour cet homme, comme sa mère le lui avait appris, même si on lui avait raconté qu'il s'agissait du tueur de marins.

Un monstre.

Fabrizio ôta respectueusement son bonnet. Il allait joindre ses mains lorsqu'il remarqua un fait étrange : le cadavre désarticulé conservait un de ses poings fermés, comme s'il tenait encore un objet précieux au creux de sa main.

Il s'avança.

Cette vision lui fit penser à la dépouille de sa grand-mère, Federica, qu'il avait veillée toute une nuit lorsqu'il était adolescent. Federica était morte elle aussi le poing serré, sur son chapelet. Doucement, avec un courage qui le stupéfia lui-même, Fabrizio écarta un à un les doigts du cadavre.

Ce qu'il découvrit aiguisa sa curiosité.

Le tueur tenait dans son poing fermé une clé électronique, une de ces minuscules clés qui se connectent à un ordinateur et qui peuvent contenir jusqu'à plusieurs gigas d'informations. Fabrizio prit la clé dans ses mains.

Elle était encore chaude de la paume serrée du cadavre.

Fabrizio n'éprouva même pas le début d'un dégoût. Il pensait vite. Il connaissait les légendes qui couraient sur les navires : les quatre matelots poignardés recherchaient un trésor, un butin, caché dans les méandres de la Seine. Leur assassin ne voulait pas qu'ils découvrent la vérité.

Beaucoup de marins sur le pont, aujourd'hui, ne croyaient plus à ces légendes.

Fabrizio, lui, croyait.

Dans les mythes, dans le destin, en sa fortune.

Les victimes, comme l'assassin, étaient tous morts, désormais.

Tous les témoins étaient disparus.

Un bruit d'eau lui indiqua que le jeune cadet allait le rejoindre dans la cabine mortuaire.

Fabrizio esquissa un sourire discret.

Doucement, son poing se referma sur la petite clé électronique.

EPILOGUE

65
Parade

16h23, Aizier, route des Chaumières

Maline était allongée dans l'herbe fraîchement coupée de la jolie chaumière normande de Christian Decultot, entre les communes d'Aizier et de Vieux-Port, sur la route des chaumières normandes.

De son pied nu, elle essayait d'attraper une pâquerette.

La pelouse descendait en pente douce jusqu'à la Seine, comme un petit amphithéâtre de verdure sur le spectacle des voiliers en Seine.

— Arrête de bouger, fit Olivier Levasseur. Repose-toi un peu !

Olivier Levasseur lui faisait office d'oreiller. Maline appréciait toujours autant son odeur, son calme, sa force raisonnable.

Dans le méandre de la Seine, l'immense Dar Mlodziezy surgit toutes voiles déployées. Blanc de la coque aux voiles en passant par l'uniforme des cadets, le trois-mâts polonais souleva un tonnerre d'applaudissements. Les cadets polonais, dont certains avaient à peine seize ans, gonflaient leur poitrine d'être ainsi acclamés par une foule continue sur plusieurs dizaines de kilomètres.

Juste devant Maline, des enfants agitaient avec énergie une banderole sur laquelle était écrit « merci - au revoir » en polonais. Ils avaient visiblement préparé la formule dans plus d'une vingtaine de langues !

Ces enfants rappelèrent à Maline Léa et Hugo, les deux

enfants du commissaire Gustave Paturel. Elle ne les avait jamais vus, mais elle savait qu'en ce moment, ils étaient quelque part sur le bord de la Seine en compagnie de leur père enfin disponible, applaudissant eux aussi chaque voilier !

Promesse tenue !

Elle devait une fière chandelle au commissaire. Il n'avait obtenu les aveux de la fille de Voranger, Marine Barbey, qu'à la toute dernière minute. Le commissaire avait garé en catastrophe sa Subaru sous le pont Flaubert et tenté un coup de poker...

Il était seul.

Aucun tireur d'élite n'était en place sur les silos.

Si le profileur Joe Roblin, malgré toutes ses brillantes déductions, s'était fait manipuler par Serge Voranger du début à la fin, le commissaire Paturel pouvait se vanter, à l'inverse, d'avoir pris le tueur en série à son propre piège !

Le Dar Mlodziezy s'approchait. Maline avait fini par abandonner la pâquerette, mais avait jeté son dévolu sur une tige d'herbe bien longue avec laquelle elle taquinait l'oreille d'Olivier Levasseur. Le bel Olivier semblait faire une overdose de voiliers et n'avoir qu'une envie : faire la sieste dans l'herbe fraîche.

Un peu déçue du manque de réaction d'Olivier, l'esprit de Maline vagabonda. Elle avait appris tout à l'heure par le général Sudoku que l'association de l'Armada avait porté plainte contre Nicolas Neufville pour prise illégale d'intérêt.

Une bonne chose de faite !

Mais le message qui avait le plus surpris Maline était celui d'Oreste Armano-Baudry. Aussitôt que le jeune journaliste du Monde avait appris l'heureux épilogue des crimes de l'Armada, il avait téléphoné à Maline pour la féliciter :

— Sans rancune Maline. Je suis vraiment content que tu t'en sois sortie vivante ! J'ai beaucoup repensé à notre aventure et j'ai eu une idée géniale : il faut à tout prix qu'on en fasse un bouquin. J'ai déjà l'éditeur, un ami de mon père, il est prêt à le sortir avant la fin de l'année. Je peux le rédiger tout seul, bien entendu, mais j'ai pensé que toi aussi…

Maline avait éclaté de rire et lui avait raccroché au nez ! Elle savait qu'Oreste ne lui en voudrait pas et lui enverrait un exemplaire dédicacé de son best-seller…

Maline abandonna l'oreille d'Olivier et fit pénétrer la tige d'herbe dans sa narine gauche. Le chargé de relations presse grogna :

— Je dors…

— Tu y crois, toi, au butin de la Seine ? Au trésor ?

— Non, grogna Olivier. Seulement à celui de La Buse, mon ancêtre…

La tige s'enfonça dans l'autre narine, plus profondément.

— Réponds-moi ! Sérieusement !

— Aïe… Je ne sais pas moi. Peut-être… Je dors !

— Eh bien moi figure-toi, j'y crois… Tu veux que je te le décrive ?

— Vas-y, fit Olivier Levasseur en se retournant sur le ventre pour protéger ses narines… Et dormir en paix.

— Alors je commence. Ecoute bien ! Il se trouve dans une chaumière, un peu comme celle derrière nous, une belle chaumière sur la Seine. Le trésor se trouve à l'intérieur, tu montes l'escalier de chêne, tu entres dans la chambre mansardée, celle qui a vu sur l'eau. Le trésor se trouve dans le vieux lit paysan, sous les draps épais. C'est moi ! Qu'en penses-tu ? Au butin, je peux aussi ajouter un homme, si tu insistes, genre beau gosse métisse, tout nu, lui aussi caché sous les draps épais. Si ça ne te suffit pas, je peux encore ajouter une armoire normande dans la chambre, deux bols sur la table du petit-déjeuner, un chien qui ronfle près de la cheminée, des pommiers en fleurs dans le jardin, un petit escalier de pierre qui descend directement dans la Seine, une barque et deux rames, un barbecue, une balançoire sur la pelouse, des amis, une bouteille de calva à moitié vide, un gâteau d'anniversaire et des bougies… Des gosses… Un ou deux, pas plus. Alors ? Tu en penses quoi de mon trésor ? Tu y crois ?

Olivier Levasseur ne répondit pas.

Son beau corps se soulevait doucement, comme s'il dormait. Maline passa doucement le brin d'herbe sur sa nuque.

Tu as raison… Je te laisse réfléchir… On en reparlera dans cinq ans, quand les voiles reviendront…

Maline se leva et marcha un peu.

Après tout, pourquoi partager un tel trésor avec un homme ? Avec un seul homme ? A son grand étonnement, c'est à Fatou, pas à Olivier, qu'elle avait pensé au moment de mourir… Si au lieu de ronfler comme un loir, Olivier Levasseur lui avait répondu qu'il y croyait, « oh ouiiiii », à son trésor, c'est elle qui se serait enfuie, en éclatant de rire.

Elle se fichait des hommes, elle se fichait de l'amour, dans l'instant présent.

Elle était une célibataire vivante !

Elle continua de marcher sur la berge. Elle adorait cette herbe verte qui lui chatouillait ses pieds nus.

Elle se tourna vers un vieil homme endormi sur une chaise pliante en toile, protégé du soleil par un vaste chapeau de paille.

— Ça va papa ?

Elle obtint pour seule réponse un ronflement paisible.

C'était bien la peine que je me donne tant de mal pour tenir ma promesse, pensa Maline amusée.

Elle admira de longs instants le visage reposé de son père.

Heureux.

Elle n'était pas une fille indigne ! Elle avait même imposé la présence de son père à son amant… Pas étonnant que le bel Olivier fasse le sourd à sa pitoyable demande en mariage !

Maline continua sa promenade.

Elle avait une autre promesse à tenir. Un article à écrire pour le SeinoMarin, commandé par le général Sudoku en personne !

Un peu plus loin, un jeune garçon de dix ans s'était un peu isolé.

Il regardait, sans un mot, s'éloigner le Dar Mlodziezy.

Le jeune garçon n'était plus sur les berges de la Seine, il était déjà quelque part sur ce bateau, hissant la grand-voile arrière sur le mât d'artimon, uni dans le même effort à une dizaine d'autres cadets de son âge, voguant vers une terre inconnue.

Maline repensa à cette phrase de Sudoku, « Penser toute cette organisation de dingues simplement pour voir s'allumer l'œil d'un gamin qui voit passer un voilier du bout du monde sur le morceau de Seine où il est né ».

Quelques précisions historiques et géographiques

Si toute cette histoire relève de la pure fantaisie, son environnement géographique et historique est lui, au contraire, tout à fait réel.

Tous les lieux cités dans ce roman existent... à l'exception du Libertalia. Il y a bien une chapelle Bleue à Caudebec-en-Caux ; une danse macabre unique en Europe sculptée dans les piliers de l'aître Saint-Maclou ; une statue de Victor Hugo et ses citations gravées à Villequier, d'émouvantes tombes de sa femme et de ses filles dans le cimetière du village et un livre d'or dans l'église ; une plaque en hommage à Robert Fulton sur le plus beau marégraphe des quais de Rouen ; des bustes d'Indiens sculptés sur la façade de l'hôtel des Sauvages, quai du Havre ; une jolie petite plage en bord de Seine près du « Feu de l'épi », au cœur du Marais Vernier, coincée entre le pont de Normandie et le pont de Tancarville ; une étroite voie sur berge de quinze kilomètres entre Villequier et Notre-Dame-de-Gravenchon, interdite mais accessible aux voitures ; un sixième pont dont le tablier se lève jusqu'à cinquante-cinq mètres sur la Seine...

Tous les récits de Ramphastos, aussi étonnants soient-ils, reposent eux aussi sur des épisodes historiques bien réels... Le Télémaque a bien coulé au large de Quillebeuf (et de très sérieux explorateurs plongent régulièrement à la recherche de son épave) ; le pirate Jean Fleury a bien raflé en 1522 le trésor de Aztèques à la barbe de Charles Quint, faisant la fortune de Jehan Ango (et on peut, c'est vrai, encore aujourd'hui admirer ce glorieux épisode dans un curieux vitrail de l'église de Villequier) ; Jean de Verrazzane est effectivement revenu de New York les cales vides, au grand désespoir de François Ier et de ses armateurs ; les utopies pirates sont réellement à l'origine des actuels mouvements anarchistes, et l'éphémère « république » de Libertalia a vraiment existé ; le pirate Olivier Levasseur, enterré à la Réunion, est aussi connu sous le nom de La Buse et des dizaines de chercheurs dans le monde consacrent leur existence à percer le mystère de son cryptogramme ; les rares récits sur Rollon, le premier jarl de Normandie, évoquent un anneau d'or suspendu par lui dans la forêt de Roumare pendant plusieurs années.

Toutes ces histoires, et bien d'autres, sont racontées, dans deux jolis musées en bord de Seine... Ils valent, comme les autres lieux du val de Seine, le détour...

J'ai essayé, à travers cette histoire, de rendre compte fidèlement de l'Armada, de son ambiance festive, de l'affluence des quais, des somptueux décors des vieux gréements. Ce roman fut écrit plusieurs mois avant le rassemblement des voiliers, à une période où l'on ne savait pas encore quels navires seraient présents à Rouen en 2008. Quelques vieux fidèles des éditions précédentes, cités dans ce roman, ne revinrent pas... Leur présence dans cette enquête constitue la principale entorse à la réalité.

Enfin, tous les personnages de cette histoire sont fictifs, ainsi que leurs faits et gestes... Ce roman se veut avant tout un hommage aux milliers de personnes qui œuvrent à ce formidable événement, à cette fête unique, universelle, gratuite, populaire, colorée et joyeuse...

Un clin d'œil aux amours nées sous les voiles... et au mien en particulier !

Table des matières

Mourir n'aura pour moi rien de troublant

Le sang du tigre

Du même auteur

Code Lupin (Editions des Falaises, 2006)
Nymphéas noirs (Presses de la Cité, 2011)
Un avion sans elle (Presses de la Cité, 2012)
Ne lâche pas ma main (Presses de la Cité, 2013)
N'oublier jamais (Presses de la Cité, 2014)
Gravé dans le sable (Presses de la Cité, 2014)

Dans la collection Cappucinos

Gabriella Forno Coffano
Un hiver à Fécamp, 2008

Dominique Delahaye
Droit dans le mur, 2003

Eric de l'Estoile
Complot V1, 2011

Jean-Paul Halnaut
GI's Blues, 2012
Les anges de la cité, 2014

Philippe Huet
L'enfer du décor, 2003

Achevé d'imprimer en janvier 2015
chez Corlet Imprimeurs à Condé-sur-Noireau (14)
ISBN de la présente édition 978-2-84811-232-9 dépôt légal janvier 2015
ISBN de la première édition 978-2-84811-070-7 dépôt légal avril 2008